装画　しずまよしのり
装幀　高柳雅人

生存者ゼロ

序　章

どこだったかは忘れた。

あの夜、土砂降りの雨に打たれながら立ち尽くす神に私は出会った。

私は神に近づき、人はお前のようになれるか、と問うた。

神は問い返した、なぜ神になりたいのかと。

私は答えた、やがて人は全能になり、万物を司る夢すら叶えるからだと。

神は答えた、まもなく黄泉津大神(よもつおおかみ)が地上に姿を現し、お前たちが神としてふさわしいか試すだろうと。

三月十日
中部アフリカ　ガボン南西部ニャンガ州

高温多湿の熱帯雨林で見られる植物の七割は樹木である。ひとたび雨に洗われれば、地平線まで続く樹海は、熱帯の陽光に照らされて鮮やかな緑を際立たせる。気温が年中高く、雨期となれば日々スコールに見舞われるこの地では、水分の蒸発量が多いためにまとわりつく湿気が森に充満する。つる植物や着生植物が人の行く手を阻む未踏の奥地では、色鮮やかなズアカハネナガインコが枝で翼を休め、絶滅危惧種の猿、シロエリマンガベイが枝渡る樹間を霧が悠然と流れてゆく。

グレイストーク卿の時代から、ジャングルは人々に地上の楽園を想像させた。しかし、それは外見に過ぎない。この地では《生》と《死》は表裏一体であり、したたかに生き抜く能力がない者は淘汰（とうた）される。ほ乳類、は虫類、昆虫、多種多様な生物が誕生と絶滅を繰り返す世界では、人一人の命など末梢に過ぎない。生存本能の伝承こそが種の保存を実現する核心であり、その能力は我々が手に入れた《知》とは別物である。

州都のチバンガから、ジャングルの中に切り開かれ、放っておけばたちまち下草に覆われてしまうひどい悪路を、車で丸二日走り続けると、次第に文明の臭いは消え失せ、やがて森の中に数件のあばら屋が寄り添うツバンデという寂れた集落に着く。そこからさらに徒歩で樹海に分け入り、ナタで草木を切り倒しながら道なき道を進む。苔（こけ）に足を滑らせながら幾つかの尾根を越え、轟々（ごうごう）たる滝を仰ぎ見、ヒルとヤブ蚊の攻撃にさらされながら沼地を抜けて三日歩き続けた先、人が訪れたことなどない密林に建てられた小屋が、富樫裕也の研究施設だった。見上げる樹冠に陽を遮られ、ぽつぽつとした陽斑に照らされる林床では、朽ちた木幹、無数の若木とときおりのシダ植物が目に入るすべてだった。

施設は家族の居住棟と研究棟の二棟からなる。施設といっても、間伐材で組み立てた骨組をトタン板で覆ったバラックだった。タンクに溜めた雨水を簡易濾過してから消毒することで生活用水や飲み水として利用する。食料のほとんどはレトルト食品でまかなっていた。

家族以外で顔を合わせるのは、月に一度、ツバンデから生活物資を届けてくれるポーターだけだ。

そんな人跡未踏の奥地が、新種の微生物を探す富樫夫婦の仕事場だった。富樫が国立感染症研究所で感染症研究のパートナーだった妻の由美子と、三歳になる息子の祐介を連れてこの地に入植してから、半年が経とうとしていた。

昼間は夫婦でジャングルに分け入り、多くの検体から新種のウイルスや細菌を探し出すため、餌付け用の櫓の近くに檻を仕掛け、捕獲した猿から採血する。

まだ幼い祐介の面倒は夫婦が交代で見た。天気の良い日はできるだけ外へ連れ出した。近くの川で沢ガニを取り、火の起こし方を学ばせた。少し遠出して虫取り網を握れば、富樫の掌ほどの蝶が面白いように採れる。ジャングルを歩くときは、ヤブ蚊だけでなくヒルの攻撃を防ぐため、祐介には長袖と長ズボンを着せてやる。特にヒルはやっかいだ。食らいついたヒルは指でつまんではがそうとしても取れないし、無理にはがすと出血する。煙草の火を押し付けて駆虫するが、ヒルの唾液には血液凝固阻害酵素が含まれているため、しばらく血は止まらない。

人との交わりが途絶えた日常は不便で、それなりの危険が潜んでいる。されど、文明の臭いなど届かない奥地は、ある事件のせいで日本を追われた感染症学者の夫婦に、安息の日々を与えてくれた。

十三日前までは……。

風も絶え、汗が噴き出す蚊帳（かや）の中に横たわる由美子を見ながら、今、富樫はこの地へやって来たことを心底後悔していた。由美子の臨床症状は絶望的だった。身につけたお気に入りのパジャマや横たわるシーツにも、由美子の全身からにじみ出る体液と汗がしみ込んで異臭を放つ。由美子の口腔（こうこう）、歯肉、鼻腔（びこう）からの出血はすでに症状が末期に至ったことを教えていた。四十度を超える高熱のために、弱々しい胸の鼓動と確実に落ちていく心拍数が、彼女の運命を暗示する。

十三日前、餌付け用の檻で捕獲した猿から採血する際に、誤って由美子は注射針を自分の親指に刺した。手順に従い消毒したから心配ないと笑う由美子の言葉にことなきを得たと高を括（くく）っていたら、四日前、頭痛を訴えた。すぐに発熱、および発疹（ほっしん）の症状が出始め、手の施しようのない劇症が次々と彼女を襲った。

新型の出血熱ウイルスから身を護るため、マスク、ゴーグル、手袋を身につけた富樫はベッドの脇で由美子の手を握っていた。

ときおり、チンパンジーの鳴き声と鳥のさえずりが聞こえる以外、由美子の最期を看取（みと）るかのように小屋の周りは静寂に包まれている。

シダの葉を編んだブラインド越しに、居住棟のベッドで寝息を立てる祐介が見えた。

突然、富樫の手を、まだそんな力が残っていたかと思うほど強く握りしめながら、由美子が激しく仰(の)け反(ぞ)った。隈(くま)の中に落ち込んだ両目を、がっと見開き、断末魔に似た悲鳴を上げる。

「あなた！」

由美子の体が小刻みに痙攣(けいれん)した。

「どうした」

「あなた！　どこ！」

由美子は怯(おび)えていた。視線がさまよい、富樫を探して揺れた。

富樫は由美子の額をそっと撫(な)でた。

「俺は、ここにいる」

ぼんやりと生気のない顔が富樫に向いた。

「……恐ろしい夢を見たわ」

「夢？」

「……数えきれない屍(しかばね)に覆われた丘の頂上に、あなたが一人で立っていたの。パウロの黙示録、そう、それに違いない」

黙示録？　突然、脈絡のない言葉を口走る由美子の額を撫でながら、それが高熱によるうわ言なのか、何かに取り付かれた啓示なのか、富樫は困惑した。

「急がないと……。お願い、あなた、終末がこの世に訪れる」

「心配するな。熱にうなされただけだ」

由美子の額から手を離した富樫は、枕元に置いた吸い飲みに手を伸ばした。

小さく頷(うなず)いた由美子が富樫の差し出す吸い飲みに口を寄せた。

一口飲んだだけで由美子は咳(せ)き込み、喉仏が大きく波を打つ。

富樫は由美子の額を、湿らせたタオルで何度も優しく拭ってやった。

「もう大丈夫だ」

富樫は由美子に微笑(ほほえ)みかけた。

彼女の中で膨張した何かが吐息とともに消散すると、代わって死の孤独に取り憑(つ)かれたのか、由美子が弱々しく右手を差し出した。その手が富樫にたどり着く手前で、思い直したように止まった。

しっかりしろ、そう念じながら富樫は目の前の手を強く握り返した。微(かす)かに頷きながら由美子の瞳が潤み、血の混じった涙が一筋伝い落ちた。

穏やかな目の光がそこにあった。

富樫は耳を澄まし、静寂の彼方(かなた)に、由美子の想いを聞き取ろうとした。

かさぶたに覆われた由美子の唇が微かに動いた。

「あなた……祐介を頼みます」

「心配するな。今、助けを呼んでいる」

口先だけの気休めに声が詰まった。

一つ不確かなことがある。それは由美子に残された時間。反対に確かなことが二つある。一つは、なぜかツバンデと連絡が取れないこと、もう一つは、富樫にできることはもはや何一つ残されていないことだった。待ち受ける結果への覚悟はできている。ただ、今はまだそれを認めたくないだけだった。

みずからの愚行で人生の歯車が狂ってしまった。家族で日本を追われ、信頼できる支援者もないまま、こんな貧弱な施設にたどり着いた。十分な資金とバックアップ組織があれば、採血を誤ったとき、由美子があんな処置で済ませたわけがない。不安を抱えながらも家族の置かれた状況に気兼ねして、自分自身と富樫を偽ったに違いない。

富樫の思いに気づいているのか、由美子が小さく頭を横に振った。

「祐介とここを出てください」

「お前を置いていてはいけない」

由美子が微かに微笑んだ。「その気持ちだけで十分だわ」

「弱気になるな。もうすぐ助けが来る。それに……」

救助隊の気配を察したフリをして富樫が窓の外へ目をやった。

重なり合う樹葉が陽の光だけでなく、富樫の微かな望みさえ遮っていた。

「……あなた」

別れの時を前にして、由美子が富樫のマスクに小さな掌を当てながら囁(ささや)いた。

「満ち足りた日々でした。……あなたは?」

富樫は大きく頷き返した。

由美子が微笑んだ。

「なら、今ここにいることを後悔しないで」

彼女の瞳に浮かんだ微かな輝きに何の偽りも感じられなかった。

由美子の唇が小さく揺れた。

富樫は愛する妻の口元に耳を寄せた。

「私は幸せでした」

由美子の両目から涙が溢(あふ)れた。

「ごめんなさい」

馬鹿な、何を謝る。

ゆっくりとした瞬きが一度。

それが最後だった。

富樫の手から、すっと由美子の指が抜けた。

行くな、行かないでくれ！　決して返って来ないと知りながら、富樫は妻の名を大声で呼んだ。

何度も、何度も、声が枯れるまで愛する者の名を呼んだ。

すべてが手遅れだった。由美子の運命を嘆き、みずからを責め苛(さいな)んでも、富樫が取り戻せる物は一つもなかった。

由美子の魂がジャングルを抜け、富樫の届かない彼方へ招かれていく。

富樫の掌から一つの命が流れ去った。

トタン屋根を雨粒がたたき始めた。またたく間に大きくなった雨音が重なり合う。激しいスコールだった。樹冠から雨水が地表に流れ落ち、小屋の周囲がたちまち池と化していく。

枯れ枝に形を変えた由美子の手を、二度と息づくことのない胸の上にそっと戻した富樫は、ベッド脇の机に置かれた採血管を握りしめた。

つい先ほど由美子の静脈から採決した血液、この中に、富樫からすべてを奪い去ろうとする悪魔がいる。

第一章

二年後　二月四日　午前四時三十五分
北海道　根室半島沖　北太平洋

　厳寒の北太平洋は、台風並みに発達したオホーツク海低気圧の影響で荒れに荒れていた。六十五ノットの強風が洋上で猛(たけ)り、一つ波を越えるたびに、船首が完全に海中へ没する激しいピッチングと、第一甲板までが波に洗われるローリングに護衛艦《くらま》の船体は真二つに引き裂かれそうだった。闇に覆い尽くされた洋上では、どす黒い大波が不気味にのたうち、そこかしこで白波がそそり立つ。

　大粒の雪に頬をたたかれ、突風に足下をすくわれそうになりながら、後部飛行甲板の転落防止柵を握りしめた廻田(かいだ)三等陸佐は両足を踏ん張った。

　ずぶ濡(ぬ)れになりながらヘリの発艦作業を続ける甲板員が目の前を走り回る。イヤホンに流れる発着艦指揮所の指示は悲鳴に近い。格納庫上のスピーカーを通して響く、ＣＩＣの橋詰(はしづめ)二等海佐の怒声にはアドレナリンが炸裂(さくれつ)していた。シャッターを上げたヘリ格納庫から牽引(けんいん)ワイヤーに牽(ひ)かれたＳＨ‐６０Ｊ、通称ロクマルの巨体が発艦サークル内にゆっくりと移動していく。葉巻を少し上下に押し潰したごとき寸胴のボディに、直径十六メートルもある四枚羽根のローターが載っている。

　こんなときでさえ、廻田が何を思い描こうと、廻田が為(な)すべきことを為さざるを得ないように周りは動いていた。ここは根室から十海里離れた洋上を航行する全長百五十九メートル、基準排水量五千二百トン、長船首楼型の船型をした第二護衛隊群旗艦《くらまＤＤＨ１４４》の船上だった。西部方面隊直轄の普通科連隊に所属する廻田が、レンジャーを多く配置した普通科中隊を率いて《くらま》で佐世保を出港してから、やがて一ヶ月が経とうとしていた。

「中隊長、整列いたしました」

防衛医大の伊波専修医が大声で格納庫前から廻田を呼んだ。彼は防衛医大の医学研究科で総合病理学系を専攻している医師だ。廻田は人からラグビー選手並みの体格とよく言われるが、伊波も医者の割にはがっちりしている。ただ、いかにもインテリらしい顔つきとさばけた性格は、廻田とは違う種族のものだった。

今回の演習に、分かりやすく言えば軍医として参加している伊波を、これから出動する任務に帯同させるのは、彼の力が必要になると予想されるからだ。

伊波の他、今回の作戦に選抜した十名の隊員たちを前に、廻田は先ほどみずからが受けたばかりの出動命令を伝えた。

「根室沖合二十一海里にある東亜石油の石油掘削プラットフォームＴＲ１０２との連絡が途絶えた。ただ、相手が呼びかけに応じないため詳細は不明だ。我々はこれをテロ攻撃の可能性が高いと判断し、これからＴＲ１０２へ向かう。飛行時間はおよそ二十分。ＴＲ１０２に到着後、状況を把握、けが人等を発見した場合はただちに収容し、それを阻止する勢力に対峙した場合は速やかに排除する。ＴＲ１０２での作戦時間は三十分に限定する」

言葉を切って、廻田は凍てつく風雪にたたかれる部下たちの顔を見回した。

誰もが疲れ切った表情をしている。無理もない。矢臼別演習場での日米合同雪中訓練を終えた廻田たちが《くらま》へ戻ったのは、ほんの四時間前のことだ。廻田も例外ではない。疲労困憊していた。昨夜遅くにヘリを降りてから、どうやってベッドまでたどり着いたか、まるで覚えていないし、顔を洗うために覗き込んだ洗面台の鏡に映った両目は落ち込み、えらのはった顔の雪焼けだけが妙に際だっていた。唇はカサカサに干からびたままで、奥歯の隙間にはまだ演習場の砂粒が残っている気がした。

「テロ攻撃ですか？」

伊波の質問が余計なことを考えていた廻田を呼び戻した。

「今から三十分前、根室海峡の野付半島沖で、ＴＲ１０２からの運搬船が漁船と衝突事故を起こしている。ところが昨夜、この天候下で根室周辺の港から出港した漁船はない。よってこの船がテロリストのものだった可能性がある。それに……」そこまで話したとき、突然、胃が食道を押し上げる感覚に襲われた。それは空挺訓練でＣ‐１輸送機から飛び降りた瞬間にそっくりだった。

《くらま》の船体がゆっくり沈み込みながら、右へ傾き始めた。

廻田が経験したこともない激しいローリングに、見るまに舷側が海面を削り始めた。

来るぞ！

つかまれ！

甲板員たちが叫びながら指さす左舷の海面に、真っ黒な壁がそそり立っていた。

巨大な波がすぐそこに迫っていた。

押し寄せる波の高さはゆうに十メートルを超え、水平線の果てまで連なっている。そそり立つ大波の前には、《くらま》はただの笹舟に過ぎない。

背筋が凍り、足がしびれた。

廻田にとって、今までに一度も経験したことがない異質な恐怖だった。

初めて廻田は《くらま》に乗船したことを悔やんだ。

またたく間に砕け始めた波頭が、のめりながら逆巻き、一部は砕けて水煙となり、寄せ集まった泡が濃い白色の筋を引いて風下に吹き流される。

格納庫に駆け込む者、転落防止柵にすがりつく者、あちこちで甲板員たちが逃げ惑う。

「待避！　待避しろ！」

部下の背中を突き飛ばしながら、廻田も格納庫に飛び込んだ。

頭上から白波が襲いかかる。

ドーンという轟音とともに甲板上で波が砕け、一瞬、水しぶきで何も見えなくなった。

押し寄せる海水に呑み込まれた廻田は、格納庫の奥まで吹き飛ばされた。壁際に取り付けられた配管にしこたま背中をぶつけ、肺の中の空気が押し出される。

朦朧とした意識を振り払い、視神経が光を取り戻すのに数秒を要した。体を起こし、四つん這いになって息を整え、海水でびしょ濡れになった顔を拭った。状況を確認するためにあたりを見回す。浜辺に打ち上げられた魚のごとく、部下たちが周りに転がっていた。大丈夫か、との問いかけに全員が片手を挙げて応えた。

廻田は飛行甲板に目を向けた。

甲板上では海水が渦を巻きながら溢れ、幾筋もの滝となって右舷から流れ落ちていく。数人の甲板員が転落防止柵に引っかかり、ヘリは奇跡的に流出を免れていた。

どうにか廻田は壁伝いに立ち上がった。

船体の傾斜が徐々に復原を始めた。どうやら転覆は免れたようだ。あとどれだけかは分からないが、廻田にまだツキは残っていた。

どこのバカだ、こんなときにヘリを飛ばせというのは——、格納庫の入り口で額を切った整備士が吐き捨てた。

廻田は大きく息を吸い込んだ。船に戻ったときぐらい無事に過ごしたいという願いさえも叶えられないのか。

「任務は把握したな」背後からふいに竹之内（たけのうち）一等陸佐の声がした。

いつものことだ。そうであって欲しくないという願い事に限って、わざわざ向こうからすり寄ってくる。

廻田は振り返った。今回の訓練を取り仕切っている男、決してミスを犯さないと思い込んでいる上官が立っていた。発言はそれなりに論理的だが、ねずみ男を思わせる面と神経質そうに動く眉毛に人格の薄っぺらさがよく出ている。制服組とは思えないなで肩が、内勤主体の竹之内のキャリアを物語っていた。

はい、と短く答えた廻田はおざなりな敬礼を返した。

「こんな天候下で作戦行動を行う意味があるのですか」

「TR102が我が国にとって重要な施設だからだ。石油戦略上の拠点なのだ。ゲリラなどに破壊させるわけにはいかん。それに今夜は新月だ。天気が良くても闇夜であることに変わりはない」

「洋上の閉塞された場所での戦闘は、当方にも相当の被害が予想されますが」

「損耗率を最小に留めるのが指揮官の仕事だ。貴様は何のためにレンジャーを率いている。万歳突撃しか策がないというのなら、私は無能です、とわざわざ上申してもらう必要はない」

廻田はわざと竹之内から視線を逸(そ)らせた。

「それにあんな新米を連れて行って足手まといにならんのか」隊列を整え直した伊波の左隣に立つ舘山(たてやま)三等陸曹を、竹之内が顎でさした。

「舘山はこの作戦に必要な男です。他に選択肢はありません」廻田の部隊で狙撃の腕前は彼の右に出る者がいない。

「奴は優しすぎる。生きるか死ぬかの修羅場になったとき、経験のなさは致命傷になるぞ。貴様の選択が作戦遂行の妨げにならないことを祈っているよ」

戦闘の経験などただの一度もないくせに、竹之内が口元を歪(ゆが)めながら、居丈高に廻田を突き放した。

「オカから帰還して四時間しか経っていません。どうして海上保安庁を派遣してくださらないのです」

「本艦が最も現場に近いからだ。それに貴様たちがここにいる意味を何だと思っている」

竹之内の眉が微妙に吊り上がった。

眉をしかめた廻田は、五分刈りの頭を撫でながら喉元まで出かけた悪態を呑み込んだ。みずからのステイタスは存分に強調できたと満足したらしく、廻田を指さしながら、いいな、バックアップのヘリはお前たちの五分後に発艦する、と伝えた竹之内は踵(きびす)を返し、そのまま格納庫奥のドアに向かって歩き始めた。

「一佐」背中を丸め、片手で覆いながら煙草に火をつけた廻田は上官を呼びとめた。

竹之内が振り返った。

「次回はぜひ、ご一緒願います」それだけ言うと、相手の反応もたしかめずに廻田は湿ったニコチンを思い切り吸い込んだ。ひび割れた唇からにじんだらしい血がフィルターにこびりついている。

たわけが！

視線を戻すと、もはや竹之内の姿はなかった。

「今ので罰点一つですな、隊長」伊波がにやりと笑った。

バカ野郎と言い返そうとしたとき、館山が軽く咳き込んだ。若いスナイパーがうつむく仕草に紛れさせて、口元の唾液を右手で拭った。

「どうした、館山」廻田は館山に声をかけた。

「はっ。何でもありません」

廻田は見据えた目で、言ってみろと館山に促した。

「実は……。実は先ほどうどんを賞味致しましたが、出撃と聞いてトイレで処理してまいりました」

「処理？」

廻田の質問に、伊波が館山に代わって答えた。

「この天候で胃に何か入れたままヘリに乗るのはちょっと……。帰還後キャビンの掃除が大変なことになりそうですので、事前処理を行いました」伊波は喉に指を二本突っ込む仕草をみせた。

「それで、もういいのか」

「はっ！　もうご心配には及びません」かかとを合わせた館山が指先まで伸ばしきった敬礼で答えた。

「そうか、それを聞いて安心したよ」廻田は鉄帽の顎紐を締め上げた。

（シーガル01、発艦まで三分）

橋詰の声が甲板上に響く。同時に《くらま》が速度を上げた。

誘導員が右手の人さし指を回すと、ロクマルの風防ガラス越しにコックピットの村上三等海尉が親指を立てて返す。ヒュンという風切り音を発しながらインペラーが空気を切り刻み、タービンの始動するかん高い金属音と腹に響く排気音が唸りを上げた。ロクマルが目覚める。機体が小刻みに振動し、ローターが風を切る音とエンジンの爆音が全身を覆う。

機体の周囲で大粒の雪が渦を巻いて舞い上がった。

いつ何時、再び大波に襲われるとも限らない。早く発艦するに越したことはない。陸自の隊員が溺れ死ぬなんて冗談は、笑い話にもならない。

ヘリを固定していた着艦拘束装置を甲板員が外しにかかる。

待ったなしで自分たちの任務が始まる。海自の護衛艦に陸自の部隊が乗船している意味がそこにある。煙草の先を手すりに押しつけた廻田は、一度は海に投げ込もうとした吸い殻を思いなおして胸のポケットにねじ込んだ。

廻田は今一度部下たちに向き直った。

「質問は」

全員が口を真一文字に結んで前方を見据えていた。

「出動！」

廻田の命令に、はっ、と全員が背筋を伸ばした敬礼で答えた。

小銃を肩にかけ、戦闘背のうを背負った隊員たちは、一列縦隊でヘリに向かった。開け放たれたキャビンドアから機内に乗り込んだ彼らの座席は、向かい合う編み上げ式の長椅子だった。狭隘なTR102での戦闘状況を想定し、携帯する火器は九五式小銃のみ。敵の攻撃から身を護ってくれるのは、アラミド繊維と難燃性繊維を多重に織り込んだ迷彩戦闘服と、同じアラミド繊維で作られた九九式鉄帽だけだ。

「離陸準備完了」キャビンクルーがヘッドセットのマイクで廻田たちの搭乗完了を報告しながらドアを閉めた。

「ようこそ、シーガルへ」機長席から振り返った村上は廻田に左手で敬礼したが、その右手はサイクリック・ピッチ・スティックを握りしめ、エンジン出力も離陸回転数ぎりぎりのレベルを維持したままだった。急ぎますよ、いかにもそう言っているようだった。

「よろしいですか」村上が大声で叫んだ。「行ってくれ」廻田は親指を立てて返した。

村上が発着艦指揮所に離陸許可を求めた。

「Seagull01 Request Takeoff」

(Seagull01 Takeoff)

コレクティブ・ピッチ・レバー先端のスロットルを外側に回してエンジン出力を最大にすると、レバーを一気にアップしてメーン・ローター・ブレードのピッチを上げた村上は、ピッチ・スティックを少し前に傾けながら、左ペダルを踏み込んだ。強風を押しのけて十トンの巨体が宙に舞い上がり、転落防止柵をかわしながら上昇飛行へ移行する。

七・六二ミリ車載機関銃をマウントするために取り外された、バブルウィンドウ開口部から猛烈な風と爆音が機内に吹き込む。廻田は思わず鉄帽を押さえた。

高度五十メートルで、スロットルを最大にした機は、白波をかすめて水平飛行へ移行した。猛り狂う海原が窓の外を通り過ぎ、《くらま》の明かりが暗闇の中で急速に小さくなる。ほぼ最高速でTR102を目指すヘリは暴風雨に煽(あお)られ、機体は激しく揺れた。そんな中、廻田はTR102の図面を広げた。到着するまでにその構造を頭にたたき込んでおく必要がある。

「大丈夫か」伊波の大声に廻田は顔を上げた。

廻田の斜め前に座る館山が口元に手を寄せていた。

「これでもなめていろ。胃液が少しは中和される」胸ポケットから取り出したチュッパチャプスを、伊波が館山の鼻先に突き出した。照れた視線を返したスナイパーは、包装紙をはがすとあめ玉を口に突っ込んだ。

「準備がいいな、伊波」そう言いながら廻田は図面に視線を落とした。

「家が駄菓子屋なもんで」

駄菓子屋だと？　ウソをつけ。お前のオヤジは銀行員だったろうが。

苦笑いを浮かべながら廻田は首を回した。

機体がバウンドして大きく揺れた。こんな荒天時に、こんな低空を時速百三十四ノット近い速度でぶっ飛ばせばそれも当然だろう。まるで買い物にでも出かけるごとく村上は機体を操るが、レバーを握るその両肩の筋肉が硬直していることは、フライトスーツの上からでも見てとれた。村上が少しでも操縦を誤れば、あっという間にヘリは海面にたたきつけられる。そうなれば機体もろとも全員が海の藻屑(もくず)と消える。

振り返った廻田は部下を見た。じっと窓の外を見つめている者、小声で何かの歌を口ずさむ者、抱えた小銃の銃床を規則的に指でたたく者、彼らの仕草はまちまちだった。

もしＴＲ１０２で敵と遭遇し、戦闘となれば、帰路でこんな穏やかな光景を目にすることはできまい。怒号が飛び交い、傷口を押さえる掌の間から噴き出る鮮血、気休めのモルヒネにすがる悲鳴、そんな運命が自分たちを待ち受けているとしたら。

若いレンジャーたちは何を想う？　出撃のときに何を感じ、何を恐れるのか。これが実戦と聞かされた瞬間から死の輪郭を漠然と捉えていたはずだ、自衛官である以上、奇蹟を望むほど厚かましくはないが、幸運の女神の覚えがめでたくあって欲しいとは思う。

「目標まで五分。川上（かわかみ）、機関銃の準備」

村上の命令に、機長席の真後ろに座っていた若いガナーが立ち上がる。天井のワイヤーにハーネスのフックを引っかけた彼は、七・六二ミリ機関銃にベルトリンクの銃弾を装着すると、最後に安全装置を解除した。

「試射」村上が指先をくるりと回した。

川上が空に向かってトリガーを引く。バリバリという発射音が響き、曳航弾（えいこうだん）が闇に向かってオレンジ色の軌跡を描いた。

「廻田隊長、プラットフォームが目視できます」副操縦士（コパイ）が風防ガラスの前方を指さした。

廻田はコパイの頭越しに目を凝らした。せわしなく首を振って雪粒を払いのけるワイパーの間から、夜光虫が宿った櫓（やぐら）を思わせる構造物が水平線上に浮かび上がる。

東亜石油所有の石油掘削プラットフォームＴＲ１０２だ。

「あと三分で目標上空です。機は上空でプラットフォームの状況を確認後、ヘリデッキに降着します。部隊降下後ただちに離陸。上空で待機します」村上が計器から移した目を廻田に向けた。

部下の方へ向き直った廻田は指を三本立てた。

「機を離れたらただちに散開。加藤、山岡はヘリデッキ上から部隊をバックアップ。作戦時間は三十分に限定する。よく聞け！　敵に遭遇し、攻撃を受けた場合はただちに反撃し、これを殲滅しろ」

「ドアを開けます」クルーが左側のキャビンドアを開け放った。

両耳を削ぎ落とされそうな寒気がキャビン内に吹き込む。

「接近します」少し首を傾け、十一時の方向に顔を向けながら、村上はヘリを左旋回させた。ガナーも銃口をＴＲ１０２に向ける。

遠くから眺めれば灯台を思わせたＴＲ１０２だったが、直近から見るそれは巨大な鋼鉄製の構造物だった。デリックの照明に照らされた横なぐりの雪が、イナゴの大群を想像させる。海中から突き出た四本の鋼管支柱に支えられたデッキ・コラムは、一辺が六十メートルはありそうな正方形をした鋼鉄製の構造物で、コラムの北の端には生産処理施設、掘削施設、居住施設などを収めたモジュールが載せられ、中央に高さ五十メートルはありそうな巨大なデリック、つまり鋼鉄製の櫓が立てられている。さながら円椅子の上にケーキの箱を置き、そこに馬鹿でかいコーンアイスを逆さに突っ立てたようなものである。こんな巨大な構造物を大海原の只中に据えること自体が、廻田には驚き以外の何ものでもない。

「川上、何か見えるか」村上が振り返った。

「……何も」川上の声が寒風にちぎれ飛ぶ。

「よし、念のためにもう一度旋回する。川上、照準を外すなよ」機はスピードを上げながら、もう一度左旋回に入った。機体が大きく左に傾く。腰が浮いて、体を流されそうになった廻田は、思わず両足を踏ん張った。

「隊長、特に不審な状況は確認できません。着艦のご判断を」村上が振り返る。

「行こう」廻田は決断した。

親指を立てた村上が機体を急角度でヘリデッキへ降下させた。

モジュールの西の端に積み木を積んだように一段高くなった居住区から、さらに海上へ向かってヘリデッキが張り出していた。

またたく間にデッキが目の前に迫る。急激に減速する機体が激しく揺れた。ローターのダウンウォッシュで雪の結晶がかき回される。

「ドーンといくぞ、踏ん張れ！」村上が大声で叫んだ。

機体のフレームがビリビリ軋(きし)んだ。その直後、突き上げる衝撃に足下をすくわれそうになった。

この強風下で村上はロクマルの巨体を見事にランディングさせた。

「発射モードは三発点射に設定。グレネード弾装着。確認」

確認しました！　全員が瞬時に答えた。

「行くぞ」廻田が右手を挙げる。

十名のレンジャーが加藤、山岡を先頭に次々とキャビンから飛び出す。

そのときがやって来た。ここから先は恐怖を振り切り、疑問を捨て去って一人の兵士になりきらなければならない。理性は繋ぎ止めても、安っぽい慈悲など無用だ。

廻田はキャビンの踏み板を蹴った。

正面からの攻撃をかわすために散開しながら、各員が階下へ繋がるタラップに駆け寄る。エンジン音が雄叫びを上げ、頭上をかすめながらヘリが高々と離陸していく。

視界を遮る降雪が激しくなった。

ヘリデッキの北と南の端に駆け寄った加藤と山岡が膝撃ち姿勢をとり、下層階に向けて小銃を向けながら状況を確認する。

加藤が右手を挙げる。

山岡が右手を挙げた。

「続け！」幅が二メートルはあるタラップを廻田は駆け降り、踊り場で折り返した。館山たちがあとに続く。

「止まれ」廻田は小さく右手を挙げた。

廻田は手すりの隙間から居住区につながるキャットウォークの様子を窺った。足元のグレーチングの隙間から吹き上げる強風に、周囲の水銀灯がちぎれんばかりに揺れていた。目視できるのはそれだけだった。廻田は顎をしゃくった。訓練を重ねるうちに、ある種の悟性をレンジャーは体得する。周囲に潜むリスクを嗅ぎ分ける嗅覚に似た感覚。

何かがいる、廻田はそう確信した。

銃を構えた館山が一階下のドリルフロアを覗き込んで、いきなり手すりの陰から上半身をせり出した。廻田は館山の背のうをつかんで引きずり戻した。

「気をつけろ、バカ野郎」

物陰から敵がスコープでこちらを捉えているなら、たちまち頭をぶち抜かれる。死はどこにでもある。命を落とす者はそれに気づかない。生き残る者は臆病者で、戦死する者は間抜けなだけだ。ただそれだけの差だ。

「次、同じことをやったら海に突き落とすぞ」

「すみません」泡を食った館山が首をすくめ、頬をいっぱいに膨らませた。

廻田は舌打ちで叱責した。

「援護しろ」廻田はキャットウォークを渡り切った向こう側、つまり居住区へ繋がるドアを指さした。ドアの手前に二畳ほどの踊り場がある。そこがとりあえずの目標だった。館山たちがいっせいに銃を構える。キャットウォークの長さはほんの十メートルほどだが、軽量鉄骨で組み上げられた渡り廊下は身を隠すものがない。ということは、そこを渡っている間は四方から狙われるということだ。

廻田は腕時計を見た。ここまで五分。

廻田は中腰のままキャットウォークを駆け抜けた。

迷わずに走った。戦いの場で躊躇(ちゅうちょ)することは、自分の命を捨て去ることと同意だ。

八歩でキャットウォークを突っ切り、二歩でかがむと体をねじる。廻田は体ごとぶつけながら踊り場の柱へ背中を押しつけた。そしてH鋼の柱の陰で、可能な限りブラインドになる姿勢を確保した。素早く周囲の状況を確認する。それから身をよじって銃口を下に向けた。とりあえず、まだ廻田は生きていた。

周囲には風と波の砕ける音だけが響く。

廻田は伊波と館山を呼び寄せた。

半開きのドアから館山が、すばやく発光手榴弾（はっこうしゅりゅうだん）を投げ込む。

一呼吸おいてから、廻田は居住区に突入した。

薄暗く、異常に蒸し暑い室内は、作業服に着替えるためのロッカールームで、雨合羽を乾かすための乾燥機が付けっぱなしになっていた。乾燥機のスイッチを切った廻田は目を細め、奥を見つめた。

暗闇に目が慣れると、床の上に何かが転がっている。

銃を構えたまま、廻田は息を呑んだ。目を凝らすとそれは大きな肉塊だった。べったりと血糊（ちのり）のこびりついた合羽が、脇に放り出されていた。

「これは」伊波が廻田の後ろに立った。

S国でのPKO活動が長かった廻田には死体というものに対する免疫ができてしまっている。砂漠の道端で頭を撃ち抜かれた現地人を見ても、淡々と処理を行うようになっていた。恐怖、憐憫（れんびん）など、普通の人間には起こるであろう情動が、いつの頃からか湧き上がらなくなっていた。飼い犬の死の方がよほど辛（つら）かった。しかしこの死体は違う。

――何だ、この死に様は……。

死体の状況を確認するために廻田は肉塊の前に跪（ひざまず）いた。それがかつて生きていたときには身長百七十センチ程度の男性だったのだろう。しかし今となっては作業服を身につけているために、ようやくそれが人間である――いや、あった――ことが確認できる程度だ。顔面の皮膚はすべて溶解してなくなり、解剖人形を思わせる眼輪筋、頬骨筋、頬筋、口輪筋などの表情筋がどす黒くむき出しになっている。頭髪は皮膚と一緒に脱落したらしく、わずかな肉片の残された頭蓋骨がむき出しになっていた。よほどもがき苦しんだらしく、男の上体はエビ状にのけぞり、大きく開け放たれた口からだらりと垂れ下がった舌全体が黒く変色している。瞼が欠損した両目からは、充血した眼球がこぼれ落ちそうだった。上着の袖から突き出た両腕が天井を向き、何かを引っかくように折れ曲がった指は第一関節から先が欠落している。吐き気を抑えながら、廻田は死体の下半身へ目線を移した。半ズボンの先から伸びた両足はなぜか腫脹している。むき出しの筋肉がささくれ立ち、所々に潰瘍らしき窪みができて、そこが血だまりになっている。

　廻田は腰のサックから引き抜いた銃剣で上着の胸の部分を慎重に切り開いた。その下から覗いた胸板にはまだわずかに皮膚が残っていた。しかし一面に豆粒大の水泡を発症し、一部に膜様落屑が認められる。

　全身が壊死したように傷んでいる。これはウイルスや細菌によるものとしか思えない。二年前、ウガンダでの任務にそなえ、アフリカ地区の感染症については一通り学んだが、こんな症例は見たことがない。劇症型A群連鎖球菌感染症の比ではない。カポジ肉腫でもない。稀に南アフリカで猛威を奮うことがあるエボラ出血熱やブルーリ潰瘍でさえ、ここまで劇的な症状は示さないはずだ。

　いったい、この男は何に感染した？　何に冒されたのか。

廻田は顔を上げた。壁にこすり付けられた血筋が半開きになった奥のドアに続いている。ドアの向こうは食堂のはずだ。立ち上がった廻田は、額を汗が伝い落ちるのを感じた。

「伊波、加藤にドリルフロアを調べさせたあと、《くらま》へ状況報告。先方の判断を仰げ。それが終わったら部下たちの状態を確認しろ」そこまで言ってから、廻田は伊波に耳打ちした。「各員の発症の有無を確認しろ」伊波にそう言い残した廻田は銃を構え直した。

「あの……、隊長、おやめになった方が」伊波が廻田を呼びとめた。

「かまわん」

来い、と館山に声をかけた廻田は奥へ進んだ。すでに自分たちも感染しているのでは、という不安を抑え——落ち着け——と自分に言い聞かせた。ここで引き返すわけにはいかない。それよりも何よりも、もし自分たちが感染しているなら、もはや母艦に戻ることは許されない。

整理しなければならないことと、決断しなければならないことが頭の中で渦を巻いていた。

食堂へ続く鉄製のドアを抜ける。そこは一度に二十名が座れるほどの広さだった。一歩踏み出すと、なぜかドアのすぐ内側に椅子と机が重なり合って積み上がっている。

小綺麗(こぎれい)であったろう食堂。

室内は血の海だった。おびただしい血。破裂した大動脈から噴き出したかのごとく、壁一面が血液の飛沫(ひまつ)で汚されている。どこもかしこも同じだった。床一面が赤黒く染まり、まだ完全に凝固していない血だまりからは、湯気が立ち上っている。血溜まりのあちこちにロッカールームと同じ肉塊が転がり、椅子の白い背もたれには指でかきむしった血筋が抽象画のごとく幾筋も残されている。どの遺体もロッカールームのそれと同じで、もがき苦しんだ様子がはっきりと見て取れた。

数体の死体をまたぎ、血だまりで滑る床を踏ん張りながら、廻田はさらに奥の居住区へ進んだ。どこも同じだった。居住区の廊下にも無残な死体が折り重なっていた。両側に並ぶ職員の私室と思われるドアのほとんどは開け放たれていたが、中を覗く気になどなれない。

そのとき無線が廻田を呼んだ。

（伊波です。隊長、お戻りください。ヘリの燃料が切れます）

「プラットフォーム内は調べたか」

（はい、他に異常は確認できませんでした）

腕時計のアラームがすでに二十五分が経過したことを教えてくれた。廻田は踵を返した。もうここにいる意味はない。廻田は館山を連れて足早に引き返した。とにかく外の空気を吸いたかった。血の臭いで息がつまりそうだ。息を止めて食堂とロッカールームを抜け、キャットウォークに出た。顔をたたく雪の結晶でほてりを冷まし、湿った潮風を胸いっぱいに吸い込んだ。

伊波が迎えてくれた。

「《くらま》からの連絡です。予定通りヘリで帰還せよ、とのことです。ただ帰還後、二次感染を防ぎ、経過を見守るためにヘリの乗員も含めて全員が隔離されます」

「ヘリはどうする」

「海中に投棄されます」

廻田は無言で胸ポケットをまさぐった。クシャクシャになったマイルドセブンの箱が顔を出したが中身は空だった。舌打ちしながら、風の中に箱を投げ捨てた廻田は胸ポケットに押し込んでいた吸い殻のことを思い出した。

そっとポケットに冷えきった指先を突っ込んだ。

形が崩れぬよう、そっと取り出したシケモクに廻田は火をつけた。これが最後の一服か。こんなシケモクが……。

あった。

「ここの処理をどうしますか」伊波が尋ねた。

「どうしようもない。これは俺たちの範疇ではない」

煙草を右手にはさんだまま、廻田は手すりにもたれかかった。

伊波が横に並んだ。「我々も感染したでしょうか」

最後の一服を吸い込んだ廻田は、すでにフィルターだけになった吸い殻を海に向かって投げ捨てた。ニコチンで頭を冷やし、それから自分なりに状況分析を行った。

廻田はふっと息を吐いた。

「分からんよ」

頭上でヘリの爆音が響いた。そのとき廻田は、キャットウォークの手すりに両手をかけた館山に気づいた。若いレンジャーの顔は蒼白で、全身が小刻みに震えている。

伊波の足を蹴った廻田は顎で館山をさした。一瞬怪訝そうな表情を浮かべた伊波がすぐに館山の変調に気づき、ため息交じりに小さく首を横に振った。

「大丈夫か」伊波が声をかけた。

こちらを向いて何か言いかけた館山が口を押さえ、慌てて身を翻すと、手すりから上半身を乗り出して吐いた。すでに胃の中には何も残っていないらしく、館山の口から胃液が滴り落ちた。

その姿を見ながら、廻田はなぜか胸騒ぎを覚えた。

※

二月十日　朝　事件から六日後
茨城県　つくば市　理化学研究所

いらつく電子音が富樫を呼んでいた。

鉛を注入されたように重い瞼を薄く開くと、くたびれ果てた神経を逆撫でして、枕元の目覚まし時計がわめき散らしている。ヒスを起こした性悪女をなだめるように、富樫は時計をたぐり寄せた。その拍子に、机の上からの写真立てが床に落ちた。ガボンで撮った家族の写真だ。あのときの二人は写真の中で笑っていた。そこで由美子と祐介は永遠に笑っている。これからもずっと。

そして今、過去の栄光も天才の誉れも、すべては褪せ、思い出は歩みを止めた。

ガボンの森の中で目覚めることを願いながら同じ朝を迎えても、あの日々は過去に消え去り、この先、腕を広げて富樫を温かく迎え入れてくれる者などいない。

午前九時。

まだ九時じゃないか。ベッドで横になってから、ほんの二時間しか経っていない。恒温室で培養している新型出血熱の細菌の発芽状況を確認したあと、研究所に併設された宿舎へ戻り、着替えもせずにベッドへもぐり込んでから二時間しか経っていない。この三日間、ほとんど寝ていない。主食は持ち帰りの牛丼だった。もう一眠りするつもりで寝返りを打ちながら、あと十分で定時観察の時間になることを思い出した富樫は、くそっ、と自分に悪態をつき、ベッドの上で半身を起こした。中途半端に睡眠を取ったことで余計に疲れてしまった。

いつものことだ。慢性的な不眠症には慣れたが、最近、誰かがいつも傍に立っている気配を感じる。夜、闇の中で何かの囁きも聞こえた。

机の上に置いた白い粉末がこびりついたスライドガラスに手を伸ばそうとした。

指先が妙に青白い。富樫は思い直した。

――朝からはまずい。それより、シャワーを浴びよう。

東の窓を開けた。冬の陽光に寝ぼけたままの視神経を直撃されて、思わず顔を背けた。左手をかざすと覇気のない日差しが指の隙間から消散していく。

時間がない。朝飯は今夜食べることにしよう。浴槽に湯をはりながら、昨日から着たままのシャツを洗濯機に投げ込んだとき、インターホンのチャイムが鳴った。

――誰だ、こんな時間に。

「どなたですか」

青白い指でインターホンのスイッチを押す。

死神のお気に入りの色だ。

(お休みのところ申し訳ない。つくば署の者です)

「何の……」突然、富樫は激しい狭心痛に襲われた。虚血によって瞳孔が狭まり、目の前が暗転する。動悸が激しくなる。よりによって、こんなときに強迫性神経症の典型的な症状が現れた。

警官に気づかれてはまずいと富樫は息を呑み込み、懸命に頭痛と吐き気を抑え込んだ。何度か深呼吸すると、ようやく症状が和らぎ、口元に手を添えながら、何事もなかったかのように富樫は顔を上げた。

「何の御用ですか」

（大至急、お願いしたいことがあります。ドアを開けて頂けますか）

しぶしぶロックを外した。

よほど待ちきれないらしく、向こうからドアを引いた。

開いたドアの隙間から長身の警官と、それとは対照的にずんぐりむっくりしたスーツ姿の男が見えた。警官が敬礼した。

「富樫裕也さんですか」

鼻を右手で覆い、無言で頷いた。警官にケンカを売る気はないが、愛想良くする気もない。

「突然なことで恐縮ですが、一刻を争いますので、要件のみお伝えします。ただちに首相官邸までおいで頂きたい」

キャッチバーの客引きを思わせる胡散臭さが鼻についた。すぐにドアを閉められるよう、富樫はノブにそっと手をかけた。ちょっとでも気を許せば、災いはわずかな隙間をすり抜けてくる。

「なぜ私を」

「ここでは申し上げられません」警官が制帽のひさしに軽く手を添えた。

警官の横に立つスーツの男と目が合った。男の目は笑っていなかった。

「申し訳ありませんが、今、実験中ですから」

厄介事はすべからく遠ざけるべしだ。逃げるわけではないが、わざわざ関わりを持つほど自分の心は広くない。体よく断り、ドアを閉めようとした。

それでこの話をチャラにするつもりだった。

断る理由など何でも構いはしない。

どうせ、遠巻きにされたまま唾を吐きかけられ、つぶてを打たれて責め立てられるだけだ。

ドアのノブを引いた。ドアが途中で止まった。ドアの隙間につま先をはさみ込んだスーツの男が、ポケットに両手を突っ込んだまま、顎を上げてこちらを見据えている。

——気づかれたか。富樫の背筋に冷たいものが走った。

ドアの隙間から威嚇する目線がすり抜けてくる。たった五センチの隙間から男が脅しをかけた。

「どうしても同行して頂きます。拒否されるなら公務執行妨害に当たるとお考えください」

脅しの利いた声。言葉使いとは裏腹に居丈高な態度だった。


富樫は宿舎の玄関でパトカーの後部座席に押し込まれた。パトカーの助手席には若い刑事が待機していた。部屋までやってきた凸凹の二人が富樫をはさみ、不遜な態度の男が富樫の左に座ると安物の整髪剤の匂いが鼻をついた。まるで護送される犯人だ。スーツの男が「行け」と一声発した。パトカーが発進した。けたたましいサイレンに、職場の同僚たちが窓から覗き込んでいる。

そんなにパトカーが物珍しいなら、いつでも代わってやる。

「平林（ひらばやし）警視、片岡（かたおか）審議官です」

そう言いながら助手席の刑事が体をひねって、携帯を富樫の左の男に差し出した。

警視？　このさえない男は警視だったのか。

「はい、……そうです。今、宿舎を出ました。一時間ほどで到着できると思います。……。了解しました」電話の向こうの相手に状況を伝えた平林が携帯を切った。

どうやら自分は国家なるものに捕らわれたらしい。

筑波研究学園都市は、研究・教育施設、住宅、都心の三地区が二千七百ヘクタールの敷地に建設され、東大通りと学園西大通りを中心とした幹線道路で繋がっている。どの道も道幅が広く、見事な街路樹が両側に植えられていた。富樫の研究所がある研究・教育施設地区は大学や公的研究機関からなり、北部に文教系、北西部に建設系、南部に理工系、南西部に農林・生物系の機関が配置されている。

学園西大通りから十九号線を走るパトカーは、つくば中央インターで常磐自動車道に入った。研究所から霞ヶ関までは、首都高経由で、普段の混み具合なら五十分の道程だ。パトカーは赤色灯とサイレンで、前方の車両を蹴散らしながら突っ走った。

東京へ近づくにつれ、空模様が怪しくなった。富樫の心の内と同じ曇天に変わっていく。

三郷ジャンクションからは六号線、箱崎を通り過ぎ、パトカーは都心環状線に入った。千鳥ヶ淵の先にあるトンネルを通って三宅坂を抜けると霞ヶ関の出口は目の前だ。首相官邸は外務省前の交差点を直進したあと、距離にして二百メートルほどだ。次の信号を右折した丘の上に建つ。パトカーが坂を上り切ると、警備の警官が手際よくカラーコーンを移動させて、敬礼しながら進路を空けた。

囚人の護送は堂に入ったものだ。

官邸の玄関で、仕立ての良い紺のスーツにストライプのナロータイを締めた若い男と、二人の屈強なＳＰが富樫を迎えた。若い男は細身で、髪型はショートレイヤー、唇の薄さが気になるものの、聡明そうな目をしている。黙って握手を求められればシンクタンクの研究員と勘違いするだろう。男は富樫の手を握りながら目線で平林に、ご苦労と伝えた。階段を昇っていく人間とはこういう男なのだろう。

「内閣官房の片岡です。お待ちしておりました」

一方的な自己紹介とともに、官僚という種族の片岡が愛想笑いを浮かべた。

「私に何の用ですか」

「首相がお待ちです。こちらへどうぞ」

こちらの質問など聞こえないのか、片岡がさっさと富樫を先導する。

なるほど。審議官ともなれば、平民に対する多少の無礼は不問に付されるようだ。すぐ後ろにＳＰが張り付き、急(せ)かされながら廊下を進む富樫が護送される犯人と異なるのは、手錠をされていないことぐらいだ。

ガボンから戻って以降、富樫はいつも一人だった。連れているのは闇だけだ。

テレビニュースによく映る官邸のロビーを抜け、片岡は四階へ富樫を案内した。

廊下の両側に並んだ何番目かのドアを片岡がセキュリティカードで開ける。

中は狭い会議室だった。

足を踏み入れた富樫は、一瞬、立ち止まった。やけに薄暗い室内に大河原(おおがわら)首相と、磯崎(いそざき)官房長官、富樫も良く知る宮内(みやうち)厚生労働大臣、もう一人、名前を思い出せない男が丸テーブルを囲んで顔を揃(そろ)えていた。国政を司る連中はなぜか仏頂面のオンパレードで、室内は暗さのせいもあって、えもいわれぬ陰うつな雰囲気が充満していた。

遅くなりました、と一礼する片岡の横に富樫は腰掛けさせられた。

退路を塞いでドアを閉じたＳＰがその両側に分かれて立った。

「首相、お待たせ致しました。博士が到着されました」腕時計で時刻をたしかめてから、磯崎官房長官がおもむろに切り出した。

大河原が難しい顔で頷(うなず)いた。

「あなたが、かの有名な富樫博士ですな。最も著名な医学賞として知られるガードナー国際賞を三十代で受賞されたとのこと。いやはや、素晴らしい経歴ですな。このたびは、突然お呼び立てして申し訳ない」

下らぬ世辞などどうでもよい。かつて、国立感染症研究所にこの人ありと讃えられた富樫。常に列の先頭に立ち、学会の常識が富樫の論文とともに形成されたのは、三年前までのこと。研究者の名声など、あっという間に化石に変わり果てる。

「私に何の御用でしょうか」

「それをご説明する前に、お願いしたいことがある。これからお話しすることは国家機密に関わる内容です。よってここで知り得た事実は一切、口外せぬよう」首相の目は有無を言わさぬものだった。

磯崎官房長官が片岡に合図を出した。

片岡が頷き返す。「それではＴＲ１０２で発生した感染症に関する現在までの状況をご説明致します」片岡は洒落(しゃれ)た眼鏡を鼻にのせると、手許(てもと)の資料に目を落とした。

——感染症？

磯崎が報告書の控えを富樫の前に滑らせた。

片岡の口から、事件の経緯、発見時の遺体の状況、原因究明の方策、などが報告されていく。富樫は黙したままじっと聞き入った。六日前に北海道沖の太平洋に浮かぶ石油掘削プラットフォームで、正体不明の感染症が発生し、作業員全員が死亡したらしい。そっと報告書を持ち上げようとしたとき、頁(ページ)と頁の間から数枚の写真が抜け落ちた。そこに写された地獄絵のごとき凄惨な光景が目に入った瞬間、富樫の中でガボンの記憶が弾けた。

息が詰まり、耳の奥で心臓が激しく脈打つ。

何ということだ、北海道でこんなことが……。

富樫は会議室内を見回した。鈍牛(どんぎゅう)なる大臣たち、彼らはプラットフォームで発生した事態に潜む恐怖の実体を分かっていない。最初の患者が発症してから、救急の連絡もできないまま全員が死亡することなど、普通はあり得ない。よほどの劇症で、かつ未知の感染症に違いない。予期せぬ災厄を目の前にして、いかに人類が無防備で脆弱(ぜいじゃく)であるか、愛する者を引き裂かれてようやく人々は神の怒りが何たるかを知る。

富樫には分かる。

やがて、この世に真の地獄が姿を現し、人類はなす術もなく立ち尽くす。

「ＴＲ１０２の遺体は皮膚や内蔵が激しく損傷し、塩素ガスによる中毒と同じく、体内のタンパク質が分解されているとのことです。国立感染症研究所にて被害者の血液から感染症の原因と思われる新種の細菌を分離、培養し、動物実験による血清抗体検査を実施中です」

傍らの片岡が淡々と状況報告を続けていく。彼にとっては、北の果てで発生した感染症など、日々こなすべき政務の一つに過ぎないらしい。

人の命はそうやって値踏みされるのだ。

アフリカでもそうだった。

深い憂慮とわずかな好奇心が胸のうちに湧き上がる頃、片岡の説明が終わった。

「博士、事件についてどうお考えかな」宮内厚生労働大臣が指先で富樫に尋ねた。

せっかくの機会だ。未知の感染症という国家の危機を議論する連中のレベルはいかほどなのか、富樫は試してみることにした。

「報告書の通り、TR102の作業員の命を奪ったのが微生物としましょう。微生物には細菌、ウイルス、真菌、原虫が含まれますが……」

「ちょっと待った。細菌とウイルスの違いは何だ」

大河原が富樫の話の腰を折った。

——思った通りだ。

所詮、政治家とはその程度だ。ずぶの素人が、パンデミックの議論をしようとしているのか。彼らが背負っているのは国家の危機ではなく面子だ。

「ひと言で言えばその大きさです。細菌はウイルスよりも大きい微生物です」大河原の反応をたしかめるため、富樫はちらりと視線を送った。「地球が誕生したのは四十六億年前ですが、細菌の出現は三十五億〜三十七億年前とされています。地球ができてから十億年後に自己複製能力をもった細菌細胞ができ上がったのです」お分かりですか、といった表情で富樫は首相を見た。

「細菌は原核生物で核膜がなく、ＤＮＡはゴム輪のごときひも状となり、それが幾重にも折りたたまれています。細菌の単一細胞の基本形態は球状、棒状、コンマ状、らせん状で、それぞれを球菌、桿菌、コンマ状菌と総称します。今回の細菌がどれに分類されるかは、今の自分には分かりません」

「その問題は近いうちに答えが出るとして、被害の拡大を防ぐためには必要なことは？」

「感染経路の解明です。細菌の感染経路には消化器系感染、呼吸器系感染、飛沫系感染、生殖器系感染、経皮感染があり、このケースは感染者の症状からして経皮感染が有力と思います。ただ、本来、皮膚は強力なバリアーの役目をもっていて、外傷、火傷などによってバリアー機能が損なわれなければ、微生物が侵入することはありません。いったい、こいつはどうやって人体に取りつき、こんな短時間に体表面を破壊することができたのかまったく謎です。ただその威力たるや、最も危険度の高い一類感染症に分類されるエボラ出血熱、ペスト、コンゴ出血熱、ラッサ熱の比ではなさそうです」

富樫と大河原がやり取りしている間も、その横に陣取る名前を思い出せない男が、じっと手元の書類に目を通していた。

ちらりと、書類の頭書きが見えた。

富樫の経歴だった。

「審議官、そもそもなぜ陸から遠く離れたプラットフォームで激甚の感染症が発生したのか、理由は突き止めたのか」姓名不詳の男が片岡に問うた。珍しく鋭い質問ではある。

片岡が小さく首を横に振った。

「まだ不明です。除染作業に向かった自衛隊の中央特殊武器防護隊が、現場の調査結果を感染研に報告しております。テロの可能性も含め、現在、分析中です」

宮内厚生労働大臣が富樫の方を向いた。「これが北海道に拡散すればどうなる」

宮内の興味は微生物の正体ではなく、防疫だけらしい。

安堵の笑みを漏らす答えであるわけがなかった。

「最悪のケースは飛沫系感染を行う偏性好気性菌の場合ですが、適切な隔離処理がなされなければ数週間で北海道が壊滅することもあり得ます」富樫は確信に満ちていた。

「たった数週間で北海道が壊滅するというのか」

宮内が天井に目をやったまま押し黙った。

「感染した動物の血液、体液、死体などが土壌や体表を汚染し、空気に触れると栄養形は再び芽胞体に戻り、野外に放出されると地表を汚染する。細菌の増殖は単純な二分裂のものが多い。細菌の増殖は倍々ゲームです。大腸菌は人の体内で、二十分すると二倍になる。六十分で八倍。二時間では六十四倍です。そして二十四時間では一千億の百億倍に増殖するのです」

博士、と机の上で指を組んだまま、宮内と富樫のやり取りを聞いていた首相が口を開いた。「この細菌は間違いなく一類感染症に分類されるだろう。我々は素人だ。しかしパンデミックだけは何としても回避しなければならない。何とぞ、協力願いたい」そこで、首相が咳払いを一つはさんだ。「正直に言おう。実は、国立感染症研究所だけでは解明できない由々しき問題が発生している。ぜひ、天才と呼ばれるあなたの協力が必要だ」

富樫の返事を聞くより先に、首相が片岡を見た。「片岡君、車の準備は？」

「すでに準備は整えてあります。ここから研究所に直行して頂きます」

「お断りする！」

富樫は声を荒らげた。

あまりの剣幕に周りの連中が驚いて富樫に顔を向けた。

何を好き好んであんな所へ。熱くなりかけた自分に、富樫は落ち着けと繰り返し言い聞かせた。

まさか、ここで強迫性神経症の発作を起こすわけにはいかない。

「それは、あそこが君を追い出した機関だからか」

ずっとそっぽを向いたまま富樫の経歴書に目を通していた男が口を開いた。その男の名前を富樫はようやく思い出した。

牧内（まきうち）危機管理担当大臣だ。

「何とでもおっしゃってください。私は今、自分の研究で手いっぱいです」

「また、人体実験かね」

牧内の皮肉に、富樫は嘲（あざけ）りの笑いを口元に浮かべてみせた。人体実験？　そんな低俗な言葉でしか介入研究としての臨床試験を語れないこと自体が、この男のレベルを物語る。牧内は疫学とメアリー・シェリーの小説の違いさえ分かっていない。感染症研究者に必要なものは、広い見識、信念、そして決断力だ。未曾有（みぞう）の困難に直面したときには、かけがえのない命を犠牲にしてでも、多数を守る勇気が必要とされる。しかし今、それを目の前の連中に説こうとしても、のろまな口バたちには理解できまい。

「もはや、ここに長居しても意味がないようです。これで失礼する」

立ち上がろうとする富樫の腕を片岡がつかんだ。

「大臣、今のご発言はさすがに礼儀を失していらっしゃる。言葉を謹んで頂きたい」

「言い過ぎだぞ、片岡」慌てた磯崎官房長官が片岡を諭すように、語尾に力を込めた。「大臣はそんな意味でおっしゃっているのではない」

——ならばどんな意味だ。

場を鎮めようと立ち上がった大河原が、机に両手をついて富樫の方へ身を乗り出した。

「博士、国民の安全を守るためには、あなたの協力が必須だ。そんな高所からご判断頂きたい。とりあえず、一度、研究所まで同行願います。返事はそのあとでも結構だ」

「それでもお断りしたら？」

「政府の依頼を断ると？」大河原が本気とも冗談ともつかない言葉を口にした。「強要するつもりもないが、分かりましたと引き下がるわけにもいかない。博士、日本で初めてパンデミックを許した首相に私をしないで欲しい」

首相の器とはその程度らしい。北海道五百五十万人の命を背負わされている覚悟を、取引の条件にしてどうする。

机の上で両手を組んだ片岡が大河原の発言を補足する。

「博士もよくご存知の《感染症の予防及び感染症の患者に対する医療に関する法律》、略して《感染症法》では、感染症の発生状況、動向把握、原因調査は道知事の責任で当該職員が行うことになっております」

富樫は苦笑で返した。

「あなたたちは分かっていないようだ。未知の感染症に自治体レベルで対処することなど不可能。今回の事態では、条文中の厚生労働大臣を内閣総理大臣、都道府県知事を厚生労働大臣に読み換え、首相の直轄体制ですべてを決定すべきだ」

大河原が呆(あき)れた声を上げた。

「博士、それはあなたが決めることではない。どのような事態に対しても地方主権を基本とする、我々はどんなときでもこの信念を貫く。強い政府とはそういうものだ」

富樫は顎に手を当てた。ずいぶんと偏屈な信念を掲げる政権だ。

片岡が申し開きの言葉を続ける。

「すでに、第二十七条、ならびに第三十二条に基づいて、TR102の消毒と立ち入り禁止措置は対処済みです。すべてを極秘裏に進める理由は、不用意に近隣住民をパニックに陥れないためとご理解ください」

感染症法には情報の公表も明記されているが、あれほどの劇症にもかかわらず、正体が不明なことから、政府は事実の公表を控えて限られた者だけで処理する気のようだ。しかし、チリの一つでも漏れれば、たちまちマスコミは嗅ぎ付ける。その先に待ち受けるのは総辞職だろう。大河原は腹を決めたのか、それとも誰かの入れ知恵か。

富樫はちらりと片岡を見た。

彼が自分を迎えに来させた理由……。突然の召喚、少人数による秘密会議とものものしい警備、それらがすべてを物語る。ＴＲ１０２を襲った微生物に関する剖検、鏡検による微生物の検出、抗原検査、血清抗体検査、病理組織学的検査など原因調査に関する流れのどこかでただならぬ事態が起きているに違いない。

すべてを極秘裏かつ早期にという、政府の筋書きが狂い始めたのだ。

ただ、それよりも遥（はる）かに重要なことがある。こちらが手をこまねいている間に細菌が道東のどこかに上陸すれば、北の島は死屍（しし）累々たる死の土地に変わるかもしれない。それを食い止めるために許された時間は、長くて一週間だ。

その災禍の縁に自分は立っている。

富樫はドアの前に立つＳＰへさりげなく視線を移した。

どうやら富樫が首を縦に振るまで、会議室のドアは開かないらしい。

富樫は官邸から公用車のクラウンに詰め込まれ、取る物も取りあえず、国立感染症研究所村山庁舎へ移送された。研究所は武蔵村山（むさしむらやま）市の東方、ＪＲ立川（たちかわ）駅からバスに乗り継いで、三十分ほど北へ向かった所にある。あたりはスプロール化、つまり、農地が虫食い状態になって宅地化が進む、日本のどこにでもある郊外風景だった。徒歩で訪れるなら、村山団地停留所でバスを降り、表通りから建て売り住宅が並んだ細い車道を入り、何度か道を折れた先、こんな所になぜという一角に、敷地約二万平米、建物延床面積一万平米を擁する国立感染症研究所村山庁舎が建てられている。青い外壁で二階建ての庁舎は一目で研究所と分かるが、本館前の広いロータリーと車寄せに人影はまばらで、妙にひっそりとしている。ここは日本国内に二ヵ所あるＢＳＬ‐４（バイオセキュリティレベル）の研究施設の一つだが、地元住民らの反対により、現在はBSL‐3までしか運用されていない。
公用車を玄関で迎えたのは、鹿瀬(しかせ)細菌第一部長だった。背が低く、かつ、ぼてっと腹を突き出した典型的な中年男の体型をしている。生え際の後退した額、目の下がたるんでせわしなく動く瞳に、神経質な性格がにじみ出ていた。官邸からの指示でなければ、鹿瀬が富樫をわざわざ出迎えたかどうかは分からない。

作り笑いで、久しぶりだな、と握手を求める鹿瀬を、車から降りた富樫は無視した。鹿瀬が、そこで癇癪(かんしゃく)を起こしたなら、富樫は踵を返してこの場所から去るだけだ。そんな二人の異様な雰囲気を察したらしい片岡が間を取り持つ配慮を見せ、富樫の背中を押して建物の中へ入れと促した。

インフルエンザの予防接種を奨励するポスター、結核予防のポスターなどが貼られたエントランスホールも富樫がいた頃のままだった。

三年ぶり、落ちぶれた感染症学者のみすぼらしい帰還だった。

立ち止まった富樫は、内部を見回した。

昔のままなら本館の二階が鹿瀬の執務室だ。予想通り、鹿瀬はエントランスホール脇の階段から二階へ上がり、幹部たちの部屋が並ぶ廊下の右側にある自室へ二人を案内した。立ち上がって迎える秘書の前を通り抜けて部屋に入ると、無言のまま鹿瀬がドアに鍵をかけた。ゆったりした室内はモダンな内装で統一されている。重厚な机と中央の応接セットも人目を引くが、何よりも床に敷き詰められた絨毯(じゅうたん)は、一流ホテルのそれを思い起こさせる。

ここが富樫の部屋だったときと、何も変わっていない。

片岡と富樫は、鹿瀬と向かい合ってソファに腰掛けた。

両膝の上に手を置いた片岡が口火を切った。

「お二人の場合、自己紹介は必要ないでしょうから、さっそく本題に入ります。部長、現在の状況を富樫博士にご説明願います」

片岡の方を向いたまま鹿瀬が含みのある表情を浮かべた。いかにもこの会合が本意でないという彼の思いが透けて見える。

「富樫博士にどこから話せば？」

「最初からです」

鹿瀬がうっとうしげなため息をつき、わずかに眉を動かした。

「六日前、北海道沖のプラットフォームで……」

「鹿瀬、時間を無駄にしたくない。お前もそう思っているだろう。首相からの協力要請を受けるかどうか、お前の話を聞いてから決める。俺の質問にだけ答えてくれれば十分だ。協力できると思えばここに残るが、そうでなければさっさと消えるよ」

呆れた表情で鹿瀬が片岡を見返した。

抑えてくれと、片岡が右の掌を少し挙げた。

「何が聞きたい」

「感染症の原因は特定できているのか」

何であろうと、鹿瀬にとって富樫への教授は虫が好かないらしい。かつて更迭された富樫を、感染研の出口で見送ったときと同じ表情を浮かべた鹿瀬が、恩着せがましい口調で語る。

「もちろんだ。TR102の遺体から切除した組織の鏡検だけで、原因の微生物は簡単に検出できた。我々はただちにそいつを、様々な条件下で無菌培養した」

鹿瀬が電子顕微鏡写真を差し出した。「こいつはバシラス属に分類されるグラム陽性の絶対嫌気性桿菌だ」

「絶対嫌気性桿菌？」

写真には、ミミズかマテ貝を思わせる筒状の物体が絡み合って連なる様子が写されている。

「そうだ、こいつは増殖に酸素を必要としない。大きさは約一マイクロメートル×五マイクロメートルで、病原性細菌の中では最大の部類になる。写真を見てみろ。炭疽菌に似ているだろう」

炭疽菌。それは二〇〇一年九月と十月に米国で発生した生物テロに使用された細菌。

「個々の桿菌は竹の節に似た円柱状で、これが直線上に並んだ連鎖桿菌となり、その周囲を莢膜が取り囲んでいる。特徴的な点としては、片方の端部が二股に分割して《人》の字の形をしていること。この細菌は芽胞形成菌で、生育環境が悪化すると菌体の中央付近に卵円形の芽胞を形成する。つまり、芽胞は熱や化学物質などに対して極めて高い耐久性を持つ構造体だ」

同じく芽胞形成菌である炭疽菌の場合、芽胞のしぶとさゆえに炭疽菌が生息している環境から菌を除去することは極めて困難で、第二次世界大戦後に連合軍が行った炭疽菌爆弾の実験では、少なくとも投下後四十年以上にわたって、多数の炭疽菌が土壌に残存し続けることが判明している。この細菌も土壌に生息、あるいは芽胞の形で存在していたにちがいない。

「この細菌に感染した場合の発症メカニズムは」

「不明だ」

富樫はじろりと鹿瀬を見た。今の言葉は、自分は無能だ、というに等しい。真実探究への拘りのなさ、それがお前の器だ、鹿瀬。

「動物実験によって発症が確認できていないのだ。抗原検査、血清抗体検査でも抗体価の増加が現れない。病理組織学的検査も実施したが疑わしき病変すら確認されていない」

「つまりお前が発見した細菌は、職員を殺害した犯人ではないと？」

「この細菌はすべての遺体から採取された。片や、披検体から他の致死的微生物は検出されていない。こいつを植え付けた幾つかの動物のうち、豚からは増殖を確認している。つまり不顕性感染ということだ」

「では、人にだけ反応するというのか」

「芽胞が豚の体内に侵入すると、発芽と同時に増殖するものの、菌体は病原因子を発現しないようだ。その理由を突き止めねばならない」

どうする鹿瀬、お前が反対した臨床試験を行うか。

「俺の協力が必要なのか」

鹿瀬が口籠った。かつての恨み辛みをぶつける気はないが、彼が頭を下げるまで富樫の方から口にすることはない。

「事は重大だ。ＴＲ１０２の状況からして、こいつが北海道に上陸すればたちまち全島に広がるだろう。しかし、今の俺たちにそれを食い止める手だてはない。その惨禍が明日、始まるかもしれんのだ。我々にとって人への感染、発症メカニズムを一日も早く解明し、治療薬やワクチンの開発が急務だが、今のスタッフではお手上げの状態だ。お前の力を貸して欲しい」

「こいつの正体を突き止めるためには、なぜTR102で最初に発症したのか、なぜあの場所にこいつが現れたかを解明することが重要だ。職員を派遣したのか」

「除染の自衛隊員に指示を出して、感染区域周辺を詳細に調べさせた。およそ六十項目に及ぶ調査とサンプルの採取だ。その結果だけで何が起きたかは完璧に把握できる」

職員を派遣していない？　やはりな、お前らしい判断だ。

「審議官、この仕事を受ける代わりに条件がある」富樫は片岡の方を向いた。

「何なりと」

「仕事を終えた暁には、私が使っていたガボンの施設を再建し、そこで研究を続ける支援と許可が欲しい」

富樫にとっては重要だが、政府にとっては取るに足りない要求のはずだ。大した金ではない。富樫がアフリカのジャングルに戻って二ヶ月もすれば人々はそのことを忘れる。

片岡は顎に手を当ててしばらくの間、思案していた。

「いいでしょう」

気鋭の審議官の決断は早かった。

「もう一つ、ここでの研究は俺の好きにやらせて欲しい。部下もいらん。個室と机一つを用意してくれれば十分だ。それからBSL‐4実験室を一つ占有したい」

※

二月十八日　午後三時十七分　事件から十四日後
国立感染症研究所　村山庁舎

廻田は完全に外界と遮断された隔離病室で囚われの日々を送っていた。

もう二週間になる。屈辱以外の何ものでもなかった。白一色の八畳ほどの室内は、縁起でもない生体情報モニター付きのベッド、問診用の机と椅子が二つ、そして部屋の隅に燃焼トイレが置かれ、気を紛らわせる物といえば、備え付けのしけた十九型のテレビだけだった。厳重な空気浄化システムで外気と隔てられ、さらに室内を陰圧にすることで、感染症の原因物質が外へ漏れることを防いでいる。腕時計のデジタル数字だけが時の変化を教え、患者衣のこすれ合う音と廻田の息づかい以外耳に入る音はない。それだけで、今の廻田が厄介者であることを知るのに十分だった。TR102から戻ると、有無を言わさず《くらま》の艦上で隔離用カプセルに詰め込まれ、空路、この場所に移された。事情聴取に訪れる医師や調査官は、蛇腹式のエアチューブに繋がった、まるで宇宙服を思わせる実験着を身につけている。死と紙一重だった任務の代償がこの扱いというわけだ。尋問に近い問診に始まり、血液検査、心電図、あげくの果てに、下剤と二リットルの腸内洗浄剤で、体内の摂取物をすべて排泄させられた。二週間経って何の症状も現れないにもかかわらず、医者から検査結果や彼らの所見については、いっさい説明がない。

この密室で、いつしか廻田は同じ夢に悩まされ始めた。

ベッドの上に身を投げ出し、天井を見つめていると、いつのまにか無表情で蒼白の顔が見下ろしている。目は、サメと同じ灰色だ。助けを求めようとしても声が出ない。

そいつは、いつも同じ言葉を廻田に囁く。

私は神だ。

金縛りにあった廻田に神が手を伸ばした瞬間、目が覚める。廻田は暗闇の中で、激しい動悸に胸を押さえ、あたりの様子を窺い、それが夢であったことに安堵する。

毎夜、同じだった。

ベッドの上であぐらをかき、今日の朝刊を手にしたとき、外気が流れ込む吸気音とともに二重になった内扉が開くと、実験着に身を包んだ一人の男が入って来た。男は右手に一冊のファイルをぶら下げていた。

ゆっくりと廻田に近寄った男は、机の向こうの椅子に腰掛けた。

「少し話を聞かせてもらいたい。私は理化学研究所の富樫だ」

マスクを通して、くぐもった声が聞こえた。

廻田はベッドの端に座り直した。「あそこで起こったことはすべて伝えた」

マスクのせいで表情は窺い知れない。唯一ゴーグルの奥から覗く瞳は微動だにせず、動揺も、気後れも、一切感じさせない富樫なる男が、廻田の言葉を無視して自分の言いたいことだけ話し始めた。

「作業員の命を奪った微生物の潜伏期間は不明だ。ただ、君がＴＲ１０２で感染患者と接して三百三十六時間が経過している。これは南米出血熱や疱そうの滞留期間を超えてはいないが悪い数字ではないし、たしかな事実は君がまだ生きているということだ」

「もし感染していたなら」

「死ぬことになる」

富樫が冷たく言い放った。

死刑宣告をするためにこの男はやって来たのか。

「やがて死ぬ人間に話を聞きに？」

「生きているうちにしか聞けないだろう」

何て野郎だ。廻田はベッドの上に新聞を投げ出した。

「私が断れば？」

「その判断が招いた結末を新聞で知ることになる」富樫が廻田の投げた新聞を指さした。「君が背負うべき罪の重さは細菌による犠牲者の数に比例する」

脅しも堂に入ったものだ。とても医者とは思えない。

「では、代わりに一つ教えて欲しい。私がＴＲ１０２に帯同した部下たちは？」

「君と同じく、ここで隔離されている。安心したまえ、まだ発症した者は一人もいない」

「我々は感染していないのか」

「私の質問に答えてくれないと、君の質問に対する返事ができない」

どうだ？　と富樫が小さく頷いて廻田の意思を確認した。

仕方なしに、廻田は頷き返した。

富樫が足を組んだ。

「ＴＲ１０２で死亡した職員たちの全身には組織レベルで出血や壊死などの病変が現れていた。被害者に見られる病巣部(びょうそうぶ)の黒変は出血性壊死と思われる。皮膚の壊死性感染症は刺し傷や裂傷が原因になるのが一般的で、おそらく、こいつは咽頭(いんとう)や鼻腔(びこう)などに感染したあと、致死因子が血流を介して全身の皮膚に達し、皮膚の外側の層に沿って広範な表皮の壊死、剝離(はくり)を起こしたと思われる」

「細菌で体の表面が溶けるのか」

「致死因子は全身に広がり、表皮の最も外側に当たる角層を破壊するため、体のごく一部が感染しただけでも全身の皮膚がはがれてしまう」

　富樫が廻田に、中央特殊武器防護隊が撮影したらしいＴＲ１０２の現場検証写真を手渡した。廻田は思わず顔を背けた。

「症状としては、皮膚表面においてまず、かさぶたで覆われた部分が現れて、膿痂疹(のうかしん)を思わせる。次に、かさぶたのできた感染部分の周囲が鮮やかな赤い色に変わるとそこに水疱(すいほう)ができ、さらにそのあと、表皮がはがれてくる」富樫が廻田の視界に写真を移動した。「今回発見された遺体はすべて、症状が最終段階まで進行していた。普通、かさぶたができ始めてから表皮が広範囲にはがれ始めるまで二日はかかる。ＴＲ１０２からの連絡が途切れる前日までは、プラットフォーム内で感染症が発生したという報告はなかった。ということは、全員が同時に発症し、同じ速さで症状が進行して、たった一日で全身の表皮が壊死したことになる」そこで富樫が一息ついた。「あり得ない。……ある者はかさぶたができた状態、ある者は水泡ができた状態、つまり症状の進行に差が生じるはずなのに」

「何を私に聞きたい」

「君はその写真が撮影されるより前に、遺体を目撃した数少ない人間だ。遺体の状況で覚えていることをすべて話して欲しい。発見した遺体に私が言った症状の差、つまり程度の差はなかったか？　思い出して欲しい。どんな些細なことでも構わない」

廻田は、記憶の中の地獄に舞い戻った。

食堂での惨劇、床に広がった溜まり血の中に転がる死体。壁の血しぶき、他に比べて軽症の感染者がいたという記憶はどこにもなかった。

「私は、全員の遺体を確認したが、感染の初期段階と思われる症状を示していた者、まだ息のあった者などはいなかった。すべての死体が、写真と同じ無惨な状態だった」

「間違いないかね」

「ない」

廻田の確信に満ちた言葉に、富樫は頬いっぱいに空気を溜め込んだ。

「分かった、ありがとう。もし何か思い出したら、すぐに教えてくれ」

富樫がファイルを閉じた。

「博士、一つ聞きたい。なぜ、外海の孤立したプラットフォームで、あんな感染症が発生したのだ」

廻田の問いに富樫が少し顎を上げて答えた。「残念ながら謎だ……謎、なんだよ」

廻田は枕元に置いたカレンダーに目をやった。ここに閉じ込められてからの日々が横線で消してある。日々の記憶など何もない。あるのは生への渇望と死への恐怖だけだ。

「俺たちはいつ、ここを出られる」

もうまもなくだ、と立ち上がった富樫が真顔で続けた。「これは私の勘だが、おそらく棺桶に入ってではない」

それだけ言い残し、富樫が病室を出ていった。

※

それから二週間あまり、富樫はずっと細菌の正体を追いかけた。本館の一階奥が富樫の部屋で、研究棟のすぐ脇にあり、富樫が来るまでは倉庫として使われていた。この倉庫とＢＳＬ‐４実験室を専用で借り受けた富樫は、たった一人で研究を続けていた。

微生物・病原体等は、その危険性に応じて四段階のリスクグループに分類される。今回発見された細菌は明らかにグループ４、『ヒトあるいは動物に通常重篤な病気を起こし、容易にヒトからヒトへ直接・間接の感染を起こす。有効な治療法・予防法は普通得られない種類』に間違いない。つまり、エボラウイルス、マールブルグウイルス、狂犬病、天然痘ウイルスなどと同じ範疇に分類されるということだ。

極秘にＢＳＬ‐４の実験室を稼働させての研究は、富樫にとって汚名返上のチャンスなどではない。もちろん、謎の解明が約束されているわけでもない。

ではなぜ？

ここに残ってくれと鹿瀬に頭を下げられたとき、片岡との約束の他に、申し出を受けた理由がもう一つあった。例の細菌の形だ。通常、炭疽菌に属する細菌は直線上に配列した連鎖桿菌のはずだが、ＴＲ１０２で採取されたそれは、片方の端部が二股に分割して《人》の字の形をしている。

何かが変だ。富樫はその理由が気になって仕方がなかった。

大河原への忠誠ではなく、感染症学者のプライドの問題だ。

ところが、答えにたどり着くのにさして時間はかかるまい、という富樫の自負に反して、研究は遅々として進まなかった。道を示す光が見えない状況は富樫の人生そのもの、ガボンに戻って家族の思い出と生きたいのに、かの地は逃げ水のごとく富樫の思いをはぐらかす。

終末がこの世に訪れる、と言い残した由美子の言葉が頭に蘇る。

パウロの黙示録。それは、パウロ内堀作右衛門（うちぼりさくえもん）なるキリシタンが、ヨハネの黙示録から暗示を得て、したためたと伝えられている。彼はキリシタン大名有馬晴信（ありまはるのぶ）に仕えた武士で、熱心なキリシタンだったが、一六二七年二月二十八日、雲仙地獄で惨殺された。キリシタンに対する凄まじい迫害で知られる島原の大名、松倉重政（まつくらしげまさ）に捕らえられた内堀は両手の指を三本ずつ切断、額に《切支丹》という文字を焼きつけられたうえ、石を縛り付けられて雲仙地獄に投げ捨てられた。パウロの黙示録は彼が島原の牢（ろう）に囚われ、祈りを捧げ、霊的な生活に専念していたときに書きとめ、後に信者へ託されたものだ。

黙示録に何が記されているのかを富樫は知らない。ただ、無神論者の富樫にはおよそ縁のない昔話には違いない。

由美子は何を伝えたかったのか、富樫は深く長いため息を吐き出した。

幸いにも、二月四日にＴＲ１０２で発生した感染症が北海道へ拡大することはなかった。陸上自衛隊の中央特殊武器防護隊によって除染されたＴＲ１０２はすでに閉鎖され、事件が海上のプラットフォームで発生したこと、そして、徹底した報道規制のおかげで、国民はまだこの事実を知らない。そんな中、富樫は関係者の間に、根拠のない楽観論が広がるのを感じていた。それは官邸からの報告要請が、半日から一日、三日、そして緊急の場合のみと間延びしていくことからも明らかだ。

いつの時代も政治家とは楽天家だ。

ただしこれまでの実験結果によって、この細菌が人体に侵入すれば、再びＴＲ１０２と同じ惨劇が繰り返される可能性が否定されたわけではない。ＴＲ１０２での惨劇。連絡が途絶えてからたった一日で全職員が感染し、劇症とともに死亡した。いつ、それが起こる。なぜまだ起こらないのか。今、明らかになっているのは爆発的な発症性だけで、人にどうやって取り入り、どうやって免疫機構を打ち破り、どうやって人体の細胞組織を攻撃するのか、富樫の力を以てしてもその謎は解けなかった。

このままですむはずがないという確信、それが感染症学者としての判断だ。

そのとき、軽いノックとともにドアが開き、なつかしい男が現れた。

「ご無沙汰しております」

山形だった。最後に会ってから何年になるか、髪型、表情、そして仕草は几帳面なまま。今はたしか、細菌第一部の室長と聞いている。

久しぶりだな、と富樫は、曇った笑顔で山形を迎えた。何も変わらないかつての部下に比べて、堕ちた我が身、できればこんな姿を見られたくはない。

「お元気そうですね」

ありきたりのお愛想に、富樫の変容を目にした山形の動揺がにじんでいる。

大学の教官時代、山形は富樫の研究室で助手を務めていた。優秀な研究者で、微生物学と免疫学に関する基礎医学の成果を活用しながら、さまざまな病原微生物が引き起こす感染症の病態分析について、富樫の右腕として働いてくれた。それゆえに、大学から感染研に富樫が移籍するとき、迷うことなく山形を引き連れた。しかし富樫が感染研の部長職を更迭されたあと、山形に対する目も厳しいものとなったらしい。今は細菌第一部の室長となっているが、その地位も安泰でないと風の噂で聞いていた。鹿瀬の腹一つで、いつでも研究所から放逐されるだろう。

世間とは万事、個々の能力ではなく周囲との処し方で判断される。

「俺がここにいると、なぜ分かった」

「小さな研究所ですから」

記録用のノートに所見を書き込む手を休めた富樫は仕切り直した。

「何の用だ」

「実はお伝えしたいことが。ただ、ここではちょっと」山形が部屋の隅に設置されたカメラを目線でさした。

「大事な用なのか」

山形が思い詰めたように頷いた。

「一時間ほどで実験結果の整理が終わる。それからにしてくれ」

「では、その頃出直してきます」

軽く会釈した山形は、足早に富樫の部屋を出ていった。

山形の妙にまごついた様子が気になったけれど、富樫にはすまさねばならないことがある。ボールペンをノートの上に投げ出した富樫は、受話器に手を伸ばした。

突然、激しい動悸に襲われ、富樫は思わず胸を押さえる。ここ数日、富樫の体調は着実に悪化していた。理由は簡単で、強迫性神経症、疲労、いつもの鬱症状をあのクスリで紛らわせていたからだ。富樫の体力は確実に奪われ、さらに鼻の炎症と皮膚の引っかき傷は隠しようがなくなっていた。もう限界かもしれない。

そのときだった、あたりが急に暗くなったと思ったら、ここのところ富樫に纏(まと)わり付いていた囁きが背後から聞こえた。

富樫は聞き耳を立てた。

殺せ、殺せ。

誰もいない部屋のどこからか、今度ははっきり聞こえた。同時に富樫は、突然、激しい頭痛と吐き気に襲われ、机に突っ伏した。この症状はいつもと違う、助けを求めるために立ち上がろうとしたとき、首筋を何かが這(は)う感覚に襲われた。ミミズの蠕動(ぜんどう)を思わせる、やけに冷たくてヌルヌルした蟻走感(ぎそうかん)。首の後ろに張り付いた異物を払い除けようと、夢中で手を伸ばしても、なぜか捉えることができない。もたもたしている間に、何とそいつが皮膚を食い破って頭の中にもぐり込み始めた。やめろ、何をする！　尻尾をつかんで引きずり出そうとしたが、そいつは富樫の指をすり抜けて、瞬く間に脳内に侵入した。

すると頭の中で、今までにないほどはっきりと声がした。

裁け、そして殺すのだ、それがお前の使命だ。

頭に入り込んだ何かに富樫の全身が支配されていく。指先のしびれが、体の中心に向かってジワジワと広がり、それとともに、怒りでも、憎しみでもなく、殺意というおぞましい感情が頭のどこかに根付いて富樫を突き上げる。

突然、パチッという何かが弾ける音とともに周囲が明るくなった。

今のは、いったい……。

耳鳴りだけが残っていた。

富樫はもう一度、うなじをそっと撫でた。

どこにも虫の痕跡はなかった。

全身から力が抜け、富樫は背もたれに寄りかかった。

毛穴という毛穴から脂汗が吹き出している。

富樫は鞄(かばん)の中からいつもの粉を取り出し、スライドガラスの上に広げたそれを鼻腔から一気に吸い込んだ。やがて、鼻の粘膜から血流に乗ったクスリが脳に達する。

頭の中が、まやかしの平静を取り戻す。

もう大丈夫だ、自分にそう言い聞かせた。

ハンカチで顔の汗を拭い取った富樫は机上の受話器をつかみ上げ、隔離病棟のナースステーションを呼んだ。

（はい、ナースステーションです）

「これから、廻田三等陸佐に会いたい」

（廻田三等陸佐は今朝退院されましたが……）

電話の相手は怪訝(けげん)そうだった。思わず富樫は受話器を落としそうになった。

「何だと。誰の指示だ」

富樫の剣幕に看護師が狼狽（ろうばい）した。一瞬、逡巡していたようだが、しばらくの間を置いて彼女は答えた。

（鹿瀬部長と聞きました）

富樫は電話をたたき切ると、すぐに鹿瀬の番号を押した。

細菌第一部長が電話を取った。

（はい、鹿瀬です）

「話がある。すぐに来い！」

電話を切った富樫は、ありったけの罵言（ばげん）を吐き出しながら机を何度も拳でたたき付けた。

……もっと薬だ、薬がいる、頭の中で誰かが叫ぶと、反射的に鞄を探した。ところがこんなときに限って、どこに置いたかを思い出せない。苛立ちの声を上げながら部屋中をぐるぐる見回して、今しがた簡易ベッドの上に放り投げた鞄を見つけた富樫は、ジッパーを開き、鞄を逆さにして、中身をベッドの上にぶちまけた。

そのときドアをノックする音がして、鹿瀬が顔を出した。

くそっと鞄をベッドに投げ落とした富樫は、鹿瀬とベッドの間に立った。

「何の用だ」鹿瀬は妙に挑発的だった。

「説明しろ」

「廻田三佐のことか」

「他に何がある」

「検疫法上の最長停留期間である五〇四時間を経過したが発症の徴候が認められないからだ。最終的に、彼の退院は上からの指示だ」

「上？」

「官邸だよ。首相も了解している」

富樫は舌打ちを返した。

——いつもそうだ。お前は医者なんかじゃない、政治家だ。

三年前、文部科学省が翌年度の概算要求に盛り込んだ感染症研究の海外拠点設置に関する予算が突然、撤廃された。それだけではない。先端的構成科学研究の全体が見直され、新興・再興感染症研究経費も大幅に削減された。この決定に、民政党と文科省、そして主要マスコミに抗議文を送りつけた富樫は、一ヶ月後、更迭された。抗議文提出の直前まで、自分も共闘する、と息巻いていた鹿瀬は、結局、富樫が作成した抗議文にサインしなかった。更迭によって居場所を失った富樫は、イスラエルの製薬会社からワクチン開発の仕事を請け負ってアフリカへ出かけ、富樫の空いた席に鹿瀬が座った。

鹿瀬、お前の如才なさにはいつも頭が下がる。

「事態は終息したという判断なのか」

「上はそう言っている」

「俺はお前の意見を聞いているのだ。素人の意見などどうでもよい」

「こいつが原形のままで感染を引き起こさないなら、可能性は二つ。我々が用いた実験用動物以外の体内で変異し、その動物を介して人に感染するか、ＴＲ１０２の職員の命と引き換えにみずからが不連続変異を起こしてすでに無害な性質に変化した、そのどちらかだ。俺が行った動物実験の結果から前者の可能性はネガティブ。残りは後者だけだ」

富樫は、鹿瀬に自分の記録ノートを差し出した。採取した細菌が変異して人体に劇症をもたらす幾つかの可能性をそこにまとめてある。

「俺はそうは思わん。たしかに、ヒトの喉や腸の上皮細胞では、細菌の吸着を確認できず、こいつのレセプターは不明だ。かと言って、この細菌が人に感染して劇症をもたらす可能性は否定できない。サルモネラ属の細菌は自然界において、さまざまな動物の消化管内に一種の常在菌として存在しているが、その一部はヒトに対する病原性を示し、腸チフスあるいはパラチフスといった重篤な感染症を起こす。そもそもこいつの自然宿主（しゅくしゅ）が特定できていない以上、軽々しく結論を出すのは危険だ」

富樫の話を聞きながら、鹿瀬がパラパラとノートに目を通す。

「ご高説は承（うけたまわ）っておくがな、実験室でも、外部でも新たな感染は報告されていない。それが今回の措置の根拠だ」

底が浅いくせに意固地な奴だ。

「これだけの劇症を示す細菌が、そう都合よく変異するわけがない。おそらく、こいつの病原性に関わる因子は外毒素（がいどくそ）で、致死因子となる毒素タンパク質を菌体外に分泌する。致死因子は、亜鉛イオンを触媒として、特定の標的タンパク質を分解すると考えられる。そこにいたる可能性は幾つかあるが、まだどれも検証の段階だ。まだまだやることはある」

鹿瀬が富樫のノートを閉じた。たったの数十秒で中身を理解したらしい。

「原因の特定と経過観察は引き続き感染研で行う。こちらにすれば、ＢＳＬ４を稼働していることが、周辺住民に漏れただけで大問題だ。今後はコンピューターシミュレーションを主体に研究を進める。それに、ＷＨＯが重大な関心を寄せ、専門家を派遣したいと言ってきた。官邸はそれを恐れている。このままでは、今回の事件が世間に漏れ、面倒なことになる」

「鹿瀬、ＷＨＯにお前は何と説明する？　原因を解明できていないと正直に告白するつもりか。少なくともそのノートにある仮説で偽装すればしばらくの間は時間を稼げる」

「余計なお世話だ。富樫、お前はこの辺が潮時だ」

「それは質問の答えにはなっていない」

「これは、細菌第一部長としての答えだ」

「お前は、今度も俺のはしごを外すのか」

「富樫、これ以上関わるな。同じ過ちを繰り返したくないだろう。長いものにはまかれることも必要だ」

鹿瀬がノートを脇にはさみ込んだ。

——過ちだと。

風見鶏ゆえの鳥目には、生命の根幹は見通せなくとも、世渡りの術はお見通しらしい。体制側の連中がやることはいつも同じだ。必要になったら拉致まがいで呼び寄せておきながら、不要になれば簡単に厄介払いというわけだ。

「お前のチームで解決できるわけがないだろう」

富樫の棘（とげ）のある言葉に、鹿瀬の顔色が明らかに変わった。

「ふん！　また人体実験でもするつもりか」

「何の話だ」

「ごまかすな。お前、いったいガボンで何をした」

　ようやく鹿瀬が本音を吐き出した。この男は、三年ぶりに富樫を玄関で迎えたときからずっと、今の言葉を浴びせたかったに違いない。富樫が更迭されたあと、鹿瀬の説得を振り切って富樫と行動を共にした由美子への失望が、いつしか富樫への恨みに形を変えたのだろう。鹿瀬が由美子に対して好意以上の気持ちを抱いていたことは知っている。今でも鹿瀬にとって富樫は、蔑むべき人でなし、らしい。

「すべては包み隠さず厚労省に伝えた」

「あんな報告書を信じられるわけがない。いったい、風間由美子に何をした。彼女はなぜアフリカくんだりで朽ち果てることになったのだ」

　由美子のことを旧姓で呼ぶ鹿瀬の詰問が、匕首となって富樫の喉元に突きつけられた。いつかこのときが来るだろうと覚悟はしていたが、鹿瀬の口から、その言葉を聞くことに怯える自分がいた。

「お前は、未知の細菌で冒され、手の施しようのないまま衰弱していく家族に対峙したことがあるか。お前に責められるまでもなく俺は、家族に対する罪を忘れたことなど一度もない。あの地で自分の未熟さを思い知らされ、それが引き起こした顛末を懺悔し、自分を責め続けてきた」

　由美子が息を引き取ったあと、精いっぱいに彼女を埋葬した富樫は、むずかる祐介を背負い、二人に迫る過酷な運命を知ることもなくツバンデを目指した。体調を崩していた祐介を気遣いながら、不眠不休でジャングルの中を歩き通した富樫だったが、ついに二日目の夜、ジャングルの中で意識を失った。どれくらいの時間が経ったかは分からない。ふと気がつくと、雨に打たれる下草に富樫は横たわっていた。

なぜか、言い知れない不安が体中を駆け巡った。

慌てて背中の祐介に手を回した富樫は、神の仕打ちを思い知る。

富樫の命と引き換えに、神は祐介を奪い取っていた。

何もかも、まるで昨日のことのようだ。

呆然(ぼうぜん)と日本に戻った富樫は五ヶ月の入院で、ようやく精神の安定を取り戻し、大学時代の恩師の厚意で理化学研究所に職を得た。しかし、周りの富樫を見る目は、エルサレムのピラトの屋敷に集まった群衆と同じく、好奇と軽蔑に満ちていた。みずからの研究のために家族を見殺しにした学者、目的のためには強引な手法もいとわないエゴイスト、ありとあらゆる中傷が富樫を痛めつけた。富樫は耐えるしかなかった。みずからの正当性を主張するよりも沈黙を選び、一人で研究に没頭した。終日、誰とも言葉を交わさない生活の中で、富樫は何種類かのクスリに手を出した。やがてそれが心身の破滅へ繋がることになろうと、もはや富樫にはどうでもよかった。あのときから富樫は十字架を背負って丘を登り続けている。その苦難から解放してくれるのが《死》であるなら、それを受け入れるなど容易(たやす)いことだった。

富樫が我に返ると、ドアにもたれ掛かった鹿瀬が見下す視線を向けていた。

「今回の騒動が終息したことを喜ぶんだな。正直、お前みたいな非人道的な研究者が、何百万の人命に関わること自体が間違いなのだ」

日和見な男の割には、今の鹿瀬は挑発的だった。

由美子と祐介に対する想いが、富樫の内で鹿瀬に対する怒りに形を変えた。

「ふざけるな！」富樫は机の上のペン立てを払いのけた。「感染者六億人、死者四千万人を超えたスペイン風邪が猛威をふるってまだ百年だぞ。災厄が一秒後に迫っていても、お前たちはパンデミックなど起こらない理由を並べ立て、いざ災厄が起これば、それが想定外だった言い訳を探し回る。科学が進歩したという事実を、人類の遭遇するリスクが根絶されたかのように説き、人が大量に死ぬ禍が訪れる現実を決して認めようとしない」

「ガボンでの愚行を認めないお前に、人のことが責められるのか！」

鹿瀬が富樫の胸を指先でついた。

富樫は、その手を払いのけた。

「お前は目的地を知っていても、そこへの道筋にリスクがあれば、うろたえるしか能がない男だ。俺と由美子は踏み出したのだ。そして少なくとも俺たちは目的地に到達した。それは由美子も承知のうえでのことだ」

「風間がいない今、何とでも言える」

「では聞くが、なぜお前はＴＲ１０２へ直接、職員を派遣しない」

「自衛隊による調査で十分だ。それに感染は終息した。もはやその必要はない」

「怖いのか。職員に感染者が出ることが、それとも真実を知ることが。まさか自分の無知が明らかになることを恐れているのではあるまいな」

「何をぬかす。俺は仲間を死に追いやる愚行など行わない。たしかなことは、お前が風間を殺したという事実だ。お前は名声が欲しいだけの狂犬だ！」

歯をむき出しにした鹿瀬、憎しみに満ちた罵声、やがて、鹿瀬がこのまま自分を見逃すはずがない、過去に富樫を陥れた鹿瀬が黙って自分を捨て置くわけがないという思いがむくむくと湧き上がった。

こいつは骨の髄から狡猾（こうかつ）だ。

ならば、今の鹿瀬が考えつきそうなこと、それは一つしかない。

「一つ、聞く。ガボンで研究を続けさせるという約束を、片岡は守るんだろうな」

鹿瀬がにやりと嘲笑を浮かべた。

「お前との約束など、最初から空手形だ。とっくに俺が潰した」

全身の毛穴から怒りが吹き出す。

「独りよがりの危険な研究を許すとでも思っていたのか。このたわけが」

我を失った富樫は、気がつくと、鹿瀬の胸を両手で突き飛ばしていた。

机の上の書類が床にバラまかれ、鹿瀬のシャツのボタンが弾け飛んだ。

ふらつく仕草で背後の壁へもたれかかった鹿瀬が、その場で尻餅をついた。

脳震盪（のうしんとう）を起こしたフリで首を左右に振る鹿瀬が、胸ポケットから携帯を取り出した。

「警備員はいるか。……そうだ、鹿瀬だ……すぐに来てくれ」

鹿瀬が床の上に携帯を放り投げた。

ものの数秒で、二人の警備員が室内に飛び込んで来た。

随分と手際の良いことだ。

「この男をここから放り出せ。拒否するなら私に対する傷害容疑で告発する。すべてはあそこに記録されている」立ち上がった鹿瀬が、上着の裾をはたいてから、部屋の隅の天井に据えられた防犯カメラを指さした。

「はめやがったな！」

警察への被害届けはお前の出方次第だ、と鹿瀬がドアを開けた。

「お前、その鼻と腕の傷はどうした？　それでも医者か。このクズ野郎が……。見逃してやる代わりに二度とここへ戻って来るな。それがせめてもの情けと思え」

警備員に両脇をきめられた富樫は鹿瀬のあとから部屋を出た。また同じことが繰り返される。組織になじもうとする者には、真実に拘る意志よりも周りへの順応性を求められる。その能力の欠如が富樫を追い込み、周りを巻き込んできた。今また富樫は厄介者として切り捨てられようとしている。唯一の救いは、今の富樫はたった一人ということだ。

廊下からエントランスホールを抜けた警備員は、玄関を出た所で富樫を突き飛ばした。

周りが富樫を見る目は、もはや犯罪者に対するそれだった。

感染の騒動が終息する代わりに、暴行容疑者という富樫の汚名が残った。

※

三月六日　午前七時三十三分　事件から三十日後
市ヶ谷　防衛省　陸上自衛隊幕僚監部

昨日、ようやく感染研の隔離病棟から解放された廻田は、迎えの車で市ヶ谷(いちがや)へ移され、そのまま陸幕監部の一室で二月四日の報告書を作成せよと指示された。すでに一ヶ月が経過しているため、あの日、《くらま》を飛び立ってから何が起きたのか、丹念に思い出しながら、廻田はパソコンのキーをたたいた。ときおり、薄れた記憶を呼び起こす間、徒然(つれづれ)にネットから呼び出した過去一ヶ月間のニュースを眺めた。予想はしていたが、どこにも事件に関する報道はなかった。誰の判断か知らないが、見事なまでに事件そのものが国民に伏せられていた。確固たる決断も、効果ある対策も施されないまま、TR１０２の事件は幕引きされようとしている。職員の命を奪った細菌の正体も、奴らがどこからやって来たかも不明のまま、事件は書類に記録された過去に形を変える。

国にとって都合の良いことが、廻田にとっても都合が良いことなど滅多にない。

ただ、廻田自身はこの事件から手を引けることに安堵していた。

日付が変わった午前三時にようやく報告書を仕上げた廻田は、そのまま四時間ほど仮眠した。《くらま》から出動した夜と同じだった。どうやら、そういう星の下に生まれたらしい。目が覚めたのは午前七時きっかり、九時から始まるヒアリングの準備をするため、トイレで顔を洗い、会議に出席する人数分の報告書をコピーするため席に戻ると伊波が待ち構えていた。作戦の日以来だった。

「お待ちしておりました」伊波が敬礼で迎えた。

元気だったか、と思わず相好を崩し、伊波の肩をたたこうとした手を廻田は止めた。伊波の表情が極端にこわばっていたからだ。

お伝えしたいことが、と伊波が廻田に耳打ちした。

廻田は三宿にある自衛隊中央病院の廊下を歩いた。

大きなガラス窓からふんだんに外光が取り込まれる開放的なロビーを抜け、茶色の床、白い壁に統一された廊下を歩く。鈍く、鬱々とした痛みを引きずり、わずかな望みを胸に、階段を駆け上がる。この先にどんな事実が待っていようが、自分の目で確かめなければならない。

曲がり角を二度曲がるうちに願った。

この廊下が永遠に続いてくれればいいのにと。

四階の階段正面が目指すＩＣＵだった。階段のすぐ脇にあるナースステーションで身分を告げ、廻田は主治医を呼び出した。一分も経たないうちに、廊下の奥から姿を現した若い医師はクリップボードを右手に下げ、伏し目がちに近寄ると、自己紹介した。

「高梨です」まったく感情の起伏を感じさせない平板な言葉だった。

「廻田です。舘山三曹に会えますか」

無言のまま、どうぞと右手を差し出した高梨が、カードキーでＩＣＵのドアを開いた。

薄暗い室内には五台のベッドが置かれ、手前の四つは空だった。たった一つ、一番奥のベッドに舘山が横たわっていた。頭上に置かれた生体情報を示すカラー液晶ディスプレイの波形と心拍一回ごとに発進される信号音だけが、舘山の生命がまだ機能していると教えてくれた。

「館山三等陸曹は、昨日、感染研から退院したあと、報告書作成のために本省を訪れ、今朝の便で熊本へ戻るため、ホテルグランドヒル市ヶ谷に宿泊していましたが、今朝の午前一時過ぎ、最上階の非常階段から飛び降りました。発見が早かったために一命は取りとめたものの、右足大腿骨が開放骨折、左足脛骨が粉砕骨折を起こし、かつ脊髄に深刻なダメージを受けています」クリップボードを小脇に抱え直した高梨が説明してくれた。

医学的な表現が何であれ、簡単に言えば館山は重症だった。モニターの規則的な電子音だけが館山の生への戦いを伝え、廻田はただ立ち尽くすしかなかった。

「後遺症が残るのですか」

「ヒトの脊柱は上から順に頸椎、胸椎、腰椎、仙椎、尾椎に分けられ、損傷箇所が上にいくほど、障害レベルは高くなります。三曹が受けたのはＣ５レベル、つまり第五頸髄節残存という重篤な損傷です。脳からの運動命令は届かず運動機能が失われる完全型に比べればまだましですが、一般的には厳しい後遺症が残ることになります」

「館山の場合は？」

「首から下、両手両足で動くのは左手だけです」

目眩とともに、口の中が砂の味で溢れた。

廻田は、ＩＤブレスレットを手首に巻いた館山の右腕を取った。たしかな温かみは感じるけれど、魂が抜けたように弱々しい手だった。廻田は館山に顔を寄せた。日焼けした、いかにも気の良さそうな顔なのに、薄目の間から覗く瞳はガラス球をはめ込んだと思わせるほど色を失い、微かな息づかいは今にも途絶えそうだった。陸自に館山ありと言われたスナイパーは、もはや木偶人形と同じだった。

廻田はきつく唇を嚙み、館山の額に伸ばしかけた右手を途中で止めた。

自責の念と哀れみが、安直な気休めを許さなかった。

「今は麻酔で眠っています」高梨が背後から廻田に付け加えた。

「助かりますか」

廻田の問いかけに高梨は難しい表情で答えた。

よろしくお願いします。こみ上げる感情を抑え、小さく頭を下げた廻田はICUを出た。廊下へ出るなり、廻田は思いっきり、目の前の壁を右の拳でたたき付けた。鈍い音がした。何の痛みも感じなかった。廊下を歩いていた看護師が驚いて立ち止まり、こちらを見つめていた。

「三佐」声の主は伊波だった。これを、と伊波が一枚のメモ用紙を差し出した。「館山三曹のポケットに入っていました」

――奴らが私を苦しめます。もはや生きていく気力を失いました。隊長　申し訳ありません。

殴り書きされたメモを廻田は握りしめた。《くらま》の飛行甲板で館山を帯同することに疑問を投げかけた竹之内の言葉が頭の中に蘇る。

「感染研で隔離されているときから、兆候が見えていたようです」

無念そうに伊波が唇の端を嚙んだ。

余りにうかつだった。

誰との接触も絶たれたあの環境で、みずからの発症に怯え、悪夢にうなされる。廻田でさえそうだった。若い館山が陥った状況は想像に難くない。我々は自衛隊員であって、感染症現場の後始末が任務ではない。あの夜、《くらま》があの海域にいなければ廻田の部隊はＴＲ１０２に向かわされることもなかった。

あれは自分たちが出動すべき任務ではなかったはずだ。命令を下した竹之内、館山を隔離した感染研の連中、そして館山を選んだ廻田自身、どいつもこいつも救いようがない。しかし、その中で館山の傍にいたのは、館山の傍にいてやれたのは廻田のはずだ。館山の事件に対する罪悪感よりも、館山の上官としての後悔が廻田を苦しめた。

秋田の高校を卒業後入隊し、早くから射撃の腕前で頭角を現し、地獄のレンジャー訓練を耐え抜いた館山の夢を廻田は何も知らなかった。防衛のためでなく、得体の知れない細菌に侵されたＴＲ１０２の調査に出かけたばかりに、自殺を図ることになった館山。彼の哀しみ、彼の恐れ、それらを廻田が受け止めてさえいれば、この悲劇は避けられたはずだ。

プラットフォームへ連れていくのは、館山でなければならない理由などなかったはずなのに。思いを巡らせれば後悔ばかりが頭をよぎった。

胸が張り裂けそうになった。

※

五日後　午後二時

館山の一件で延期になっていたヒアリングを終え、その席で投げかけられた質問の答えを追記して報告書を仕上げ、ひとまずＴＲ１０２の事件に幕引きをした廻田は、熊本へ戻る準備を始めていた。原隊からは復帰の時期を何度か問い合わせてきたが、多忙を理由に廻田はわざと復帰を遅らせていた。理由は簡単で、館山をあのままにはしておけなかったからだ。毎日病院へ顔を出すものの、館山の状況は一進一退が続いており、廻田は落ち着かない日々を過ごしていた。

そして今日、館山が意識を取り戻し、ようやく容態が安定したという連絡が届いた。胸のつかえが一気に取れた廻田は、取る物も取りあえず、自衛隊中央病院に駆けつけた。

高梨を呼び出して治療に関する説明を受け、骨折箇所のギブスが取れるまでは二ヶ月ほどかかるだろうが、鍛え上げた体ゆえに回復力には問題ないだろう、意識もはっきりして容態も安定しているから、もう心配はないと太鼓判を押された。

高梨に礼を伝え、一般病棟に移った館山への面会許可を得た廻田は、廊下を急いだ。

《館山雅広（まさひろ）》と書かれた名札がぶら下がるドアを開けると、個室の窓際に置かれたベッドで館山が横になっていた。明かりを落とした室内で廻田が近づくと、館山は目だけで廻田を迎えた。ゆっくりと瞬きしてから、館山が表情を少しほころばせた。

よかった、廻田は胸を撫で下ろした。もし意識を取り戻した館山の目に怒りが満ちていたなら、廻田からかけてやれる言葉など何一つなかっただろう。

「どうだ」

ベッド脇の椅子に腰掛けた廻田の呼びかけに、館山の唇が微かに動いた。

廻田は立ち上がり、館山の上に体を屈めると、その口元に顔を近づけた。

「……隊長、すみません。ご迷惑をおかけして」

吐息にさえかき消されそうな声だった。

「つまらん心配をするな。ゆっくり治せ」

「何か邪悪なものが、私の周りにいます。そいつらは……、そいつらは、やがて人類は滅びる、その審判をお前が下すのだ、と囁きます」

「それは夢だ、くだらん夢など気にするな。自分の体のことだけ考えろ、医学は日々進歩している。きっと良くなる」

館山の喉仏がゆっくりと動き、その右目から涙がこぼれ落ちた。

「それに私は……、私はもう銃が撃てません」

「気をしっかり持て、きっとまた撃てるようになる」

館山が弱々しく首を横に振った。

「隊長……、お願いです。死なせてください」

「馬鹿を言うな」

「奴らがやってくるのが怖い。目を閉じれば、奴らはすぐそこにいて、私を引きずり込もうとします。邪悪な存在に呪われたまま、一生寝たきりの生活を送ることなど耐えられません」

館山の額にそっと手を置いた廻田は、諭すように話しかけた。絶望の淵にある部下を癒してやれる機転など持たない。体に障害が残っても除隊にならずにすむこと、右腕が動くようになれば銃を撃てる、館山の腕前ならパラリンピックを目指すことだって可能じゃないか、懸命に館山を励まし、生きる目的を失った部下に語りかけ続けた。何度も、何度も話すうち、愚鈍(ぐどん)な上司の熱意を感じ取ってくれたのか、館山の目に生気が戻り、ときおり笑顔を見せた。隊に戻らなくてよいのかと気遣う館山に、今日は非番だから心配するなと告げ、それでも気にする様子の部下に、廻田は今朝の朝刊の記事、隊の話題、思い付くまま、あれこれと話し続けた。

ふと壁時計が目に入ると午後三時を回っていた。随分と長居をしたものだ。

「隊長、今日の天気はどうですか」

突然、館山が言った。

「今日は快晴だ。あと二週間もすれば桜が咲く、そうしたら花見に連れていってやる」

楽しみにしています、と答えた館山が何かを思い付いたようだった。

「隊長、お願いがあります」

「またくだらない話じゃないだろうな」

館山が笑顔を浮かべた。

「違いますよ。富士山が見たいのです」

先生に聞いてこよう、立ち上がろうとした廻田の腕を、館山の左手がつかんだ。

「医者に聞けばだめと言うに決まってます。そこに車椅子があります。それに乗せてくれませんか」

「しかしな」

「私は大丈夫です。館内を移動するぐらい何でもない。それぐらいは鍛えてきました」

一瞬迷った廻田だが、館山のたっての願いとあって、部屋の隅にあった車椅子を引き寄せ、抱き抱えた館山をベッドから下ろして椅子に座らせ、みずからハンドルを押した。外に誰もいないことを確認してから、急いで廊下を進み、エレベーターに乗り《屋上》のボタンを押す、やがてカクンという軽いショックとともにドアが静かに開くと、そこは屋上へ続くホールだった。

三宿の街を見渡す屋上には、早春の陽光が降り注いでいた。陽の光を浴びた館山が大きく息を吸い込み、柔和な表情を浮かべた。廻田は車椅子を押して、富士山が見える西の端へ館山を連れていった。微かな春霞がかかる丹沢山系の向こうに、雪を戴いた富士山がくっきりと見えた。

「こんなに富士山が奇麗だったと初めて気づきました。見られてよかった」館山が呟いた。

「寒くないか」

廻田の方を振り返った館山が首を振った。

「むしろ逆です。隊長、喉が渇きました。この景色を眺めながら水を飲みたいのですが」

館山が無邪気に笑う。

「分かった、ちょっと待っていろ」

タックブレーキのレバーを引いて車椅子を固定し、館山の膝に毛布をかけてやった廻田は急いで階下に引き返した。館山の弾んだ声と、春を感じ取れるゆとりに安堵し、廻田は階段を駆け下りた。

ナースステーションで理由は告げないまま、吸い飲みにミネラルウォーターを入れてもらった廻田は、エレベーターで屋上に戻った。

遅くなったな、と廻田がホールから外へ出ると、屋上を離れたときと同じく、屋上の西の端、富士山を見渡せる場所に車椅子が止まっていた。

ただ、なんだか様子がおかしい。そよ風が吹き抜ける屋上から人の気配が消えていた。
廻田の手から抜け落ちた吸い飲みがガチャンと音を立てて割れた。
車椅子に館山の姿がない。
――まさか――、廻田はごくりと唾を飲み下した。
胸の奥がドクドク波打ち、冷や汗が幾筋にも分かれて背筋をしたたり落ちる。
そんなはずがない。馬鹿な。そんなわけがない。
廻田は走り出した。館山！　館山！　心の中でそう叫び続けた。
焦燥がもつれた足を追い越していく。
車椅子の向こう、手すりに飛びついた廻田は身を乗り出して地上を見下ろした。
館山が建物脇に植えられた生け垣の中に倒れていた。

※

三月二十一日　午後一時三十分　事件から四十五日後
市ヶ谷　防衛省　陸上自衛隊幕僚監部　第一会議室

楕円形に配置された会議机の正面には寺田(てらだ)陸上幕僚長、西部方面総監部楠見(くすみ)総監、そして西部方面普通科連隊長竹之内一等陸佐らの懲戒権者が陣取る。三人は手元に置いた『館山三等陸曹の転落死に関する検分書』の上で両手を組んだまま、直立する廻田と対峙していた。館山の自殺に関する警察の判断が待たれるなか、併行して廻田に対する懲戒処分を審議する聴聞会が始まろうとしていた。懲戒権者たちが一通り書類に目を通し終えた頃、秘書官が懲戒処分等報告書を、寺田たちの手元に配布していく。カサカサという書類のこすれる音だけが室内に籠り、誰も言葉を発しなかった。

外では季節外れの冷たい雨が降っている。廻田の気分は天気以上に沈んでいた。

「座りたまえ」ようやく寺田が自分の正面になる席を指さした。

制帽を目の前の机に置いた廻田が着席するのを待って、竹之内が立ち上がった。

「貴官の姓名、所属を述べたまえ」

「廻田宏司（こうじ）。陸上自衛隊西部方面隊普通科連隊第一中隊所属、三等陸佐であります」

廻田に対する事情聴取が始まった。館山が転落死した日の状況が、廻田の供述と警察の現場検証結果からまとめられ、竹之内の口から詳細に語られていく。二度と思い出したくない記憶が公式書類として記録される皮肉、廻田は背筋を伸ばしたまま、じっと聞いていた。報告を終えた竹之内が、手の中でファイルを閉じると、楠見が背もたれから上体を起こした。

「三佐、君に聞きたいことは一点だけだ。なぜ館山三等陸曹を屋上へ連れ出した」

「彼に頼まれたからです」

「それは私の質問の答えにはなっていない。なぜ許可なしに連れ出したかを聞いている」

「彼に富士山を見せてやりたかったからです」

「自殺願望がある館山の行動を予見できなかったのか」竹之内が口を開いた。その言葉はまるで、すべての責任が廻田にあると言いたげだった。

楠見が妙に抑揚のない口調で続ける。

「三曹がＴＲ１０２の作戦で精神的なダメージを受け、その結果、自虐的な行動に出たことは君もよく理解していたはずだ。余りにうかつだったと言われても仕方があるまい」

「おっしゃる通りです。すべて私の責任です」

「ご両親には会ったのか」

「はい」

「何とおっしゃっていた」

短い問いかけが、部下を失った廻田の胸をえぐった。

館山の実家がある秋田県大館（おおだて）市川口（かわぐち）で、館山の葬儀が執り行われたのは八日前のことだ。山里で代々農業を営む年老いた両親が、日焼けした皺だらけの顔で廻田を迎えてくれた。

息子への誇りを、言葉を探しながら語る父親と、棺にすがりついて何度も息子の名を呼ぶ母親、二人の深い愛情がどんな罵（のの）りよりも廻田を責めた。

みすぼらしい記憶。

ここで話すことなど何もない。

寺田に向かって、よろしいですか、と声をかける楠見の横で、竹之内が手元の懲戒処分等報告書に何かを書き込むのが見えた。

「廻田三佐、君の行動を自衛隊法第四十六条に問うべきかどうかはこれから判断する。しかし明らかに軽率な行動であり、結果として館山三等陸曹の命が失われた責任を重く捉え給え。君への処分は追って通知する」

書類をまとめた楠見が、机の上でトントンとその端を揃え始めた。

ここまできて、ようやく寺田が口を開いた。

「廻田三佐、今回の件についてどう考えている。数々の表彰、S国での見事な活躍、自他ともに認める優秀な自衛官が、任務とはまるで関係ない件で処分の対象となっている。そのことについて正直な気持ちを言ってみろ」

「私は、日々の訓練でも、S国での実戦でも、常に最善を尽くし、満足すべき結果を残してきたと自負しております。それが自衛官としての私の誇りでした。しかし、私の経歴などどうでもよいのです。私の代わりなど幾らでもいる」

耳の中に胸の鼓動だけが響いていた。

「私が許せないのは……、私が我慢ならないのは己の愚かさです。厳しい鍛錬、任務への覚悟、そのすべては護るべきもののため。悔やんでも悔やみ切れないのは、館山の命が何かを護ることなく失われたことです。TR102で彼は何かを護りましたか。館山の死にいったい、何の意味があったでしょうか。彼はただの犬死にだった。将来を嘱望された自衛官の命が無駄に、しかもみずからの手で失われることを私は防げなかった。私は自分の……、自分の未熟さが許せません」

ずっと引きずってきた後悔、制服に袖を通すたびに感じる呵責。廻田は聞いてくれる相手などどこにもいない懺悔を胸の内で繰り返していた。

楠見の横で竹之内が寺田に視線を向けると、寺田が小さく頷き返した。

「三佐、明日から貴官は市ヶ谷に移動だ。所属先は中央情報隊になる」

竹之内が冷たく言い放った。

「は？」廻田は思わず声を上げた。

「辞令は後ほど渡す。私の部屋まで取りに来い」

竹之内がそれだけ告げると、他の二人はすでに席を立ちかけていた。

第二章

事件から九ヶ月後　十一月二十六日　午前三時八分

北海道　標津郡　中標津警察署　地域課

知床（しれとこ）半島へ連なる山岳地帯から緩やかな丘陵地が南へ延びて、根釧（こんせん）原野に続くこのあたりは、整然と区画整理された牧草地とジャガイモ畑が地平線まで続く。北に位置する中標津（なかしべつ）岳を越えてくる風は、穏やかにこの地へ吹き寄せ、エゾマツやダケカンバの森を駆け抜けると、南の海原へ去っていく。晴れた日は流れる雲の影が大地をゆっくりと進み、夕刻には森の木々が紅に照らし出される。夜になれば満点の星と輝く月の光が頭上を覆い、しんとした闇が田園と森を包み込む。霜月、初冬の今、夏は豊穣な大地も枯れ草に覆われた原野へ姿を変えた。まもなく月も変わり、一年で最も日暮れが早くなるこの時期、午後四時になれば外は暗く、ときおり雪が舞う。遅い夜明けとともに陽が昇ると、冬を待つ大地に水蒸気が立ち篭める。厳しい冬が道東にやって来る。

署の一階、ストーブで暖を取る地域課で、昼夜通しの勤務に就き、デスクで残務処理を行っていた北沢（きたざわ）巡査長の電話が鳴った。

着信の赤ランプが点灯する相手は川北（かわきた）駐在所だった。

何だ、こんな時間に。北沢はペンを持つ手を止めた。

川北町の周辺は凶悪犯罪が発生する場所ではない。火事かもしくは、出会い頭の交通事故だろう。それぐらいは派出所で対処して欲しいものだ。こっちは勤務報告の作成がどっさり溜まっている。北沢は面倒くさそうに受話器を取り上げた。

「中標津署」北沢は返事を待ったが、電話の相手は無言のままだった。

「もしもし、こちら中標津署。どうした」ちょっと苛ついた北沢は声を荒らげた。こんな時間のいたずら電話ならたちが悪すぎる。

すると。

——今の音は……。

何かが受話器に当てた耳を通り過ぎていく。最初は混線による雑音かと思ったがそうではない。受話器をきつく耳に押し当てると、電話の向こうで木を刷毛（はけ）でこするような微音がずっと続いている。北沢は妙な胸騒ぎを覚えた。

「おい、返事をしろ」相変わらず応答がない代わりに、受話器の中で正体不明の音が次第に大きくなり始めた。刷毛の音なんかじゃない、これはそう、まるで……。

そのときだった。

（……やめろ、やめろ！）

うわずった悲鳴が北沢の鼓膜を揺らす。しかもそれは一つではなかった。断末魔の叫び、そうでなければ地獄の底でうごめく亡者を思わせる悲鳴が次々と重なり合う。何か邪悪な物が電話の向こうで息を潜め、こちらの様子を窺っている、そんな身の毛もよだつ悪寒に襲われ、顔から血の気が引くのを北沢は感じた。

おい、北沢は大声で相手を呼んだ。

「何があった。返事しろ」

（……た、助けて。……助けて！）

悲鳴が絶叫に変わり、やがてそれは途切れながら電話の向こうへ吸い込まれていく。

代わりに乾いた破裂音が受話器を抜けて来た。

銃声だ。一発、二発、三発。

続いて、ドスンという何か重たい物の倒れる音が響いた。もう一度、さらにもう一度。

「おい、返事しろ！」

そこで通話が途切れた。

ツー、ツー、という電話音が虚しく耳に響く。

相手が受話器を置いたのではない。断線したのだ。

北沢は震えの止まらない指先で宿直室の内線を押した。

我を失い、受話器を机に落とした。

（はい、上野ですが）寝ぼけた声が、転がった受話器から抜けてきた。

北沢は受話器をつかみ上げた。

「上野。川北の町で何かあったらしい。俺はこれから様子を見にいく。あとを頼む」

一気にまくしたてた北沢は、上野の返事もたしかめないまま電話を切り、柱にかかったキーケースからパトカーの鍵を抜き取ると、署の駐車場に向かって走った。

凍える屋外は新月の闇の中だった。

※

同日　午前六時
北海道　帯広　陸上自衛隊　第五旅団

携帯の着信音が耳元で騒いでいる。

またいつもの夢を見ていた。夢の中の廻田は、いつも同じ場所にいた。冬の海、明滅する無数の明かり、吹雪、ＴＲ１０２、暗闇、そして館山が哀しそうにこちらを見つめている。蒼白くてサメの目をした神が館山に近づき、その肩に手をかけた。今助けてやると声をかけたいのに唇が動かない。やがて首を横に振った館山が、神に連れられて立ち去る。

廻田はいつも一人で取り残された。

ようやく瞼が開いた。白い天井が視界に入り、今のが夢だったことに気づいた瞬間、廻田は安堵のため息を吐き出す。もう何度、そんな夜を過ごしただろうか、首の回りに、びっしょりと汗がへばりついていた。

ここは、第五旅団の宿舎だ。年明けに予定される雪中訓練の計画書を作成し終わり、宿舎のベッドに潜り込んだのは三時間前、今朝の八時半から旅団長との打ち合わせが始まる。一分でも長く睡眠を取っておきたいのに、どこの馬鹿野郎だ。

中央情報隊は忙しい、目を閉じたまま廻田は悪態をついた。防衛大臣の直轄部隊として、あらゆる情報を一元的かつ専門的に処理して部隊の情報業務を支援する役割を担う陸上自衛隊中央情報隊は、陸自の作戦行動を、情報という武器でバックアップするための組織だった。ただ、自分がなぜ、そんな所へ廻されたのか分からない。各地の普通科連隊で第一線に立ってきた廻田にとっては、場違いの部署に他ならないからだ。

館山の一件により、自衛隊法第四十六条の『隊員たるにふさわしくない行為のあつた場合』に当たるとして、廻田には戒告、ならびに俸給の月額の五分の一に相当する額を給与から減ずる、という懲戒処分がくだされた。さらに市ヶ谷への移動については寺田の判断だと聞かされたが、それが原隊への復帰は諸般の事情から酷だという配慮によるのか、プラスアルファの懲戒処分なのかは分からない。

寝返りを打った廻田は袖机の携帯に手を伸ばした。

「……はい、廻田です」廻田は疲れのしみ込んだ声で答えた。

（竹之内だ）

案の定だ。いかにも底意地の悪そうな声が受話器を抜けて来た。

（緊急事態だ。すぐに標津町まで飛べ）

「何事ですか」

（根室の北、標津分屯地から七キロほど内陸に入った川北町との連絡が途絶えた。詳しい話は飛んでからだ）

「なぜ私が」

（TR102のときと状況が酷似しているからだ……）

竹之内は電話の向こうで一方的にがなり立てた。竹之内が何か言うたびに、廻田は心の中で、なんで俺が、と繰り返した。この男は部下たちが自分を見る目にまったく気づいていないようだ。上官の権威を能力と勘違いし、部下への無理強いを鍛錬とはき違えている。

（……という訳だ。お前に確認して欲しい。急げ）

ようやく竹之内の話が終わったようだ。

竹之内が電話を切る頃には、木之本（きのもと）三等陸尉が、ヘリが十分後に到着します、と迎えに来るほど手回しが良かった。廻田は木之本を待たせて洗面所に行き、睡魔から抜けきらない顔を冷たい水で冷やした。館山の葬式のときと何も変わらない顔が鏡の中でこちらを見つめていた。両方の瞳は深い隈（くま）の中に落ち込んでいる。そういえば、陸幕のモアイ像などと、ふざけたことをぬかした奴がいた。そう見えたのは髪型のせいだけじゃない。

溜め息が一つ漏れた。

よりによって、こんなときに北海道にいるとは、とんだ出張になりそうだ。

この寒さだ。フライトジャケットを羽織った廻田は、宿舎脇の松林を切り開いて作られたヘリポートに出た。何となく気乗りしない、もっとはっきり言えば悪い予感がした。

見送りに出た木之本が、来ました、と頭上を指さした。制帽を押さえながら仰ぎ見ると、夜明け前の薄明かりの中、東京よりも遥かにきらめく星空を切り裂いてＯＨ－６Ｄの丸いボディが、すぐ頭上まで降下していた。

スキッドが地面に付くか付かないうちに、木之本がヘリのドアを開けた。

サイクリック・ピッチ・スティックを握り締めたまま、パイロットが廻田に左手で敬礼した。自衛隊のヘリパイの癖らしい。どいつもこいつもせっかちばかりだ。

「人使いの荒い奴だ」副操縦士席に乗り込んだ廻田は、脱いだ制帽を木之本に投げた。

「三佐、お気をつけて」にやっと笑った木之本がドアを閉め、外から敬礼した。

「よろしいですか？」パイロットが横から、廻田の耳元に顔を寄せた。

「行ってくれ」ヘルメットを被りながら、廻田は頷いた。

ピッチ・スティックを握るパイロットの右肩が競り上がる。よいしょ、というかけ声とともに、一気に大地を離れたOH‐6Dは、松林をかすめて上昇飛行へ移行した。

座席に押し付けられる激しい最大パフォーマンス離陸に、廻田は思わず両足を踏ん張った。五百メートルまで高度を上げると、パイロットはスロットルを最大にして水平飛行に移行した。

「藤掛(ふじかけ)三尉です」機長が前を向いたまま自己紹介した。

「廻田だ。よろしく頼む」

まだ頭の整理がつかない廻田と、その胸のざわめきを乗せたヘリは、全速力で川北町を目指した。川北町まで直線距離で約百七十キロ、最大速度の百六十ノットで飛べば、四十分で到着する。

OH‐6Dが本別町の上空に差し掛かる。足元を街の輝きが猛スピードで通過していく。三時の方向に緩やかな曲線を描く海岸線と明かりが見えた。釧路(くしろ)の明かりだった。

日の出は六時二十三分、やがて陽が昇る。

さてと……。

廻田はマイクを口元に寄せると秘匿無線の回線を開けた。

「こちらガーネット12。応答願います」

(竹之内だ)

天敵の応答は早かった。

「今、目的地に向かっています。指示をお願いします」

(今朝の午前三時に町との連絡が途絶えた。ただちに中標津警察署の巡査長が現地に向かったも

のの、第一報を入れた直後、連絡が途絶えた）

「ＴＲ１０２と同じ状況とは？」

（巡査長の連絡では、町中に血だらけの遺体が転がっているとのことだ。すぐに現況を調べろ。ただし、手出しはするな、あくまでも警察の管轄で処理される。何があっても着地してはいかん。生存者がいてもだ。上空からの目視と写真撮影だけに限定する）

「ガーネット１２了解」

廻田はとりあえず無線の回線を切った。

事件から九ヶ月、すべては平穏に、何事もなく終わったはずだ。

離陸した頃は、東の空が白み始めている程度だったが、ようやく地平線から朝日がしっかり雲間を抜けてくると、ヘリは阿寒富士の南に差し掛かる。やがて、釧路湿原の北を通り過ぎ、中標津の町を過ぎれば、目的地はすぐそこだ。一時の方向から陽が昇り、廻田はサンバイザーを下ろした。中標津の町からは、見渡す限りの田園地帯を貫く道道川北中標津線沿いに、藤掛が進路を取った。

「まもなくです」ＧＰＳで現在位置を確認した藤掛が前方を指さした。

冬色の牧草地と格子状の防風林が、朝日に照らされている。身を乗り出した廻田は、その先、朝もやに霞む川北の町を凝視した。田園地帯に囲まれた人口五百人の小さな町は、直角に交差する川北中標津線と川北茶志骨線沿いに広がり、唯一の信号がある道道の交差点を中心に公共施設、商店、民家が寄り集まっている。鮮やかな朝日が東の地平線から昇り、穏やかな夕陽が西の山脈に沈む酪農の町、道東の他の町と同じ平和な時間がここにも流れているはずだった。

サンバイザーを上げた廻田は、右手で目の上にひさしを作った。心のどこかで何も起こらないことを願いながら、廻田はこれから起こるであろう何かを感じていた。廻田の中に巣食う悪夢が覚醒する、そんな予感が廻田を怯えさせた。

次第に町の輪郭がはっきりしてくる。

不吉の前兆らしく、町のあちらこちらから、何本も黒煙が立ち上っている。

「火災ですね」藤掛が独り言を呟いた。

町へ続く二本の道路を走る車は見えない。

藤掛が少し速度を落とした。ヘリは川北中標津線沿いに町の西側から進入する。

町が近づくにつれ、一つ、また一つ、尋常でない様子が視界に入ってきた。釧路開発建設部の出張所から消防署へ続く道路上で複数の交通事故が発生している。正面衝突した乗用車はどちらもフロントガラスが粉々で、一台のラジエーターからは白煙が上がり、もう一台はエンジンルームが原形をとどめないほど押し潰されて、衝突の激しさを物語っていた。道路沿いの民家に突っ込んだトラックは、運転席から前の部分が母屋の玄関にめり込むほどで、屋根瓦のほとんどが滑り落ちて軒が大きく傾き、外れた雨樋がトラックの荷台に垂れ下がっている。そのすぐ先では、横転した軽自動車が炎上し、脇の電信柱は根元からへし折られ、横には黒こげの焼死体が転がっていた。不思議なのは、どの事故現場でも道路に残されたブレーキ痕がすべて町の中心へ向いていること、もう一つは、これほどの事故が発生しているのにどこにも緊急車両が見当たらないことだ。

消防は何をしている。住民はどこだ。

事故現場を飛び越したヘリが町の中心部へ近づく。消防署の先に、飛行ルートの目印となる標津町農協が目視できる。その先が道道の交差点で、両側にガソリンスタンド、雑貨屋、電気店、喫茶店などが軒を連ねている。

藤掛が廻田の肩をたたいた。

交差点を中心としたあちらこちら、歩道の上、道沿いに建つ商店の店先、農協の入り口などに丸太棒らしき物体が転がっていた。

ヘリが近づく。

廻田は、あっと声を上げた。

それは人だった。

OH‐6Dが高速で交差点の上空をローパスする。

廻田の足元、歩道、車道、車の陰、交差点のいたる所に人が倒れ、彼らの全身は血に染まっていた。ある者は寝間着のままで、ある者は上半身が裸で、ある者は全裸だった。

川北町体育館の上空を通り過ぎ、ヘリが町の東の外れを通過した。

TR102で出会った光景が頭の中で交錯した。早鐘のように脈打つ心臓が口から飛び出しそうになるのを、廻田は奥歯を食いしばって堪えた。

「今のは、いったい……」藤掛が怯えていた。

「……戻るぞ。町の状況を撮影する。カメラは光学系と赤外線の二つを選択」

廻田は両足を踏ん張り、伸ばしきった上半身をひねり込んで、窓から後方を確認した。

了解、藤掛がテールを上げながらヘリを高速反転させた。背中でアリソン製のターボシャフトエンジンが悲鳴に近い咆哮(ほうこう)を上げる。

ヘリが町の上空に引き返す。

藤掛は交差点を中心に大きく旋回しながら、次第にその輪を狭めていく。

――このむごたらしさは何だ。

廻田は堪えきれない吐き気を覚えた。

幾重にも折り重なる死体は、いったい何から逃れようとしたのか。家の板囲いに引っかかって逆さ吊(づ)りになった男性、仰向けに倒れて助けを乞うように両手を突き上げた老人、子供を抱きかかえて倒れた母親、コンクリートに何本もの血筋が付き、死体の周りはどこも血の海だった。大量の出血。どの死体も、全身を何度も鋭利な刃物で切り裂かれたか、猫鞭(ねこむち)で打たれたように皮膚と肉がはがれ、ただれている。のたうち、もがき苦しみ、苦悶(くもん)の中で絶命した惨状を想像させる光景が町中に溢れ、動くものは何一つなかった。

――なぜこの町が……。

昨夜、住民たちは何事もなく床に就いたに違いない。その数時間後に自分たちを待ち受ける運命など知る由もなかっただろう。

「あれを」藤掛が前方を指さした。

交差点から脇道に入った先で、赤色灯を回転させたままパトカーが止まっていた。ドアは開け放たれ、車内に人影は見えない。

すぐ脇の歩道にカラスが黒山のごとくたかっていた。

藤掛がその直上でホバリングを開始すると、ヘリの爆音に驚いたカラスがいっせいに飛び立ち、その下から地べたに座り込んだ警官の死体が現れた。首を垂れた状態で腹が破れ、内蔵が引き出されている。それをカラスがつついていたのだ。

廻田は、思わず目を逸らせた。

どこかで爆発による轟音とともに、大きな火の手が上がった。

もはやこの町で、新たな緊急事態に対処できる者は亡霊だけだ。

廻田は無線で旅団を呼んだ。

「こちらガーネット12、応答願います」

(竹之内だ)

「現在、町の上空です。下は……、下の状況はTR102と同じ、ひどいものです……」

この町で起こったことを言葉だけで説明するのは不可能だ。

(生存者は?)

「上空からは確認できません。ただし、屋内は不明です」

(了解、そのまま引き返せ。あとは警察が対処する)

相も変わらぬ竹之内の冷酷な言葉に、無線を切った廻田は窓ガラスを拳でたたいた。自衛隊員でありながら、災害の現場から退散する後ろめたさと良心の呵責を感じながらも、この事態は廻田一人では対処できないと自分を納得させた。今、犠牲的精神で着陸したとしても、どれくらいの時間、廻田自身が保つかも分からない、TR102のときは幸運だったとしたら、今回はそうはいくまい。町へ入るには完全装備の防護服が必要だ。

「……戻ろう」

ちらりと廻田へ目をやり、それからほっとした表情を見せた藤掛が、ゆっくりと機首を西に向けた。

帰還の途中、中標津空港の手前で川北町の方向へ向かう警察車列とすれ違った。二台のパトカーを先頭に、土煙を上げる十台の機動隊輸送車が続き、一面を霜に覆われ、白い荒野と化した畑を回転する赤色灯が照らす。救える物など何も残されていない場所、彼らを待っているのは沈黙と死の世界だ。ＴＲ１０２と同じ判断なら、防護服なしで町に入ることは許されない。中央特殊武器防護隊が到着して準備を整えるまで、早くても一日はかかるだろう。それまでの間、非常線を張って町への立ち入りを禁止するに違いない。

廻田の内側に立ち始めたさざ波が、大きなうねりとなっていく。感染症研究所から退所したあと、竹之内からはＴＲ１０２の職員を死亡させた細菌はすでに変異して人体には無害な性質に変化したと聞かされた。もう心配はいらないと。その判断は過ちだったのだ。ＴＲ１０２の災いがついに北海道へ上陸した。事件から九ヶ月を経ていることが、かえって、ことの重大性を暗示している。

あの細菌はどこから来たのか。どうやってＴＲ１０２から海を渡って上陸したのか。この九ヶ月、どこに潜伏していたのか。

このまま終わるはずがない。今日この日、黄泉比良坂（よもつひらさか）の扉が開かれ、冥府から魑魅魍魎（ちみもうりょう）が地上に這い出たのかもしれない。

※

同日　午後三時
東京　千代田区永田町　首相官邸

川北町の偵察から帯広に戻った廻田は、ただちに東京へ呼び戻された。計根別(けねべつ)飛行場からC‐1輸送機に乗せられて立川へ飛び、迎えのUH‐1に乗り換えて市ヶ谷へ戻ると、寺田の部屋に直行した。

時間がない、手短に状況を報告しろという陸幕長の求めに応じて、客観的に真実のみを伝えるよう廻田は言葉を選んだ。報告の途中から寺田が、何度も腕時計に目を落とす。五分もしないうちに秘書官が、時間ですと迎えに来た。

ソファから立ち上がり、あとは車で聞くと、制帽を小脇にはさんだ寺田に連れられ、二人は待たせてあった陸幕長専用車で官邸に向かった。帰京に関する段取りの良さだけでなく、寡黙な寺田の表情からも官邸の緊張がよく伝わった。

車が官邸の車寄せに滑り込んだとき、廻田は帯広を出てから霞ヶ関までの空の色を覚えていないことに気づいた。ここまでの途次、廻田は激しい胸騒ぎと混乱の中にいた。なぜあんな惨劇が起きたのか、これからいったいどれくらいの人命が犠牲になるのか、廻田を待ち受ける事態と廻田がなすべきことを考える前に、自分が巻き込まれた理由を探し続けていた。

着いたぞ。寺田の声に、ようやく廻田は我に返った。

車寄せからロビーを抜け、足早に会議室へ入ると、室内には安全保障会議のメンバーが招集されていた。この未曾有の危機を回避するため、彼らの見識、度量、そして勇気が問われる。大河原首相、宮内厚生労働大臣、牧内危機管理担当大臣、広山(ひろやま)防衛大臣以下の関係六大臣、磯崎内閣官房長官および国家公安委員会委員長、警察庁長官、さらに二人の内閣官房副長官を筆頭に岡林(おかばやし)内閣危機管理監を含む面々が個々の机上名札の順番に木目の丸テーブルを囲んで腰掛けている。慣れない椅子の座り心地が悪いのか、対峙した責務に身震いしているのか、誰もが口を真一文字に結び、一言も口をきかなかった。前刷りの資料に目を通す者、目を閉じたまま腕組みする者、周りを気にせず携帯で話をする者、様々だった。その背後を厚生労働省の職員が慌ただしく駆け回る。書類を配布する者、宮内に駆け寄り耳元で何かを告げる者、その横で大河原からの指示を受けた職員が会議室から飛び出していく。集まった面々の顔に、狼狽と緊張がにじみ出ていた。ただ廻田が道東から抱えて来たのと同じ危機感を、彼らが共有しているかどうかは分からない。

　廻田は寺田にさし示された、彼の背後の椅子に腰掛け、わずかな気後れと一緒に乱れていた息を整えた。

　正面の壁には二つの大型スクリーンが天井から下ろされ、右側のスクリーンには道庁で待機する田代(たしろ)北海道知事が映し出されていた。左側のスクリーンに映像を投影する準備が整ったと係員が小さな会釈で磯崎官房長官に合図を送った。

　お待たせ致しました、と磯崎が口火を切った。

「それでは、今朝発生しました川北町における感染症の状況についてご説明します」

　磯崎が隣に座る若い官僚に頷いた。

「内閣官房の片岡です。それではお手元の資料で、今朝からの経緯をご説明致します」

立ち上がった片岡が全員を見回した。手慣れた議事進行だった。最初は中標津署への緊急連絡だったこと、連絡が途絶えた川北町の状況を最初に確認した廻田の報告内容、北海道警察の釧路方面本部による閉鎖処置などが時系列で説明されていく。片岡の言葉に合わせて、左側のスクリーンに廻田が撮影した画像が映し出された。

画面が川北町の交差点の映像に切り替わった瞬間、宮内厚生労働大臣が顔を背け、大河原が両手で顔を覆った。

片岡の報告が終わるのを待って、大河原が沈んだ声を吐き出した。

「で、対応は？」

「感染症法に基づいて対応致します」片岡がすかさず答える。

宮内の横に腰掛ける厚生労働省の官僚が右手を挙げた、彼の前には《結核感染症課長》と書かれた名札が置かれていた。

私からご報告致します、と課長が立ち上がる。「今回の感染症の症状は、一類もしくは二類など、既知の感染症のそれとは明らかに異なります。よって当該疾病に感染した場合の病状が重篤であり、かつ、当該疾病のまん延により国民の生命および健康に重大な影響を与える恐れがある《新感染症》に分類します」

ここまではよろしいですか、といったん言葉を切った課長が室内を見回した。

危急の事態に対処するため最も重要となる『基本指針』について、十一ある事項のうち、緊急性を要する六項目、すなわち『感染症の予防の推進の基本的な方向』、『感染症の発生の予防のための施策に関する事項』などを課長が順に説明していく。

次は《予防計画》だ。十三の事項のうち『地域における感染症に係る医療を提供する体制の確保に関する事項』については、新感染症の疑いがある患者の入院を担当させる《特定感染症指定医療機関》として、宮内厚生労働大臣命で中標津、斜里、標津、別海、厚岸、根室、釧路など道東各地区の五十カ所の総合病院が指定され、二千五百床以上を確保済みとのことだ。そして一施設に最低三人の感染症専門医を配置し、臨床現場の医師を指導しながら、適切な治療と抗菌薬の使用ができる体制を整えつつある。さらに新感染症の発生状況、動向および原因を明らかにするため、田代知事は道東各保健所の職員に発症者の関係者だけでなく、新感染症の疑似症患者に対して必要な調査の実施を命じた。

もう一つ、『地域の実情に即した感染症の発生の予防及びまん延の防止のための施策に関する事項』については、第四十五条に基づき、田代知事は当該新感染症に冒された疑いのある者と、その保護者に対し、先ほどの指定医療機関で医師の健康診断を受けさせるよう指示した。道知事は、この勧告を受けた者が当該勧告に従わないときは、強制的に当該職員に健康診断を行わせるよう付け加えている。そして、第四十六条に基づき、道知事は新感染症の所見がある者、さらに保護者に対し十日以内の期間を定めて特定感染症指定医療機関に入院させ、さらにこの勧告を受けた者が当該勧告に従わないときは強制的に収容し、さらに十日を経過後、入院を継続する必要があると認めたときは、入院の期間を延長することができるとしている。

「引き続き、消毒その他の措置について説明致します」

課長がスクリーン上をポインタで指した。「今回は川北町の半径四キロ以内を完全閉鎖区域、半径八キロ以内を警戒区域、半径十二キロ以内を制限区域とし、第三十条に基づいて、知事は当該感染症の病原体に汚染され、または汚染された疑いがある死体の完全閉鎖区域外への移動を禁止しました。さらに、この病原体に汚染され、または汚染された疑いがある死体は極力、火葬とします。ただし、十分な消毒を行い、知事の許可を受けたときは埋葬することができるとしました。この処置は四日以内に行います。なお、閉鎖区域の設定、実施などは北海道警察の釧路方面本部の管轄とし、釧路機動警察隊ならびに十勝（とかち）機動警察隊の六中隊と警備課が出動します。加えて北部方面隊の第五旅団には出動命令、第二師団、第七師団には出動待機命令を予定しております」

　大河原が、何か意見があるか、と一人一人に視線を投げた。

　出席者全員が失語症に陥ったようだ。

「ところで、鹿瀬部長」大河原が、廻田の位置からは寺田で死角になる位置に座った背広の男に声をかけた。「なぜ、今頃再発した。その原因と防疫の方法は？」

　小太りの男が立ち上がり、書類の上に指を立て、バツが悪そうに上体を屈めた。

「感染研にて鋭意、この細菌の解明と予防措置について研究を続けております。ただ、人の細胞を含む動物実験によって発症が確認できておりません。抗原検査でも抗体価の増加が現れず、病理組織学的検査の実施にもかかわらず疑わしき病変すら確認できておりません。おそらく、これの病原性に関わる因子は外毒素と思われますが……」

「その説明は八ヶ月前に聞いた。要するに何も分かっていないということだな」

「二十人を投入して研究を続けております。人にどうやって取り入り、どうやって免疫機構を打ち破り、どうやって人の細胞を攻撃するのか不明ですが、もうまもなく明らかになると思います」

「この八ヶ月、何をしていた」

「……」

答えに窮する鹿瀬が衆目の中で炎上した。

「感染研で何とかしてもらうしかないでしょうな」

宮内厚生労働大臣が皮肉交じりに呟（つぶや）くと、他の連中が相づちで同意した。

「しばらくは静観するしかないのか」

大河原得意の先送り発言だった。廻田は小さく舌打ちしながら、寺田の背中を見た。ここで、拙速にことを運ぶと命取りになる。

「もはや、この事態を伏せておくことは不可能です。遅かれ早かれ国会への報告が必要となる。野党は対策の是非に関する議論を吹っ掛けてくるでしょうから、これは揉めますぞ」牧内危機管理担当大臣にとっての懸案は人命ではなく国会対応らしい。

「各野党については事前に国対委員長の方から……」磯崎官房長官が合いの手を入れる。

議論が余計な方向へ滑り始めた。

――鈍いオヤジたちだ。あなたたちが議論すべきは、そんな末節ではない。

廻田は手元のファイルを床の上に落としてみせた。

バサッという異音が響くと、いっせいに場の視線が廻田に集まった。

ファイルを拾い上げる廻田を寺田が一瞥（いちべつ）した。それが寺田からのサインに思えた。まあ、どちらでもいい。これ以上無駄な時間を費やしても意味はない。誰が会議を収束へ導くのか、この場の寺田にその役回りは厳しそうだ。寺田のことだ、それを見越して自分を連れて来たに違いない。

椅子の上にファイルを置いた廻田は立ち上がった。

――やれやれ。

「申し訳ありませんが……」

「君は何者だ」宮内厚生労働大臣が胡散臭そうに廻田を見た。

「中央情報隊の廻田三佐です」寺田が廻田に代わって答えた。

「中央情報隊？　情報本部以外の人間がなぜここにいる」牧内危機管理担当大臣が割って入る。

「廻田が先ほどの映像を撮影しました。さらに昨年、ＴＲ１０２へ緊急出動したのも彼です。つまり、唯一両方の現場を知っている男です。彼から一言申し述べさせます」

人の話を最後まで聞けといった表情を浮かべて、寺田が顎で廻田の背中を押した。

廻田は寺田に頷き返した。

「僭越ながら、危急の課題は国会対応ではなく、今後の防疫体制と考えます」

場のあちらこちらから、好奇の視線、冷ややかな視線、居丈高な視線が入り交じって飛んでくる。ここでの廻田は紛れもない部外者の一人だった。まったく損な役回りだ。

「君は素人か？　その話は我々が……」宮内がむきになる。

「私が申し上げたいのは……」

「もういい。時間の無駄だ」

廻田は口をつぐんだ。三流大臣の喧嘩を買うか。それもいいかもしれない。お前の存在自体が時間の無駄だ。一度でいいから、親から引き継いだ後援会なしで力んでみたらどうだ。宮内に投げ返す悪態など、群がる雲霞のように思い浮かぶ。

「話を続けたまえ」大河原が手招きする仕草で廻田を促した。

「ありがとうございます」喉元まで出かけた宮内への罵声を、廻田は社交辞令に差し替えた。「九ヶ月前のＴＲ１０２と、今朝の川北町の状況はまったく同じです。何かが変質した、もしくはリスクが軽度になったという印象がありません。ということは、奴らは九ヶ月の間、どこかに潜伏し続け、威力を維持したままＴＲ１０２から二百キロ離れた内陸で突然姿を現したということです」

「何が言いたい？」

「先ほどの対策は手ぬるい。今の閉鎖地区は範囲が狭すぎます。もっと広範囲に警戒区域を設定し、人の移動を制限する必要があります」

廻田はいったん言葉を切った。出席者の表情と仕草からみずからの提案に対する彼らの胸の内を探った。背もたれに身を委ねて目を閉じる者、指先でペンを弄ぶ馬鹿が三名、仏頂面で廻田からわざと視線を逸らしている臆病者が二名いた。

廻田は大河原を正面から見据えた。

「首相、このままでは終わりません」

廻田を怯えた目で見返し、しばらく顔の前で指を組んでいた大河原が顔を上げた。

「富樫博士を呼んでくれ」

明らかに鹿瀬が狼狽した表情を浮かべた。

会議室のドアが開き、長身の男が入ってきた。隔離病室で廻田を事情聴取した男、あのとき防護眼鏡越しに対面して以来だった。ただ、と廻田は思った。この男はこんなに痩せていただろうかと、何より、異様なまでに神経質そうな印象を受けた。

何となくおぼつかない足取りの富樫が、鹿瀬の対面に一つ空いた席に腰掛けた。

「博士、話は聞いていらっしゃるでしょう。この事態をどう思われますか」

富樫が鋭い目を大河原に向けた。それが意味するのは怒りなのか、恨みなのか、諦めなのか、廻田には分からない。

「必然でしょうな」

「必然？」

「八ヶ月前、この細菌に関する調査から私を外すなと忠告したはずだ。私が研究を続けていれば、この細菌の正体を突き止め、治療薬とワクチンの開発は完了していた」

「それは、鹿瀬部長の仕事だ」

「その結果が今朝の事態と、先ほどのコメントです」

「ではどうすれば？」

「すでに手遅れかもしれない。一度パンデミックが始まれば、それを食い止めるのは容易ではない。我々人類が誕生する遥か以前、三十五億年前から彼らは生き延びてきた。原生代末、オルドビス紀末、デボン紀後期、ペルム紀末、三畳紀末、白亜紀末、六度の大量絶滅、そして全球凍結を生き延びてきた。奴らにとって我々は種の保存に利用する乗り物に過ぎない。乗り物の数は多い方が好都合だ。あなた方が指定した病院など、たちまち重症患者で溢れてしまう。そもそも、日本にまともな感染症専門医が何人いるとお思いか。少なくとも、そこにいる部長はそうではない。何よりも八ヶ月前の稚拙な対応を、あなた方が真摯に反省することから始まる」

牧内危機管理担当大臣がそこへ割って入った。

「君はいったい、何を言っているのだ。君は医者だろう。つべこべ言わずにこの事態に対処する方法を教えればそれでよい。あとは我々がやる」

「楽天家の素人政治家と、万事日和見なエセ感染症学者で？　そもそも相手の正体も予防方法もまったく不明な状態でどうやって対処するおつもりか。ど素人が顔をつき合わせて何を議論するつもりだ」

「何だと！」牧内が机を掌でたたき付けた。

「二人とも、いい加減にしたまえ。富樫博士、あなたはどうしろと」

蔑みの視線を周囲へばらまきながら、富樫は悠然と椅子に腰掛けていた。

廻田から見れば、この場で富樫に勝る賢者はいない。いるのは過去の過ちを認めることに臆病な意地張りたちだ。

「首相、八ヶ月前に終息判断を下したのはあなただ。責任は重いですぞ」

富樫の挑発的というか、不躾（ぶしつけ）な言葉に、大河原がむっとした表情を見せた。

追い打ちをかける富樫が嘲笑の笑みを投げつけた。

「私に研究チームを任せることです。そして事態が無事に終結すれば、私をガボンに帰して頂こう」

呆れた表情を浮かべながら、大河原が場内を見回した。

廻田は富樫の動きを見つめ、発する言葉の一つ一つに聞き耳を立てた。目の前で横暴に振る舞う富樫は、隔離病棟で初見の彼とは別人だった。あのときの富樫はシニカルだったが聡明で自信に溢れていたのに、今はどうだ。八ヶ月ぶりに見る富樫は常軌を逸した痴れ者に成り下がっていた。何が富樫を変えたのか。中央情報隊に配属され、危急の用件もなく、ひがな一日時事の情報整理で時間を潰していた廻田は、ある日ふと富樫の記録を引っ張り出したことがある。二年九ヶ月前の春、ガボンのジャングルを一人で彷徨っていた富樫は半死半生の状態で救助されていた。妻は研究所で死亡、富樫が連れていたはずの息子はジャングルで行方不明。事故が起こる前から富樫が定期連絡を怠っていたこと、救助されたあとも多くを語らなかったため、彼は奥地の研究施設で二人に対して人体実験を行っていたのではないかとの噂がまことしやかに流れた。写真週刊誌まがいのスキャンダルに下衆の勘ぐりは不要だが、少なくとも富樫が過酷な時を経てきたことは想像に難くない。ただ、過去が何であれ、目の前の高名な感染症学者は廻田とは異質の人間だ。自分が研究から外されたことへの意趣返しが目的なら誰の共感も得られまい。富樫は熾烈な経験の中で何を感じ、何を学び、何を決意したのか。廻田も辛い自責の日々を送ってきた。しかし、廻田はそんな鬱憤や苛立ちを人にぶつけないだけの分別は持っているつもりだ。

富樫の方へ顔を向けているのは、片岡と寺田だけだった。

「博士、ご苦労だった」

大河原が富樫をこの場から外しにかかる。

磯崎官房長官が入り口のSPを呼んだ。屈強な二人のSPが富樫の背後に歩み寄った。腕をつかもうとするSPを振り払った富樫は、すくっと立ち上がり、出口に向かって歩き始めた。富樫の激情は留まるところを知らない。

「どいつもこいつも、救いようのない間抜けばかりだ。このままですむと思うなよ。すべてマスコミに流してやる！」

捨て台詞を残し、蹴破る勢いでドアを開けた富樫が退出した。

会議室内が水を打ったように静まり返った。

「彼は、一事が万事あの調子です。とてもチームを率いる人間ではない」鹿瀬が額の汗をハンカチで拭いた。

机に両手をついて立ち上がった大河原が場内を見回した。

「磯崎君、先ほどの方針に従って万全を期してくれたまえ。それから鹿瀬部長、君の責任でこの細菌の正体を解明したまえ。失敗した場合はただちに更迭する」

※

同日　午後五時
東京　市ヶ谷　陸幕監部

小高い丘の上に巨大な通信塔と四角い茶色のビルが立ち並ぶ防衛省の正面ゲートに、寺田と廻田を乗せた車が差し掛かると、衛兵が捧げ銃で迎えてくれる。そのとき頭上をＣＨ‐４７チヌークの三機編隊が低空で通り過ぎた。廻田はしばらくの間、窓越しにその寸胴の機体を見上げていた。

余計なことを考えるのはよそう。陸幕監部に戻れば本来の業務が待っている。昨日からの出来事は、たまたま出張中に起きたハプニングに過ぎない。

正門から約三百メートル離れた庁舎に続く斜路を車が上り始めた。坂を上り切ると目の前に現れるのがA棟だった。防衛省の中枢であるA棟は、地下四階地上十九階の高層ビルで、延べ床面積は官庁の中でも最大を誇る。ウォークスルー型の金属探知機をくぐり、三階天井までが吹き抜けのアトリウムになっている中央ホールを抜け、エレベーターで五階の陸幕監部へ上がる。秘書の二等陸佐が陸幕長室のドアを開けて二人を出迎えた。

廻田は敬礼を寺田に送った。

「では、ここで失礼します」

「話がある。入れ」

ご苦労だった、という労い（ねぎらい）の言葉を期待していたのに、寺田が廻田の背中を押した。

秘書がにこやかな笑顔を廻田に向けた。

木目の内装で仕上げられた執務室は床の絨毯も樫（かし）の木で作られたデスクも重厚で、風格に溢れているが、それは逆に陸幕長なる立場の重責の裏返しでもある。壁に掲げられた歴代陸幕長の肖像が二人を見下ろしていた。

廻田に目の前の椅子を指さしながらチタンフレームの眼鏡を鼻にのせた寺田が、なぜか引き出しの中から廻田に関するジャケットを取り出した。

何を今さら……。

寺田がジャケットを開いた。「昭和四十五年九月生まれの四十一歳。京都府出身。平成四年防衛大学校を首席で卒業。陸上自衛隊に入隊後、西部方面普通科連隊所属。レンジャー隊員を中心に選抜された増強普通科中隊の指揮官として長年活躍。そのあいだ、米訓に三回参加、七つのMOSを保有、そして第三級賞詞を始めとして表彰十二回。八ヶ月前、中央情報隊に移動」

廻田の胸の防衛記念章に寺田は上目使いの視線を送ってから、眼鏡を外し、書類をデスクの上に置いた。「改めて見事な経歴だ。とてもB（防衛大）出身とは思えん。どうだ、今の仕事は？」

背広組にも受けが良いバリバリのB幹部である寺田がにこやかに尋ねた。

「はい」廻田は歯切れ悪く答えた。

「はい、では分からん」

「はっきり申し上げて、内勤は私には向いておりません」

今度は静かに、しかしきっぱりと言い切った。

寺田が苦笑した。「だろうな。ところで、館山のことはふっきれたか」

何を聞くかと思えば、愚かな……。

廻田は黙し、寺田が背もたれに上体を預けた。

「突然だが本題に入ろう。お前に頼みたい仕事がある」

「私にですか」

「そうだ。……この騒動の正体を突き止めろ」寺田が突然切り出した。

「細菌の件ですか」

「そうだ、お前がプラットフォームで見たあの細菌だ」

廻田は絶句した。寺田が何を言っているのか、理解できなかった。面食らったなどという生易しいものではない。暗闇でそれも背後からいきなり銃床で殴り倒されたと同じだ。

「私が細菌の正体を追うのですか」戸惑いながら問い返した。

寺田はさも当たり前といった表情で頷いた。

「このままでは政府の対応が甘かったという批判が防衛省にも向けられる。まったく迷惑千万だ。ところが、危機の本質を知らない政府は先ほどの体たらくだ。敵の正体が不明の状態でいったい、何に対処せよと言うつもりか。よって情報収集に関して我々独自に動く」

廻田は答えに窮した。そんな事情であるなら情報本部の範疇であり、中央情報隊の三佐がしゃしゃり出る幕ではない、それを何より心得ているのは寺田のはずなのにと、廻田は陸幕長の顔色を窺った。

どうやら寺田が廻田の胸の内に気づいたようだった。

「情報本部が動くと目立ちすぎる」

「何か手がかりは？」

「自分で捜せ」

今度は、寺田が冷たく突き放しにかかる。まったくいい気なもんだ。

もしかしてこの男はこの日のために、自分を中央情報隊に移動させたのか。廻田は精いっぱいの疑念を込めた視線を寺田に戻しつつ、仕切り直すことにした。

「陸自みずから、捜索に乗り出す口実をお聞かせください」

「自衛隊法第七十九条の二を適用する」寺田がこちらを見据えて言い切った。

本気か。間接侵略その他の緊急事態に際して、警察力では治安を維持することができないと判断された場合に、自衛隊の治安出動が命じられる。そして第七十九条の二は『治安出動下令前に行う情報収集』について規定したものだ。ただしこの条文の下令には防衛大臣が国家公安委員会と協議のうえ、内閣総理大臣の承認を得る必要がある。ということは、この件はすでに大河原のところまで伝わっているのか。

「この場合、情報収集活動は捜索に該当すると？」

くどいぞ、と言わんばかりの苛立ちが寺田の顔に浮かぶ。それでも廻田は引かなかった。というのも、第七十九条の二に基づいて行動するならば、その前にぜひ確かめなければならないことがあるからだ。「治安出動を想定していらっしゃるということは、今現在、すでに有事という認識ですか？」

ある意味ではな、と寺田がポケットに手を突っ込んで室内を歩いた。「先ほどの会議でお前が言っていた通り、このまま事態が沈静化するとはとても思えん。我々にも災害派遣でなく、場合によっては治安出動の命令が下るかもしれん」

寺田の個人的な考えなのか、陸幕として何かが決定されているのか、はなはだ曖昧だった。しかしその言葉にどんな意味を込めるかは、寺田一人で決裁できる類の問題ではない、廻田はそう解釈した。

「廻田、この作戦は厳しいものになる。決して我々が動いていることを世間に知られてはならない。法律ぎりぎりのところで、不自由な捜索を強いられる。そしてそれができるのはお前だけだ。それにふさわしい気宇を整えろ」上官の正直な胸の内が伝わってきた。

「このまま収拾できるとお考えですか」

寺田が言葉を探しながら、一瞬、沈黙した。

「昨日までの事件だけですべてがすむと思うか。何か致命的な事態が待ち構えている予感がする。……この事態への対応に失敗すれば、この国は崩壊に向けて坂道を転がり落ちるかもしれん」再び席に腰を下ろした寺田が付け加えた。「お前の望む人間を付ける。それから今回の任務はすべての部局から独立して私の直轄で行う。拠点となる場所も確保してある」寺田が次なる書類を廻田に差し出した。「これがお前の拠点となる建物、新宿の百人町にある《三橋商事ビル》だ。外観は何の変哲もないビルだが情報本部が機密作戦用に用意したハイテクビルだ」

寺田の言葉は続く。

「あくまでも内密に行動しろ。そして官房、特に牧内との軋轢は絶対に避けろ。奴の周りにセコンドは山ほどいる。しかしお前の傍には私だけだ。さらにもう一つ。万が一、違法活動の事実が漏れれば、我々はお前を切り捨てねばならん」

血も涙もない言葉を投げつけてから、どうだ、と寺田が廻田の覚悟を問うた。廻田は水の底に沈んでいく自分を想像していた。

「追う自信は？」

廻田は寺田の目を見る。そして廻田の答えが一つしかないことを悟った。

「あります」

まだ少し疑ってかかるまなざしを向けながら、寺田が最後の言葉を付け加えた。

「廻田、この任務はお前の命と引き換えと思え。そのために私はお前を呼んだ。使命を果たせぬままで一切の言い訳は許さん」

将軍とは、もとより非情なもの。あれもこれも背負い込ませて、廻田を天秤に載せておきながら、寺田が反対側の皿に載せてくれる重しなど知れている。どうやったところで、天秤は廻田の方にしか傾かない。割に合わない取引だった。

取り敢えず伊波をお願いしますと伝えた廻田は、いつもより控えめな敬礼を送って陸幕長室を出た。

いつか寺田に投げ返す嫌みのネタを思案しながらエレベーターへ向かう廻田に対して、反対側からやって来る職員たちがしらけた視線を送る。ただ、それは今に始まったことではない。市ヶ谷へ移動になってからというもの、廊下を歩いても、食堂で昼食を取っても、周りの廻田に対する視線はずっと余所余所しく、今や陸幕の中で廻田は、みすみす部下の自殺をゆるした有名人だ。

※

同時刻
東京　新宿

愛する者の死に痛めつけられてきた富樫にとって、他人の死に心を震わせることなどない。病に倒れる者、事故で命を落とす者、テロで惨殺された者、誰がどんな死に方をしようとも、昨日どこかで起こり、明日もどこかで起こるだろうことが、今日も起こったに過ぎない。別に冷めているわけではない、死の本質を知っているだけだ。

この先のカフェで東都新聞の記者と待ち合わせをしている富樫は、新宿アルタ前の交差点に立っていた。記者とは面識があったわけではなく、当てずっぽうで電話をかけたところ、富樫のネ夕に食いついてきたのが東都新聞だった。社会部の記者は荒木と名乗り、電話の声はがさつで横柄な印象だったが、実際のところは分からない。富樫にとっては、記事にしてくれるなら誰でもよかった。

目の前のオーロラビジョンでは夕方六時のニュースが流れていた。

ガボンへ、由美子と祐介が待つ地へ戻る夢は叶わなかった。二人を失ってからずっと死に場所を探してきた富樫にとってガボンは約束の地であり、あそこへ戻って由美子の命を奪ったウイルスの息の根を止める、そうでなければ安らぎは訪れない。磔刑に処され、両手と両足を十字架に打ち付けられたまま死ぬことすら許されず、今生のあらゆる罪を償ってようやく富樫は地獄の門に立つことができる。ところが鹿瀬の策略に見事にはめられた。処刑人の鹿瀬は槍で富樫を串刺しにして息の根を止めるどころか、丘の頂上で富樫をさらし者にして楽しむつもりだ。

ここ数ヶ月、つくばの理化学研究所にもほとんど顔を出していない。感染研を追い出されたあと、つくばにいったん戻ったものの、周りの富樫を見る目はいっそうとげとげしいものに変化していた。どの面下げて戻って来た、お前の居場所はここにはもうないぞ、そう告げていた。

ただ、富樫にとって元の研究など、本当はどうでもよかったのだ。今、この国で起こっている事件と由美子の言葉が重なり、あのとき彼女が何を伝えたかったのか、富樫は、研究所の宿舎に閉じこもり、パウロの黙示録について片っ端から調べ、ようやく答えにたどり着いた。

『パウロの黙示録』

神の激しい怒りは、五つの鉢に封印されている。神は二人の御使を呼び寄せた。

神が第一の鉢を傾けると前兆が現れ、人々の体にひどい悪性のでき物ができた。

第二の鉢が川と水の源とに傾けられると、大地が災厄で覆われ始めた。

第三の鉢が海に傾けられると、海は死人の血のようになって、多くの生き物が死んだ。

二人の御使は神に言った。「全能なる神よ。あなたの裁きは真実で、正しい」

第四の鉢が傾けられると、太陽は火で人々を焼くことを許された。人々は苦痛のあまり舌を噛み、その苦痛ゆえに天を呪った。しかし、自分の行いを悔い改めはしなかった。

神が二人の御使に向かい、今日までの苦難はこのためにあったのだ。さあ行って、お前たちが民の運命を選ぶのだ、と告げた。

第五の鉢が空中に傾けられると、大きな声が聖所の中から出て、事はすでに成った、と言った。すると、稲妻と、悲鳴と、雷鳴とが起こった。大いなる大地は屍に覆われ、町々は倒れた。神は大いなるバビロンを思い起こし、怒りのぶどう酒の杯を掲げた。島々はみな逃げ去り、山々は見えなくなった。


恐ろしいことに、第一の鉢に関する記述は、まるでＴＲ１０２や川北町の事件を暗示した内容だった。ならば、残りの四つの鉢が傾けられたとき、何が起こるのか。そして御使とは？　謎に対する不安と恐怖が富樫の中で渦巻いていた。

まあいい。今考えたところで答えが出るとも思えない。

それより約束の時間まで、どうやって時間を潰すかと思案しながら、何気なく見上げたアルタのオーロラビジョンに自分の顔が映し出された。キャスターが「国際的な感染症研究者である理化学研究所の富樫裕也博士四十一歳が、コカイン所持と使用の容疑で指名手配されました。警察はすでに博士の自宅を捜索し、証拠の品を押収した模様です」と伝え始めた。

——鹿瀬、お前の仕業だな！

富樫はオーロラビジョンを睨みつけ、それから周りに気づかれないよう、そっと後ずさりした。そろりと歩を進め、人混みに身を溶け込ませる。鼻をかく仕草で額に手を当てながら交差点を渡り、歌舞伎町の歓楽街に入る。途中、何度も振り返り、誰かにつけられていないかを確認した。ようやく雑居ビルに囲まれた裏通りへ駆け込んで一息ついた。頭の中で鹿瀬に対する怒りと、自分自身に対するわだかまりがごちゃ混ぜになっていた。

もたれかかっていた壁を離れて思案しながら歩き、次の角を曲がった瞬間、大柄な男が立ちはだかった。

その視線と態度から、相手が富樫に好意的な人間でないことだけは間違いない。

失礼、と道を空けるために右へ寄った。男も右に寄る。やはりそうか。この男は俺にからむつもりなのか。ならばお門違いもはなはだしい。俺にはたかる金もないぜ、文無しだよ俺は、通してくれ。男をやり過ごそうと今度は左に寄る。男も左に寄ってきた。もう面倒はたくさんだ。引き返そうと後ずさりした瞬間、背後から右手をひねり上げられ、関節を見事に決められた。正面の男に気を取られている隙に、別の男が背後に忍び寄っていた。

背後の男が耳元で何かを囁いた。正面の男が体を寄せてくる。

「やめろ！」そう叫ぶ富樫の口に背後の男の左手が覆い被さった。抵抗しようとしたが、もはや富樫の体は男の支配下にあった。

黒塗りのアルファードが横付けされ、スライドドアが開いた。男たちに前後からはさみ込まれた富樫は、車の方向に引きずられ始めた。富樫は身をよじり、男から腕を引き抜こうとした。そうすれば男の喉元に指先をたたき込むことができる。

だが、無駄な努力だった。

シャツのボタンが弾け飛んだ。右手首がねじれて激痛が走った。首筋に食い込む男の拳のせいで、意識が揺らいだ。遠くでこちらをポカンと眺めているホームレスが見えた。こうなったら誰でも構わない。富樫が助けを呼ぼうとしたとき、足裏に大地の感触がなくなった。二人の男がまるでマネキンでも運ぶように軽々と持ち上げた富樫の体を、アルファードの後部座席に押し込んだ。

一人が富樫に馬乗りになり、一人が富樫の足を押さえ込んだ。

スライドドアが閉まり、車が急発進した。

馬乗りの男の腕を振り払った富樫は、スライドドアのノブに手を伸ばした。

男が富樫の手を払いのける。蛇に捕らえられたカエルのごとく、富樫の全身が締め上げられていく。うめき声を上げながら富樫はもがいた。

薄れていく意識が幻覚に形を変えた。ガボンの豊かな森に、こちらに向かって手を振る祐介と、息子の肩に両手をかけて微笑む由美子が立っていた。

「祐介、……由美子」富樫は呟いた。

穴の底へ落ちる感覚に包まれた瞬間、目の前が真っ白になった。

※

十二月三日　午前九時十七分　二度目のパンデミックから一週間後
北海道　標津郡　中標津町

廻田は冬の陽光に照らされ、彼方まで続く雲海をＣ‐１の窓から眺めていた。そろそろ仙台の沖を通過する頃だろう。高度は八千メートル、ロシアのＴｕ‐９５が我が国の防空識別圏に侵入して偵察活動を行うときに使う高度だ。

先月の二十六日、つまり川北町が壊滅した日に市ヶ谷へ呼び出されたときと逆の道程を廻田はたどっていた。命を賭した任務が最初に目指す先はもちろん川北町だ。

たしかな使命感は誰にも気づかれぬよう、胸に仕舞い込んだ。

任務とはいえ、あの景色を再び目にすれば、廻田の中に堆積したありとあらゆる後悔、その一切合切が吹き出すだろう。寺田から渡された感染研の報告書は、三月の時点から何も進歩していないお粗末なもので、細菌の正体、なぜそれがＴＲ１０２に現れたのか、そして九ヶ月を経て川北町に被害が拡大した感染経路、その防疫方法、何一つ明らかになっていない。ＴＲ１０２での事件後、感染は終息した、という安易な判断が招いた事態の深刻さにもかかわらず、安全が確認されるまで鹿瀬に現地の状況を視察する気はないようだ。

呆れた怠慢だ。

割り切れなさと、あり余る不安を抱えたまま、寺田から手渡された『中央特殊武器防護隊の活動補佐ならびに、情報収集活動に関する命令書』を通行手形として、完全閉鎖区域への立ち入り許可を得た廻田は現地に向かっていた。そこで待ち受けているのは、暗く絶望的な現実かもしれない。

少し眠ろうと背もたれに寄りかかってみても、かえって目は醒めるばかりだった。

後十五分で到着します、というアナウンスが流れて降下が始まると、C-1の機体が雲海に呑み込まれていく。廻田は腕時計を見た。午前九時三十二分。窓の景色に視線を戻せば陽光が消え失せ、やがて垂れ込める雪雲を抜けて計根別飛行場の滑走路が見えると、そこは雲上とは別世界の、寒々として生命の息吹が消えた大地だった。廻田の運命、そして川北町の事件と同じく、突然、周りのあり様が一変した。

廻田は黙したまま下界を見つめていた。

午前九時四十八分、廻田を乗せたC-1は計根別飛行場に着陸した。

ハンガーで機を降りた廻田に向かって一台のLAVが走り寄り、お待ちしておりましたと口では言いながら、好奇の目を向ける陸曹が敬礼を掲げた。その顔には、あんたが噂の廻田三佐か、と書いてある。

「ご苦労」陸曹と入れ替わって、手はず通りに廻田は車に乗り込んだ。

「装備は後部座席に用意しております」

振り返ると、後部座席に折り畳まれた化学防護服が置いてある。

無言のまま陸曹に敬礼を送った廻田はアクセルを踏んだ。

ここはすでに制限区域内だ。飛行場を出て道道十三号線に入り、陽の光を遮られて暖色が消え失せた冬景色の中を廻田は車を走らせた。

目前の地平に死の世界が待っている。

およそ十分で中標津の町に入ると、廻田はゆっくりと車を流す。手元の資料によれば、簡単な健康診断を受けさせてから、順次、制限区域外の公民館などに住民を収容しているらしく、商店街が軒を並べ、所々にホテルや町営住宅のビルが点在する十三号線沿いに車や通行人の姿はまばらだった。人々が身の回りの品だけで、住み慣れた町を離れざるを得なくなっている。

町を東に抜けると最初の検問所に出会った。そこから先は警戒区域に当たる。川北町へ続く道道七七四号線の路側に、機動隊の輸送車がずらりと列をなしている。その前ではバリケードが組まれ、数十人の機動隊員によって車がUターンさせられていた。ときおりワンボックスの商用車や小型トラックなどがカラーコーンで仕切られた検問エリアに誘導されている。車道脇にはわずかだが、物好きな野次馬が集まっていた。

車が検問に近づくと、警備の隊員が右手を挙げて止まれと合図した。

「どちらへ」隊員がぶっきらぼうに尋ねた。どうみても好意的な対応ではない。それもそのはずで、自衛隊と警察の関係は良好とは言えない。数年前、武装工作員が潜水艇で道内に上陸したとの想定で第五旅団と道警釧路方面本部の共同訓練が実施されたことはあるが、それも一回で立ち消えになっていた。

「川北町だ」廻田は鞄から身分証明署と命令書を差し出した。

「あそこは完全閉鎖区域のため入れません」

隊員がしかめ面で伝えた。

突然、背後でクラクションの音が響いた。バックミラー越しに後方を見やると、ＬＡＶの後ろに並んだ軽自動車の運転手が、さっきより長いクラクションで急き立てた。どこにもせっかちはいるものだ。

「その命令書をよく見ろ。私は閉鎖区域に入る許可を得ている」

廻田は苛立ちをちらつかせながら語気を強めた。寺田の命令書を斜め読みした隊員は、廻田を待たせたまま無線で指揮所と連絡を取った。小声で何かのやり取りを終えた隊員は、やがて折り畳んだ命令書を差し出しながら、どうぞ、と顎で川北町の方向を指した。

そのとき、誰かが車の屋根をバンとたたいた。驚いて振り返ると、黒いダウンジャケットを羽織った若い女性がＬＡＶの窓枠に手をついた。歳の頃は二十代半ばに見える。

「私、急いでいるんだけど」

アディダスのカジュアルパンツをはいたすらりとした長い脚、形の良い胸と絞り込まれたウエスト、セミロングの髪を後ろで束ね、まったく化粧気はないが、くりっとして澄んだ目の彼女は、そのスタイルとあいまってモデルと間違えるほどだった。

「それはこちらも同じだよ」廻田はつっけんどんに答えた。

「何よ、偉そうに」

怒った顔でも口元からかわいい八重歯が覗くけれども、のっけから喧嘩腰の相手に、好印象が潮を引くように消えていく。

「お嬢さん、ここから先は関係者以外、立ち入り禁止です」

先ほどの機動隊員が二人の会話に割って入った。

彼女の苛立ちがたちまち隊員に向いた。

「川北町に私の祖母がいるのよ。その安否をたしかめるために東京から戻って来たのに、ここから先へ行かせないってどういうこと」

「だから今、話しただろ。この先は一般人の立ち入りは禁止されている」

私は関係者よ、と彼女も引き下がる気はないらしい。

「母は私が小学校三年のとき、父は今年の冬に根室海峡で死んだわ。私に残された家族は祖母だけなのよ。だから行かなければならないの。早く、この棺桶みたいな車をどけてくれる」

死の町に取り残された家族を思い煩(わずら)う気持ちは、簡単にはくじけそうもない。

無理なものは無理だ、帰りたまえ、隊員が声を荒らげる。

自分が鼻先であしらわれていると感じたのか、一歩前に出た彼女が隊員を睨みつける。どうやら、男勝りの気性は筋金入りらしい。

隊員も受けて立つ構えだ。

廻田は舌打ちした。こんなときに争っている場合か、二人とも時宜(じぎ)をわきまえろ。

車を降りた廻田は、二人の間に体を入れると、彼女に落ち着けと目で伝えた。

「君、名前は」

「弓削亜紀(ゆげあき)」

「弓削さん、この隊員に当たったところで、どうなるものではない。ここから先の立ち入り禁止措置は君たちの安全を守るためだと理解しなさい。私は陸上幕僚監部の廻田三佐。これから調査のために川北町に入るから、もし君のおばあさんの消息が分かれば中標津警察署に連絡しておくよ。彼女の名前は」

「弓削佳代よ」

「覚えておこう」

廻田は弓削と機動隊員の互いに、取りなしの視線を送った。

どうにかこれで事は収まりそうだ。ならば、これ以上の長居は禁物。

それじゃ、私は先を急ぐからこれで失礼する、と踵を返した廻田は車に乗り込み、ドアを閉めた。

待って、と弓削が窓枠をつかんだ。

「あなた、まさか気休め言ってるんじゃないでしょうね。名前の綴りも聞かない、メモも取らない、そんなことで祖母の消息を調べられるの」

見事に廻田は、その場しのぎの出まかせを突かれた。

真剣な眼差しで弓削が念をおす。

「あなたを信用していいのね」

「約束はできないが、努力はしてみる」

そう言い残した廻田は、アクセルを踏んだ。

つれないとは思うが、一人に関わっている暇はない。身内に不幸があったことに同情は禁じ得ないが、この地で過酷な運命に見舞われたのは弓削だけではあるまい。少なくとも彼女は生きている。

車を走らせながら廻田は、後ろめたさを振り切った。

やがて車が検問所を通過した途端、目の前に別世界が開けた。

――何だ、これは……。

廻田の視界から生命の営みが消え、すべてが静止していた。空から見るのとは違って、車で走る道東の広大さは格別のはずなのに、今の廻田が感じるのは雄大さではなく虚無だった。

中標津町の検問から二十分、すれ違ったのは赤色灯を点灯させた警戒中のパトカーだけ。毎年、春になれば、道道の両側の牧草地には牛が放牧され、ジャガイモ畑は作付けが行われる。しかし、目の前の光景はその予感すら感じさせなかった。やがて道路の先にひときわ厳重な検問所が見えてきた。いよいよ完全閉鎖区域の検問らしく、突然、その手前で道道が消えている。道全体が南北に仕切られ、そこから先への進入が完全に遮断されていた。逆T字型をしたコンクリート製の車止めが二重に並べられ、その向こうには現場指揮官車、遊撃放水車、投光車などが並ぶ。さらに検問所から閉鎖区域の境界線に沿って、およそ二百メートル間隔で配置された機動隊員の列が地平線まで続いている。その厳重さは検問の向こうにある物を覚悟のない者が見てはいけないと思い知らせるのに充分だった。黄泉の国への入り口で、パトカーの赤色灯の明滅が規則的に時を刻んでいた。

検問の機動隊員が右手を挙げて車を止めた。窓を開けた廻田が書類とともに用件を伝えると、すでに連絡が届いているらしく、彼は敬礼してみせ「廻田三佐ですね。ここから先は防護服の着用をお願いします」と伝えた。車を降りた廻田は、後部座席に放り込んであった非陽圧式化学防護服を取り出し、無言で身につけ始めた。

「閉鎖区域に留まる時間は？」警備主任らしき隊員が尋ねた。

防護服の袖に通していた手を止めた廻田は、腕時計に目をやった。

午前十時四十分を回ったところだ。

「そうだな、一五：〇〇には戻る」

「お戻りの際は、そこでスクリーニングをお願い致します」

隊員が指さした先には、鋼製の仮囲いで四つに仕切られたブースが設けられ、それぞれに高圧洗浄機が備え付けられている。

防護服を着終わり、敬礼で承諾を伝えた廻田は車を発進させた。

いよいよあの場所へ近づく。本当にいいんだなと自分に問うた。一度、ハンドルを拳でたたいた廻田は、ええいままよとアクセルを踏んだ。

やがて地平を覆うモヤの中から低層の町並みが姿を現す。川北町だ。

廻田は無線を開いた。

「こちら中央情報隊の廻田だ、宗森（むねもり）一尉どうぞ」

（中央特殊武器防護隊の宗森です）

「今、町が見えた。どこにいる？」

（そのまま直進して頂いて、町の東にある川北中学校のグラウンドまでお願いします。そこまで来て頂ければ我々の部隊が見えると思います）

町内の様子を詳細にたしかめるべく、廻田は町外れで地図を片手に車を降りた。

町の中心、あの日、ヘリから見た交差点に向かって廻田は歩いた。
目の前に拡がる町はホラー映画で見るゴーストタウンと化していた。どんより、低く垂れ込める雪雲の下、なぜか得体の知れないモヤにかすみ、人の気配が絶えた建物が墓石のように並び立つ。路上には何台もの車が捨て置かれ、あちこちに回収されないゴミ袋が散乱し、その周りに処分されたカラスの死体が群がる。食いちぎられた段ボールや紙切れが風に舞い、電線が路上に垂れ下がり、通りに面した店舗の窓ガラスがあたりに散乱していた。臭気測定器のスイッチを入れると臭気指数が最大値の四十を示す。どうやら耐え難い臭いがあたりに充満しているようだ。下水暗渠(あんきょ)の中で汚水が滞留し、あちこちのマンホールから異臭が漏れ出て、腐った生ゴミの臭いと混じり、耐え難い悪臭となって空気を汚しているのだ。町はたった数日で荒廃し、変わり果てた光景は核戦争後を想像させた。

廻田は腐臭と死の影に沈み、時が止まった廃墟の町を歩いた。やがて廻田は路上に灰を思わせる物質がうっすら積もっているのに気がついた。振り返ると自分の足跡がくっきりと路上に残されている。どうやら普段は空中を浮遊しているホコリが降下したらしい。足跡を路上に残しながら、廻田は町の中心、町で唯一の交差点を通過して、そこから百メートルほど進んだ川北中学校の校門を入った。

やけにふかふかの地面を歩いて校庭に入った瞬間、廻田の足がすくんだ。中学校のグラウンドに重機を使って幅五メートル、長さ三十メートル、深さ三メートルほどの巨大な穴が掘られていた。中に何体もの遺体が放り込まれ、上から白い石灰がかけられている。どの遺体も内側から破裂したように激しく損傷していた。

カティンの森事件を思い起こさせる光景に、恐怖や憤りを通り越して、やりきれない思いが頭に溢れる。それは、重篤な感染症で壊滅した町の否定しがたい現実だった。これがこの町の人々にとっての死なのか。

「廻田三佐ですね、宗森です。お待ちしておりました」

背後からの声に振り返ると、赤い陽圧式化学防護服をまとった自衛隊員が敬礼した。

「廻田だ、よろしく頼む」

ぎこちない敬礼で応えた廻田はもう一度、穴に目をやった。そこでは宗森と同じ防護服に身を包んだ隊員たちが黙々と遺体処理の作業を続けている。法面（のりめん）の一部をなだらかに切り取った斜路から担架に載せた遺体を穴の底に運ぶと、空いているスペースに並べ、上から石灰をかける。すでに死後硬直を起こしている遺体はマネキン人形のように腕を突き出し、足がよじれている。一人が終われば、次の遺体に取りかかる。作業はその繰り返しだった。

並べられた遺体の列の中に、座り込んだ姿勢のまま事切れた遺体が、ぽつんと置かれていた。それはまるで、天に召された妻の傍に寄り添う夫のようだ。

「厳しいな」廻田は思わず声を上げた。

「火葬が間に合わないのです。これと同じ穴を町の周囲に幾つも掘っています」宗森が答えた。

廻田は顎で、穴の向こう側をさした。

「そういう意味ではない。連中を見てみろ」

呆然とたたずむ休憩中の隊員たち。みな所在なげにうつむき、肩を落とし、地面に突き刺したスコップに体を預け、気抜けて立ち尽くしている。

その態度は疲労のせいではなかろう。

「初めての経験ですから、ショックが大きいのもやむを得ないかと……」

一尉、そうではない。

「彼らは思い知らされたのさ」

「思い知らされた？」

「パンデミックという現実だ。自分たちにも待ち構えているかもしれない明日をだよ」

困惑した視線を部下に戻した宗森の肩を、廻田はポンとたたいた。

実戦経験のない彼らが初めて見る大量死の跡。未知の感染症で人が死ぬということがどういうことなのか、彼らは思い知っただろう。野外演習での光波による模擬銃撃線など子供のお遊びだ。血が飛び散り、体が裂け、肉が腐るむごたらしさこそ、この病気の正体なのだと、彼らは教えられた。感染症で死ぬというのは、こういう死に方なのだと……。この病は病院のベッドで家族に見守られ、安らかに息を引き取るのとはわけが違う。

廻田は踵を返した。今は目の前の現実だけを考えろ、自分にそう言い聞かせた。

「町を案内してくれ、特に被害の大きな所をだ」

枯れた芝の上を歩いた二人は校庭を出て、町の中心に引き返した。

鑑識課や科捜研の知識を持っている訳ではないから、法医学的鑑定、物理学的、化学的鑑定といった類いの調査はできない。それでも道を歩きながら、廻田は丹念に町の様子をチェックする。まず目につくのは、あちらこちらで発生している交通事故の状況、傷んでめくれ上がった路面、倒れた電信柱、至る所に残された血痕、ドアが開け放たれた家屋や商店では屋内の様子を撮影し、気がついた点を一つ一つ、丁寧にメモしていく。

廻田は足を止めた。混乱した町の状況が過去にどこかで見た光景に似ている。たしかどこかで見たことがあった。しかし、それがどこであったかを思い出せない。

どう思う、廻田は宗森に声をかけた。

廻田の意図が理解できないらしく、宗森が首を傾げた。

「この状況だ。何か変だと思わんか」

廻田はあたりを見回してみせた。

この違和感の正体はいったい……。

「……そうですね。私は戦闘の専門家ではありませんが、この町の様子はまるで敵軍に夜襲をかけられた混乱を想像させます」

宗森も廻田と同じ考えのようだ。

狼狽と絶望、死に直面した兵士の感じるすべてがここにある。廻田は左手を顔の前にかざし、これと同じ記憶の糸を手繰った。そんなに幾つもあるわけがない。一つまた一つ、記憶の断片が蘇るうち、ある光景が廻田の中のもどかしさと結び付き、ようやく求めていた答えが頭に浮かんだ。

それはソマリアの首都モガディシオ、泥沼化するソマリア内戦で逃げ惑い、なす術もなく虐殺されていく人々、あの町の光景だ。

激しい内戦に翻弄された町と同じことが、ここでも起こったのか。

「すみません。くだらないことを申しました」

廻田が気分を害したと勘違いしたのか、宗森が小さく頭を下げた。

「そんなことはない。実は俺も同じことを考えていた。これは我々が戦場でよく見かける光景だ」

廻田は自分に問うた。パニック時の行動心理に関する分析が必要だ。そのための情報とは……。

交差点の中央でぐるりと周囲の様子を確認した廻田は傾いた信号柱に気づいた。

「一尉、釧路開発建設部の道路事務所はどこだ」

「中標津道路事務所ですね。それが何か」

あれだよ、と廻田は信号機の横に取り付けられたカメラを指さした。「ＣＣＴＶカメラが当日の状況を記録しているかもしれん」

「ＣＣＴＶカメラ？」宗森がようやく廻田の意図を理解したようだ。

もし廻田の考える通りなら、何かのヒントを得られるはずだ。

廻田は無線のスイッチを入れた。

弓削との約束など、とうに失念していた。

※

同時刻

目覚めると、富樫は硬いベッドの上に横たわっていた。安っぽい灰色のカーペットが敷かれた小部屋だった。壁の三面は淡いブルーに塗られ、手を当てるとどうやらコンクリート製のようだ。残る一面に金網の張られた鉄格子がはめ込まれ、下の方には小さな窓が開いていた。左側奥の一畳ほどが壁で区切られており、水洗の和式便器が据えられている。富樫はベッドに腰掛けた。鉄格子の向こうは廊下らしく、その天井に設置されたカメラがこちらを向いたまま固定されていた。

どうやらここは留置場だ。

富樫は歌舞伎町で拉致されたときの様子を思い出した。あの大男はその筋の者ではなく、官憲だったということらしい。でなければ今頃、富樫は東京湾の底に沈んでいてもおかしくはない。しかし、なぜ警察は富樫の居場所が分かったのだろうか。指名手配のニュースが流れた直後のことだけに、手際の良さには驚くばかりだ。

廊下に人の気配がすると、背広姿の大男が現れた。

忘れもしない、自分を拉致した男だ。ずるがしこそうな目つき、何よりもそれが印象的だった。どう見てもふつうの警察官ではない。富樫は探りを入れることにした。

「ここはどこだ。お前は刑事か」

顔色一つ変えず、富樫の質問を無視した大男が廊下の左、今しがた彼が姿を現した方向に向かって合図を送る。するともう一人、小柄な男が姿を見せた。やはり、安物の背広を身につけている。こいつも刑事らしい。

「来い」そいつが壁のスイッチを押すと、鉄格子が横にスライドした。

「どこへ」

「取り調べ室だ。分かっているだろう。富樫博士」

小柄な男が富樫に手錠をかけ、二人に両脇をつかまれて居室を出ると、廊下を進む。制服警官の看守が腰掛けるもう一つの鉄格子を抜け、エレベーターで三階へ上がった富樫は、小さな取調室へ連れ込まれた。

年の頃は五十代後半に見える取調官が待っていた。やたらと鼻が大きく、出っ張った額とあいまってゴリラを思い起こさせる取調官は、小さく冷たい目で富樫を迎えた。

富樫は椅子に腰掛けるなり、なぜあんな手荒なマネをしたのか、どうせ鹿瀬の差し金でマスコミへの告発を恐れた口封じだろう、机をたたき、口角泡を飛ばしながら喚き立てたが、取調官は侮蔑の視線を投げつけ、氷のような表情を崩さなかった。斜に構えたまま富樫に言わせるだけ言わせ、それが終わると、麻薬および向精神薬取締法違反容疑の逮捕状を富樫の前にかざしてから、実務的に富樫が有する権利を告げた。

「それでは始めようか」

もしかして、こいつらは《チヨダ》、公安警察官なのか。ふと、富樫はそう感じた。

「その前に、お前が何者か名乗れ」

「俺たちに、その必要はない」

取調官が目配せすると、いきなり大柄な方の刑事が富樫を押さえつけ、チビの方が強引に富樫のズボンをずり下ろし、用意していたバケツに排尿するよう命令した。

身をよじって富樫が抵抗すると、いきなり取調官が掌で机をたたき付けた。

「お前は被疑者だ、早く小便を出せ。でないと一物にパイプを突っ込んで強制的に抜き取るぞ」

取調官の脅しは手慣れたものだった。

しぶしぶ富樫はバケツに排尿した。

チビの刑事がコカインの尿検査キットを富樫の尿に浸した。

「こんなことが許されるのか。不当逮捕だ。訴えてやる」

「何を訴えるつもりだ。私は麻薬常習者ですが、取り調べの最中に手荒なことをされましたと泣きつくか。世界的な感染症学者も堕ちたものだ。いいか、お前は犯罪者だ。義務を果たさぬ者に限って厚かましく権利を主張する」

富樫は取調官に唾を吐きかけた。

取調官がハンカチで顔を拭いながら、薄気味悪い笑いを浮かべた。

「麻薬常習者は皆、最初はそうだ。やがてやって来る禁断症状の恐ろしさを知らんからな。そのときになって、助けてくれと泣きすがるお前の姿が今から楽しみだよ」

五分後、判定バンドの数値は当然、陽性だった。

たった一本の検査キットが富樫の経歴に終止符を打った。

取調官が哀れみの表情で富樫に告げた。

「ずっと我々から監視されていたとも知らずに調子に乗りやがって」

「監視？　やはり、お前たちは公安警察か」

取調官は顔色一つ変えなかった。

「麻薬取締法だけではない。お前は刑法第七十七条、つまり内乱の罪に違反した刑事犯なんだよ。国家に楯(たて)をついた報いとして、これから、神に見放された地獄の苦しみをせいぜい味わうことだ」

※

北海道　釧路開発建設部　中標津道路事務所

中標津町東二十三条北一丁目、道道十三号線沿いに建つ二階建ての白い建物が目指す道路事務所だった。町の郊外でよく見かけるお役所特有の建物だ。川北町をあとにして検問で車と防護服を洗浄した廻田は、急いで中標津町に引き返して来た。本省を通して連絡を入れたおかげで、廻田の到着を維持補修係の係長が迎えてくれた。こちらへどうぞと一階玄関脇の事務室に案内されると、職員たちが退去の準備を進めていた。それぞれの係の名称が天井からパネルで吊るされ、その下に、向かい合う机が島になって並ぶ職務エリアは、ノートパソコンの置き場にも困るほど、どの机も書類の山だった。

受付の長机を回り込みながら、廻田は係長に声をかけた。

「いよいよ、ここもですか」

「はい、先ほど開発局から一時避難の指示が出ました」

職務エリアに入り、段ボールに書類を詰める職員の間を抜けて、係長は事務所奥の会議室に廻田を通すと、ドアを締め、鍵をかけた。部屋の中央に置かれた机の上はモニターとパソコンが置かれている。

どうぞと廻田に椅子を勧めてから係長が机の向こうに立った。

「三佐、これからお見せする映像は、当局に提出後、極秘扱いとされております。ただし、防衛省からの依頼で今回に限り、三佐にお見せします。映像は十一月二十六日の午前二時三十七分から十七分間の記録です。午前二時五十四分に映像が途切れますが、これは送信ケーブルの断線によると思われます」

説明しながら、係長がパソコンにパスワードらしき番号を入力した。

「それではよろしいですか」

廻田は無言で頷いた。

係長がエンターキーを指先で押すと映像の再生が始まった。映像の右下に時刻を意味する〇二：三七の数字が表示された。最初の数分は街灯に照らされる道路だけが映し出され、何も起こらなかった。廻田は係長を見た。彼が目線で、もうすぐです、と応じた。右下の数字が〇二：四四を示したとき、突然、画面の右側から人が溢れ出た。暗くてよく分からないが、数十人はいる。そのうちに交差点の彼方から炎が吹き上げた。それは交差点の北側にあるガソリンスタンドの方角で、途端に全身血だらけの人々が炎に照らし出された。人々は狂ったように走り回り、体中をたたき、勢い余って転倒する。傷ついた人々の群れに車が突っ込み、彼らを跳ね飛ばし、倒れた老人の上に乗り上げる。

映像が傾いた。どうやら信号柱に何かが衝突したのだろう。斜めになったカメラのすぐ前で若い女性が倒れた。彼女は首の回りをしきりに両手でたたく。すると、首筋に赤い斑点が現れた。それはたちまち数を増し、今度は皮膚表面にべったりとした膿痂（のうか）を伴ったびらんが現れた。びらんはたちまち水疱を形成する。驚くべき速さで皮膚の壊疽（えそ）が始まった。女性は半狂乱で体をかきむしる。立てた爪が皮膚を裂き、傷口から鮮血が飛び散る。信じられない劇症がまたたく間に全身へ拡がり、すさまじい勢いで女性の体が破壊されていく。それは、もはやヒトではなく、冷凍庫に吊るされた解体肉だった。

彼女の向こうで、今度は別の男性に症状が現れると、ペンキを噴霧するかのごとく鮮血が傷口から吹き出す。酸鼻を極めるとはこのことだろう。むき出しになった人肉から立ち上る水蒸気、吐き気をもよおす殺戮だった。

右下の時計が〇二：五四となり、突然映像が途切れた。

パイプ椅子に腰掛けた係長は、終始、うつむいたままだった。

「この映像データを頂けますか」

「私の判断では無理です」

怯え切った目を係長が廻田に向けた。

「では、本省から局にお願いしてみます。お忙しいところありがとうございました」

私は片付けがありますからここで、と伝える係長を残して、廻田は会議室を出た。避難準備に忙しくて、廻田にはまるで興味を示さない職員の間を抜け、建物の外へ出た廻田は大きく息を吸い込んだ。あの映像から解放されて正直ほっとしたのか、無性にニコチンが恋しくなった廻田は、汗がにじむ額を拭い、ポケットから取り出した煙草に火を点けた。ここが禁煙かどうか、そんなことはどうでもよかった。

今朝、市ヶ谷を出て、川北町での調査を終え、道路事務所で事件当夜の映像を確認した。まもなく日が暮れる。あまりに多くのことが廻田の周りで起きすぎた。

この地へやって来て明らかになったのは事態の深刻さだけで、謎ばかりが増えていく。最初の疑問は当然ながら奴らがどこから来て、この九ヶ月どこに潜伏し、どうやってTR１０２から海を渡って上陸し、川北町にたどり着いたかだ。パンデミックの原因となった最初の感染者を探すか？　いや、と廻田は首を振った。川北町への人の出入りを廻田一人で追えるわけがない。先日、安全保障会議で決定された保健所の調査に任せるべきだ。おそらく、聞き取り調査がすでに開始されているはずだ。

第二の疑問はなぜ皆が同時に発症しているかだ。時間の経過につれてじわじわと感染が拡大するのではなく、同時多発的にあらゆる場所で発症している。あたかも細菌が空中から散布されたようだ。一人の保菌者が町に細菌を持ち込み、その者から飛沫系感染によって病原菌が広がる、そんな廻田の想像と現実はまったく異なっていた。

三つ目の疑問は、川北町の人々が取った不可解な行動だ。感染者の多くは何かに怯え、それから逃れようと屋外へ飛び出している。彼らは体の異状に気づき、病院を目指したのか？　いやCCTVカメラの映像はそんな様子ではなかった。

いつのまにか煙草の味さえ分からなくなっていた。

泥船のように危うく、浮き草のように漂う曖昧な可能性の羅列から、何かをつかみ取らなければならない。

投げ捨てた煙草を廻田はつま先で踏みつけた。

無惨で、数えきれない死が、北の小さな町に刻まれた。

再び、目を覆う災禍に襲われたとき、廻田は人々を護れるだろうか。

厳しい鍛錬、任務への覚悟、そのすべては護るべきもののため。自衛官が護るべきものから逃げ出すなど許されない。

館山……、お前もそう信じていたはずだ。

まるで散歩に出かけるごとく熾烈な作戦へ出撃する男、演習の最中に頭上を舞うトンボに指を折る男、夜間訓練で放たれた曳航弾を見て、きれいだな、と片手で目の上にひさしをつくる男。優秀な狙撃手である前に、魅力的で勇敢な自衛官だった館山。なのに、唯一動かすことができた左手で、彼は屋上の手すりを乗り越えた。館山がレンジャーの訓練に耐え抜いたのは、たった一人、病院の屋上から飛び降りる将来を選択するためではない。

館山、お前は最期に何を見た。何を祈ったのだ。

死の間際にお前を怯えさせた悪しきものが、あの町で人々の命を奪った。

その正体を突き止め、息の根を止めるため、今の廻田に足りないものがある。

ずっと見失っていた。

廻田は両手の拳を握りしめ、一息ごとに、己の内側に闘志を溜め込みながら、奥歯を嚙み締めて、それに火を点けようとした。

もう一度だけでいい。

取り戻したものが、廻田を突き動かしてくれるはず。

廻田にしか託されない誇りと不屈。

誉れなど知ったことではない。

目的を達し、代わりにすべてを消尽して神に召されたなら、館山、どうか冥土で俺の手柄話を聞いてくれ。

第三章

翌年　一月二十四日　午前二時十二分
北海道　足寄町民病院

当直室の電話がけたたましく鳴った。

緊急回線の赤ランプが点滅している。暇つぶしにカルテの整理を行っていた宿直医の長谷部は、急いで受話器を取り上げた。この町で、こんな時間に緊急回線で呼ばれることはめったにない。

「先生、救急隊からです。お願いします」

電話を取り継いだ看護師が無愛想に用件のみ告げると、長谷部の返事も聞かずに回線を切り替えた。

(足寄消防署救急課の橋本です。重症の患者をそちらへ搬送しますので、受け入れをお願いします！)

思わず受話器から耳を離すほど、救急隊員の声はテンパっていた。

――まずい。

外科医としてそれなりの経験を積んできた長谷部でさえ、救急の患者には緊張する。専門外の患者に出くわすことが珍しくないからだ。中でも、外傷はないのに高熱や嘔吐の症状を示すか、もしくは火がついたように泣き続ける乳幼児には手を焼く。東京の病院で研修医をしていた頃は当直の夜、救急車のサイレンが聞こえるたびに、罰当たりと思いながらもサイレンの音が行き過ぎるのを願ったものだ。

「症状は外傷ですか」

(そうです。しかし、これは、……これはひどい)

落ち着け、大丈夫だ、長谷部は自分に言い聞かせた。

「全身観察、頭部触診、腹部視診、ならびにバイタルサインの数値をお願いします」

（患者は全身に原因不明の外傷を負い、大量出血によってすでにショック状態です。ロード&ゴー適応と判断します）

隊員の興奮は一向に収まらない。

「了解しました。緊急外来口へ回してください」

電話を切った長谷部は、すかさずナースステーションを呼んだ。

「重篤な外傷患者が到着する。腹部&心エコー、除細動器（じょさいどうき）X線管装置、CT、簡易型陰圧装置、人工呼吸器、輸血、カンフル、そして手術室の準備」

受話器を顎ではさんだまま、背もたれに掛けていた白衣へ手を伸ばしたとき、もう一人の宿直医である小田（おだ）が駆け込んで来た。

「長谷部、警察から連絡が入った。町中に重篤な外傷を負った人々が溢れているらしい。これから次々、搬送されて来るぞ」

いったん受話器を置き、受け入れ態勢を指示するため、長谷部は小田を連れてナースステーションに駆け込む。五人いる看護師たちが緊張した面持ちで二人を迎え、状況を説明しようとする長谷部の声を遮って机上の電話が鳴り始めた。

それだけではない、全部で二十ある着信ランプが、次々と点灯する。

女性の看護師たちが怯えた目で顔を見合わせた。

――もしかして。

長谷部は、昨年、道東で発生した感染症に関する通達を思い出した。重篤な症状を引き起こす《新感染症》、道東の町を壊滅させたあのパンデミックだ。

「看護師長、全職員を呼び出せ。それから帯広の主な病院と連絡を取って応援を頼むんだ。運ばれてくる患者は《新感染症被疑者》として対応する。急げ」

サイレンの音が近づいて来る。

「誰か電話を取ってくれ。それから小田、君と君、一緒に来い！」

小田と二人の女性看護師を連れて、長谷部が救急口へ走ると、廊下の突き当たり、ドアの向こうで赤色灯が回転していた。ドン、という衝撃音とともにドアが内側に押し広げられ、吹き込む冷気を追い越して、廊下に怒声が響き渡る。

ストレッチャーの前後を支えながら、二人の救急隊員が駆け込んで来た。手すりのハンガーに吊るされた点滴バッグが、ちぎれそうなぐらいに揺れている。

「お願いします！」

大声で叫びながら、救急隊員が走る。

長谷部たちは左右に分かれて患者を迎えた。

ストレッチャーが長谷部たちの前を通り過ぎた。

——惨(むご)い。

真っ赤に染まったシーツの上に横たわっているのは肉塊だった。鱗(うろこ)状にまくれ上がった皮膚の所々にどす黒い血糊のついた腕らしきものが、寝床からだらりと垂れ下がっていた。しかし患者はまだ生きていた。胸が微かに脈打ち、とぎれとぎれの呼吸のたびに口から血が吹き出した。

看護師が口を押さえた。

「しっかりしろ！　すぐに手術室へ運び込め。小田、とりあえず緊急処置を頼む」

患者を乗せ換える暇などない。小田と二人の看護師が、救急車のストレッチャーを押して手術室に走る。それを見届けた救急隊員が、気抜けてその場へ座り込んだ。

先生、次々と緊急搬送の連絡が入っています。ナースステーションから顔を出した看護師長が、受話器をつかんだまま金切り声を上げた。

長谷部は救急隊員の前にかがみ込んだ。

「いったい、何があった」

憔悴（しょうすい）し切った表情を浮かべた隊員が、怯えた目を長谷部に向けた。

「……分かりません。螺湾（らわん）地区から……」

隊員が激しく咳き込んだ。

「ゆっくりでいい。ゆっくりでいいから何があったのか話してくれ」

「……午前一時三十三分、螺湾地区から一一九番通報を受けて出動しました。……町に入るとすでに壊滅状態です」隊員の声がたちまち泣き声に変わる。

「帰路の中足寄（なかあしょろ）も町中が同じ症状の人々で溢れていました。道路脇、空き地、あちこちに人が倒れ、全身から出血している。至る所にです。町のすぐ手前にも、何人か倒れていました」

恐ろしい、……恐ろしい、もう一人の隊員が両手で顔を覆った。

町の手前？　二人を廊下に残し、長谷部は外へ飛び出た。

今年は異常な暖冬で、この時期にしては珍しく積雪がない。

新月の暗闇に長谷部は目を凝らし、町の東、救急車がやって来た方角を向くと、おぼろげに見通せる防風林の森が、風もないのに大きくそよいでいる。

墨汁を流したような闇が地面に張り付く暗い夜の中で、長谷部は今までに感じたことのない胸騒ぎに襲われた。

突然、防風林の手前で何かが迫り上がった。

※

同日　午前九時
首相官邸

大河原たち安全保障会議はパニックに陥っていた。

首相官邸の地下に設けられた危機管理センターで、寺田は机の上で組んだ指に視線を落としていた。

昨夜、紋別、北見から足寄、帯広にいたる道東の複数地域で感染症が発生した。しかもたった一晩でそれらの地域が全滅したのだ。状況はどこも川北町と同じで、緊急連絡が入ったあと、突然、現地との連絡が途絶えた。同時多発的に事件が発生したため警察や消防署の対応は混乱を極め、道庁や警察本部が大凡の状況を把握するのは夜が明けてからだった。午前八時になってようやく千歳を離陸したヘリが捉えたのは、火災による黒煙に霞む町が死体の山で埋め尽くされている惨状だった。各警察からの報告を集計しただけでも感染者の数は少なくとも八万人、しかも全員が死亡していた。少なくとも、というのは、連絡の途絶えた警察署が幾つもあり、被害状況の把握が完全ではないからだ。

最初の緊急通報から七時間を経過した今もなお、道内の指揮命令系統は大混乱に陥っている。原因究明どころではない。警察は被害者の対応に当たるべきなのか、被害を免れた周辺市町村の防疫に注力すべきなのか、決めかねていた。警察と交わした協定の制約から自衛隊の行動は災害復旧に限定されており、災害地域の指定が政府から行われない以上、動くことはできない。そして《特定感染症指定医療機関》となった道東各地区の五十ケ所の総合病院は、単なる死体置き場と化していた。

ただちに関係閣僚に招集がかかり、国会召集直前のため地元へ戻っていた大臣たちが危機管理センターに呼び戻された。日本中が事態の推移を注目している。災害の規模が大きいほど、そして災害の発生を知る人の数が多いほど、ありもしない風評やデマが広範囲に、しかも信じられない速さで広まるものだ。道東で起きた未曾有の災害に直面した政府は、事態への対処だけでなく、国民の動揺を抑えるためにあらゆる手を打たねばならない。

センターは情報表示設備がはめ込まれた正面の壁に沿って円卓が並ぶ。地震や風水害などの発生に当たって、五十インチ十二面の大型表示モニターと四十八面のサブモニターを使って、被害を受けた町のリアルタイム映像や、ヘリからの画像といった諸情報をすばやく収集し、迅速な災害対策を行うために設置された部屋だ。

装備は完璧だった。

災害情報を収集した大河原たちがこの場所で決定すべきは、対策の詳細、警察・自衛隊への出動命令、現地災害対策本部の設置指揮などである。

会議のメンバー全員が揃うのを待って、秘書官が大河原を招き入れた。

寺田の右隣には統合幕僚長の大山賢三空将が控えていた。歴代統合幕僚長の中でも背広組だけでなく、政治家への発言力と影響力がぴか一と噂される空将。それだけで、室内のひ弱な大臣たちへの睨みの度合いが違っている。

「牧内大臣、状況がさっぱり分からないじゃないか」執務室からセンターに移り、中央の席に腰掛けた途端、大河原が声を上げた。

「鋭意、情報収集に努めておりますが、現地へ調査隊を派遣するにしても二次災害の恐れがあり、慎重に、ことを運ばざるを得ません」

円卓の背後では、ファックス紙をわしづかみにした職員が走り回る。センターから駆け出そうとする係長を課長がつかまえ、その耳元で一言、二言指示を与えてから背中を押す。

「宮内大臣、昨年の十一月に決定した新感染症に関する基本指針は機能しているのか」

歌舞伎の台詞回しよろしく、次は厚生労働大臣の出番だ。

「はい。それゆえに昨年末の感染拡大は食い止められたと考えております。問題があったとするなら『地域の実情に即した感染症の発生の予防及びまん延の防止のための施策に関する事項』の履行についてですが、これは道知事の権限で実施されているため、詳細はつかめておりません」

宮内厚生労働大臣が机に置かれたミネラルウォーターを一気に飲み干した。

「田代知事、どうなっているのだ」

道庁からTV会議で参加している田代が、モニターの中で表情をこわばらせた。

（道庁としては全力を挙げて再発防止に取り組んできました。問題は感染源の特定とワクチン開発などの対策の遅れと考えます）

「鹿瀬部長、その辺はどうなんだ」

室内に沈黙が漂った。片岡が牽制らしき咳払いを一つ入れた。

「本会議に鹿瀬部長は招集されておりません」

彼らは生け贄の準備を忘れていたようだ。

くそっ、牧内危機管理担当大臣が舌打ちした。

出席者が思い思いに意見を述べる。

特段の知識も決意もなく、個々のステイタスを強調するためだけの議論が延々と続いた。そのあいだも、モニター画面では混乱する道東の様子が流れ続ける。人影が絶えた交差点、走り回る緊急車両、西へ向かって避難しようとする車が溢れる国道、駅で列車を待つ長蛇の列、何よりも目を背けたくなるのは、道端で野晒しにされた遺体の山だった。感染地域へ不用意に近づくことは許されない。彼らはそのまま腐敗して朽ち果てるのにまかされるだろう。なのに、道東から千キロ離れた官邸ではおよそ上滑りで、責任転嫁のやり取りが行われているだけだった。彼らは忘れている、残された時間が少ないことを。ＴＲ１０２から標津町の沿岸部に上陸した感染症は多くの町を次々と巻き込みながら、道東をなめ尽くしたのだ。かつてシチリアに上陸し、たちまちのうちにイタリア、フランス、スペイン、ドイツを席巻していったペストは、いとも簡単にドーバー海峡を越えた。この感染症はいずれ北海道全域に拡大するだろう。そうなれば津軽海峡の海峡幅では防疫の役目を果たせない。

細菌が本土に上陸したとき、日本国民の大受難が始まる。

「で、具体的にどうすればよい」呆れた様子の大河原が声を上げた。

喧しい議論が潮を引くように収まると、今度はため息と引き換えに出席者が互いの出方と腹を探り始めた。次の一言によっては、この先の火の粉を被らされる。場内は牽制の沈黙に包まれた。

片岡が右手を挙げた。

「北部方面隊の第五旅団、第二師団、第七師団に出動命令をお願いします」

「目的は？」待ってましたとばかりに大河原が応じた。

「第八十三条の災害派遣から防疫体制の強化に切り替えます。広範囲な警戒区域を指定し、人の移動を制限する必要があります」

「道東を隔離するということか」

「事実上、そうなると思われます」

大河原が、沈黙する会議室を見回した。

「自衛隊の出動態勢は？」

大山統合幕僚長が立ち上がった。

「出動そのものは可能ですが、必要な防護服が確保できていません」

「そんなことを言っていられない。ここは自衛隊の全面的な協力が必要だ」大山の胸の防衛記念章へ上目遣いの視線を送ってから、牧内が背もたれから身を起こした。

馬鹿馬鹿しい、我々は便利屋ではない、ましてや人が敬遠する作業を代行するために日々訓練を重ねているわけではない。自衛隊を動かす権限、最高指揮監督権は総理の椅子に与えられたもので、大河原に与えられたものではない。座る椅子が大きすぎてみずからの器にそぐわないなら、さっさと後任に譲ることだ。

場のあちこちから飛んで来る冷ややかな視線を大山がはねつけた。

「では、お伺いしたい。今回の自衛隊出動の法的根拠は何でしょうか」

「だから、片岡君が言ったとおり、防疫体制の強化だ」

大山が牧内危機管理担当大臣を睨みつけた。「何ですか、その曖昧な出動目的は。文民統制ゆえに我々は自衛隊法に則(のっと)って行動しなければなりません。今回の出動はどの条文を適用されるおつもりか、お聞かせ願いたい」大山が机の上に両手の拳を置いた。

「おい、君はいったい、何様のつも……」牧内が腰を浮かせた。

「大臣、あなたは自衛隊法に目を通されたことがありますか」大山が牧内の虚勢を押し退けた。「今、道東で発生している事態を鑑みると、我々に必要なのは《命令による治安出動》、つまり第七十八条の適用です。内閣総理大臣は、間接侵略その他の緊急事態に際して、一般の警察力を以ては治安を維持することができないと認められる場合には、自衛隊の全部または一部の出動を命ずることができる、この一点です」

「その解釈で結構だ」大河原が頷いた。

寺田は呆れた。

——この軽さは何だ。

首相、と寺田は手を挙げた。

「何だね、陸幕長」

「昨年、川北町で事件が発生した十一月二十六日に招集された安全保障会議の席で、当方の廻田から入念な対策をお願いしましたが、叶いませんでした。あのときから二ヶ月、ここまで被害が拡大してしまった以上、三軍の治安出動だけでは不充分です」

痛い所を突かれた大河原の表情が、一転、不愉快なものに変化した。

「では、どうすれば」

「自衛隊全部隊への治安出動待機命令をお願いします」

「全部隊?」

豆鉄砲を食らった鳩のように、牧内が目を丸くした。

「そうです。いずれ、その事態になると予想されます。さらに在日米軍への協力依頼も必要です」

火中の栗を拾わぬよう部外者を装う大臣たちに対し、寺田は感情を抑えて言葉を選んだ。彼らは、すべてをお任せくださいと名乗りを上げる勇者が現れなければ、ババを引く者を決めるために、自分は腰掛けたままで椅子取りゲームをさせるつもりだ。

大山が、寺田に続いて念を押しにかかる。

「国内要所への警護出動、領域警備、そして治安出動、どの命に対しても即応できるよう、全部隊は第一種非常態勢に入っております。例えば、治安維持に対する危機的な状況が発生した場合などは、国内のどこだろうと一時間以内に朝霞の中央即応集団を投入します」

そのとき、対策室に飛び込んできた若い官僚が片岡に駆け寄り、メモを手渡した。珍しく、片岡の表情がこわばった。

「首相、外務省からの連絡です」

大河原が大山から逸らせていた目線を片岡に向けた。

米国が動きますと片岡がメモを読み上げ始めた。外務省からの情報によれば、米国が派遣した空母セオドア・ルーズベルト、カール・ビンソン、ロナルド・レーガン、ニミッツの四隻が、一時間前に横須賀沖、ならびに室蘭沖に到着した。派遣の目的は、緊急事態が発生した場合、ただちにヘリで自国民を収容することにある。併せて、日本政府と今後の対応を協議するためにヒル国務次官補が来日する意向を伝えたようだ。しかし、協議も始まらないうちから空母を派遣したということは、アメリカ政府が自国民に対して、すでに日本は安全な国ではない、と宣言したのも同然だった。周囲は鈍感な日本政府を待ってはくれない。

事態は深刻だ。室内の隅々まで聞こえるよう、寺田は声のトーンを一段上げた。のろま相手にはそれぐらいの配慮が必要だ。

「原因不明の感染症によって八万人が一晩で犠牲になったという事態の深刻さをご認識ください。ＷＨＯや米国だけではない、韓国、ロシア、中国も事態を注視しています。ＴＲ１０２の際はまだしも、川北町のあと、事態を終息できなかった我が国に対して厳しい視線が注がれているはずです。川北町の災害は、官邸の記者会見を主体にした報道管制で乗り切れたものの、今回はそうはいかない。関係各国から情報を求められたら拒否することはできません。ここで新感染症の拡大を食い止めなければ日本は孤立し、見捨てられる。そのために必要なのは田代知事ではなく、政府の判断と政府主導による対策の実行です。政府が対応を誤り、感染が本土へ拡大すれば、我が国は滅びます」

寺田は《政府》という言葉に力を込めた。大河原の器に厳しい要求であることは重々承知している。しかし、大河原は日本の首相なのだ。

大河原が大袈裟に首を横に振った。

「それはまずい」

恐れていた言葉が出た。

諸君、と大河原が室内を見回した。「事態への対処は自治体を主体とし、政府は支援する側に立つ。これが私の意見だ。どうかね田代知事」

民政党の浅はかな拘りが、鎌首のように頭をもたげた。

モニターの中で田代が顔を引きつらせた。

(首相、お言葉ですが、我々には今回の事態に対処できる組織もノウハウもありません)

自治体の首長にすれば当然の返事だった。

ただ、それで大河原が納得するかどうかは別問題だ。

「田代知事、突発的な事態で充分な準備が整っていない事情は承知するが、知事を中心に、警察、自衛隊、医師会、保険所らが協力した災害対策、つまり地方自治体みずからの責務で弾力的に実践できるシステムを早急に構築してもらいたい」

(今からでは、とても無理です)田代が食い下がる。

「何を言っている。君は北海道の首長だぞ。君が決断しないでどうする」

(僭越ですが、首相。この問題への対処はぜひ、政府主導でお願いします)

くどい、と大河原が机を拳で二度たたくと、田代の期待は色褪せ、失望へと変色していく。首相の権威も使いようだ。ただし大河原、あなたはこの問題がすでに国際問題であることを忘れている。新感染症に関する詳細な情報が得られない以上、各国政府は日本国民に対するビザの発給を停止、入国を拒否するだろう。それは同時にこの国の経済活動が停止することを意味する。この問題へ対処するには、厚労省、防衛省、外務省、総務省、国交省の事務次官、これに警察庁長官を加えた連絡会議を常設し、その頭に全権を付与した責任者を据える必要がある。

時は経ち、事態はより悪化していく。

首相、と寺田はもう一度声を上げた。

「何だね、陸幕長」

しつこいなと言わんばかりに、大河原が寺田を睨みつけた。

「先ほど申したとおり、この問題への対処は、道庁ではなく……」

「寺田陸幕長、私の言葉が聞こえなかったのかね。すでに結論は出たのだ」

しかし、と食らい付く寺田の足を大山が蹴った。

じっと目を閉じる大山の表情は、もはや諦めに満ちていた。

寺田は大河原への言葉を何とか呑み込んだ。自分にできる精いっぱいの自制心だった。

寺田は目の前の書類をまとめ、鞄に押し込んだ。ここにいる意味はもうない。

何を教えようと、所詮、豚は賢人にはなれない。

――こいつらは、いったい何を学んできたのか。

このままでは、そのうち遺体を埋葬しようとする者さえいなくなり、堪え難い苦痛に苛まれながら息を引き取った病人は、何の関心も敬意も払われることなく野原に放り出され、そのまま腐敗して朽ち果てるのにまかされるだろう。

ペストが蔓延したとき、ボッカチオは『デカメロン』でこう記述している。

『毎日毎日、棺桶と死体が運ばれてくる。五人、十人、十五人、次の日は三十人と。すべての教会では朝に夕に、夜通し弔いの鐘が鳴り響いた。しかし、まもなく、棺桶に付き添って泣く者はいなくなり、墓地は郊外に見捨てられ、弔いの鐘を鳴らす者もいなくなった』

日本政府が、歴史の汚点となるであろう決断を行う現場に寺田は居合わせることになった。

歯嚙みする焦燥、陸幕長としての無力感に寺田は弄ばれていた。

寺田にとって、残る希望は心に傷を負ったままの三佐だけだ。

※

東京　国立精神・神経センター八王子病院

富樫は顔の前にかざした枯れ枝の如き腕を眺めていた。引っかき傷で皮膚が激しく損傷し、血管が浮き出て、石灰でも振りかけたように蒼白だった。腕だけではない。全身が同じ状態だった。

今朝も病室は薄暗い。

すでに富樫の麻薬及び向精神薬取締法違反容疑は確定していた。取調官が、刑法違反に関する取り調べを始める前に精密検査を実施するから薬物治療専用施設へ送る、と告げ、運転席と仕切り壁で隔てられた護送車に富樫を押し込んだ。車が発進してからおよそ三十分、窓のカーテンが開けられたのは首都高の幡ヶ谷料金所だった。高井戸を通過して中央道に入り、八王子インターチェンジで高速を降りた車は、さらに一時間ほど山道を走り続けた。

やがて森の中にひっそりと佇む病院らしき建物が姿を現した。両脇を警備の警察官に固められて護送車を降りる。収容されるのは独房を覚悟していたが、それに比べればホテルの個室を思い起こさせる落ち着いた仕上げの部屋だった。ただし、テレビもなければ、冷蔵庫もない。しかもよく見ると、室内には一切の突起物がなかった。天井に監視カメラが設置され、ドアの外には監視の警察官が立ち、外からしか鍵の操作はできない。

到着したその日から、問診に始まり、尿検査、血液検査と、富樫の健康状態が入念に調べられた。どれくらい前から、どれくらいの量を摂取していたのか、富樫の容疑を裏付けるための検査が執拗に繰り返された。しかし、それは最初の二日だけだった。やがて、病室を訪れる医者の姿も絶え、誰とも顔を会わせない軟禁状態の日々が続いていた。毎日、三度、運ばれて来る食事らしきものは、味もなく、セメントで煮込まれているようだった。

外界とは完全に遮断された部屋。

やがて、精神をたたきのめされ、廃人のごとき富樫を待っていたのは取調官が口にした通りの、いやそれ以上の想像を絶する禁断症状だった。

日本へ戻り、理化学研究所に職を得た直後から、気を紛らわすために手を出したコカイン。ほんの少量、一日一回だけ吸引するつもりが、いつのまにか際限なく手を伸ばすようになっていた。覚醒作用をもたらすコカインの乱用は、富樫に寄生虫妄想、つまり体内に小さな虫や寄生虫が存在し、これが這い回ったり刺したりするという妄想を生じさせる。この場所に幽閉され、薬を絶たれた富樫は、一日中、堪え難い蟻走感に皮膚を何度もかきむしる。瘡蓋と、治りかけた箇所を再びかきむしることで悪化した潰瘍に、富樫の全身は覆われていた。さらに繰り返し襲ってくる震え、めまい、筋肉の痙攣に悶えて床やベッドの上を転げ回る。不断の発作に、睡眠と食欲を奪い去られた富樫は、骨と皮になるまで痩せ細っていた。

体にこびりついた血糊と汗が醱酵していつのまにか、死臭が富樫の体に染み付き始めていた。家族を死に追いやった罪に手招きされ、贖えない運命に引き寄せられた富樫の命が終焉を迎えようとしている。脈動の衰え、心拍数の低下、富樫を待ち構えているものがすぐそこまできていた。

もう長くはない。せいぜい一ヶ月かそこらの命だろう。この部屋がみずからのしでかした愚かしさの行き着く先というわけだ。感染症学者としての栄光と、家族との幸せな日々は記憶の中で朽ち果てた。思い出の中の家族に対するやましさが富樫を苦しめる。やがて共同墓地に無縁仏として埋葬され、そこでようやく家族と出会ったとき、富樫は二人の前に跪いて許しを乞わねばならない。

丘の頂上は目の前だ。願わくは、ガボンのジャングルの中で最期の時を迎えたかった。

目を閉じれば、ジャングルの鮮やかな緑が鮮明に蘇る。

薄暗い室内で、両手で顔を覆いながら富樫は声を押し殺して泣いた。

突然、鍵を回す音とともに、少し開いたドアの隙間から監視役の警官が顔を出した。

面会だ、と声をかける警官の陰から姿を見せたのは、何と鹿瀬と山形だった。

富樫は慌てて毛布の端で顔を拭いた。

ドアを開け放った警官の横をすり抜けた鹿瀬が、これみよがしに咳払いした。うかつでした、という表情を浮かべた警官が、手短にお願いしますとだけ伝えてドアを閉めた。

「まだ生きていたな」ドアが完全に閉まるのを待って鹿瀬が口を開いた。

ベッドの上で横になったままの富樫は、二人から顔を背けた。

「少しは自分の愚かさが骨身に沁みたか」鹿瀬の勝ち誇った声が近づいてくる。

「帰れ！」思わず富樫は振り返った。

「こんな山奥まで見舞いに来てやったというのに、つれないじゃないか」

山形の持つ鞄を横柄に奪い取った鹿瀬が、中から一冊のノートを取り出した。

忘れもしない、それは例の細菌に関する富樫の記録ノートだ。

「質問に一つだけ答えてくれれば、すぐに消えてやるよ。例の細菌の生体攻撃システムについての質問だ。奴らは莢膜によって宿主の免疫機構を逃れて生体内へ定着すると、ただちに毒素タンパク質を菌体外に分泌する。分泌された防御抗原は、標的細胞の細胞膜に存在する受容体タンパク質に結合したあと、活性型になり、細胞内部にエンドソーム小胞として取り込まれる。そして、この防御抗原に抱え込まれていた致死因子が細胞内で放出され、細胞は死に至る。これがお前の仮説だが、今でも変わりはないな」

「相変わらずお前は、人のフンドシでしか相撲が取れない能無しだな」

鹿瀬が、ふん、とせせら笑った。

「能無し？　利用できるものは何でも利用する。これも必要な才能だ。ついでに教えてやる。お前の貴重な研究成果をＷＨＯに報告しておくよ。ただし、俺の名前でな」

右手でノートを掲げた鹿瀬が、富樫に向かってお辞儀の真似をした。

そういうことか。ＷＨＯからの想定質問に対して、富樫の意見を聞いておこうということらしい。あざとい、まったくあざとい男だ。

「質問に答えてやる。今でも俺は自分の仮説が正しいと信じているよ。どうだ、これで満足か。ならば、さっさと消えろ」

客人がお帰りだ！　富樫は警官を大声で呼んだ。

先ほどの警官が顔を出すと、鹿瀬が富樫のノートを鞄に突っ込み、それを山形に投げた。

「富樫、俺にはお前が考えもしない力がある。お前と俺は住む世界が違うんだよ」

捨て台詞を残し、勝ち誇った様子の鹿瀬が富樫に背を向けた。

そのときを見計らったかのように、山形が小さく折り畳んだ紙を富樫の枕元に落とした。

富樫を見下ろし、唇を噛んだ山形の目が潤んでいた。

その唇がお元気で、と伝えていた。

――お前もな、山形。富樫は目でそう返した。

「山形！」鹿瀬が廊下から山形を大声で呼んだ。

視線を床に落とした山形がくるりと踵を返し、警官を押しのけて部屋を出ていった。

富樫の思いが山形に伝わったかどうかは分からない。

ただ、山形と会うのはこれが最後だという予感だけが残った。

再び一人になった富樫は、山形が残した紙を開いた。

Ａ４用紙に手書きで文字が綴ってある。

『富樫博士。博士にお伝えしなければならないことがあります。あまりに多すぎて、どれからお伝えしてよいかも分からないほどです。博士、あなたを陥れたのは鹿瀬部長です』

その短い文章から山形の告白が始まった。

四年前、予算削減に対する抗議行動が原因で富樫が更迭された一件は、実は鹿瀬の策略だったというのだ。民政党と文科省へ抗議文を送りつけろと富樫を焚き付けた鹿瀬は、その裏で高等教育課長に対して富樫の行動を告発し、研究所の総意としてただちに解任すべきとの文書を送りつけていたのだ。かつ、感染症学会の重鎮だった東都大学の白川名誉教授に取り入り、富樫の後任にみずからが座れるよう根回しした。それだけではない。ガボンでの富樫の研究に出資した製薬会社や、帰国後、富樫が職を得た理化学研究所に対しても、富樫の過去のトラブルや素行を密告する文章を送りつけていた。鹿瀬と富樫は所詮、水と油。組織に収まらない奔放な富樫を毛嫌いし、研究者としての嫉妬心と相まって、鹿瀬は執拗な追い落とし工作を仕組んだ。それも徹底的に、富樫がすべてを失うまで。

学究者の嫉妬ほど醜く、陰湿なものはない。

今回も、一度は協力を仰いでおきながら、鹿瀬は最初のパンデミックが終息したとみるや、富樫を排除しにかかった。さらに鹿瀬は、安全保障会議での富樫の暴言を聞きつけるや、一計を案じた。富樫からの情報リークを恐れた磯崎官房長官に、富樫がコカイン常習者であることを告発し、警視庁公安部に監視させたのだ。

磯崎は富樫が新聞社に連絡したことを知るや、ただちに麻薬及び向精神薬取締法違反容疑で拘束し、刑法第七十七条に違反した容疑で、この施設に幽閉した。

富樫の口を封じたい官房長官と、保身だけでなく、富樫の研究成果を横取りしたい鹿瀬が取引したのだ。官房長官は枕を高くして眠り、新型細菌の解明と、防疫研究の現状を報告するよう求めてきたＷＨＯに対して、鹿瀬は心置きなく、富樫の仮説を自分の成果として報告できる。

絶え間なく悪意に満ちた策略が周りで渦巻き、富樫の内側に憎悪が堆積するにつれ、何かが失われていった。一つたしかなことは、もはや富樫には取り戻せない過去の記憶以外、何も残されていないという現実だ。富樫は山形の告白を一つ一つ繋ぎ合わせてみた。たしかに、ジグソーパズルのピースをはめ込むようにすべての辻褄(つじつま)が合う。事の真実を知って初めて、自分のおめでたさに愛想が尽きた。己への過信と思い上がりが、仕掛けられた罠への注意を削ぎ、周囲の者たちへの配慮のなさが富樫を孤立へと追い込んでいたのだ。しかし、もはや勝負はついた。鹿瀬が勝ち、自分は敗れ去った。失った物の大きさを悔いても仕方がない。富樫にあるのは乾涸(ひから)びた自尊心だけだ。

深い絶望に包まれながら、富樫は手紙の最後にたどり着いた。

『博士、それだけではありません。奥様がガボンで発症し、あなたが何度も救助を求めていたことを部長は知っていました。部長は奥様が重篤な状態に陥っていることを知りながら、あなたの救助要請を握り潰したのです。博士、申し訳ありません。私は自分可愛さから、鹿瀬の下僕に成り下がったのです。博士の恩に仇(あだ)で報いた私をどうかお許しください。　山形拝』

指の間から手紙が床に落ちた。

まさか……。

あのときガボンで、来るはずのない助けを信じながら、富樫は、大丈夫だ、と最愛の人を欺き続けたというのか。死の床で由美子は泣いていた、富樫に助けて欲しいと泣いていたのに。

由美子、由美子！

最愛の人の名を呼びながら、富樫は獣の咆哮を上げた。

殺せ。誰でもいい、由美子と祐介を死に追いやった者すべてを、殺してくれ。

その願いが叶うなら、愚かなこの身を捧げてやる。

富樫はベッド脇の袖机に転がっていたボールペンをつかんだ。

天に向かって振りかぶったボールペンを、富樫は右太ももに突き刺した。

傷口から溢れ出るどす黒い血、富樫の全身を激痛が貫いた。

人とは何と愚かな生き物か。己の欲望のために下劣な陰謀を巡らす。人類の未来を思い、感染症研究にすべてを投げうってきたのに、周囲の連中は富樫を陥れることしか考えていなかった。

過去に対する後悔など無意味だ。愚民に何を施そうと、彼らは人の恩などすぐに忘れ去り、再び策略を巡らそうと鼻をすする。

誰か、愚民の本性を暴け。最後に奴らがどうやって命乞いするか見せてくれ。鹿瀬や大河原だけではない、この世の連中すべてを殺してくれ。

――情けない奴だ。

どこかで声がした。

電流を流されたように身震いした。

再び鹿瀬が現れたのか、と室内を見回したが、どこにも人影は見当たらない。

——俺はここだ。

富樫はベッドから飛び起きた。

ぼんやりとしたシルエットがドアの手前の廊下に立っていた。

「誰だ、お前は」

——私？　私は神だよ。いつだったか……、そう、土砂降りの雨が降っていた。あの夜、私はお前と出会った。覚えているか。お前は私に、人は私のようになれるかと問うた、まもなく人は全能になり、万物を司る夢も叶うと。私は答えたはずだ、まもなく黄泉津大神が地上に姿を現し、お前たちが神としてふさわしいか試すだろうと。そのときがやって来たのだ。

シルエットが、くっくっと笑った。

「なぜ私にそんな話をする」

——お前は知っているはずだ。すでに第二の鉢が傾けられたことを……。残りは三つ。人類に起こっていることを理解できるのは、お前だけだ。それにしては、今のお前は期待外れだな。初めて学会誌に論文を発表したときから、お前は時の人だった。あの頃、選ばれし者の運命に疑いを感じたことはなかったはずだ。担当する講義は座り切れない学生で溢れ、学内を歩くと人々は羨望の眼差しでお前を見た。国際会議で何度もチェアマンを務め、ウェルカムパーティーでは常にお前の周りは黒山の人だかりだった。ところが、それから年月を経て、かつての輝きは幻となり、家族を殺され、すべてを失った挙げ句、現実から目を背け、みずからを嫌悪する日々というわけだ。

「黙れ」富樫は枕を投げつけた。

枕が床の上を転がった。

富樫は肩をいからせながら、大きく息を吐き出した。

再びドアが開いて、どうした、と警官が顔を覗かせた。

両手で耳を塞いだまま、富樫は叫んだ。

「そいつをつまみ出してくれ」

「そいつ？　いったい、誰のことを言っている」

怪訝そうな表情を浮かべた警官が、ノブをつかんだまま室内の様子を窺った。

「そいつだよ、そこにいるじゃないか！」

富樫は先ほどまで神が立っていた場所を指さした。

そこに神はいなかった。

また、禁断症状か。警官が室内の明かりをつけた。

すっかり夜行性となった富樫は、まぶしさに耐えかねて顔をしかめた。

ベッドの横まで歩み寄った警官が、腰に手を当てながら室内を見回した。

「安心しろ。誰もいないぞ、お前は幻覚を見たんだ」室内に異常がないことをたしかめた警官が富樫にそっと枕を投げよこした。「もう少し辛抱しろ。そうすれば楽になる」

哀れみの表情を浮かべた警官が部屋を出ていくと、外から施錠の音がした。

――この世に生を受けたときからの定めだったのか、誰かが仕組んだ筋書きなのか、お前はずっと考えていたはずだ。

今度は背後から声がした。

振り返ると、窓際のブラインドが作る影の中に神が立っていた。

富樫の全身には、じっとりと汗がにじんでいた。

富樫は神から顔を逸らせた。

――自分が出会った過酷な運命の意味は何なのか。その答えを知りたいはずだ。

神はおかまいなしに語りかけてくる。

「お前は知っているというのか」

富樫の過去も、富樫の罪も、富樫の胸の内も、目の前の神はすべてお見通しというわけか。そんな輩（やから）に何度も会ったことがある。連中は富樫の耳元でこう囁く、お前の荷物を降ろせ、お前の荷物を代わりに背負ってやる、みんな嘘（うそ）だ。奴らの腹の中はどす黒い欲望に満たされていた。お前が真の神ならここから私を救い出してみろ。

――お前は御使として、審判する側に選ばれた。もう一人、選ばれし者がいたが、そいつは試練に耐え切れずみずからの命を絶った。つまりパウロの黙示録、そこで選ばれし者は試されるのだ、お前が過酷な運命に曝（さら）され、すべてを失って孤独なのはそのためだ。鹿瀬も、あの捜査員たちもお前を憎んでいる。連中だけではない、お前の周りの者すべてが、神たらんとするお前を憎んでいる。唯一の理解者だった妻と息子の二人を殺されたお前はもはや孤立無援、世界中のすべてがお前の敵だ。

「俺に何をしろと」

——殺せ、お前がすべて殺すのだ。どうせ連中は絶滅する運命、御使として選択すればよい。

「パウロの黙示録が真実なら、御使は二人のはずだ」

窓へ顔を向けると、もはやそこに神はいなかった。

堪え難い寒気に襲われた富樫は、自分の肩を抱きながら上体を折った。

体中の関節に五寸釘(ごすんくぎ)を打ち込まれたようだった。

殺せ、殺せ、殺せ、殺せ……。

号令が何度も、何度も頭の中を駆け巡る。こめかみを突き破りそうな、どくどくした血流を感じ、心臓の鼓動が内耳で響き渡る。顔が火照り、反対に指先は凍り付いたように冷たかった。

富樫は再び、血みどろのボールペンをつかんだ。

——いいか、審判の時がやって来たのだ。まず北海道で神の業がなされる。呪われた道民はうろたえ、殺し合い、隣国からも見捨てられたあげくに滅び去る。その後は、日本全土、そして世界へ審判は広がり、人類は滅亡の運命をたどる。やがて訪れる最期の時、人間が神になれるかどうか、試されるのはお前だ。そして、第五の鉢の正体とは何か、本当にお前が予想する感染症なのか、それこそ、お前が準備する鉢だ。

また誰かが囁いた。

富樫は右太ももの傷口に、先ほどよりもっと深くボールペンを突き刺した。

次の瞬間、感じたことのない快感が全身を包み、富樫は恍惚(こうこつ)とした。

そうだ、殺せばよいのだ、俺を辱めた者、人類への報いは死がふさわしい。

※

一月二十八日　午後九時　三度目のパンデミックから四日後
北海道　国道二七四号線　日勝峠　清水側

三度目のパンデミックは道東をなめ尽くし、たった一晩で終息した。残されたのは、八万二千人という途方もない数の死者と、未知の細菌に襲われて完全に壊滅した町だ。

生存者はゼロ。

異常な数字だった。

それこそが奴らの特徴だ。その正体が不明であるという現実に人々は恐れ慄く。北海道庁は北見山地から石狩山地、そして日高山脈へ続く山岳地帯を結んだ線の東地域を遮断した。田代知事の決断を受け、警察ならびに自衛隊によって、すべての道路が非常線で閉鎖され、道東に繋がる石北本線と根室本線は運行を休止した。感染地域で取り残され、しかも発症していない数十万の人々まで、非常線を越えて西へ移動することは許されなかった。誰だって命は惜しい。見捨てられようとしている人々が、その仕打ちを黙って受け入れるわけがない。毎夜、彼らは闇に紛れて非常線を突破しようと押し寄せ、治安部隊と衝突を起こしていた。

日勝峠は、沙流郡日高町と上川郡清水町の間にある峠だ。国道二七四号の途中にあり、道央と道東を結ぶ要衝だが、冬期は路面凍結、吹雪による視界不良と、悪条件に見舞われることが多い。この時間、気温はすでに氷点下だった。森林限界を越えたこの場所で、しかも草木が枯れる今、遠目にも周囲の光景が殺伐として見える。

再び峠に厳しい季節がやって来た。

サーチライトで山腹を照らしながら三機編隊のOH‐6Dが、頭上を通り過ぎていく。

北部方面隊第五旅団　第四普通科連隊の垣内二佐は腕時計を見た。

午後九時を五分ほど回ったところだった。日勝峠の非常線で警戒任務に就く治安部隊を指揮する垣内は、道路脇に土嚢を積んだ掩体の影で、今夜も不寝番に立つ。天候がよければ、清水側にある展望台や頂上付近から十勝平野を展望できるこの場所で、自分の部隊が駐屯する帯広の人々を追い払う任務に就くとは思いもしなかった。

「隊長、何かがやって来ます」

隣で暗視双眼鏡を覗いていた平田一曹が峠道の先を指さした。

土嚢から身を乗り出した垣内は暗闇に神経を集中させた。

垣内の場所から帯広へ続く下り坂、数百メートル先の暗闇に何かがうごめいている。山の斜面に張り付く長い急勾配を、ひたひたと押し寄せる黒い塊が道幅いっぱいに広がる帯になり、やがて実像を結んだ。

清水側の麓から、避難民が峠の頂上に向かって押し寄せてくる。

垣内の前に迫る群衆は、過去の散発的な避難民とは比較にならないほど大規模だった。これは大事になる。

「全員防御態勢」

垣内は無線で部隊に指示を飛ばした。

峠を越えようとする群衆を、治安部隊は峠の手前、清水側のここで迎え撃つ。路上には人の背丈ほどあるコンクリート製の車止めがびっしりと並べられ、背後には九六式装輪装甲車と放水車が四台、それを取り囲んで二個小隊が配置されている。勢力からすれば端から勝負にはなるまい。問題はどうやって興奮している群衆を沈静化させるかだった。

路側で待機していた九六式装輪装甲車がエンジンを噴かしながら道の中央に前進する。装備している一二・七ミリ重機関銃には実弾が装塡されている。

「隊長、すごい人数です」平田の声がうわずった。

垣内は平田から奪い取った双眼鏡を覗いた。

避難民が闇の中から次々と現れ出て、坂を登って来る。

数分後、数百人規模に膨れ上がった群衆と治安部隊が三十メートルほどの距離に近づいたとき、群衆の中からいっせいに投石と火炎瓶が投げつけられた。

垣内の周りで火の手が上がる。

「威嚇射撃」

垣内の命令で治安部隊による威嚇射撃が開始される。

あたりに銃声が響き渡った。

装甲車の四連発煙弾発射機から照明弾が打ち上げられると、群衆が白い明かりに照らし出される。群衆の波が揺れ、一瞬引いた。それを見越していた小隊が、先頭の連中の足元めがけて、M79グレネードランチャーから催涙ガス弾を発射する。白い尾を引きながら落下したガス弾が路上に着弾するとパッ、パッと爆発した。たちまちあたりが白煙に包まれ、避難民があちこちで口を押さえて咳き込む。

「お前らそれでも人間か！」「そこを通せ！」口々に恨みを叫びながら、別の一団が白煙の中を突っ切って、こちらへ突進して来た。垣内の命令一下、車止め越しに放水が開始された。高圧の放水をまともにくらった人々が吹き飛ばされた。全身びしょ濡れになった避難民が背中を丸め、顔の前に手をかざしながら逃げ惑う。もはや勝敗は決したも同じ、無駄な抵抗はよせ、垣内はそう呟いた。

　ところが……。

　突然、垣内たちの右側、ペケレベツ岳に繋がる山稜斜面の暗闇から火炎瓶で武装した別の一派が襲いかかって来た。予想もしなかった場所から現れた群衆に、垣内は、しまったと声を上げた。

　頭上から橙色(だいだい)の炎を引いた何本もの火炎瓶が襲いかかる。

　二方向からの攻撃を受け、部隊が一瞬ひるんだ。

　押し返されつつあった群衆は部隊が混乱していることに気づいたらしく、勢いを盛り返すと一気呵成(かせい)に攻め込もうとした。正面と右の斜面から数十人の暴徒が鉄パイプ、火炎瓶などを振りかざしながら、車止めに飛びついた。

　最前列の隊員が炎に包まれた。車止めを乗り越えた群衆が、鉄パイプで二列目の隊員に襲いかかる。あちこちで乱闘が発生した。

　やむを得ない。

「ゴム弾で応戦」

　躊躇した隊員たちがちらりと垣内を見た。

「何をしている。応戦しろ！」

垣内は叫んだ。

押し寄せる群衆に向かって治安部隊がいっせいに発砲した。ゴム弾は数メートルの至近距離から発射すれば、当たり所によっては死傷することもあり得る。まともに被弾して仰向けに転倒する者、力なく膝から崩れ落ちる者、顔を押さえてうずくまる者、たちまち数十人が路上に転がった。

人殺し！　額から血を流し、路上に座り込んだ女性が半狂乱で叫ぶ。

「押し返せ」垣内は無線に叫んだ。

装甲車が群衆の中へ前進し、人々を蹴散らす。治安部隊がその背後から、かかえ射ちの姿勢で前進を始めた。

反撃を試みる数人が再びゴム弾に倒れる。

悲鳴と怒号が夜の闇に響くなか、放水とゴム弾が避難民を追い立てる。

避難民の群れはバラバラに解体された烏合(うごう)の衆(しゅう)に変化していく。

やがて、彼らはほうほうの体で撤退を始めた。

騒ぎが収まった路上には、石ころと捨て置かれた鉄パイプが転がり、再び峠道は闇と静寂に包まれた。

「負傷者を手当しろ」

垣内は路上に唾を吐き捨てた。

車止めの横に座り込んだ二士の脇を、火炎瓶で火傷を負った隊員が担架で担ぎ出される。衛生科隊員から鉄パイプで折られた腕の応急処置を受ける三曹が痛みに顔をしかめる。

狂気だ、何もかも狂気だった。

退けられた者に非があるわけではない。退けた者に悪意があるわけではない。国家の決断が救いを求める人々を見捨てたのだ。避難民に銃を向けていた隊員たちが路上に立ちすくんでいた。うなだれてバリケードに寄りかかる者、すすり泣く者、そこにあるのは防人としての誇りではなく、虐待者としての引け目だった。

いったい、誰だ。誰がこんな事態を引き起こした。

※

同日　午後十一時
東京　新宿区　百人町　三橋商事ビル

セットしたとおり午後十一時に目覚まし時計が鳴った。まったく馬鹿正直な時計だ、気休めの仮眠から目覚め、廻田は半日遅れの朝を迎えた。ソファで横になったのは今日の午後十時だ。

体が、まるで借り物のように言うことを聞かなかった。

洗面所で形だけ顔を洗い、毛先がバラバラになった歯ブラシをコップに放り込む。すべてが気休めだった。一時間前、ソファで横になる前に入れたコーヒーを電子レンジで温め、冷蔵庫から冷凍のパンを取り出してトースターへ放り込んだ。同じ朝を何度も迎え、同じ儀式を繰り返している。トースト以外の食事は牛丼とコンビニ弁当、たった一日で、テーブル上のエンカンには一週間分の吸殻がてんこもりに積もり上がる。今にも崩れそうな山を見ると、最後の吸殻をどうやって消すことができたのか、もはや神業だった。エンカンの脇には、アウトプットした写真とPDFの書類などが散乱している。煙草の火が延焼しなかったのは奇蹟かもしれない。

廻田が起こせる神業などこの程度だ。

雨粒が静かに窓ガラスをたたいていた。

中標津町から帰ったあとは、防衛省の秘密施設、《三橋商事ビル》に閉じ籠る廻田にとって、じりじりと苛立ちの募る日々だけが過ぎていた。ありとあらゆる記録を調べ上げても、不愉快で不都合なことばかりが頭の中にインプットされていく。もちろん、感染症の基礎知識、TR102と川北町での公式記録、それらとみずからの記憶は照合した。どこに共通点があり、どこが違っているのか、異なるのは被害者の様子、共通点は劇症と細菌の正体が明らかになっていないことだ。北海道を取り巻く状況は日々、緊迫の度合いを増していた。北海道全域を覆い尽くした不安と恐怖が治安の悪化を招き、このまま終わる訳がないという予感を日に日に高めていく。

四日前に道東で発生したパンデミックの報告書には当然目を通した。しかし、あえて詳細は無視した。あまりに被害が広範囲に及び、紋別、北見、足寄、帯広、どこを調査すべきかも分からない。みずからの目でたしかめた事象の分析すら目処が立っていないのに、新たな情報を受け入れれば廻田の頭がショートしてしまう。

何より歯痒いのは、感染症に関する様々な事実を結びつけても、その先にどうしても越えられない壁があることだ。廻田の欲する答えに続く道が何本かあるのに、それぞれが一つの場所へ繋がっているという確信が抱けない。

川北町で抱いた三つの疑問に対する答えが必要だ。

一つ目の疑問は、奴らがどこから来て、どうやって道東に上陸し、川北町へたどり着いたのか。

二つ目の疑問は、なぜ住民全員が同時に発症したのか。

そして三つ目の疑問、発症した人々が取った不可解な行動の意味は何だったのか。感染者の多くは、いったい何から逃れて屋外へ飛び出したのか。そして、町のいたる所に残された混乱の意味は？

最初の二つは感染症学の専門家に任せるしかない。

廻田は、三つ目の疑問に取りかかった。

まず、川北町での記録、中標津道路事務所でのカメラ映像を廻田は整理した。町で発生した交通事故の状況、タイヤ痕、人々が倒れた様子、路上や家屋に残された血糊、建物や路面の損傷状況と、カメラ映像から確認した町民の行動、それらすべてを地図上に記入した。次に、人々が感染に気づいたあと、どんな行動を取るのか、廻田は防衛大学校理工学研究科が開発した群集行動モデルによるシミュレーション解析を行った。人間を一つの粒子と見れば、群集は粒子が集合した粒状体となる。防大が開発したのは災害時の群集移動を、粒状体の流動現象として数理モデルに乗せ、津波などの水害時の群集避難や、火災が発生した地下街で発生する群集避難を再現するシミュレータだ。廻田は川北町の建物と居住人数、道路、学校、消防、警察、などの境界条件を付与することで、あの日に発生したパニック群集行動を再現しようとした。

ところが両方の結果を照合すると、疑問が解消されるどころか、余計に混迷の度合いを増した。廻田の記録と、シミュレーション結果が真逆の結果となったからだ。

シミュレーション上では、町のどこで感染が発生しようと、さらに発生箇所が一点だろうと多点だろうと、人々は消防と警察を目指し、車は町の外へ向かって避難しようとする。ところが廻田の作成した地図から読み取れる行動パターンはまったく異なる。人も車もすべて町の中心を目指している。タイヤ痕も、発症した人々を引きずった跡も、あらゆる痕跡が町の中心を目指していた。

なぜ。

シミュレーションモデルが間違っているとは思えない。なぜなら、もし廻田があのとき、あの町に居合わせたなら、間違いなく町からの脱出を試みる。周りに感染症で血だらけの人々が溢れ、しかもまともな病院はないからだ。それはパニック時の必然であるはず。間違っているとすれば廻田が作成した地図の方だ。しかしその記録はすべて、みずからの目でたしかめたもの。

廻田はくるりと席を回し、背後の机上に置いていた牛丼の空箱をゴミ箱に投げ込むと、その下から現れたキーボードをたたいた。そして防衛省のホストコンピューターと繋がる四十二型ディスプレイ上に、高度四百九十キロの周回軌道に乗せた光学衛星ＩＧＳ‐５Ａと、レーダー衛星ＩＧＳ‐４Ａが撮影した被害発生前後の町の様子を呼び出した。両方の画像を重ね合わせ、どこかに廻田が見落としたパニック行動の痕跡が残されていないかを入念に確認した。しかし、廻田のスケッチとカメラの映像で確認した事象以外、有意な痕跡は確認できない。

廻田は指先で額を突いた。住民が示した行動特性は何を意味するのか。なぜ彼らは町の中心を目指したのか。疑問に関する検証が新たな疑問を生む。

こんな日がもう何日も続いていた。

煮詰まった廻田の傍らで電話が鳴った。シカトを決め込むつもりが、電話の前に座る自分をどこからか見透かしているように、呼び出し音は執拗だった。分かりましたよ、と廻田は煙草臭い息を吹きかけながら受話器をつかみ上げた。

（廻田三佐？）

どこかで聞いた女性の声だった。

しまった、廻田は思わず声を上げげそうになった。

（ようやく探し当てたわ、弓削よ）

どうしてここが……。不意の出来事に、廻田は少なからず動揺した。

落ち着け、どうってことはない。

一息、間をおくために、廻田は受話器を持ち替えた。

「どちらの弓削さんですか」

（何言っているの。まさか、私を忘れたんじゃないでしょうね）

ここは素知らぬふりで受け流すしかなさそうだ。

「そうそう、思い出したよ。中標津町で会った君だね」

（約束はどうなったの）

「約束？」

（ふざけないでよ。私のおばあちゃんの消息を調べるって約束したじゃない）

弓削の苛立ちは本物だ。

「調べてはみたが、何も手がかりはなかった」

（警察に届けておくって約束したはずよ）

「あの日は調査に忙殺されて、それどころではなかったんだよ」

（嘘つき）

一方的な弓削の誹り(そし)に、つい廻田も我を失った。

「いいかげんにしたまえ。こっちは忙しいんだ。君の文句につき合っている暇はない。悪いが切らせてもらうよ」

廻田の苛立ちと語気の強さに押されたのか、しばらくの間、沈黙が流れた。

（覚えてらっしゃい）

電話が一方的に切れた。

廻田も受話器を乱暴においた。今更、忘れていた負い目を突かれ、不愉快極まりない。声を荒らげたことは大人げないと思うが、廻田の忍耐もとっくに干上がっている。

それにしても、いったい何者だ。ため息で鬱積した怒りをガス抜きしながら、廻田はキーボードをたたき始めた。素性、経歴、弓削の情報がどこかに残されていないか、《ゆげあき》なる名前を情報本部のデータベースで検索すると、思った以上の情報がヒットした。

意外にも、かなりの有名人だ。

《弓削亜紀、二十八歳、東都大学の農学部博士課程に在籍する生物研究者、専門は資源生物学、独身、出身地は北海道根室市》

研究者だと？　廻田の最も苦手とする種族じゃないか、気位ばかり高くて理屈をこね回す。顔写真を画面に呼び出すと、化粧気のない、ロングヘアの女性が画面上に現れた。くりっとして涼しい目が廻田を見つめていた。

「美人ですね」

突然、いつもの声が背後から響いた。

振り返ると、伊波が廻田にカップを差し出した。

「煎れたてのコーヒーでもどうですか。それにしても三佐がこんな美人とお知り合いとは」

「馬鹿野郎。彼女のおかげで、厄介事に巻き込まれそうになっただけだ」

何も言わぬまま、感染症学者に成りすますときに使う丸い眼鏡の奥から、伊波がインテリらしからぬ悪戯っぽい目で廻田を見下ろしていた。

「で、何の用だ」

さりげなく画面を衛星写真に戻しながら、廻田はぶっきら棒に問うた。

伊波が専修医の表情に戻った。

「川北町と足寄町の遺体、ならびに土壌サンプルから、いずれも問題の細菌が検出されました」

封筒から取り出した二枚の電子顕微鏡写真を伊波が廻田の鼻先に突き出した。

「予想通りというわけか……」

「ただ気になる点があります」

今度は何だ。

伊波が顕微鏡写真をシャウカステン上に掛け、バックライトのスイッチを入れた。

「右の写真はＴＲ１０２と川北町の遺体、さらに足寄町の遺体と土中から採取された細菌です。おさらいになりますが、こいつは個々の桿菌が円柱状で、それが直線上に繋がる連鎖桿菌となり、特徴としては、片方の端部が二股に分割して《人》の字の形をしていることです。ところが左の写真を見てください。川北町北部の土中で採取した細菌は変異しています。川北町北部の土中から採取した細菌だけはシンプルなマテ貝を思わせる連鎖桿菌で、端部が二股に分かれていない。こちらの方が我々の知る炭疽菌に近く、まるで退化したように見えます」

「理由は」

「分かりません。可能性としては、ＴＲ１０２から上陸した細菌が道東の広い範囲へ拡大するうち、川北町北部でのみ変異したということでしょうか」

いずれにしても、白色灯に映し出された二種類の微生物、人に比べれば取るに足らない大きさの生物に道東が壊滅させられた。――なんじの敵には軽蔑すべき敵を選ぶな。なんじの敵について誇りを感じなければならない――とニーチェは説く。しかし、この完全なる有機体は、慈悲、憐憫など、人が持つすべての情動とは無縁の世界からやって来た。誇りなどあろうはずもない。やがて人は彼らに畏敬を感じ、ひれ伏し、最後の一人まで食い物にされる。悪魔と契約する方がまだましだ。

伊波が細菌の写真を指で押さえた。

「一つ重要なことが明らかになりました。こいつは大気レベルの濃度の酸素に暴露されてからおよそ二十分程度で死滅します。ということは気中に出たあと、そのわずかな間に感染するのです」

「土壌中の常在細菌なら、我々が感染する可能性は極めて低いのではないのか」

「埃（ほこり）として空中に舞い上がれば簡単に感染します。炭疽菌が人間に取り付く場合と同じです。嫌気性生物は生息過程で酸素を必要としない代わり、気中では急激な活動ができません。反面、体内の嫌気性環境に入り込んだ途端、こいつは劇的に活動を開始するのです」

「炭疽菌と同じなら、今までこの菌による感染が発生しなかった理由は？」

「それは不明です。元から北海道の一部に存在したのかもしれないし……」

もしそうなら、陸地から遠く離れたプラットフォームにどうやって到達した。しかも、あんな洋上の人工物で奴らはどうやって酸素の暴露から身を守ったのか。巧妙な防護術か、それとも偶然か、この種明かしは高くつきそうだ。

伊波が肩越しに廻田のディスプレイを覗き込んだ。

「これが川北町ですか。初めて見ます」

廻田はペン先で両方の写真を交互に押さえてみせた。そこにすべてがあるはずなのに、夜の闇に覆われた町は真実を見せようとはしない。

「右が感染症の発生する一週間前、左が発生直後だ。一見、町の様子に変化は見られないが、左の写真に写っているのは住民が全滅し、土壌が奴らで汚染された町だ」

ディスプレイに顔を近づけた伊波が怪訝そうに首をかしげた。

「……左の写真、随分と暗いですね」

何？　廻田は机の上にカップに戻した。そんなことは考えもしなかったが、言われてみれば確かにそうだ、試しに廻田は画面の照度を最大に引き上げてみたが、左の写真に変化は現れない。どうやら、事件後の写真が暗いのは画像ソフトの問題ではなく元々光量が足りない、つまり事件の夜が暗かったせいだ。

廻田が帯広の第五旅団の宿舎にいた夜、つまり十一月二十六日の夜、空はきれいに晴れ渡っていたが新月だった。思い付く理由はそれだけだ。

新月。

やがて、おかしなことに気が付いた。そういえば、昨年の二月四日、TR102へ緊急出動した夜、あの嵐の夜もたしか暦は新月だった。

もしや。

廻田は端末に月の暦を呼び出した。昨年の二月四日、十一月二十六日、そして今年の一月二十四日、間違いない、パンデミックが起こったのはすべて新月の夜だ。

これはいったい。

「伊波、月の満ち欠けと微生物の活動が連動することはあるのか」

「聞いたことがありませんね」

「今回の感染症は、すべて新月の夜に発生している」

「新月の夜ですか。あえて言うなら、血液の塩分濃度は海水とほぼ同じですから、月の満ち欠けは潮の満ち干と同じく血流に影響を与えます。ただ、それが体内に侵入した細菌の活動に関係があるかと言われれば……」

思い付くのはそんな所ですかね、伊波が眉根を寄せた。

新月の夜に何が起こるのか。満月あるいは新月の頃には月と太陽と地球が一直線上に並び、地球に及ぼす重力が最大になる。それが大潮の原因だ。そんなことは誰でも知っている。

他には……、他にもきっと何かあるはずだ。廻田を答えに導いてくれる痕跡がどこかに残されていないか、道東で大規模な感染が発生した一月二十四日に撮影した川北町の衛星写真を廻田は画面に呼び出した。一定の時間間隔で感染地区の変化を観察するには川北町が最も適している。ＩＧＳ‐５Ａの解像度は最大で二十五センチ／ピクセル。廻田は川北町を二十メートル四方のメッシュに区切り、一区画ごと、丁寧に町の様子をスクロールしていく。月明かりを失った町、死がすべてを覆い尽くした町、どんな些細な痕跡も見逃さない集中力で写真をスクロールするうち、ある箇所で廻田の右手がピタリと止まった。それは町の中心、惨劇の起こった交差点から三百メートルほど西へ進んだ広大な牧草地の区画にたどり着いたときだった。

「何だ、これは」

こめかみにペンを押し付けた廻田の隣に、伊波がデスクチェアを引き寄せた。

「この紋様……、まるでナスカの地上絵ですね」

枯れ草で覆われた牧草地に不思議な線が現れている。地表で何かを引きずった跡、もしくはモグラ塚を思わせる地表に土を盛った跡が、放射状に何本も現れている。他にも同じ痕跡が残されていないか、全区画を入念に調べると、町の東側に四カ所、南に三カ所、西と北に二カ所、それはあった。これらの紋様は昨年十一月、川北町で感染症が発生した前後に撮影した写真には記録されていない。住民が全滅したあと、二ヶ月間にこの地で何かが起こったというのか。

これはお祓（はら）いが必要ですね、と伊波が真顔で言った。

しっかりしろ、三佐。お前はかつてそこにいたんだ、廻田は懸命に記憶の糸をたぐり、頭の中にあるすべてをほじくり出そうとした。宗森一尉に壊滅した町を案内されたとき、自分は何かを見ているはずだ。あの日のメモを手に取り、廻田は頁をせわしく繰り始めた。焼け焦げた車、路面の血痕、そして住民の埋葬……。頭の中で走馬灯のように浮かんでは消える数々の記憶、その中のある光景にたどり着いた瞬間、廻田はハンマーで殴られたような衝撃に打たれた。

もしや！

ディスプレイ上に川北中学校の区画を呼び出した廻田は画像を一気に拡大した。

これだ。校庭にまったく同じ紋様が残されていた。ここはたしか……そう、間違いない。廻田は感染症で死亡した住民の埋葬場所を中央特殊武器防護隊の記録から呼び出した。

予想通り、町の周辺に設けた埋葬箇所と紋様の場所がぴたりと一致する、紋様が残されているのは病死した住民の埋葬場所だ。

そこにある真実、遺体の埋葬場所ゆえの条件、きっと何かあるに違いない。中世、疫病が発生した地の集団墓地は、遺体から発生する悪臭や病原害虫の発生を予防するために設けられた。それと同じだ。可能性、あらゆる可能性を考えろ、廻田は規則的に机を拳でたたきながら答えを探した。

さらにもう一つ、忘れてはならない重要な問題がある。次の新月は二月二十一日の夜から二十二日にかけてだ。そのとき何が起こるのか。地中に潜む細菌、地表の不思議な線、この謎を追うには手助けが必要だ。誰にも邪魔されることなく、外部に情報を漏らさずに協力させられる専門家が必要だ。

残された時間は二十四日。

ＴＲ１０２、川北町、そして今回と、被害が加速度的に拡大している現状から推測すれば、次、発症すれば想像を絶する悲劇を引き起こすに違いない。

悪い予感ほどよく当たる。今日までもずっとそうだった。大袈裟ではなく、次の新月の夜、北海道は死の土地となるだろう。

そして、その次は……、廻田はホットラインの受話器をつかみ上げた。

※

一月二十九日　午前十一時　次の新月まで二十三日
東京　国立精神・神経センター八王子病院

廻田は富樫が収容されている麻薬中毒患者専用の施設にやって来た。

富樫をここから連れ出す手続きに、貴重な十二時間を費やした。

八王子郊外の、その先は奥多摩(おくたま)へ続く山中に、目指す施設はひっそりと佇(たたず)んでいた。一見、普通の病院に見えるが、敷地は高いフェンスで囲まれ、病室の窓には格子が取り付けられている。窓脇に根付いた雑草の丈は、その窓が最後に開けられた日からの経時に等しい。人気がない、がら空きの駐車場に車を停めた廻田を、玄関で小柄な医師が出迎えた。神経質そうな目に黒縁の眼鏡をかけた医師が、廻田の徽章(きしょう)にちらりと視線を送ってから愛想笑いを浮かべた。

「大沢(おおさわ)です」医師が自己紹介した。

「廻田です。富樫博士を引き取りにまいりました」廻田は敬礼ではなく、会釈で応えた。

一瞬表情を曇らせた大沢が、歩きながら話しましょう、と廻田を院内へ招き入れた。

閑散としたロビーを抜け、明かりを落とした廊下を二人は並んで歩いた。

「彼を外へ連れ出すのは無理だと思います」大沢が眼鏡を指先で押し上げた。

「と、申しますと」

「重度の統合失調症を発症しています」

「統合失調症？」

「そうです。過去には精神分裂症とも呼ばれていた病です」

大沢が富樫の状況について、おもむろに口を開いた。統合失調症に関する明確な病因は未だに確定されておらず、発病メカニズムは不明だが、富樫の場合は薬物乱用によって統合失調症発症リスクが増加したと推定され、典型的妄想・幻覚が症状の中心らしい。

「具体的にはどんな症状を示しているのですか」

歩きながら、廻田は後ろ手を組んだ。

「統合失調症の陽性症状として、思考内容の障害です。つまり客観的に見てあり得ないことを事実だと信じる、つまり妄想です。彼の場合、顕著なのは宗教妄想と妄想気分、自分は神もしくは神と通い合う存在であり、かつ世界が己に対して悪意に満ちていると感じています。これらは本人の体験を語らせて初めて分かるため、主観症状とも呼ばれる」

いったい、富樫に何が起こったのか。大沢が話を続ける。

「片や、陰性症状として幻覚・妄想といった感情鈍麻、我々に対する緘黙(かんもく)、語唱の症状が顕著です。緊張病勢興奮、つまり精神運動の興奮が常態化して、絶えず動き回り、歩き回り、攻撃的になって自分を傷つける自傷行為に出る。これらは外から見て分かる症状として、客観症状と呼ばれます」

「かつての富樫博士とは別の人格だと」

大沢が首を傾げた。「かつての富樫博士というものを知りませんから、私には何とも言えません」

ただし、と大沢が続けた。「このまま病勢興奮に支配されたままだと、遅かれ早かれ、博士の精神は破綻するでしょう」

「薬で抑えることは可能ですか」

「あなたにとって病勢興奮の富樫博士では意味がないと」

大沢がじろりと廻田を見た。

廻田は頷いた。大沢が眉を曇らせた。

「セレネスという安定剤を使用すれば、攻撃的な精神状態を抑えることはできます。おそらく、あなたが言う、かつての博士に戻るということです。ただ、この薬は劇薬であり、コカインで心身を病んだ博士が、その使用に耐えられるかどうかは、はなはだ疑問です。医師としての見解は二回の処方しか許されないでしょう。一回の処方による効果はおよそ六時間。ということは、博士をここから連れ出しても都合十二時間しか彼の精神的安定を保つことはできない。三回目を処方すれば恐らく博士の体力は限界を超えます。つまり死です」

「死？」

「高力価抗精神病薬であるセレネスの服用は、中枢における過度のドパミン抑制によって誘起される悪性症候群を引き起こす。博士の場合は極端な意識障害でしょう。極度に体力が低下しているため、これらが発症すれば博士の心身はもちません」大沢の目は、素人の廻田に富樫を引き取ることなど無理だと言っていた。

いずれにしても富樫を待ち受けているのは、精神の破綻か、死のどちらからしい。廻田などが及びもしない輝きに満ちた人生を送ってきた男の救いようのない未来だ。

二人は廊下の一番奥にある病室の前までたどり着いた。

どうやらここが目的地らしい。

手持ち無沙汰な様子で病室前に腰掛ける警官が、好奇の眼差しを廻田に向けた。

ドアの横に立った大沢が小脇にはさんだファイルの中から一枚の写真を取り出した。

それを見た廻田は思わず表情を曇らせた。

掌に酷い裂傷を負った白衣の男が写されていた。

「彼は当院の看護師です。四日前にシーツを取り替えるために部屋へ入ったところ、いきなりボールペンで掌を突き刺され、さらに食事用のスプーンでその傷を引き裂かれた」

大沢がさらにもう一枚、写真を差し出した。

「これがそのときの富樫です」

背後から警官に羽交い締めにされ、かつ二人の看護師が腰と両足にしがみついているにもかかわらず、狂気の表情でもがく富樫の姿が写されていた。振り乱した髪、看護師の背中をたたき付ける拳と、雄叫びを上げる口、何よりも富樫が紛れもない狂人であることを印象付けるのは、血走った眼球がこぼれ落ちるほどに見開かれた両目だった。

冥府から蘇ったゾンビを思わせる異様な姿だった。

「事態は緊急を要します。全責任は私が負いますから富樫博士を引き取ります」

内ポケットから取り出した東京地裁の保釈許可決定通知書を、廻田は大沢に差し出した。

書類に記された指定条件も、主文も、理由も、たしかめることなく、裁判官名を一瞥しただけで、言葉とは裏腹に安堵の表情を浮かべた大沢が鍵穴に鍵を差し込んだ。

※

暗い……。

一日中ブラインドを下ろした室内は暗いが、神と語り合うには好都合だ。拘束衣を着せられた富樫は、ベッドの上に転がされていた。食事もろくに取らない富樫は痩せ衰えていくばかりだった。禁断症状は落ち着き始めていたが、干し柿のごとく骨と皮になった富樫の体表は傷だらけで、凝固した血で黒ずんでいる。もはや人とは呼べない体に変形しても、自分から救いを乞う気にはならなかった。

拘束衣は、閉じた編み目状の袖の外側に、短い革ベルトが縫い付けられていて、胴体側のバックルに差し込んで使用する。体の自由が奪われ、何の介助も受けられないまま、富樫はみずからの汚物にまみれ、室内には堪え難い異臭が充満していた。

耳の奥で響く心臓の鼓動は日に日に弱まっていく。腕、足、腹、体中を這い回るミミズは、かきむしってもかきむしっても現れる。今にもあちらこちらの皮膚を食い破ってミミズの飛び出る異常感覚が、富樫から睡眠を奪い取っていた。

出口で解錠の音が聞こえた。

富樫は仰向けのまま、首だけドアの方に傾けて様子を窺った。

憎しみだけは体に満ち満ちていた。

——奴か。

来るがいい、生意気な看護師と同じ目に遭わせてやる。

ずっと閉ざされていたドアが開き、溢れんばかりの光が室内に差し込んだ。

富樫は思わず目を瞬（しばた）かせた。

差し込む光の中に佇む人影が見えた。

一瞬、再び神が現れたと思った。富樫に新たな力を与えてくれる神なのか。

しかし、あのときとは様子が違う、どうやらそうではない。

その影はポケットに両手を突っ込み、こちらを見下ろしながら顎を上げて入り口に佇んでいた。

光に包まれた男がゆっくりと病室内に入って来た。

自由の利かない体を無理に揺すって、富樫は身構えようとした。

職種徽章と階級章がついた濃緑色の制服を着た男は、桜星（おうせい）を中心に桜葉と桜蕾（おうらい）を配した帽章の制帽を被っている。

——神なんかじゃない、ただの自衛官だ。

ラグビー選手を思い起こさせる体格、水平に張り出した両肩の上に載った五分刈の頭、えらの張った頬、太い眉、思い出した。目の前の男は感染研に隔離していたあの三佐だ。

名前はたしか……、突然、頭が割れそうに痛んだ。

そう、たしか廻田三等陸佐だ。

「一緒に来てもらおう、博士」揺れない瞳で心の綾を見事なまでに覆いつくし、無表情という甲殻をまとった男が目の前に立っていた。

富樫はもう一度体を揺すって招かれざる自衛官に背を向けた。お前に用などない。

「博士、あなたの助けがいる」

助けを乞うならまず跪き、私に、はらわたをえぐられても文句はないと誓うことだ。

「博士、聞こえているんだろう？　俺には時間がない。返事をしろ」

お前ごときに……、私が話をするのは神だけだ。

すぐ背後に廻田の気配を感じた。

「情けない。高名な学者もヤクチュウとなればただの廃人か」

神を神とも思わない不遜な言葉だ。富樫は上体をねじって廻田の方を向いた。

「言葉を慎め」

廻田が富樫を見下ろしていた。

「私に何を求める」

「例の細菌の正体を突き止め、その予防策を探す」

お前たち凡庸に奴を防ぐことなど不可能だ。あれを操れるのは神だけ、そう私だけだ。

「なぜ自衛隊が」

「政府があてにならないからだ。彼らに多くは期待できない。それはあなたの元同僚を見ても明らかだ」

「もし断れば」

「何万という人が死ぬ」

――愚かな連中め、ようやく気づいたな。

内心ほくそ笑んだ富樫の頭に妙案が浮かんだ。

廻田の申し出を受ければ、ここを抜け出すことができる。

そして、鹿瀬に己の愚かしさを思い知らせてやることができる。

奴の腹にナイフを突き刺し、えぐり、その臓物を引きずり出してやれる。悶え苦しむ鹿瀬の前で、まだ温かく、湯気が立つ腸を食らってやる。

鹿瀬だけではない、富樫を疎んじたすべての連中も同じだ。

「私が外へ出れば、ある人間を殺すぞ。その腹を括っているか」

富樫は楽しげに問うた。

「哀れなものだ」廻田がうんざりした表情で答えた。「おっと、勘違いするなよ。哀れなのはあなたではなく、あなたみたいなコカイン中毒者に助けを求めざるを得ない道民だ」

「彼ら愚民は今まさに審判の時を迎えている。滅亡という運命のな」

いきなり廻田が富樫の胸ぐらをつかんで、ベッドから引き起こした。

彼の怒りを全身に感じた。

廻田の腕の中で、富樫はにっと笑ってみせた。

「どいつもこいつも、滅亡、滅亡と騒ぎ立てやがって。お前がここで神としけ込んでいる間、多くの人々が堪え難い哀しみに虐げられている。お前の悲劇はみずからが撒(ま)いた種かもしれんが、感染地帯の人々はそうではない。いいか！　お前の助けを必要としている人々がいる。感染症学者としての責任を果たせ」

富樫の拘束衣を解いた廻田が、次にクロークから富樫の服を取り出し、それを枕元に投げ寄越した。

「ついて来い。そしてみずからのなすべきことをなせ。そのあとでキリストになろうが、ムハンマドになろうがお前の勝手だ」

上着をつかみ上げ、袖に腕を通しながら富樫は、こみ上げる笑いを噛み殺した。

神の言う通りだ。

いよいよ、御使の旅が始まる。

※

一月三十日　午前十一時　次の新月まで二十二日
東京　市ヶ谷　防衛省　A棟　陸幕長室

廻田は寺田から呼び出された。冬晴れの東京、迎えの車を降りたエントランスからロビーまでほんの数メートル、その距離を歩くだけでもコートの襟をすぼめる寒い日だった。

体に感じる寒さならまだましだ。道東の人々は国家から見捨てられ、感染再発の恐怖に苛まれながら、厳しい冬の中で凍えている。北海道だけではない。自分たちの周りにも感染が飛び火するのではないか、という不安に国民全体が苛立っていた。

理由は不明だが、保釈許可決定通知書に、部外者との接触を一切認めない旨の条件が付与されていたため、病院から連れ出した富樫を、廻田は百人町の施設に収容した。富樫の攻撃的な精神状態が収まる気配はまるでない。とても普通の生活を送らせる状況ではなかった。富樫本人と、何より部下たちのために廻田は富樫を隔離した。いつどのタイミングでセレネスを使ってかつての富樫を呼び戻し、廻田に協力させるか思案するうちに、ここへ呼び出された。仕方なく部下に富樫を任せた廻田は一人で市ヶ谷へ出向いた。

いつもの手順でロビーを抜け、エレベーターの中でコートを脱ぎ、五階に上がった廻田は、秘書の前を通り過ぎて陸幕長室のドアをノックした。窓辺で後ろ手に外を眺めていた寺田が廻田を迎えた。寺田に命じられるまま、廻田はソファに腰掛けた。

道東の感染症はすでに世界中で話題になっている。CNN、フランス2、BBC、中国中央電視台、各国のマスコミが連日トップで取り上げ、特に中国の報道が過熱し、日本で正体不明の疫病が発生したと騒ぎ立てている。しかし、本当の懸念はマスコミのヒステリーではなく、我が国を取り巻く経済、外交上の事態が深刻さを増していることだ。

十四世紀に全ヨーロッパを席巻したペストの大流行と、今回のパンデミックをオーバラップさせた欧米各国は、原因が特定され、安全が確認されるまで日本人の入国、ならびに日本製品の輸入を禁止すると発表した。政府は外交ルートを通じて、必死の説得を試みるものの各国の反応は冷淡だった。この措置により日本企業の海外活動が大幅な制約を受けると、経済成長の原動力が奪い取られる。各シンクタンクは悲観的な予測値を次々と発表し、逆に政府は沈黙した。

寺田が口を開いた。

「各国、そして国内からの、事態打開を求める圧力に狼狽した首相が、感染症に関する対策を焦るあまり、次にパンデミックが発生した場合、発症区域全体を焼却処分すると言い始めた」

馬鹿な、避難する人々を巻き添えにしても、町ごと焼き尽くすというのか。

愚かな殲滅作戦など狂人の発想だ。

「首相は本気だ。感染原因の特定と有効な対策が打てない状況で、各国から理解を得るには感染地帯を処分するしかないとの結論に達したようだ」

「感染研は何を」

「先日、ＷＨＯに報告書を提出した。現在、感染研の報告内容に関する審査が行われている。ただ、仮に原因が特定できたとしても防疫に関する有効な対策が実施できない以上、各国政府が我が国に対する処置を緩める可能性はない。よって、首相は感染地帯を焼却処分すれば拡大を食い止められることを実証しようとしている」

「どうやって広範囲を焼却するのですか、携帯放射器を担いで感染地帯に突入しろと」

廻田は皮肉たっぷりに返した。地上戦の担当は陸自だ。

「多弾頭の新型サーモバリック爆弾を使用する。これ一発で半径五キロ圏内を一気に焼却することが可能だ」

廻田は顔をしかめた。

サーモバリック爆弾、通称、燃料気化爆弾は火薬ではなく酸化エチレン、酸化プロピレン、ジメチルヒドラジン等の燃料を一次爆薬で加圧沸騰させ、《ＢＬＥＶＥ》という現象を起こさせることで空中に散布し、燃料の蒸気雲が形成されると着火して自由空間蒸気雲爆発を起こす爆弾だ。

都市ガスによるガス爆発事故と同じで、爆鳴気の爆発は、強大な衝撃波と十二気圧に達する圧力、さらに二千五百度～三千度の高温を発生させるため、この兵器で爆撃された跡は原爆の爆心地と大差ない。

それ見たことか。訳の分からない政策理念で重要課題への対処を田代知事に押し付け、結果として国の無策を内外に露呈したつけが回ってきた。この素人政権は万策尽きてからようやく事態の深刻さに気づき、周章狼狽の果てに無為無策な暴走に走る。こいつらが仰ぐべきは国民の選択ではなく、神の裁きだ。

「焼却処分といっても、地中の微生物に効果はないと思われますが」

「サーモバリック爆弾は飽くまでも、感染者に対する処置だ」

「感染者を生きたまま焼き殺すというのですか」

「過去三回の状況を見る限り、感染者は爆弾を使用する頃にはすでに死亡している」

「細菌を処理できない以上、根本的な解決にはなりません」

目の前に立つ陸幕長を照らす弱々しい冬の陽光は、この国の現状と同じだ。北海道五百五十万人の命を託されるであろう寺田が、ポケットに両手を突っ込んで外を眺めた。

「廻田、お前の予想通り次の新月にパンデミックが再発するとしたら、それまでに何をすべきと考える」

「二回目、三回目と感染地域が劇的に拡大していることから、次回の発症地域の予想、それに基づく住民避難の実施でしょう。次はサーモバリック爆弾で処理できる規模ではないと思われます」

「大河原にその分別があるかな。そもそもサーモバリックを使用するということは、これまでの失政を認めることと同意だ。連中はライオンに頭を食われてから檻に入った愚かさを後悔する」

疲労がにじむ目をこすりながら、寺田が唐突に問うた。

「富樫はどうしている」

「まだ精神的に不安定です。人類が滅亡すると信じ切り、とてもこちらの要望に応えられる状況ではありません」

「それは貴様の勝手な思い込みじゃないのか」

きわめて不機嫌な語感だった。こういうときの口答えは禁物、煮えた油に水を注ぐに等しい。

「では、なぜ奴を連れ出した。慈善事業か」

廻田は頬いっぱいに空気を溜めてみた。

「お前の考えを聞かせろ。どうするつもりだ」苛立ちを抑えながら寺田が急かせた。廻田の答え次第では、次の瞬間、陸幕長の癇癪が爆発するのは明らかだ。

「少し考えさせてください」

「富樫に薬を与えろ」寺田が冷たい視線を窓に向けた。「我々に残された時間を考えれば、一刻も早く富樫の力が必要だ。彼の健康状態に配慮している余裕はない」

「しかし」

廻田！　寺田が叱責の声を上げた。「お前が躊躇している間にも次の感染が迫っている。そうなれば数十万の人名が失われるかもしれんのだぞ。議論の余地はない。これは命令だ」

「富樫は民間人です。館山とはわけが違います」

廻田も声を荒らげた。

失望したな、呆れた様子で寺田が首を回した。

「貴様には今まで中隊を預けてきた。その覚悟はどこへいった。指揮官とは孤独なものだ。富樫が安定剤のために命を落とすことになろうと、今、このとき、任務を達成するのが指揮官の役目だ。物事をはき違えるな」

「富樫の体力は限界です」

「目的を達するまで生きていればそれでよい。それまでに奴が倒れたら、だから忠告したのにと言ってやる」

廻田は両耳が熱くなるのを感じた。

「何か言いたいようだな。心配するな、人々がお前を必要としない日がきたら、いつでも泣き言を聞いてやる」

憎まれ口は上官の特権だ。廻田は陸自が軍隊であることを忘れていた。

そのとき、ショートメールの着信音が鳴った。この番号にメールが入るのは緊急時だけだ。廻田は内ポケットから携帯を取り出した。

伊波からだ。

《富樫が脱走しました》

——馬鹿たれが。

そしらぬ様子で携帯をポケットに押し込んだ廻田は立ち上がった。一刻も早く戻らねばならない。不機嫌な上官に心の動揺を悟られぬよう、任務に戻りますのでこれで失礼しますと敬礼を送った廻田は足早に廊下へ出た。ドアの閉まる音が妙に乾いていた。

あれほど言ったのに。振り返って寺田の姿がないことをたしかめた廻田は、廊下を歩きながら携帯で伊波を呼んだ。

（伊波です）

「説明しろ！」目の前に伊波がいれば、その腹に二発はたたき込んでいる。

（申し訳ありません。富樫が急に苦しみ出したので、慌てた監視員が室内に入ったところ、突然襲われました）

ど素人か。二人一組で監視するよう命じていたはずが、一人が富樫の食事を取りに行った隙をつかれたらしい。苦しむ富樫を介抱しようとした監視員は、いきなり喉仏を突かれて呼吸困難に陥り、さらに頸動脈洞を圧迫されて意識を失った。幸い富樫が数秒で締めを解いたため、監視員は急性貧血だけで脳死には至らなかった。

見事な手並みだ。富樫が医者でもあることを皆が忘れている。

廻田は善後策を考えた。奴は罪を犯そうとしている。それも殺人という重罪だ。とはいえ保釈の条件からすると、ここで下手に騒げば富樫が収監される可能性が高い。すべてを隠密に進めなければならない。では、どうやって。

自分が富樫を追うと志願する伊波に、廻田は待機を指示した。

「心配するな。奴の行き先は分かっている」

廻田は携帯を切った。

鹿瀬が危ない。

※

多摩モノレール　上北台駅

富樫は路上に唾を吐いた。

東京都東大和市の西部に位置し、芋窪街道上に建設された多摩都市モノレールの北の始発駅が上北台駅だ。高架の駅からは狭山丘陵を一望でき、真下を走る芋窪街道の他に新青梅街道が近くを通る。

改札とホームへ続く階段を眺めながら、富樫は電信柱の陰に身を潜めていた。

気温は十度を軽く下回っているだろうが、寒さは感じなかった。

富樫は口元から滴る唾液を上着の袖で拭った。

こんな場所は反吐が出る。東京の郊外でそこそこの幸せに満足する連中が寄り集まる町、そういう奴らに限って人生を賭けたことなどない。他人の噂話に聞き耳を立て、あるときは政治家、あるときは金融評論家として、ぴーちくぴーちく喧しいわりには、面倒なことは須く敬遠する。未知の出来事に出会うと慌てふためいて逃げ惑い、昨日まで悪し様にしていた者へ助けを求めて取りすがる。神が真っ先に見捨てる連中。そんな連中が住む町はどこも同じ風景だ。ときおり到着する路線バスから吐き出された人々が、寒風に首をすくめながら階段を上がっていく。目の前の横断歩道を中学生の一団が通り過ぎる。ニキビ面で、軽口をたたき合う彼らは何の悩みもなく、おおらかで、自由に見えた。自分とは別の世界で生きているやからだった。正体不明の感染症で多くの人命が失われているこのときも、東京の郊外は何事もないかのごとく静かだった。今日も定時に勤め先を出て、モノレールで帰宅の途につく連中は、明日も同じ日が訪れると信じている。しかし今、北の国で起こっていることに、いつまでも無関心ではいられないはずだ。

彼らにみずからの運命を思い知らせることこそ、神の役目だった。

時計を見た。ここへ来てから三十分近くが経った。鹿瀬が研究所を出たかどうか、さらに帰宅の経路については、東都大学医学部の職員に成りすまして秘書から聞き出した。

奴は毎日、同僚にこの駅まで送らせている。今日も必ずこの場所に現れるはずだ。

何をしてやがる。富樫は凍える両手に息を吹きかけた。

まもなく鹿瀬の人生が終わりを迎える。

街道を反対車線から走ってきた白いレクサスが、駅への階段脇で止まった。助手席のドアが開き、コートの襟を立てた鹿瀬が降り立った。右手を挙げて運転手に礼を伝えた鹿瀬が駅の階段へ向かう。レクサスが走り去った。

富樫は駆け足で鹿瀬を追った。歩車道境界のガードレールを跨ぎ、車道を横断すると、階段の登り口の手前で鹿瀬に追いついた。

「久しぶりだな」富樫は、くっくっと笑ってみせた。

振り返った鹿瀬の顔が凍り付き、変わり果てた富樫の容貌に怯えた目を向けた。

「何を驚いている。すべてお前の望んだ通りのはずだ」

鹿瀬が後ずさりした。骨と皮になり、目だけが異様にぎらついている自分に何が起こったのか、いちいち説明するのは面倒だ。言葉ではなく、痛みと苦しみで思い知らせてやる。ついて来い、と富樫は顎で後方をさした。

頭の中に、腹をえぐられ、血まみれになって悶え苦しむ鹿瀬の姿が浮かんだ。

鹿瀬が富樫を無視して階段を登ろうとした。

「おっと、やめたほうがいいぞ」監視の自衛隊員から奪った拳銃を富樫はポケットから抜き出した。鹿瀬が生唾を飲み下した。

「お前に銃が使えるのか」

「今の俺には何だってできる。銃を使うことも、人を殺すこともだ」

「……狂っている」鹿瀬がうなった。

「狂っているだと。違う。俺は生まれ変わったのだ。神と話すことができるようになった。神に代わって俺が聞いてやるから、命乞いをしてみろ」

どこかに助けがいないか、おどおどした目線で鹿瀬が周りの様子を窺った。

残念ながら、とっぷりと日が暮れた駅の周辺に人影はなかった。

神の行いとはこういうものだ。

「すぐそこだ。ちょっと顔を貸せ。逆らえば、足、ペニス、肩の順で撃ち抜くぞ」

銃を向けたまま鹿瀬の背後に回った富樫は、鹿瀬の耳元で楽しげにそう囁くと、その背中を押した。

富樫は街道から脇道を入った倉庫裏に鹿瀬を連れ込んだ。

「では、話してもらおう」富樫は銃口で鹿瀬の背中を突いた。

「何の話だ」

いつもの威勢がどこかに吹き飛んだ鹿瀬は哀れなぐらい怯えていた。

「すべてだよ。お前は俺を感染研から追い出し、俺の研究の邪魔をし、公安に俺を売った、そのすべてだ」

「そんな話は知らん」

「なら、あの世で閻魔（えんま）に答えるか」

銃口を股間に押し込むと、鹿瀬の全身がぴくりと反応した。

「お前は、文科省へ抗議を行えと、俺をそそのかしておきながら、高等教育課長と白川に俺を失脚させるようにしむけたな」

鹿瀬が唇を噛んだ。

「それだけではない。ガボンでのバイロン製薬との研究も妨害した」

「それは違う！」鹿瀬が大袈裟に声を上げた。

「何が違うのだ」

「お前は知らんようだが、お前に資金を提供していたバイロン製薬の正体は死の商人だ。ガボンでの研究が成果を挙げるということは、バイロンに新たな細菌兵器を作らせることになる。お前というより、バイロンの企みを阻止する必要があったのだ」

「だから、俺の救助要請を握り潰して、由美子を見殺しにしたというのか」

富樫は鹿瀬の頭を小突いた。

「由美子を殺したのはお前だ。どうだ。何か言ってみろ」

最後の情けだ、一度だけ言い訳する機会を与えてやる。

しまったという表情、きょろきょろした目と言い訳を探す唇の動き、鹿瀬は口籠ってから、小さくかぶりを振り、ちらりと視線を動かしてみせた。それが致命傷だった。こんなときに、動揺してから言い逃れを考えているようでは遅すぎた。

やはり、そうか。ならば思い知るがいい。卑怯者で、下劣で、薄汚い裏切り者には、他とは違う死が相応しい。

地獄の炎に焼かれるがいい。

目を背けたくなるようなおぞましい死を与えてやる。

二人の間を、身を切る寒風が吹き抜けた。

「死ね！　殺してやる！」

富樫は銃座で鹿瀬の後頭部を殴り付けた。悲鳴を上げた鹿瀬が路面に倒れた。その腹に向かって富樫は蹴りを入れる。這って逃げ回る鹿瀬を追いながら、たるんだ腹を蹴り、背中を殴りつけた。鹿瀬の体に食い込む掌の感触、鹿瀬の悲鳴が響くたびに、興奮が高まり、頭の中が恍惚としていく。

最高の気分が戻ってきた。

殺せ、殺せ。誰かが耳元で囁き始め、その声が次第に大きくなる。体の芯が急速に熱くなっていくと、富樫は抗し難い興奮に身震いした。

「助けてくれ」鹿瀬が富樫の足にしがみついた。つくづくみっともない男だ。

その手を振り解いた富樫は銃の引き金に指をかけた。

そろそろ終わりにしてやる。銃弾は十四発もある。やはり最初は足からだ。

富樫は鹿瀬の右足に狙いを絞り、唇をなめた。

「やめておけ」

突然、背後から声がして、拳銃を握る手首へ何かが振り下ろされた。激しい痛みが走り、富樫の手から拳銃が路面に落ちた。右の首筋に何かが食い込むと、目の前で風景がぐるりと回転し、にぶい音とともに頭が歩道にぶち当たるのを感じた。軽い吐き気とともに口の中が酸っぱい唾液で溢れた。すぐに激しい頭痛が襲ってきた。

路面に打ちつけた側頭部を掌で押さえ、四つん這いになった富樫の前で、廻田が仁王立ちしていた。

「ＳＩＧ　ＳＡＵＥＲ　Ｐ２２８、お前が持つ代物じゃない」

ついさっきまで富樫の構えていた拳銃を廻田が拾い上げた。

鹿瀬が廻田の背後に這い寄った。研究は二流だが、逃げ足は一流だ。

もう少しだったのに。

冷たいコンクリートの上で仰向けに横たわった富樫は、拳で地面をたたき付けた。

「起きろ」

廻田の怒声に、しぶしぶ上体を起こした富樫は路面に座り込んだ。

この世には、神を神とも思わない奴がいる。

「邪魔をするな」

廻田がちらりと背後の鹿瀬を見た。

「別にこの男を救うつもりはない。しかし、今、お前に人殺しをさせるわけにはいかん」

「今止めても、俺は何度でも抜け出してこいつの命を狙うぞ」

「お前の力を必要とする者たちを救いさえすれば、ダムダム弾を装填したＳＩＧを俺が段取りしてやる」

富樫の背後に回った廻田が、いとも簡単にその右腕をひねり上げた。完全に決められた右手に激痛が走り、富樫は廻田の思うままにしか動けなくなった。

「立て、行くぞ」廻田が富樫を引き起こした。

「その狂人を、そいつを何とかしろ！」

勢いを取り戻した鹿瀬が吠えた。

廻田が立ち止まり、冷ややかに鹿瀬を見下ろした。

「富樫が狂人？　ならば、お前は何だ。無能で臆病な感染症学者か？　お前が保身のため、富樫へ横やりを入れている間に何人が命を落とした。お前ごとき痴れ者に防疫を任せなければならない道民は哀れなものだ。俺はお前みたいな腹黒くて卑しい男を見たことがない。まったく反吐が出るぜ」

おののいた表情の鹿瀬が、ぽかんと口を開けてその場にへたり込んだ。

行くぞ。廻田が富樫の背中を押した。

この男、この三佐は鹿瀬を救うためにここへやって来たのではないのか、ならば部下を病院送りにしただけでなく、殺人を犯そうとした富樫に罰を与えようとしないのはなぜだ。背中の廻田は見事なまでに抑制的で、呆れるほどに冷静だった。

「なぜ俺の居場所が分かった」

「お前が服を一着しか持っていないからだ」

「何だと」

「ボタンにＧＰＳの発進装置を取り付けている。言ったろう。お前がどれだけ優秀な医者でも、所詮は医者だ。工作員の真似ごとなどできるわけがない」

倉庫の外にエンジンをかけたまま止めていたＬＡＶの助手席に、廻田が富樫を押し込んだ。

「俺は奴に研究者としての人生をめちゃくちゃにされただけでなく、家族を殺されたも同然だ、何度でも抜け出していつか奴を殺してやる」

運転席に戻った廻田がちらりと富樫を見た。

「自分の不幸を並べ立てる者に限って人の不幸を数えたことはない」

「人の不幸など数えている余裕はない。俺の人生は鹿瀬への復讐のためにある」

「その復讐をすませたら次に何をするつもりだ。別の復讐相手を探すのか。お前が生きるために復讐の標的とされる連中もたまったものではない」

「死なせた部下の数が勲章になるお前たちに何が分かる」

ピッと空気が動いた。

振り返りざまに廻田が、富樫の顔面に拳をたたき込んだ。吹き飛ばされた富樫は激しく頭を窓にぶつけた。

廻田が富樫の盗んだＳＩＧを腰から引き抜いた。

廻田がＳＩＧを富樫の両手に握らせ、無理やり自分の額に当てさせた。

「撃て！」

凄まじい形相で廻田が富樫に顔を寄せた。銃口が廻田の額にめり込んだ。

「撃つがいい。俺は国民どころか、たった一人の部下の命さえ救えなかった。すでに呪われた人間なんだよ。俺が復讐すべきは俺自身なのに、その勇気もない。やれよ。遠慮するな。俺の代わりに俺の復讐を果たせ！　お前が引き金を引けば、俺は地獄から解放される」

見開かれた目、廻田の奥歯がギリギリと音を立てた。

富樫の見たこともない哀しみがそこにあった。自分と同じ匂いがした。自分が神に祝福されているなら、その真逆でこの男は神に疎んじられている。もしそうなら、廻田を挑発しようとしても無駄だろう。富樫は廻田から目を逸らせた。

「出かけるぞ」ＳＩＧをコンソールに放り込んだ廻田が、富樫の左腕を助手席のハンガーに手錠で繋いだ。

「どこへ」

「北海道だ」

廻田が車を発進させた。

第四章

一月三十一日　午後四時　次の新月まで二十一日
東シナ海　済州島沖

真正直な蒼色の空が、水平線の彼方まで頭上を覆い尽くし、凍てつく海風は混じり気のない潮の匂いをはらんで、剃刀のように頬をかすめていく。デッキに出れば手袋をはめた指先の感覚まで奪い取られる極寒の一日だった。

根室港を出港した《しれとこ丸》九千トンは、定員の三倍にあたる三千六百人の乗客を乗せて上海に向かっていた。道東からの避難を拒否された一部の住人が金を出し合って船を借り受けたのだ。船内はラウンジもロビーも、船室に収容しきれない乗客で溢れかえっている。船は警戒の厳しい津軽海峡を避け、根室から反時計回りに知床半島をかわして紋別と稚内沖を通過後、利尻島の先から日本海に入った。日本海では排他的経済水域（ＥＥＺ）ぎりぎりのラインを南下し、竹島沖から対馬海峡西水道を抜けて、ようやく済州島の沖までたどり着いた。海上保安庁は《しれとこ丸》の存在を把握し、その航路を追っていたはずだが、なぜか船籍や目的地を問い合わせてはこない。

各種の計器が並び、レーダー、操舵装置、エンジン制御パネルが天井や計器盤に配置された操舵室では山岡船長が双眼鏡片手に針路を監視しつつ、一等航海士の檜山へ指示を出す。わけありの航海ゆえに、夜間でも操舵室と床下の機関室が眠ることはない。奥のレーダーディスプレイで二等航海士の達川が周囲の海域を逐次監視するだけでなく、通常の倍の当直員が針路、機器を見守っている。

外洋航行中のため、船はオートパイロットで設定された航路を進んでいる。あと一時間で日が暮れ、明日は目的地の上海に到着する予定だが、山岡は何となく胸騒ぎを覚えていた。

インターホンが山岡を呼んだ。

（船長、無線が入っています。どうやら中国海軍です）無線室の藤田だった。

山岡はインターホンのマイクを取り上げた。

「何と言ってきている」

（電文を読みます。――こちらは中国人民解放軍海軍北海艦隊だ。貴艦は我が国のＥＥＺに侵入している。ただちに反転してこの海域から立ち去れ。さもなくば攻撃する――以上です）

「我々は民間の船だ。避難民を乗せて上海に向かっていると伝えろ」

（すでに伝えました）

「返事は？」

（――我が国は、国際疾病分類の指定を受けていない新感染症の保菌者、もしくは、その疑いがある日本国民は受け入れない。ただちに立ち去れ――とのことです。それ以降は応答がありません）

「達川！　レーダーに何か映っているか」

山岡は双眼鏡を周囲の海域に向けながら叫んだ。

「いいえ、洋上には何も、おそらく潜水艦と思われます。北海艦隊なら原子力潜水艦の《長征型》ではないでしょうか」

双眼鏡を下ろした山岡は再びインターホンで無線室を呼んだ。山岡は海保に連絡するかどうか迷っていた。望むらくは中国潜水艦隊の天敵、海自のＰ‐３Ｃに現れて欲しいが、この船は無届けで根室を出港した。こちらから依頼するわけにはいかない。

「藤田、中国軍に無線を送れ。相手が応えるまで何度でもだ。本艦は避難民を乗せている民間船だ。人道上の理由から上海への入港を許可願う、以上だ」

相手は中国海軍だ、したたかに息を潜め、こちらを見つめているに違いない。山岡は、周囲の海域に最大限の注意を払わねばならない。どんな些細な兆候も見落とさないよう山岡はブリッジの見張り員に檄を飛ばした。このまま航行を続ければ、敵潜水艦は浮上して臨検を試みるだろうから、相手の位置と艦種もはっきりする。あとはこちらの事情を説明して説得するだけだ。しかし、彼らが納得するかどうかは五分五分だ。山岡は唇を噛んだ。

迷っている時間はない。山岡は決断した。

「檜山、第七管区海上保安本部に連絡を取り、こちらの事情を説明して海自のＰ－３Ｃに出動を乞え、大至急だ」

「了解しました」

みずから監視に立つため山岡がアッパーブリッジへ向かおうとしたそのときだった。

「船長。方位二－七－〇に航跡、魚雷です！」

見張り員が叫んだ。

どこだ！　そう叫びながら山岡は進行方向の左へ双眼鏡を向けた。昨日から北西季節風が止んでいる東シナ海はこの季節にしては凪いでいた。所々に小波が立っているものの、波頭はなめらかで砕けていない。山岡はレンズを覗きながら、魚雷の航跡を探した。

イルカかクジラの見間違いじゃないのか。

左舷斜め前方の海面に、白墨でなぞったような泡の筋が浮き出て、それが急速に《しれとこ丸》へ向かって伸びて来る。

あれは……。山岡は生唾を呑み込んだ。

間違いない、魚雷の航跡だ。しかも距離はすでに一マイルを切っている。

奴ら、この船を沈めるつもりか。ここは公海上だぞ、お前たちの海じゃない。こんな至近距離から何の警告もなしに魚雷を放つとはどういうことだ。《しれとこ丸》は民間船舶ゆえにダメージコントロールなど考慮されていない。防水区画も装甲板もなければ、各室や通路の閉鎖はすべて手動で行い、時間もかかるうえ艦内には可燃物も多い。魚雷の直撃を食らえばひとたまりもないぞ。

口から泡を飛ばしながら山岡は叫んだ。

「檜山、自動操舵やめ。操舵手、ハードポート。機関室、右舷全速前進、左舷後進いっぱい！」

操舵装置の前に立つ檜山へ回避行動の指示を飛ばした山岡は、インターホンのスイッチを押した。

「無線室。本艦が中国海軍から攻撃を受けていると海保に連絡、救助を頼め」

次にインターホンのチャンネルを船内放送に切り替える。「各員に告ぐ、船内の防水扉をすべて閉鎖、急げ」

出力を最大に上げたエンジンの振動が足元を突き上げる。

船首が大きくピッチングを始めた。

山岡は汽笛吹鳴スイッチを押して短音等を六回吹鳴した。

船体が軋む音とともに、船首が左に回頭を始めた。

「達川、十海里レンジで周囲の海域を探索、近くに日本国籍の船舶がいないか確認しろ。いたらすぐに救助を打電」再び山岡はインターホンのマイクをつかみ上げた。「無線室。保安本部との連絡は」

（たった今、連絡が取れました。当海域までおよそ三十分かかるとのことです）

三十分だと？　戦いは五分で終わるぞ。山岡は歯軋りした。

そのあいだも、白波を切り、舷側が海面を削るほどに船体を傾けながら、《しれとこ丸》が速度を上げる。

「回れ、回れ！」達川が叫んだ。

「ブリッジ、魚雷の状況知らせ」

「距離、二千フィート、接近します」

船首が魚雷の予想針路から左へ回り込み始めた。船は鈍亀だが操船には自信がある。何としてもかわしてやる。山岡はみずからに言い聞かせた。

いける。達川が叫んだ。

そのときだった。それまでの直線針路を外れ、大きく《しれとこ丸》から遠ざかる方向へ向きを変えた魚雷がたちまち反転すると、今度は《しれとこ丸》の右舷から直角に突入する針路を取った。

何ということだ……。山岡はうなった。あれはターミナル誘導型の音響魚雷だ。

「近い、近い！」

見張り員が絶叫した。

魚雷が《しれとこ丸》へ吸い寄せられるように接近して来る。魚雷の航跡はすでに目の前だった。

「魚雷、着弾します」見張り員が頭を抱えてしゃがみ込んだ。

「全員、衝撃に備えろ！」

山岡は汽笛吹鳴スイッチを指先で押し付けた。

汽笛が悲鳴を上げる。

ドーンという轟音が響き《しれとこ丸》の右舷で数十メートルの水しぶきが上がった。

激しい衝撃に操舵室のガラスが粉々に飛び散り、全員が宙に投げ出された。照明がいっせいに消え、電気機器がショートして火花を散らす。

山岡は操舵装置にしこたま肩を打ち付けた。ぐしゃという鈍い音、続いて激しい痛みが右肩を襲った。

ブリッジのあちらこちらから、うめき声が聞こえた。

計器盤にしがみ付いて、山岡は何とか立ち上がった。肩を押さえた左手が血に染まる。

船体中央から激しい黒炎が噴き上がり、油の燃える臭いが鼻をつく。

船体の状況は、と声をかけた達川がレーダーディスプレイに突っ伏していた。見ると、側頭部から鮮血が噴水のように吹き出ている。うなだれた首を載せた上体が、ディスプレイの縁をこすりながら、ゆっくりと山岡の方に凭（もた）れ込んできた。左手で達川を支えた山岡は、首筋の頸動脈に親指の腹を当てた。半開きの口からべろりと舌が垂れ下がり、脈動はすでに途絶えていた。

アッパーブリッジへ繋がる階段の脇には見張り員の遺体が転がっている。一人はちぎれた鉄板に押し潰され、一人は左腕と頭部を吹き飛ばされていた。もはや遺体と呼べないほどの損傷度で、ただのぼろ切れだった。

火の粉が風に舞い上がり、爆発音が連続する。鋼板が捲れ上がった舷側から、積み荷が海中に雪崩を打って崩れ落ちる。吹き上がる炎があたりを照らし出し、舞い上がる白煙が甲板を舐めるようにたなびく。船体が大きく右に傾き、乗員がもつれ合いながら海に転落していく。甲板上で逃げ惑う乗客たちが炎に包まれた。甲板員の怒声が、連続する爆発音の中にちぎれて飛んだ。

「檜山、総員に退船命令を出せ。ボートを降ろして船を捨てるんだ！」

船の中央部で、再び大規模な爆発が起こった。足元をすくわれた山岡は砕けた肩から床に落ちた。痛みで意識が遠のいた。

ガチャンとガラスの割れる音がして、金属の破片と一緒に何かが山岡の前に飛び込んできた。人の手首だった。

あちこちで怒号と悲鳴が渦巻く。

火災の煙がデッキに充満する。山岡は咳き込みながら口を押さえた。

船の傾斜はすでに三十度を超えている。何かにつかまらなければ立ってさえいられない。

船はあと十分持つまい、傷口を押さえて立ち上がった山岡は檜山の腕をつかんだ。

「もういい、お前たちは脱出しろ」

「船長は」

「俺にはまだやることがある」

山岡は無線室へのタラップに通じるドアへ飛びついた。壁が変形したためノブを引いてもドアはぴくりともしなかった。少しだけ開いた隙間に左手をかけた山岡は両足を踏ん張り、力いっぱいドアを引いた。ようやく人一人が通れるほどの隙間ができた。

「船長。下部デッキは火災が発生しています。戻ってください」檜山が叫ぶ。

「檜山、あとのことを頼んだぞ」

すでに右腕の感覚がなかった。ドアの間をすり抜けた山岡が手すりにつかまりながら、無線室に繋がるタラップを降りようとしたとき、再び大きな爆発音が響いて船尾が持ち上がった。

船の傾斜角がさらに大きくなった。

もはや最期の時は近い。

無線室の方向から悲鳴が聞こえ、ゴムの焼ける臭いが廊下に充満した。

「大丈夫か！」山岡は手すりから身を乗り出して、階下を覗き込んだ。

無線室のドアが吹き飛んだ。

紅蓮（ぐれん）の炎がタラップを吹き上がり、山岡の全身を包み込んだ。

※

二月一日　午前九時　次の新月まで二十日
北海道　千歳　陸上自衛隊　第七師団

廻田は折り畳んだ朝刊を膝の上に乗せた。北海道で何か特別な兆候が起きていないか、連日ニュースをチェックしている廻田はここ数日、小さな記事が気になっていた。それは石狩山地や日高山脈の山中でビバークしている登山者が頻繁に行方不明になっているというニュースだ。その数が例年の三倍に当たる二百人を超えたとのことだ。この時期クマに襲われることなどあり得ない、いったい、この出来事は何を意味しているのか、廻田は不安でならなかった。

一方、昨日、東シナ海で我が国の民間船舶が中国海軍に撃沈された事件の衝撃はメガトン級だった。死者と行方不明者は合わせて三千人を超えている。船長や一等航海士が行方不明のため、詳細は明らかになっていないものの、公式見解をまとめた日本政府は、米国政府の了解を得たうえで——中国海軍の行為はいかなる理由があっても許されるものではない——と抗議した。しかし事態は最悪の方向へ向かう。中国政府は、そもそも《しれとこ丸》が中国海軍の警告を無視して上海への入港を強行しようとした点、さらに航海そのものが入出港届けを出さない違法なものであり、乗客が《新感染症》の保菌者である可能性が高いという理由から、日本政府の防疫体制が著しく不備だと激しく応酬した。中央政治局は駐日大使を召還し、同時に我が国の外交官を国外退去させるという対日政策を打ち出す。これら中国政府の思わぬ強硬姿勢に慌てた政府は、国連に安保理の開催を要求した。

事が事だけに、数日中に安全保障理事会の非公開会合が国連本部で開催されるだろう。日本政府は『議長声明』ではなく、安保理の文書として最も拘束力が強い『決議』の採択を目指すつもりだが、中国以外の常任理事国から協力を得られるかどうかは微妙な情勢だ。理由は簡単で、中国に限らず、今回の感染症について各国、ならびにＷＨＯが日本の対応に不信感を抱いているからだ。

政治家の近視眼が、結果としての日本を孤立させた。

平和とは哲学ではなく、パワーバランスで実現されるものだ、同盟国に対する不誠実な対応をさておいて、都合が悪くなったときだけ泣きついても誰も相手にしてくれない。

国家の面子がぶつかり合い、尊い命が冬の波間に呑み込まれた。

師団司令部の一室で、廻田はCNNのニュースを流すテレビを消した。大山と寺田の苦虫を嚙み潰した表情が目に浮かぶ。いったい、この国はどこへ向かおうとしているのか、大河原はどこへ導こうとしているのか、その答えはあるまい。名も知らぬ人々が、名も知らぬ土地で、救いを求めて祈り続けているはずだ。寺田は、己を捨ててでもこの国を護れと言うが、廻田は神ではなく、捨てる者と救う者を選別する権能はない。あるのは、決して退かない意志と、すべてを捧げる不器用さだけだ。

司令部の三階の窓からは、戦車を主体とした機甲師団で有名な第七師団が置かれた東千歳駐屯地の兵舎、その向こうには頂を雪で覆われ、遠く日高山脈へ繋がる山稜が見渡せる。さらにその彼方に見捨てられた土地がある。望みを絶たれ、死を待つだけの町と人々が雪原に取り残されている。

廻田は拳で結露に覆われた窓脇を押さえつけた。

昨日から廻田は富樫を連れてこの地にやって来ていた。目的は一つ、TR102を調査するためだ。まだ整理がつかない謎、見つからない答えにたどり着くため、最初に感染症が発症した場所、そこで何があったのか、自分の目でたしかめる必要があると決断したからだ。第五旅団が駐屯していた帯広は町そのものが隔離されており、TR102に向けてヘリを飛ばせるのはここだけだ。富樫は懲罰房を改造した個室に収容した。彼をＴＲ１０２へ帯同するためにはセレネスを処方しなければならない。衰弱した富樫が劇薬の副作用とＴＲ１０２での作戦行動に耐えられるか、廻田は基地所属の医務官の許可を待っていた。

ドアをノックする音と同時に、カルテを抱えた広瀬（ひろせ）医務官が姿を見せた。敬礼で廻田が迎えると、広瀬が中央のソファに座るよう手招きした。向かい合って腰掛けた広瀬がテーブルの上にカルテを置くと、見事なロマンスグレーの髪をかき上げ、背もたれに身を委ねて足を組んだ。

あの事件があってから、それなりに親しい自衛官の中で、館山の件を一度も聞かなかったのは広瀬だけだ。

「結論から言えば、医者として、この任務に富樫を同行させることは認められん」

太い眉をしかめた広瀬が単刀直入に結論だけ伝えた。予想していた答えではあった。

富樫が必要なのです。廻田は廻田でそう簡単には引き下がれない。

じっと廻田を見据えた広瀬が、膝の上で指を組んだ。

「今、言ったはずだ。医者としては認められん」

「医務官にご迷惑をおかけする訳にはいきません。私の独断で富樫を同行させ、医務官はご存じなかったことにして頂いて結構です」

「貴様が何と言おうと、医者としては許可できん。しかし自衛官としての判断は別だ」冗談めかした笑みを浮かべた広瀬が一枚の書類をカルテの中から抜き出した。「富樫を同行させることに対する許可書を作成した。もし富樫の身に何かあれば、その全責任は私にある」

本気なのか、冗談なのか、広瀬の真意を測りかねた廻田は返す言葉を探した。

「そうはいきません。これは私からのお願いであって……」

「分かってないな、三佐」

北部方面隊にこの人ありと言われた医務官の顔で広瀬が廻田の気がねを遮った。自衛隊では医官として任官しても将補以上に昇任できるのはごく一部に過ぎない。昇進という意味では魅力がないのに、高給を提示する大病院の引き抜きに頑として首を縦に振らない信念の医師、それが広瀬だ。

「貴様の任務は感染症の原因を突き止め、その対処方法を見出すことだ。それがすべてに優先する。その目的のためにＴＲ１０２へ戻る必要があるなら、あらゆる協力は惜しまぬ。富樫の同行は目的を達成するための手段であり、仮に彼が命を落としても貴様の任務が中断されることは許されない。ただ組織としては、誰かがその責任を取らねばならない。この場合はそれが私というだけだ」

広瀬がにやりと笑った。その決意、勇気、腹の据わり方は半端ではない。

「この許可証はすでに幕僚長と師団長へ回してある。準備が整い次第出発しろ。これから富樫に処置を行う。効用はおよそ六時間、そのあいだに目的を達成せよ。準備は整えた。来い」

礼を伝えるまもなく立ち上がった広瀬は、行動のすべてに一切の迷いがない。

二人は廊下へ出て別棟にある懲罰房、富樫のもとへ向かった。建物の外は氷点下、例年より遥かに少ないとはいえ雪の塊が両側にかき上げられた駐屯地内道路は、凍結しておそろしく滑りやすかった。朝の空気に白い息をたなびかせ、広瀬と肩を並べて歩く廻田は、医務官の決意に何と応えるべきか、気の利いた謝辞一つ思い付かなかった。広瀬の表情を何度も窺い、何度も口にしかけた言葉を呑み込んだ。警務隊が置かれた建物の玄関で長靴の底についた雪を落とし、一階の廊下を奥へ進み、突き当たりにある鉄扉の向こうが懲罰房だ。敬礼して迎える警務官の横を通り過ぎて扉をくぐると、富樫が収容されている房の両側には、さらに二人の警務官が監視に当たっていた。

　房の入り口の脇には、トレイに乗せられたセレネスと注射器が準備されている。

　広瀬の合図で一人がドアを開けた。

　薄暗い部屋の中央で手錠をかけられ、椅子に座らされた富樫がこちらを睨みつけた。手錠はロープで床の止め金具に繋がれている。富樫は机の上で指を組み、両目をぎらつかせ、両足を開いて身じろぎせずに腰掛けていた。隙あらば襲いかかろうとする腹を空かせたハイエナのようだ。

　廻田は富樫の正面に置かれたパイプ椅子に腰掛け、広瀬と二人の警務官がさりげなく富樫の背後に回った。

「これから、ＴＲ１０２へ調査に出向く。お前を同行させる」

「俺はここから動くことはできない。パウロの黙示録通り、まもなく神がやって来るからだ」

「黙示録？　下らん。妖(あや)しげな神の相手など他の者に任せておけ」

「不遜な。すべては予言通りだ。神の声を聞くがいい」腰を浮かせた富樫が、唾を飛ばしながら顎を突き出した。富樫を繋ぐロープが伸び切り、手錠が両方の手首に食い込んだ。相変わらず、好戦的だった。

「いつでも神に会わせてやるから、その前にお前の目で最初に感染症が発生した場所をたしかめろ。ただし、連れて行くのは今のお前ではない」

いきなり雄叫びを上げた富樫が、思い切り額を机に打ち付けた。

鈍い音が室内に響くと、顔を上げた富樫の額から一筋の血が流れ落ちた。

廻田が隊員たちに頷いた。

身をよじった富樫が、指一本触れさせんぞ、と警務官に威嚇の罵声を浴びせ、両足で床を踏み鳴らした。あらゆる悪しき感情が富樫の全身から吹き出る。

あまりの形相に警務官が顔を見合わせた。

広瀬が目で二人を促した。

飛びかかるようにして、警務官が富樫を押さえ付けにかかった。二人がかりで富樫を羽交い締めにすると、廻田が関節を決めて富樫の右腕を固定した。怒声を上げ、両足をばたつかせ、富樫は体を仰け反らせて激しく抵抗し続ける。衰弱した体のどこに残されているかと驚く、凄まじい力だった。机が蹴飛ばされ、爪で顔を引っかかれ、ようやく富樫が身動きできなくなった。

最後は富樫がうなり声で抵抗した。

広瀬が手際よく富樫の右上腕部を止血帯でしっかり縛る。廻田がその掌を返して上に向ける。広瀬がトレイから注射器を取り上げた。止血処置のせいで肘関節の内側に浮かび上がった正中静脈に針を刺した広瀬が、皮膚下にある針先を指先で確認すると、プランジャを押してセレネスを富樫の静脈に注入した。

注入量はきっちり一〇CC、広瀬が注射針を抜いた。

富樫を押さえ込んだまま、彼の変化を廻田は注意深く見守った。

五分もしないうちに明らかな変化が訪れた。強張(こわば)っていた表情が柔和なものへと変わり、ぎらついていた目が落ち着いて穏やかな光に溢れた。抵抗していた富樫の体の力が抜けていく。セレネスの威力は大したものだ。

「俺が分かるか」拘束を解いた廻田は、富樫に声をかけた。

富樫が小さく頷いた。

なぜかその仕草が哀れだった。


富樫を連れた廻田は、TR102への出発準備を整えるためブリーフィングルームにやって来た。ヘリポートではすでにUH‐60Jが離陸準備を終え、タービンの回転するかん高い金属音と排気音が腹に響く。ローターが巻き上げる雪煙に首をすくめながらロクマルの横を通り過ぎ、プレハブ建てのブリーフィングルームのドアを開くと、そこは蛍光灯に照らし出された寒々として、ひどく狭い空間だった。壁際にロッカーが並び、部屋の中央に長机と椅子が整然と並べられている。死の場所へ飛び立つ準備を整えるのに相応しく、ひどく味気ない部屋だった。とりあえず富樫を中央の椅子に座らせた廻田は、収納袋から〇〇式個人用防護装備品を取り出して、一つずつ机の上に並べ始めた。防護マスク、上衣、ベルト付き下衣、ゴム手袋、ゴムブーツ、汗取り手袋、重要なのは大人用おむつだ。汚染された地区内では、下衣を降ろして用を足すことなどできない。

全備重量は七・七キロ、富樫にとっては楽な重さではないだろう。

装備の確認を終えた廻田は富樫に声をかけた。

「TR102へ出向く前に、その目的を教える。お前の意見を聞かせてくれ」

「それは私が感染研で行った研究と関連しているのか」

「もちろんだ」

素直に応じる富樫に対して、廻田は伊波が突き止めた細菌の正体、そして感染症が新月の夜に発生している事実を伝えた。その手がかりを探すためにあの場所へ行くのだと。

「月の満ち欠けと微生物の活動が連動することはあるのか？」

「馬鹿な。月や太陽の引力が感染症発生の要因になるなどあり得ない。単なる偶然だ」

富樫はにべもなかった。それならと廻田は例の摩訶不思議（まかふしぎ）な紋様を富樫に見せた。枯れ草に覆われた牧草地に残された不思議な線、まるで何かを引きずった跡、もしくはモグラ塚の跡、それが意味するものはいったい……。

「川北町で病死した住民の埋葬場所にこの現象が起こった。そして同じ川北町の北部で採取した土壌サンプルからは進化した細菌が検出されている。その関係は？　富樫、いったい、あの町で何が起こったのだ。このままでは北海道がサーモバリック爆弾で焼き尽くされる」

富樫は黙って写真を凝視していた。物事の真実に対しては正直な男ゆえに、廻田はその表情から富樫の心の内を読み取ろうとした。彼が答えにたどり着いたのか、答えにたどり着いたのなら身の毛もよだつ未来を予知していないか、頬の硬直、眉の揺れ、耳たぶの紅潮、わずかな変化も見逃さぬよう、心の安息を取り戻した感染症学者を見つめていた。

「墓堀り人になって、この場所を掘り返したいのか」富樫が写真を机の上に戻した。

「いや、そこは完全閉鎖区域だ」

「川北町の土中で採取された細菌は変異していると言ったな」

頷いた廻田は、これがそうだ、と伊波が撮影した写真を差し出した。

それを手に取った富樫の頬が微かに波打つのを廻田は見逃さなかった。

「お前の言うとおりＴＲ１０２へ行くしかなさそうだ。それにしても、道東への立ち入りが禁止されているのに、洋上のプラットフォームは認められるのか」

「あそこは除染が終わっている」

なるほど、と富樫がすこし笑った。「三佐、もしかしたら……」

「もしかしたら？」

「いや、仮定の話はやめよう。いずれはっきりする」富樫が言葉を切った。

「何か思い当たる節があるのか」

「異なる可能性の話だよ」

富樫が謎めいた言葉を発した。

廻田はちらりと腕時計を見た。セレネスの持続時間を考えれば、急がねばならない。話の続きはヘリの中でもできる。二人の装備を廻田は別々の袋に詰め、ジッパーを閉じた。これで準備は整った。「他に必要な物はあるか」収納袋を担ぎ上げた廻田は出口へ向かいながら富樫に声をかけた。

なぜか、返事が返ってこなかった。

「他にはないんだな」この時間のないときに、と焦れた廻田は少々苛ついた声を上げた。

やはり富樫からの返事はなかった。肩から荷物を下ろした廻田は振り返った。「俺の声が聞こえ……」廻田は次の言葉を呑み込んだ。

富樫の全身がガタガタ震えていた。

「どうした、気分でも悪いのか」

「自分が……神と会っている時のことを考えていた」

富樫が己の胸をかき抱いて体を屈めた。

廻田はぎくりとした。「神が現れたのか」

「そうではない。あのとき、自分に何が起こったのか考えていた。神と会っているとき、……神と会っている間、私は家族のことを思い出せなくなる。家族の笑顔、声、体の温もり、すべてだ」

富樫が髪を鷲づかみにした。「しかし、今は思い出せる。はっきり思い出せる」

哀しい言葉だ。すでにこの男は、過去の記憶の中でしか生きられない。

「私は神になりたいなどと思わない。最期の日まで家族の思い出と過ごしたい。……三佐、頼む。俺はこのままでいたい。セレネスをずっと打ち続けて欲しい」

予想もしない富樫の言葉。彼は消え入るほどに脆弱だった。揺るぎない自信に満ちた感染症学者、精神のバランスを崩してみずからを神だと名乗る薬物中毒者、どれが本当の富樫なのか、廻田には見当もつかない。

ただ目の前の富樫には、なぜか人としての温かみを感じた。

「それはできない．お前の命に関わる」

「私の命？　そんなものに何の意味がある。ガボンで家族を見殺しにしただけでなく、コカインに手を出し、鹿瀬を殺そうとした俺に赦しなどあり得ない」

虚ろな表情、富樫が口元に弱々しい笑みを浮かべた。みずからの罪に怯え、みずからを苛むことが心の平静を保つ術なら、あまりに無惨すぎる。どこへ行こうと富樫に救いはないのだ。

「なぜそこまで自分を責める。ガボンでいったい何があった」

富樫がどんな過去を生きてきたのか、廻田は資料に記された事実しか知らない。彼が磔刑に相応しいかどうかは、神と富樫自身のみが知っている。

しばらく黙していた富樫が、やがてぼそりと言った。

「聞きたいか」

「お前が話したいならな」

椅子に掛け直して強張った顔をしかめ、覚悟を決めたように富樫が目を閉じた。

「ガボンでのことだ。ツバンデという村の遥か奥地、ジャングルに建てた研究所で由美子を看取ったあと、祐介を背負って私は研究所を出ると、降り出した雨の中を歩いた。しかし、由美子が発病してから私自身も一切の食事を取っていなかったため、体力の消耗が激しく、その影響は真っ先に足へきた。ぬかるみに足を取られ、何度も膝をつき、息を整えて歩き続けるうちに下半身の感覚が失われていった。ズボンの裾から這い上がるヒルをはらい落とすこともできないまま、研究所を出て二日目の夜、木陰で仮眠を取った私が目覚めると、祐介の変調に気づいた。死が最愛の息子を連れ去ろうとしていた」

時々こみ上げる感情を抑え込む富樫、何かを語るときも彼は独りぼっちだった。

「祐介を……。虫の息となった祐介を背負った私は、倒木を踏み越え、沢を渡り、ツタに足を取られながらジャングルの中を急いだ。降り続く雨に体温を奪われ、全身の感覚が失われても、空っぽの胃から逆流した胃液が口から吹き出ても、私は歩みを止めなかった。しかし、ツバンデまであと二つとなった尾根の手前で、体力が限界を超えた。突然、両方の耳から音が遠ざかり、目の前の景色が回り始めたと思ったら、私は気を失った。どれくらいの時間が経ったか分からない。意識が戻ると、林冠から滴る雨水に打たれながら、私は下草の中に横たわっていた」

途切れた言葉、顔を覆った富樫の指の間から涙が溢れ出た。

「朦朧とした意識の中で、祐介の名を呼んでも返事がない。私は急いで祐介を背中から下ろした。祐介は、ぐったりと首を垂れていた。すでに冷たくなった息子の頬をつかんで左右に振った。息子の顔は蒼白で、小さな口から舌がだらりと垂れ、瞳孔は開いたままだった。私は夢中で人口呼吸と全身マッサージを施した。息子を蘇生させるため、手足を揉み、祐介の肺に空気を送り込んだ。三十分が経ち、一時間が過ぎ去った。ついに、祐介の体に温もりが戻ることはなかった。ここまで来ながら、私は由美子との約束を守れなかった。由美子に祐介だけは護ると約束したのに」

富樫が嗚咽を上げ始めた。そこには彼を打ちのめしたすべてがあった。

「私は祐介を抱きしめ、声の限り泣いた。神を呪い、悪魔を罵った。それが不遜だというなら私の体を引き裂けばよい。涙が涸(か)れ、声が潰れた。あたりが暗くなり始めた頃、私は祐介をそっと地面に拡げた雨具の上に寝かせ、助けを求めるために一人でツバンデに向かった。そこからどうやってツバンデにたどり着いたかは覚えていない」

そのときからずっと孤独だった富樫が大きく肩で息をした。

内に秘めていた激情が、堰を切って溢れ出したような告白に廻田は胸を打たれた。感染症学者として振る舞う富樫からは、どんなときでも自分を律しようという自制心が強く感じられた。ところが今、富樫の口からほとばしる感情は冷たく、そして心を切り裂く厳しさを持っていた。

「お前のせいではあるまい」

廻田は、瘦せて骨だけの肩に手を置いた。廻田と富樫の距離を埋めるのは、ありきたりの気休めだけだった。

富樫が激しくかぶりを振った。

「この話にはまだ続きがある。……救助を連れて戻った私は、生涯忘れられないおぞましい光景を目にした」富樫の目が恐怖の色に染まった。

「祐介の体はグンタイアリに食い荒らされ、ほとんど白骨化していた」

廻田は言葉を失った。

地獄だ、この男は地獄を見てきたのだ。

「これが私の犯した罪だ。八百万(やおよろず)の神が私を憎んでいる。私が恐れるのは、神になることではなく、神になったとき、家族の記憶が消えることだ」

※

釧路沖　太平洋

廻田たちを乗せたUH‐60Jは、東千歳駐屯地を飛び立ったあと、閉鎖地区を避けるためにいったん南下して一海里の洋上へ出た。それから進路を直角に東へ取り、一気に三百キロを飛ぶと、釧路沖で待つヘリコプター搭載護衛艦《ひゅうが》に着艦した。ロクマルの後続距離は千二百キロ、目的地までの往復だけでなく、廻田たちがTR102で調査を行っている最中、空中で待機するために必要な燃料を補給しなければならない。寸刻を惜しんだ廻田は給油中に防護服をまとい、十分ほどでヘリを《ひゅうが》から飛び立たせた。

ここまですでに四時間を費やした。それはまた富樫の命をすり減らす四時間でもある。

眼下を太平洋の大海原が流れていく。冬、シベリアや中国大陸で発生した低気圧は、日本付近を北東に進んで、低気圧の墓場と呼ばれるアリューシャンやベーリング海へ至る。その通り道となる海域で、この時期にしては珍しく穏やかな天候とはいえ、冬の太平洋のうねりは侮れない。水温は零度前後。落ちれば波に呑まれ、数分で心肺停止に至るだろう。

今回の事件を解明する鍵となる三つの疑問のうち、最初の疑問――細菌はいったいどこから来たのか。そしてTR102と川北町を繋ぐ線は何なのか――その答えを見つけるため、富樫を連れた廻田は再びTR102を目指す。あの日と同じく、村上三等海尉が操縦するロクマルのキャビンで、風に流れる爆音の中、向かい合って座る富樫はじっと目を閉じたまま身じろぎ一つしなかった。

母艦を飛び立って十分ほどが経ったころ、廻田はみずからの変調を感じ取っていた。胃のあたりがきりきり痛み、耳たぶが熱くなる。ヘリが目的地へ近づくにつれ、廻田は落ち着きを失っていく。訓練を重ねるうちに、ある種の察知能力をレンジャーは体得する。周囲に潜むリスクを肌で感じる、何というか……、そう嗅覚に似た悟性。何かが起こる、何かが待ち受けている予覚が廻田の平常心をかき乱していた。

「三佐、プラットフォームが見えます」村上が廻田を呼んだ。

席を立ち、上体を屈めて操縦席に顔を出した廻田は、村上の肩越しに前方の海原を見つめた。

再びここへ戻って来た。水平線に漂う海霧の中、TR102のデリックが浮かび上がる。すべての照明が消え、絶海の洋上に取り残されたプラットフォーム、そこから突き出る巨大な鋼鉄製の櫓は悪霊が潜む尖塔を思わせ、霧に霞みながら洋上に聳え立っていた。

ヘッドセットのマイクを押し上げながら村上が振り返った。

「三佐を降ろしたあと、上空で待機します」

「帰りに拾ってもらうときは、こちらから連絡する。それまで決してデッキには降着するな。もちろん我々に何かあってもだ。いいな」

村上が黙って頷いた。

モジュールの西の端、積み木を積んだように一段高くなった居住区から海上へ向かって張り出すヘリデッキに村上が機体を降下させる。廻田は富樫の膝をたたいた。富樫がそっと目を開いた。

「行くぞ、防護服に穴や隙間がないか確認しろ。それが終わったらゴーグルをかけろ」

廻田は補修用シールを富樫に投げた。

「それからもう一つ、我々が抱える問題の答えが見つかるまで死ぬことは許さん。何があろうともだ。いいな」

軽い振動が足元から伝わり、ロクマルが静かにデッキへ降着した。キャビンのドアを開けた廻田は、周囲に不穏の兆候が潜んでいないか、微かな音、わずかな空気の動きに神経を尖らせつつ、ヘリから降りた。富樫が続く。廻田が合図を送ると、ヘリが高々と離陸して行き、海霧がたなびく無人のデッキに二人は取り残された。先ほどからずっと感じていた胸騒ぎの原因は何だったのか。間違いなくそれは大きくなっていた。災いをもたらす何かがここに潜んでいる気配が忍び寄る。

――不吉な。

なぜかそう感じた。

「急ごう」廻田が富樫のイヤホンと繋がった無線のスイッチを入れた。

今の富樫でいられるのは、あと一時間半しかない。

タラップを降りると一つ下のフロアで左に折れ、居住区に繋がるキャットウォークを渡る。あのときと同じく、ドアを開けて居住区へ入ると、もはや自家発電装置が役に立たないため、廻田は懐中電灯を室内へ向けた。この文明の時代にバッテリー頼りの心もとない明かりに導かれ、最初の遺体を発見したロッカールームを抜け、廻田は食堂へ続く鉄製のドアを抜けた。あの日、死体で溢れていた食堂は奇麗に片付けられ、妙に広々していた。富樫が黙ってあとに続く。刑場のごとく血塗られていた壁沿いに、テーブルと椅子が積み上げられていた。床一面に広がっていた血溜まりは黒い染みに変わり、転がっていた肉塊は一つ残らず撤去されていた。あのときの有り様を言葉で伝えるのは不可能だ。そんな呪われた語彙を廻田は持っていない。

「どう思う?」廻田は富樫に声をかけた。

特に驚いた素振りも見せない富樫が、食堂内を見回した。

彼は何を考えている。セレネスを処方してからの富樫は別人のように従順で、しかも思慮深い。しかし、今だけ思い起こせる家族の姿が、そのことで湧き起こる哀しみが、彼を苦しめてはいないか。廻田を苦しめるのはこの場所での記憶だが、富樫を苦しめるのはみずからの所業だ。

(医務室はあるのか)

不意に富樫が口を開いた。心の内を読まれたのではないかと廻田はひやりとした。

「向こうだ」居住区の地図を片手に廻田は食堂の奥を指さした。

食堂を抜け、二人は居住区へ進んだ。両側に職員の私室が並ぶ長い廊下の突き当たり、そこが医務室のはずだ。廻田がドアのノブを回すと、ドアの隙間からヒンヤリした空気が流れ出る。懐中電灯が照らした医務室の内部は殺風景で、中央にベッドが二つ並んでいるだけだ。診察用の机も椅子もきちんと整えられ、壁際の棚に並んだカルテや薬品にも一切の乱れはない。廻田の予想に反して、そこには何もなかった。何も起こらなかったかのように……。

（おかしいと思わないか）

「何が」

（診療した痕跡がまったくない。重篤な感染症が発生したのに、この診察室は一度も使われたことがないかのようだ）

「診察している暇もないほど劇症だったからだろう」

富樫が廻田の方を見て、意味深にかぶりを振った。

（戻ろう。探し物がある）

「探し物？」

（最初に職員が発症した場所だ）

富樫が踵を返した。ちらりと廻田は腕時計を見た。富樫にセレネスを注射してからすでに五時間を超えている。急がねばならない。食堂に戻ると富樫が立ち止まった。彼の表情、仕草、ここにすべての答えがあるというのか。

（ここを処理したときの報告書をくれ）

富樫が前を向いたまま右手を差し出した。プラットフォーム閉鎖時の記録を、廻田はバックパックから取り出した。それを受け取った富樫はパラパラと頁を繰り、やがて閉鎖処置前の食堂の写真で手を止めた。その理由は廻田には分からない。分かるのは、こうしている間にも時間が確実に過ぎていることだけだ。

（なぜ机や椅子がドア付近に積み上げられている）

富樫が示したのは、先ほど二人が抜けてきたドアの両側に、まるでバリケードのように積み上げられた机と椅子の写真だった。事件直後、ここを訪れた廻田は室内の凄惨な状況に気を取られ、机や椅子がどのような状況だったかまったく覚えていない。

自分としたことがうかつだった。

ロッカールームへ通じるドアの手間に膝をついた廻田は床とその周辺を検分した。案の定、床、壁のあちらこちらに多数の引っかき傷やへこみが残されている。やはり、彼らはこの場所に机や椅子を積み上げていたのだ。それも慌てふためいて。

なぜだ。このバリケードの意味は？

（職員のほとんどはこの食堂で発見された。この状況からして、彼らはここで何かを防ごうとしていたらしい。事件が起こる前、彼らに時間的余裕があり、かつ、彼らの中に発症した者がいれば診察を受けさせるはずだ。ところが、診察室と食堂の状況は、その可能性を否定している。それほど短時間にすべての事態が発生した。おそらく数分だろう）

富樫が息をついた。

（しかし、これは感染症だ。そうである以上、必ず最初に発症した者がいる。そしてここの状況は、その者との関係を示しているに違いない。つまり、食堂の連中は何者かが外部から侵入するのを防ごうとした。つまり最初の発症者……、間違いない、彼は外にいたのだ）

事故当時の全職員は二十五人、そのうち二十四人が食堂で発見された。ということは、残りは一人。廻田は最初に見た死体を思い出した。彼がそうなのか。廻田はロッカールームで発見された死体の記録を探し出した。

「この職員は、ドアの向こうに倒れていた」

死体の写真を一瞥した富樫がドアを抜けた。

（この男は外から駆け込んで事切れたようだ。もしそうなら感染場所は居住区ではない）

ロッカールームで立ち止まり、富樫が他の場所に関する記述を調べ始めた。何か考えがあるらしく、ある頁は無関心に繰り飛ばし、ある頁では慎重に一行、一行、目を通す。

（ドリルフロアとそこへ通じるタラップに血痕が残されていたと記録されている。そこへ連れて行ってくれ）

どうやら、富樫は狙いを絞ったようだ。居住区を出た二人は、階下のドリルフロアへ通じるタラップを降りた。頭上、足元、手元、注意深く周囲の様子を確認しながらタラップを下る。踊り場で折り返し、さらにもう一フロア。

（あのあたりで、何ケ所か記録されている）

富樫が前方を指さした。

手すりの血痕を撮影した写真で、富樫が位置を確認していく。どうやらロッカールームの男は、助けを求めてドリルフロアからここを通り、居住区を目指したらしい。

「最初の感染者はすでにこの場所で出血症状を起こしていたのか」

（感染だったのかな）

富樫が意味深な言葉を口にした。その真意を尋ねようとした廻田を制して、富樫がさっさとタラップを降り始めた。何を探すべきか、富樫の中で整理がついたようだ。

タラップの最下段に着いた廻田は小さく右手を挙げた。「ここがドリルフロアだ」

建設中のビルを思わせるフロアはとにかく広い。三十メートル四方の空間で、天井の高さも十メートルはあるだろう。何千メートルもの地下から石油を掘り出すために必要なスペースは並の体育館の比ではない。側面の開口部から吹き込む強風に、天井から吊り下げられた水銀灯と資材を覆うシートの端がちぎれんばかりに揺れていた。デリックはテレビ塔を思わせる四角錐の櫓がH鋼で組み上げられている。下から見上げるそれは、とにかく高かった。その頂部には数トンはありそうな馬鹿でかい滑車が吊り下げられている。支柱に沿ってゆっくり目線を下げると、目の前に黄色い掘削用のライザー管がぶら下がり、その直下の床にはムーンプールと呼ばれる一辺が五メートルほどの矩形の穴が開けられていた。廻田は注意深くドリルフロアに歩を進めた。ここへ降りてきてから胸騒ぎがいっそう大きくなり、災いの気配が廻田を締め付ける。そのすべてがこの場所にある予覚が全身を貫いた。

間違いない、この場所だ。

ドリルフロアの脇にボーリング用のロッドが散乱していた。通常ならば整然と積み上げられているはずの60・5ミリ鋼管が床の上に散らばっている理由は、鋼管の間に挿入された枕木が朽ちて崩れたことにあるようだ。小さな穴が無数に開き、穴の中に粉状のものが詰まっている枕木や、反対に中がスカスカの状態になっている枕木もある。どれも縦横に亀裂が入り、その周りにはぎ取られた木片が四散していた。

——変だ。

（二つ目の血痕は、その先にある削穴水の廃液タンクの前だ）

少し離れた場所から富樫が無線で呼んだ。どうやら、そこがすべての始まりらしい。

廃液タンクは二十トン用の密閉式ノッチタンクだ。どこにでもあるタイプで特に珍しい代物ではない。

「このあたりの床に、血痕が残されているはずだ」

床に敷き詰められた編み目鋼板、しゃがむと錆び止めの赤塗装がわずかに黒ずんでいる箇所がある。間違いない、血痕だ。ただし、先ほど見たタラップのそれと異なり、こちらは半畳ほどの範囲に広がっていた。最初の感染者はすでに、この場所で相当の出血を起こしたらしい。全身に症状が表れた彼はタラップを息も絶え絶えに上がっていったに違いない。

そんなことを考えながら床をなぞっていた廻田の指が止まった。廻田は霧が吹き抜けるフロアで、足元の微音に耳をそばだてた。目を閉じ、息を潜め、持てる全神経を集中させた。

——何かがいる。

再び悪寒が全身を駆け抜けていった。むしろそれは何かの告知かもしれない。

廻田は立ち上がり、富樫にその場を動くなと右手で制してから、注意深くタンクに近づいた。

一歩、一歩、慎重に……。気をつけろ、何が起こるか分からない、自分にそう言い聞かせ、次の一歩を踏み出したとき、つま先が何かを踏みつけた。

そっと右足を引いた廻田は、その場に跪いた。

すると、靴先に小さな半透明の物体がこびりついていた。何かの皮、それとも脱皮殻に見える。

(どうした)

富樫が声をかけた。

摘み上げると、間違いない、それは乾涸びた虫の死骸だった。

——これはシロアリだ。なぜこんな所にシロアリが。

そのときだった。ずっと体の中で渦巻いていた胸騒ぎが耐えられないほどに大きくなった。あたりを見回した廻田は、生唾を飲み下して、フロアを歩いた。するとタンク脇の床に点検口があり、その蓋がわずかにずれていた。

ここは……。

近くの工具箱から取り出したスパナの先を取手に引っ掛けて蓋を引き上げると、点検口の下は、高さが五十センチほどしかない暗い空間だった。膝をついて、点検口に頭を突っ込むと、ドリルフロアの床下は縦横に配管が走っている。目を凝らすと暗がりに手袋が一つ落ちていた。懐中電灯を口にくわえて床下のスペースに体を滑り込ませた廻田は、管と管の間に残されたわずかな空間をすり抜けながら、匍匐前進(ほふくぜんしん)しては配管に耳を当てていった。点検口から五メートルほど進んだ先で、ボーリングロッドと同じ60・5ミリ鋼管が横たわり、廻田の進路を塞いだ。それはフロアにあった廃液用タンクから延びる管で、修理中だったらしく、ショルダー形式のジョイントが外され、管が上下にずれていた。気味が悪いことに、中から微かな音、カサカサという何かを爪でこするような、何かが這い回るような音が漏れている。廻田は腰から引き抜いたナイフの柄で管をたたいた。軽い金属音が響く。どうやら、中に液は詰まっていない。廻田はもう一度、鋼管をたたいてみた。すると先ほどの異音が一気に大きくなった。

廻田は、あっと声を上げた。

外れたジョイントから小さな物体が溢れ出た。背中と足先は黄色、他はすべて黒色の虫、よく見ると触角は数珠状で腹部が膨らみ、アリにしては足が短い。

何とそれは、体長五ミリほどのシロアリの群れだった。何だこいつらは。微小で、敏捷で、見るからに獰猛な無数の生き物が重なり合いながら這い出て来る。

暗く、身動きが取れない床下の空間で、全身がしびれる恐怖というものを廻田は初めて味わった。

廻田は点検口に向かって全力で後ずさりを始めたが、焦りのせいで思う半分も進まない。そのあいだもシロアリの群れが前から迫る。廻田の口から落ちた懐中電灯がアリの群れに呑み込まれた。足元が見えないまま後ずさりするため、慌てれば慌てるほど、あちこちで管と管の隙間に防護服が引っかかる。くそっ、こんなときに！　服の端をちぎるように引き抜き、前からすばしっこく這い寄るアリを掌でたたき潰しながら、群れに追いつかれる直前、間一髪で廻田は点検口にたどり着いた。

シロアリの大群が目の前にうごめいている。

点検口から飛び出た廻田は、富樫の防護服をつかんだ。

「逃げろ、逃げるんだ！」

ぞっとする、目を疑う光景だった。廻田を追って点検口から溢れ出たシロアリの群れが見るまに床を覆い尽くしていく。信じられない速さであたりを這い回るシロアリが、一転、方向を変え、隊列を組み、歩速を上げ、二人を取り囲むと、いっせいに襲いかかって来た。払い除けても、払い除けてもシロアリは群がり続け、二人の口や鼻、耳に入り込もうと体中を這い回り、ゴーグルを覆い尽くそうとする。あり得ないことに、連中が富樫の防護服を食い破り始めた。

富樫に食らいつくシロアリを払い落とした廻田は、逃げろとその背中を押しながらタラップを目指した。

富樫を引きずるようにして、廻田は頭の中にプラットフォームの構造を思い出しながら走った。上だ、上に逃げるしかない。ヘリコプターデッキはモジュールの最上階、居住区の先。モジュールは四層構造だ。タラップを駆け上がるとすぐに右へ折れ、キャットウォークを渡って最下層のコア保管庫に入る。

そのとき、廻田の腕を振り払った富樫が悲鳴を上げてその場に倒れ込んだ。

両手で頭を抱えた富樫が床を転げ回る。

「やめろ。くるな！」富樫が叫び声を上げ、両手で見えない何かを払いのけようとする。

エビのように仰け反ったと思いきや、今度は胸を抱え込んだ富樫の全身が痙攣を起こす。

もう一人の富樫が覚醒しようとしている。

廻田は時計を見た。セレネスを注射してからすでに五時間三十分が経過していた。

ふいに、富樫の悶絶が鎮まった。

引き起こそうとした廻田の手を富樫が払いのけた。

「俺に触るな！」

すでにその声は、もう一人の富樫だった。

悪しき富樫が覚醒し切る前に何とかしなければならない。

廻田は富樫の顎を殴りつけた。鈍い感覚とともに、富樫が膝を折った。ぐったりした富樫を廻田は肩に背負い上げた。いくら痩せているとはいえ、その体重が廻田の両足に伸しかかる。しっかりしろ。そう自分を叱咤して、胸いっぱい息を吸い込んだ廻田は、目の前のコア切断エリアを走り抜け、奥の階段へ飛び付くと手すりもつかまずに三層目のコアプロセスデッキまで一気に駆け上がる。

ここから居住区へは一度建物の外へ出て、外部タラップを上がらねばならない。

最後のドアは蹴り開けた。

突然吹き込む強風に吹き飛ばされそうになった。いつのまにか、風が激しさを増している。グレーチングの踊り場に立つと、はるか足下では高波がプラットフォームを支える支柱に襲いかかる。

もう一フロア、さすがに息が上がり、廻田は片手で胸を押さえた。

深呼吸しながら、懸命に息を整えた廻田は最後のタラップを駆け上がろうとした。

ところが。

見上げる居住区は、すでにシロアリの群れで覆われていた。

廻田に気づいた群れが、こぼれ落ちながらタラップを下り始める。

廻田は後ずさりした。引き返すべく振り向くと、今、上がってきた屋内階段を別の群れが押し寄せる。もはや逃げ道はなかった。

肩の富樫がうめき声を上げた。どうやら意識を取り戻したらしい。

「富樫、目を閉じろ」

廻田は覚悟を決めた。

(ここが俺の死に場所か)

落ち着いた声だ。どうやら富樫は変態しきっていない。今しかない。

「行くぞ」

まだこんな所でくたばるわけにはいかない。お前にはまだ大事な仕事が残っている。いったん
肩から下ろした富樫を立たせた廻田は、痩せた体を引き寄せ、腰に手を回して固定した。

(天国へか)

富樫が力なく笑った。

「そう簡単に成仏されては困る」

廻田は手すりの開口部にかかった転落防止用のチェーンを外した。

足下で波が砕ける。

「何があっても俺を離すな!」

富樫の耳元で廻田は怒鳴った。

廻田は富樫を抱えたまま、踊り場から飛んだ。

全身から重力が消え、落下するにつれ胃と食道が喉元を突き上げる。

海面に接触した際の衝撃を和らげるため、右腕で抱え込みながら富樫の頭を固定し、空中で廻

田はできるだけ体を伸ばした。この高さから下手な体勢で着水すると、海面はコンクリートと同じ硬さになって二人の体を砕いてしまう。

廻田は両目を閉じた。

激しい衝撃が足元から突き上げ、一気に体が水中に没した。

首の付け根に激しい痛みを感じた。そのあいだも重しを付けられたように二人の体が急激に海中へ没していく。水圧でゴーグルが顔にめり込み、内耳に激痛が走る。やがて目の前から太陽の光が消えた。うっと喉を鳴らした富樫がマスクから気泡を吐き出す。

止まれ、止まれ、止まってくれ。

廻田は、いるのかいないのか分からない神に祈った。

ようやく沈降が止まった。

防護服内のわずかな酸素だけでは息が続かない。富樫を抱えたまま、廻田は懸命に足裏で水を蹴り、水面を目指した。全身が凍りつき、頭の芯までしびれる水温のせいで、確実に体の動きが鈍化していく。腕は使えない、懸命に水を蹴り、体をくねらせるが、酸欠と冷たさで意識が朦朧となる。誰かに足をつかまれている錯覚に襲われ、もはやここまでかと観念したとき、ぽっかりと海面に顔が飛び出た。マスクをはぎ取ると、口の中が海水で溢れ、廻田は激しく咳き込んだ。

真冬の太平洋、胸いっぱいに息を吸い込み、助かったと安堵したのもつかの間、今度は数メートルもあるうねりが押し寄せ、二人の体を弄ぶ。波頭に流され、うかうかすると、デッキを支える鋼管柱にたたき付けられる。富樫を抱えたまま、廻田は背泳ぎでデッキから離れようとするが、何度目かのうねりに呑まれ、危うく富樫が流されそうになった。廻田は慌てて富樫の腕をつかんで引き戻した。

富樫の体が痙攣している。廻田は富樫の口に掌を当てた。ほとんど息をしていない。首筋に指先を当てると、明らかに心拍数が低下している。

まずい、低体温症だ。

「富樫、目を開けろ、気をしっかり持て！」

廻田は富樫の耳元で叫び、その頬を平手で打った。

富樫がうっすらと目を開けた。

「……もういい、置いていけ。……お前だけで行くんだ」

富樫が弱々しく微笑んだ。

「俺の話を聞いてなかったな。死ぬことは許さんと言ったはずだ」

凍り付く海の中、廻田は全身の力を込めて泳いだ。しかし、波に翻弄され、廻田が思う半分の距離も進めない。両手、両足の感覚が消えた。廻田にも限界が近づいていた。しかし、ここで気を失えば、暗く深い海の底が待っているだけだ。決して富樫を見捨てはしない。求めるのは護るべき人々の命、今は富樫だ。死なせてたまるか。

たわけ！　廻田は言葉にならない叫びを上げる。

遠くでヘリの爆音が聞こえた。

※

二月八日　次の新月まで十三日

北海道　千歳　陸上自衛隊　第七師団

七日前、TR102沖で間一髪救助された廻田と富樫は、《ひゅうが》で救命処置を受けたあと、第七師団に戻された。富樫の体調が重篤な状態に陥ることはなかったものの、再び病勢興奮時の精神状態に支配された。本来なら専門医に診せたいところだが、上北台駅での襲撃事件に関して鹿瀬が騒いでいるらしく、下手に富樫が人目に触れると警察から身柄引き渡しの命令を受ける可能性が高い。酷なようだが手錠と捕縄で自由を奪い、かつ駐屯地内にある第一二二地区警務隊の懲罰房に留め置くしかない。

次のパンデミックまで二週間を切った。もはやこの時期に東京と北海道を行き来している暇はない。廻田はみずからの拠点を東千歳へ移すことを決め、そのための手を打った。まずは誰にも邪魔されることなく自由に使える研究施設の確保だ。札幌駅の北に位置する北海道大学、その構内にある人獣共通感染症リサーチセンターの協力を得てBSL‐3実験室、バイオクリーンルームなどの設備を駐屯地内の混成団本部に急造させた。そこへ伊波と広瀬を呼び寄せ、二人の協力を得ながら最後の勝負に出る。失敗すれば北海道はサーモバリック爆弾で焼かれる。歴史的な愚行を防ぐためには、すべての謎を解明しなければならない。

廻田は新たな手がかりとすべく、四日前、特殊部隊をTR102で繁殖するシロアリ捕獲に向かわせた。奴らが謎の鍵を握っているのは間違いないからだ。部隊からの報告によればシロアリたちはノッチタンクの中に巣を作り、廻田が見た大量の枕木を餌に生き延びていたようだ。昨年の二月、感染症でプラットフォームが全滅した直後の除染部隊による調査では、シロアリの存在は報告されていない。居住区の汚染状況を確認することに調査の重点が置かれたため、ドリルフロアにはほとんど着目していなかったのが原因だ。もう一つ悪い知らせがある。最初の血痕があった場所、つまりノッチタンクの周辺を入念に調べたところ、タンクに残されていた削孔水と、さらに捕獲したシロアリの一部から川北町北部で採取されたのと同じ細菌が採取された。

前回と今回、ＴＲ１０２から二種類の細菌が採取された。なぜ？

その答えを持っているのは、どうやら富樫だけだ。

廻田は富樫を収容した懲罰房にやって来た。独房が並ぶ廊下の一番奥、富樫を収容した房の前に椅子を置き、鉄格子をはさんで廻田は富樫と対峙した。捕縄に繋がれた富樫は、相変わらず両目をぎらつかせて中央のパイプ椅子に腰掛けていた。

知りたいのは細菌の正体に関する富樫の見解だ。

「暗い顔だな」廻田に気づいた富樫がにっと笑った。

「俺には時間がない」

「時間？　何の時間だ。愚民の救世主になるための時間か、それとも面妖な指揮官の忠臣たるべき時間か。本当に時間のない者は嘆く時間さえ惜しむものだ」

好きに言え。

「何人の命を救えばお前は英雄になれる。千人か、十万人か。すでに審判は始まった。すべての民を救うことなど不可能だ。救いを求めてすがりつく者たちの血を浴びたとき、お前は何と弁解する。その覚悟はできているのか」富樫がいかにも愉快そうな顔を廻田に向けた。

「正直に言ってみろ、本当はなぜこんな厄介事に巻き込まれたのかとうんざりしているはずだ」

「楽しそうだな、富樫」

廻田の反駁に、言うじゃないか、富樫がそんなふうに口をすぼめた。

「有事には我が身を犠牲にして任務を遂行するのが自衛官の責務。お前の忠誠、お前の命を捧げる相手とは、国民か、大河原か、それともこの俺か」

「感染症学者はどうなんだ」

「感染症学者に忠誠などない。あるのは好奇心、探究心、そして野心だ」

「なるほど、家族の命も所詮は踏み台というわけか」

突然、富樫が廻田に向かって突進した。手錠に繋がる捕縄が伸び切って腕を取られた富樫が、前のめりになってバランスを崩し、顔面から激しく鉄格子にぶつかった。

廻田は格子越しに襟首をつかんで富樫を引き寄せた。

「与太話はこれで終わりだ！　それより、あの細菌の正体を教えろ」

富樫が喉を鳴らしながら歯をむき出した。

「一つヒントをやろう。細菌の変異とは進化だ。二股に分かれていた桿菌の端部が一本に変化するなどという進化はあり得ない。つまり個々の桿菌は円柱状で、それが直線上に配列した連鎖桿菌、それこそが原菌だ。つまり進化したのはＴＲ１０２や川北町を含む道東の感染者から採取された細菌の方だ」

「ならばこの細菌の原生地はどこだ。川北町の北部か、それともＴＲ１０２か、そして奴らはどこで進化した」

「原菌が川北町と削孔水から検出された理由、感染者から採取した変異後の細菌の共通点、そして地表の紋様との関係は何か、よく考えることだ。お前が求める答えはその先にある。それこそが真実だ」

「細菌とシロアリの関係は？　奴らが細菌を陸上へ運んだのか」

「細菌にとって感染相手は単なる箱船だ」

「感染したシロアリはなぜ死なない」

「エボラウイルスの自然宿主であるコウモリはなぜ死なない」

もったいぶった野郎だ。

「シロアリが媒体となって感染が拡大したのか」

「俺をあんな目に遭わせておきながら質問責めか。世の中はギブアンドテイクだぞ」

「何が欲しい」

「鹿瀬の首、それもまだ温かい生首だ」

ふざけるなと廻田は富樫を突き放した。

「もう一度聞く、ＴＲ１０２の職員が削孔水、もしくはシロアリから感染したとして、その後、細菌はどうやって北海道に上陸した」

「答えは簡単、奴を運んだものがいるからだ。鳥インフルエンザウイルス、口蹄疫（こうていえき）ウイルス、十四世紀のペスト菌、海を渡った病原菌はいくらでもいる。ＴＲ１０２と根室の距離はたったの二十一海里、何の不思議もない」

「細菌を陸まで運んだ物は何だ」

「おっと、質問は一つと言ったじゃないか。俺は安くない、鹿瀬の首を持って来い」

駄々っ子をじらす意地悪さで、富樫が右手の人さし指を振ってみせた。

時々、本気でこの男を殺したくなる。

立ち上がった廻田は、これ見よがしに椅子を蹴倒すと、独房をあとにしようとした。

「廻田三佐」背後から富樫が呼び止めた。

廻田が立ち止まると、独房の中から低く、抑制された声が抜けてきた。

「三佐、言ったはずだ。黙示録通りにことは進み、まもなく最後の鉢を抱えた黄泉津大神が姿を現して人類を試す。その審判の結末を見るのは死者だけだ」


警務隊の建物を出ると、襟を立てた廻田はポケットに両手を突っ込んで駐屯地内の道を歩いた。

一月二十四日以降、何も起こらない日々が続き、喉元過ぎれば何とやらで、再び政府の危機感は潮が引くように減退していた。今、彼らの頭は己の面子でいっぱいらしい。川北町でパンデミックが発生した際に決定した《感染症法に則った基本方針》を楯に大河原は原則論に固執する。宰相としての見識が欠如し、稚拙な政策発想しか持たない劣等感を原則論という鎧で覆い隠す大河原。彼が拠り所とするのは、感染症への対応は地方行政府が担当し、国と厚生労働省は危機管理に徹するという原則論だ。さらに事態を混乱させているのは、外交音痴ゆえ、各国の突き上げに狼狽えて支離滅裂に発動される施策だ。川北町の事件直後に迅速な対策を講じるべきだったのに、何もかも後手に回り、結果として内政、外交、あらゆる問題が収拾できなくなった。素人が国を司ると、こういうことになる。戦後、様々な非難を浴びた政権、交代やむなしと突き放された政権は幾つもあるが、こいつらに任しておくと国が滅びると本気で嘲弄された政権は初めてだ。

実験施設と繋がる混成団本部の一角に設置した研究室へ戻った廻田は、疲れの溜まった足をさすりながら、冷めたコーヒーをすすった。最近、食欲というものをめっきり感じたことがない。今日もまた長い一日になる。憂鬱、倦怠、廻田の中に充満していた感情が醗酵を始めている。

ドアを解錠する音が響いて広瀬が実験室から戻って来た。ちらりと廻田を見てから、広瀬は小脇に抱えていた書類を机上へ投げ出し、どっかりと椅子に腰掛けた。廻田と違って広瀬は腰をトントンとたたき、次にゆっくりさすり始めた。

「三佐、何か言いたそうだな」

椅子の背もたれを目いっぱい後ろに倒した広瀬に、廻田は削孔水から採取した細菌の電子顕微鏡写真を掲げた。

「こいつが原菌だとしたら、いったい、どこからやって来たのですか」

眼鏡を外した広瀬が鼻根をつまんだ。

「東亜石油が掘り出してしまったのだ」

「TR102で?」

広瀬が頷いた。「たった今、TR102のラボに残されていたコアの中からそいつを採取した。コアの採取深度は地下五千メートル。その深度にボーリングが達したのは事件の四日前だ」

「コアの中に紛れ込んでいたと」

「採取されるコアの量はしれている。むしろそいつを地上へ運んだのは削孔水だ」

廻田が次の質問をぶつける前に、広瀬が「どうだ。その後、何か分かったか」と伊波に声をかけた。パソコンのキーをたたく手を止めた伊波が、くるりと背もたれを回して言葉を繋いだ。目の下にくっきりと隈が浮き出ていた。

「コアから採取した原菌も、絶対嫌気性でなおかつ好圧性微生物ですね。地球上の生物が生存するために必要と言われてきたのは一気圧、温度二十〜三十度、PH中性付近、適当な濃度の塩分と栄養素という穏やかな環境です。ところが温度、PH、圧力、乾燥、放射線などの環境因子について、普通とはかけ離れた条件下で生育する微生物の存在が知られています。つまり好熱性微生物、好塩性微生物、好圧性微生物などです」

「つまり高圧で酸素のない場所で生きてきた細菌というわけか」

「そうです。まさにこいつは大深度の地下で生き延びてきたのです。我々の足元にこんな危険な微生物が存在したわけですが、そもそも土壌微生物で分離培養されて性質が明らかになっているものはごく一部です」

ようやく謎が一つ解明された。鹿瀬の怠慢を解消するのに一年を要した。

「なぜ地表近くには存在しない」

「この細菌は放射線に曝されると死滅します。つまり、放射線の量が多い地表面付近の細菌は淘汰されたのです。もう少し詳しく申せば、こいつは電離能力の低い放射線よりも、電離能力の高い放射線、つまりα線や中性子線から強い影響を受けるようです」

「ならば、なぜ道東の地面から採取された細菌が生きている」

「自然界に存在する放射線の大半は宇宙線ですが、その量はわずかです。我々が宇宙線を浴びながらも生存しているのはそのためです。この細菌が放射線によって死滅するといっても通常の放射線レベル下なら数十年は必要でしょう」

「大深度で生き残ってきたのは好圧性で絶対嫌気性菌だからではなく、土が放射線を遮蔽してくれたからということか」

「鶏と卵の議論と同じです。おそらく過去、こいつにも色々なタイプが存在したはずです。しかし数億年から数十億年の間に、放射線によって淘汰され、結果として好圧性で絶対嫌気性の菌のみが生き残ったのでしょう。大地が彼らを守った。つまり遮蔽材になったのです」

広瀬が眼鏡をクリーナーで拭き始めた。

「次に甚大な被害が出たとき、政府は想定外という釈明を試みるだろう。彼らの言う想定とは所詮、人類の歴史と知見の領分における独りよがりだ。宇宙の真理は遥か彼方まで膨大に広がっている。人は全能になり、万物を司る夢も叶う、という思い上がりが早晩たたき潰される。廻田、これは種と種の生存をかけた争いになるぞ」

「先生、自殺した館山も、富樫も同じことを言っていた。何か邪悪なものがいて、やがて人類が滅亡すると、二人が言っていたのはこのことだったのでしょうか」

「もしその予言が正しいとしても、種が滅亡の危機に曝された今、人類に必要なのは未知に対する畏怖（いふ）や歪んだ悲観論ではなく、ましてやデリカシーの欠片（かけら）もない大量破壊兵器でもない。真の知恵と勇気だ」広瀬が眼鏡をケースに仕舞った。「やはりこの問題を追うには助っ人がいるな」

「助っ人？」

「昆虫学者だよ」背もたれを起こした広瀬が壁時計をちらりと見やった。

「三佐からシロアリの報告を受けたあと、私は昆虫学者を探した。研究者としての評判、過去の論文数、そして何より道東に詳しいこと、それらの条件から一人の人物に目星をつけ、市ヶ谷から大学に話を通したあと、私が直接電話した。時間がないため、すべての事情を説明したところ、協力することを承諾してくれた。そろそろ到着する頃だ」

丁度そのとき、研究室のドアが開いて若い自衛官が顔を出した。お客さんですが、通してよろしいですかと遠慮がちに尋ねる三尉へ、広瀬が頷いた。いったん廊下へ戻った彼が一言二言交わす会話が聞こえたあと、開いたままのドアから一人の女性が現れた。

その姿を見た途端、勘弁してくれよ、と廻田は心の中で舌打ちした。

「弓削です」

弓削亜紀がぺこりと頭を下げた。

よりによって廻田の天敵が現れた。いつか見たときと同じく、セミロングの髪を束ね、まったく化粧気のない弓削は、モデルなら絶対身につけそうもない大きなバックパックを背負っていた。色白でスッと鼻筋が通り、意志の強さを感じさせる目は、知的な落ち着きを漂わせる。世間的には美人と呼ぶのだろう。

「紹介しよう。弓削亜紀博士だ」

疲れが溜まったらしい腰を押さえながら広瀬が立ち上がった。

博士？　またか。廻田の周りは博士だらけだ。しかもどいつもこいつも、癖があって、廻田と相性が悪く、しかも生意気だ。広瀬と伊波へは会釈を返しながら、廻田に気づいた途端、弓削の表情が親の仇（かたき）に出会ったごとく硬直した。そんな二人の関係を知るはずもない広瀬が弓削に握手を求めた。続いて伊波も。

廻田はやめておいた方が良さそうだ。

「博士は東都大学農学部環境昆虫学研究室所属で、専攻はミツバチの生態だ。昆虫学とは、節足動物門の昆虫類を扱う学問、純粋生物学としては動物学の一分野であり、また応用科学としては農学、法医学の一分野だ。応用科学の分野で彼女は名の知れた学者さんだよ」

広瀬の紹介に弓削がはにかむと、両の頬にえくぼができた。初めて見る笑顔だった。

「TR102のアリは……」

先生、と弓削が広瀬の言葉を遮った。「シロアリは朽ち木などの植物遺体を食べるゴキブリの中から社会性を著しく発達させた系統の昆虫です。アリとは異なる種です」

一本取られたな、と広瀬が柔らかな表情を弓削へ向けた。

「先生、大体の所は事前に頂戴した書類で理解しているつもりです。ただし不明な点というか、辻褄の合わない点が山ほどあります。研究する場所と時間を頂けませんか、私なりに追いかけてみます」

肩から下ろしたバックパックを机に置いた弓削が、中から書類やらノートパソコンを取り出す。開いた口から着替えがちらりと見えた。どうやらここに住み着くつもりのようだ。

「こんなむさ苦しい所で構わんかね」広瀬が広瀬らしくうら若き乙女を気遣った。

そうだ、こんな場所はやめておけ。顎のヒゲの剃り残しをさすりながら、廻田は鼻から息を吐き出した。

「私は構いませんが、あちらの方は知りません」

バックパックから私物を取り出す手を休めず弓削が皮肉った。その口さえなければ、花を贈る男があとを絶たないだろうに。

「廻田三佐のことか。君たちは知り合いなのか」

二人の微妙な空気にようやく気づいた様子の広瀬が、どういうことだと伊波を見た。

先が思いやられるといった風に伊波が咳払いした。

今更説明するのも面倒だ。特に彼女の前では……。

※

二月十五日　午前八時十二分　次の新月まで六日
北海道　千歳　陸上自衛隊　第七師団

廻田も舌をまくほど、到着してから一週間の間、弓削は精力的に研究を続けた。

実験室に籠り、たまに研究室へ戻ると当てこすりの悪態をつきながらパソコンのキーをたたく。

完全に自己の世界へ入り込み、体調を心配する広瀬も寄せ付けない迫力で、弓削は何かを追いかけていた。中標津で初めて出会った彼女とは別人だった。

もちろん、弓削の努力に敬意は表するが、あのときの感情的なしこりが解消されたわけではない。

何の前触れもなく、研究室のドアが大きな音とともに開け放たれた。

昆虫学者様が長い脚で軽やかに戻ってきた。小脇に書類をはさみ込んだまま、壁際に置かれたポットから紙カップにコーヒーを注ぎ、席に戻ると背もたれに寄りかかって大きく息を吐き出した。額ににじむ汗を拭おうともせず、何かを呟きながら気持ちを鎮め、頭の中をしきりに整理している様子だった。ドリップしてから数時間が経ち、渋みだけが際立ったコーヒーを飲み干した弓削が、不味そうに顔をしかめた。

それから保育士さながらの仕草で廻田たちを呼び寄せた。

「TR102で捕獲されたのは道西に生息するヤマトシロアリです。そして、彼らに細菌を与えた所、突然変異を起こしました。どうやらこの細菌はシロアリの社会性と生態を大きく変えてしまいます。シロアリは無変態動物なので、子供は親と同じ姿をして、雄雌どちらかの生殖を持って生まれてきます。シロアリの社会は女王アリ、王アリを筆頭に、副女王、副王、働きアリ、兵アリ、ニンフといった階級ごとに分かれていますが、それは成長段階の一つの姿に過ぎません。例えば、他の階級への分化能力を持っている未成熟の幼虫が働きアリとなるのです。つまり、彼らは成長過程で一部が前兵アリを経て兵アリに分かれるのですが、通常の群れでは三％程度しかいない兵アリが、この細菌に感染した群れでは爆発的に増え、結果、攻撃的な集団となって周囲の物を手当たり次第食い荒らす性質を持ちます。これを見てください」

弓削がパソコンにメモリースティックを差し込んだ。弓削の周りに集まった三人が雁首揃えてディスプレイを覗き込む。弓削がリターンキーをたたくと実験室で撮影された動画の再生が始まった。観察用グローブボックス内のビーカーで数十匹のシロアリが這い回っている。

「これは五日前の記録です。これから彼らに広瀬先生が採取した細菌を与えます」

映像の中の弓削がスポイトから数滴の液体をビーカー内に落とした。

弓削が画像をいったん止めた。

「ここから昨日の映像をお見せします。いいですか、よく見てください。皆さんが大変な間違いを犯していたことが分かります」

弓削がリターンキーをたたくと、先ほどとは異なる画像の再生が始まった。

五日前とは明らかに変化し、ビーカー内のシロアリが活発に這い回っている。何とか這い出ようとビーカーの側面をよじ登ったかと思えば、互いに威嚇し合う動きを取る。

「廻田三佐たちをシロアリが襲ったときの状況からもしやと思い、これから彼らに餌を与えます」

映像の中で弓削が肉片をビーカーの中に落とした。途端にシロアリたちが狂ったように肉片へ突進を始めた。シロアリは強靭な大顎を有し、咀嚼型の口で木材のみならずコンクリートや浴槽タイルまでもかじる。そんな強力な口で肉の表面に食らい付いたシロアリたちがたちまち肉の内部に潜り込む。連中が食い漁る振動で肉が揺れている。突然、一匹が肉の表面を食い破って顔を出すと、雄叫びを上げる仕草で口を開けた。

そのアップで映像が止まった。

「これが、今回の《感染症》の真実です」

弓削の言わんとするところ、馬鹿な、そんなことが起こるはずがない。

「まさか君は、今回の事件が感染症などではなく、シロアリによる襲撃だというのか」

広瀬が三人の困惑を代弁した。

弓削が真顔で大きく頷いた。

「あり得ない。シロアリは木材しか食べないはずだ」廻田は思わず叫んだ。

「確かにシロアリ類は基本的には食物源を植物の枯死体としています。消化管内に棲む多量の真正細菌で植物繊維のセルロースを分解し消化吸収するからです。ただし、彼らの仲間であるゴキブリは菌類、朽ち木、動物の死骸などを食べる雑食性の昆虫です。この差は腸内に抱える共生原生動物や細菌の違いによります。今回発見された細菌は、シロアリの後腸内に棲み着いて食材性を変えてしまう。感染した彼らは雑食性の強い種として、寒さに強く、餌を求めて人間の住環境に進出する種となったようです」

弓削が一枚の電子顕微鏡写真を取り出した。

「シロアリ体内から採取した細菌を、人獣共通感染症リサーチセンターで撮影しました」

そこには、何十本もの足が生えた蛸を思わせる、気味悪い微生物が写されていた。

「もともとシロアリの体内に存在した原生生物である鞭毛虫の表面に、無数の細菌が付着し、あたかも繊毛のようになった集合体がその写真です」

廻田は、その不気味な写真を広瀬に手渡した。

「この細菌は、シロアリの体内に存在した原生生物と新たな細胞共生の関係を作り上げています。細菌のゲノムが解読されないと断定はできませんが、おそらく蛋白やアミノ酸を分解する能力を持っているのです。セルロースを分解する共生原生生物とは別に、この細菌を腸内に取り込んだシロアリは、結果として雑食性に変化します」

弓削が確信に満ちた表情で話を続ける。

「タンクに巣を作っていたシロアリは、おそらく資材として持ち込まれた木材に潜んでいたと思われますが、いずれにしても彼らが細菌を含んだ削孔水に触れることで感染し、兵アリを中心とした獰猛な群れとなってプラットフォームの職員を襲ったのです」

最後に写真を受け取った伊波が顔をしかめた。

「ドリルフロアで襲われ、体中を食われながらも居住区へ逃げ込もうとする職員を大量のシロアリが追いかけた、と博士はおっしゃりたいわけですね。もしそれが事実なら、異常に気づき、ロッカールームへ通じる食堂のドアを開けた職員は恐怖のどん底に突き落とされたはず。頭のてっぺんからつま先までを無数のシロアリにたかられ、血だらけになって駆け寄る仲間とその背後から押し寄せるシロアリの大群。やむなく職員たちは、入り口を閉鎖して連中の侵入を防ごうとした」

「しかし、侵入を防ぐことはできなかった」広瀬が独り言を呟いた。

弓削が二人に頷き返した。「原因はおそらく空調ダクトでしょう。シロアリたちは空調ダクトから食堂に侵入し、いっせいに職員へ襲いかかった」

瀕死(ひんし)の仲間を見捨ててでも、シロアリの攻撃を防ごうとした職員たち。ドアの内側にありっ丈の机と椅子を積み上げ、事情も分からぬまま怯え、混乱する彼らにシロアリたちが空調ダクトから襲いかかった。逃げ惑う職員たちの皮膚を食い破り、口、鼻、耳、肛門からも体内に潜り込む。

絶望の悲鳴が飛び交う修羅場だったろう。

廻田は額から冷や汗が流れ落ちるのを感じていた。いったい、自分や鹿瀬たちが追いかけていたものは何だったのか。愚かな思い込みが招いた失態に弁解の余地はない。

今度は弓削が見たこともない大アリの写真を画面に呼び出した。

そのアリの頭部には角のようなものが生えていた。

「これを見てください。アリの頭部から柄を生やす新種の昆虫寄生菌がブラジルの大西洋沿岸地域に広がる熱帯雨林で発見されたことがあります。四つの種からなるこれらの菌類は、アリに寄生しその意思を操ります。感染したアリは脳を支配され、いわばゾンビと化し、菌類の成長と胞子の拡散に適した場所まで移動してそこで絶命するのです。このように、今でも未確認の昆虫寄生菌が何千種も世界中の熱帯雨林に潜んでいるに違いありません。寄生した宿主の脳を操るといえば、カタツムリに寄生する、ロイコクロリディウムも有名です。この寄生虫もまた、寄生したカタツムリの脳を操り、ゾンビ化して鳥などの目の付きやすい所まで誘導し、鳥がそのカタツムリを食べると鳥に寄生し、幼虫を含んだ鳥の糞をまたカタツムリが食べて……といった生態を有しています。それと同じことが地中から取り出された細菌によって北海道沖で起こったのです」

「新月の夜に限って彼らが現れる理由は？」

「体内時計に関係していると思われます。特に夜行性動物の体内時計は重力の変化と密接に関係しています。この細菌に取り付かれたシロアリは、月と太陽の重力が合わさったとき、爆発的に活動を始めるようです」

「それにしても、なぜ我々は奴らの存在に気づかなかった」

「彼らは夜行性で、陽が昇り始める前には生息域である土中へ潜り込みます。腰の引けた調査団が、何時間も経ってから現場に到着した頃には、とっくに地上から姿を消していたためでしょうね」

「ＴＲ１０２では夜明け前だった」

「活動が好戦的なだけに、連中は外敵の接近にも敏感です。おそらく、床や空気の振動からあなたたちの接近に気づいた群れは、指揮官役のシロアリに従ってどこか、おそらく空調ダクトにいったん、身を隠したはず。理由は簡単、あなたたちを襲うため。闇で鍛えられた奴らの習性は、想像もつかないほど狡猾で凶暴です」

廻田と伊波は顔を見合わせた。あの夜、死はすぐそこにあって、廻田たちを見下ろしていた。

「それからもう一つ、忘れてはならない理由がある」

「もう一つ？」

「犠牲者が感染症にやられたと思い込んだ人たちは、周りの様子など気にしていなかったはず。よほど大量のシロアリが目の前にいなければ、あなたたちは被害者の傍に奴らが這っていたとしても気づかなかったにちがいない」

たしかにそうかもしれない。あの夜、あまりの惨劇に動揺したため、ＴＲ１０２の食堂で周りがどんな状況だったか、廻田はほとんど覚えていない。

「なら、次回の発生は二十一日、その日にシロアリが再び北海道を襲うと」

「間違いないでしょう」

「北海道のような寒い地域にもシロアリがいたとはな」

「それは誤解です。ヤマトシロアリは日本全国に広く分布し、北海道では石狩山地から日高山脈へ続く山岳地帯の西部を中心に生息しています。ところが、最近の温暖化で北海道全域に生息域を拡大したとの報告があります」

次々と明らかにされる思いもしない真実に室内が沈黙した。被害者の体に残された病変は感染症によるものではなく、獰猛なシロアリが食い散らかした跡だったのだ。新月の夜、地中に潜んでいたシロアリがいっせいに住民を襲った。暗闇の中で地中から次々と湧き出るシロアリの群れ、寝込みを襲われた住民たちが異変に気づいたときは、すでに周りは奴らで溢れていただろう。誰一人逃れられないほど猛烈なシロアリの攻撃、川北町で住民たちが見せた行動の意味は、病院を求めて走ったのではなく、四方からシロアリに攻め立てられ、やむなく町の中心を目指したのだ。

感染研の連中は、飛沫系感染、もしくは経皮感染による拡大という仮説を追いかけていた。答えにたどり着くはずがない。一年という貴重な時間が失われ、そのあいだもシロアリたちは北海道の地中で勢力を拡大しているに違いない。そして十日後、邪悪なもの、富樫の言葉によれば黄泉津大神の化身となって地上に現れるのだ。

さらにもう一つ、彼らを止める術を廻田は知らない。

「細菌が変異した理由は」広瀬が出口の見えない沈黙を破った。

「彼らに与えたのは人肉です。北海道警察から司法解剖に回された遺体の一部を手に入れました。先ほど、その肉片から採取した細菌の写真がこれです」

弓削が顕微鏡写真を差し出した。それは弓削が被験体のヤマトシロアリに与えた原菌ではなく、足寄町で死亡した町民の体内から採取した変異後の細菌だ。片方の端部が二股に分割されている。

「この細菌は人間に害は与えませんが、その体内で変異します。そして保菌者の死体を食い漁ることで変異後の細菌に感染したシロアリはより凶暴になる。被害を食い止めるためには、シロアリと細菌の宿主となった人間の接触を絶つ必要があります」

ようやく、富樫の謎掛けの意味が明らかになった。ＴＲ１０２の職員から採取されたのは、地下から掘り出された原菌に感染したシロアリが職員の体内に残し、それが変異した細菌だ。同じく、川北町でシロアリに襲われ命を落とした人々は体内に細菌を植え付けられた。その遺体を餌として群がったシロアリが変異後の細菌に感染し、より凶暴化して道東へ広がったに違いない。川北町で病死した住民の埋葬場所から放射状に延びている線はシロアリが這い出た跡だ。ただしもう一つの疑問が解けない、つまり、なぜ川北町で細菌に感染したシロアリが現れたかという疑問だ。町の北部で原菌が採取された事実を考えれば、感染したシロアリか、原菌そのものが、何らかの方法でＴＲ１０２から上陸したのだろうが、その経路は不明だ。

廻田が拳で机を打ち付けた拍子に、書類が床に滑り落ちた。廻田は富樫の言葉を思い出した。

——鳥インフルエンザウイルスなどと同じく、奴を運んだものがいる。ＴＲ１０２と根室の距離はたったの二十一海里、何の不思議もない——

富樫は答えを知っている。

「一緒に来てくれ」

「どこへ」

相変わらずこの娘は、廻田の言葉にだけ好戦的な語感で応じる。

「会わせたい男がいる」

廻田は富樫に二度目のセレネスを処方する腹を決めた。

台風並みの低気圧が北海道を通り過ぎた直後のため、外は猛吹雪だった。弓削に防寒着を着用させ、みずからもフードで頭をすっぽりと覆い、手袋をはめた廻田は廊下へ出て、突き当たりの鉄扉を開けた。極地を思わせる冷気がなだれ込み、壁に吊るされた温度計はマイナス十度を指していた。弓削を連れ、風に飛ばされないよう体を屈めた廻田は警務隊の建物に向かうが、目と鼻の先にある建物は白い闇で完全にかき消されていた。

「三佐！」

明らかに苛立ちを込めた弓削の声に、廻田は立ち止まった。

「私はあなたのことを許したわけではありませんから」

弓削の怒気と廻田の吐き出す息が、白い霧となって横殴りの風に飛ばされる。

「中標津の件で私を恨んでいると」

弓削が頷いた。

「死に絶えた川北町の惨状を前にして、私が君との約束を反故にしたのは事実だ。それについては心から謝罪しよう。しかし、あのとき、あの場所では、任務を遂行するためには一個人の調査に時間をかける余裕などなかった」

身を切る寒風に揺れるフードの中で弓削がきつく唇を噛んだ。

「私は去年の二月に海難事故で父を亡くした。そして川北町の事件では祖母を……。なのに国は、あなた方は何もしてくれなかった」

「それは逆だな。あの検問所から先は死の世界だった。君の命を守るために先へ進むことを認めなかった機動隊員の判断は正しかった」

その言葉も終わらないうちに、弓削が廻田へ詰め寄った。

「ならば何か情報を与えるべきだわ。何が起こったのか、その先どうなるのか、何のアナウンスもなかった」

廻田はしばし口をつぐんだ。

博士、これだけは知っておいた方がよい。

「今回の事件で近しい者を失ったのは君だけではない。何よりも、あそこで引き返したことは、君にとって幸いだった」

「何が幸いだったのですか」

「君のおばあさんも含まれていたであろう、無惨な遺体を見なくてすんだことだ」

廻田の言葉に弓削が一瞬、たじろいだ。それでも、つんとしたままの目に、弓削の負けん気がありありと浮かんでいる。

「ついでに、一つはっきりさせておきたい。広瀬医務官、伊波専修医、そして君はあくまでも私の指揮下にある。ここにいる以上、何があろうと私の命令に従ってもらう。それが嫌ならさっさと荷物をまとめて帰りなさい」

じっと何か考えを巡らしている様子だった弓削が、それならこれはどうかしら、と言いたげに口をへの字に曲げた。

「じゃ、一つ聞くわ。私は広瀬医務官に請われてここへやって来た。あなたはどうなの。あなたは私を必要としているの」

「我々の直面する問題を解決してくれるなら誰だって必要としている。そして、私は君の分野の専門家ではない。君の知識で人々を救うことができるのかどうか、君自身で判断して欲しい。あの獰猛な生物の正体を明らかにし、おそらく二十一日に起こる次の襲撃を防げるのは我々だけだ」

「たった四人で戦うの？」

「そうだ」

「何のために」

「このとき、この場所に居合わせたからだ。我々に命を託さざるを得ない人々がすぐそこにいる。彼らはあまりにもろく、弱い」

「勇敢なのね」

「……馬鹿な。俺は、死を選ぼうとした部下一人救えぬ間抜けだ」

元々くりっとした目を一層丸くした弓削を見て、廻田は後悔した。俺はアホか、こんな所で素人相手に下らぬ弱音を吐いてしまった。

「ここへ残れと無理強いするわけにはいかない。よく考えることだ」

「それは私が女だから。それとも民間人だから」

途端に弓削が不服そうに眉を曇らせた。表情が豊かな娘だ。

「両方だ」

今度は、本気で感心した表情をこれ見よがしに浮かべてみせる。

「心遣い痛み入るわ。でも心配は無用よ。軍人の世界と同じで、学者の世界でも女が生きていくことは複雑なの。ねたみ、横やり、誤解、色々な煩わしさに耐える強さがいるのよ。それに……」

突風が二人の間を吹き抜けた。思わずよろめいた弓削の体を支えるため、廻田は彼女の腰へ咄嗟に腕を回した。

一瞬二人の目が合うと、弓削が口をつぐんだ。

視線を廻田の胸のあたりに落としてから、有り難うと弓削が小声で囁いた。

廻田はそっと腕を引いた。

「こんな所に長居すると、凍傷になる。行こう」

フードを被り直した廻田は先を歩き始めた。

弓削の足音が、すぐ後ろから聞こえてきた。

※

同日　午前十時七分
第七師団　第一二二地区警務隊　懲罰房

真冬の大海原を漂ってから、神の声が聞こえにくくなっていた。囁き、時にうなるような神の声は、独房の隅で息を潜めてしまった。神の化身にしては恐ろしく不相応な安椅子に座らされ、手錠が手首に食い込んでいた。何度もこすられた患部の滲出液から強烈な臭いが漂う。化膿はしていないため疼痛は感じないが堪え難い屈辱だった。この手錠が外れさえすれば、その場で、自分をここに閉じ込めた連中の喉元を次々とかき切ってやる。掌を握っては開く、富樫はその動作を繰り返しながら体の内側に憎悪を溜め込んでいた。しかし、本当は自分に癇癪を起こしていたのだ。ＴＲ１０２で見たあの光景は、富樫の過ちを知らしめると同時に、答えにたどり着けなかった理由を明らかにした。要するに富樫はまるで見当はずれのボンクラだったということだ。つまり富樫の立てた仮説は間違いで、どれもこれもシロアリの仕業に違いない。そう考えればすべての辻褄が合う。そもそも鹿瀬の説明を疑ってみなかったのが間違いだ。現場へ出向かない感染症学者など、文字でしか疾病を学んだことのない医学生と同じだ。

あんな阿呆と同じ過ちを犯すとは。

奥歯をぎりぎりとこすり合わせながら、富樫は自己嫌悪に苛まれていた。

懲罰房の入り口の鉄扉がスライドする音とともに、冷気が流れ込んできた。

再び廻田が現れた。パイプ椅子をぶら下げた廻田が、再び鉄格子の向こうに腰掛けた。見たことのない女性、しかもなかなかの美人が廊下の壁に寄りかかってこちらを見ていた。

富樫は、待っていたぞという表情を浮かべて廻田を出迎えた。

「鹿瀬の首は」

「黙って聞け」

いきなり廻田が、初めて聞く研究成果の報告を始めた。もちろん廻田ごときに解明できるわけがない、よほどのスタッフを揃えたということらしい。たまには褒めてやるか。

洋上のプラットフォーム、その地下五千メートルから掘り出された細菌がシロアリを凶暴化させ、職員全員が彼らに食い殺されたということらしい。川北町の町民も、道東の数万の人々も彼らの餌食となった、それが廻田の結論だ。

見事なおとぎ話だ。富樫は廻田に拍手を送った。

「突拍子もない話に、よく気がついたな」

「彼女が解明してくれた」廻田が背後の女性を顎で指した。

「君は医者か」

「私は昆虫学を学んでいるの」廻田の連れは泰然としていた。

なるほど、頭が筋肉でできている三佐にしては的確な人選だ。

「お前、シロアリが真犯人だったことに気づいていたな」

「私の息子と同じ運命が北海道の連中に降りかかっただけだ」

「俺たちに協力しろ」

「断る」

「言ったはずだ。俺には時間がない。手間を取らせるな」

「それが神に対する態度か」

小さく首を振った廻田が入り口の方向へ向かって指を鳴らした。

すぐに注射器を載せたトレイを持った四人の隊員が現れた。


愚か者たちを排除すべく、富樫は机と椅子を投げつけ、神の業なるものを見せつけようとした。富樫が放った椅子の足を顎にくらった若い隊員が吹き飛ばされる。いつもいつも連中の好き勝手にはさせない。何だろうと無理強いには代償が伴う。我が身を押さえ込みにかかる隊員がちょっとでも隙を見せようものなら、指先か、さもなくば鼻を食いちぎってやる。狭い独房に怒号が飛び交い、ありったけの抵抗で相手を攻撃したものの結局、富樫は床の上で身動きできなくなっていた。

右腕に注射針が突き刺さり、ブランジャが押し込まれると、やけに冷たい液体が血管内に流れ込んだ。セレネスが血流に乗って血管系を駆け巡ると、火照っていた首筋や頭の芯が急激に冷えていく。一瞬頭の中が真っ白になり、大海の彼方から寄せ来る波のごとく平穏に心が満たされ始めると、代わりに毛羽立つイライラが引き去っていく。内耳にこだましていた心臓の鼓動が鳴りを潜める。時間が妙にゆっくりと流れ、呼吸、瞬き、すべての動きが緩慢になった。

両目を閉じた富樫は、胸いっぱいに空気を吸い込んだ。豊かなジャングル、鮮やかな緑、木漏れ日に照らされ、たおやかな風に髪をそよがせた祐介と由美子が立っていた。富樫は紛れもなくアフリカの彼の地にいた。すべてが雄大で富樫が富樫でいられた理想郷だ。

「どうやって原菌は道東に上陸した？　シロアリとともに上陸したのか」

無粋な声が、富樫の安らぎをぶち壊した。

富樫は目を開けた。

「それを運んだ物がいたからだ」

「鳥か、人か。それとも……」

「お嬢さん、君が昆虫学者なら分かるだろう。感染したシロアリが上陸した可能性は」

「ほとんどないでしょうね」壁から背中を離した昆虫学者がきっぱりと言い切った。豊かな黒髪、聡明で芯の強そうな目、彼女は輝き、溢れる自信を体中から発散させていた。それは富樫が失ったもの。落ちぶれたエゴイストとスポットライトに照らされる賢者、手を伸ばせば届く距離に二つの皮肉が対峙している。

まぶしく、うらやましかった。

「理由は」

「ヤマトシロアリは寒さには強くない。ＴＲ１０２のヤマトシロアリが真冬、海を越えて上陸することなどあり得ない。川北町の北部で原菌が発見されたことからしても、細菌のみが上陸し、川北町のどこかで地のヤマトシロアリに感染したと見るべきだわ」

頷き返した富樫は、次に廻田を試すことにした。

「なら答えは簡単だ。プラットフォームで細菌が潜んでいた場所を考えたか」

廻田が返答に詰まった。やはりな。ならヒントを一つやろう。

「廻田、それは削孔水だ。だとしたらそれがＴＲ１０２の外へ出る可能性を考えろ」

「産廃処理業者ね」懲罰房内に彼女の声が響き渡った。

「産業廃棄物は排出事業者に処理責任があるのよ。廃棄にあたっては一般廃棄物用の施設では処分することはできないはず。許可を受けた処理業者へ処分を委託するから、彼らの廃棄物収集運搬船で陸に運ばれたんだわ」

「詳しいね」お褒めの言葉を口にしながら、富樫は若い昆虫学者を眺めた。

彼女が両手の拳で鉄格子を打ちつけながらうつむいた。

「父の命を奪った連中だからよ」

※

同日　午後二時二十七分　次の新月まで六日

廻田は助手席に弓削を乗せ、札幌市の北、創成川（そうせいがわ）処理場に程近い北四十六条の高城興業（たかしろこうぎょう）本社ビルに向かっていた。

午前中の猛吹雪もぴたりと止んでいた。

伊波からＴＲ１０２で発生する産廃の処理一式を請け負っている会社が高城興業だと連絡を受

けた廻田は、ただちに社長のアポを取った。すべてを話すわけにもいかないため、曖昧な用件しか伝えようとしない廻田を不審に思ったらしく、総務の担当者は社長が外出中で連絡が取れないとはぐらかした。やむなく、片岡審議官の名前を出し、今回の感染症に関する事情聴取が目的であり、拒否した場合は政府として相応の処置を取ると恫喝して午後三時の面会を了承させた。

一人で出かけようとした廻田に、自分もついていくと弓削が食い下がった。別に断る理由もない廻田は、彼女なりに聞きたいことがあるのだろうと帯同したが、駐屯地を出て札幌市内へ向かう途路、なぜか弓削の表情が次第に強張っていくのを、ハンドルを切るたびに感じていた。

国道三十六号線から札幌市内を抜けて国道五号線のルートで廻田は車を走らせた。大通公園から駅前の一帯は人々で賑わい、買い物袋をぶら下げた婦人たちが行き交ういつもの風景だが、滅亡へのカウントダウンはすでに始まっている。カウントがゼロになったとき、どこからともなく現れ、突然襲いかかるシロアリの群れに驚愕し、目を背けたくなる惨劇に逃げ惑う人々は最期に何を思い、何に祈るのか。その運命のサイを振ったのは神だが、真実から目を逸らして傍観する間抜けが大勢いる。

やがて車は札幌の中心街を抜けた。

郊外型のレストランやホームセンターが点在する創成川通り沿いに建つ高城興業、三階建ての社屋の駐車場に車を停めた二人は玄関を入った。

小奇麗なロビーの奥に受付嬢が座っていた。

「陸上自衛隊の廻田と申します。東山社長にお会いしたい」廻田は磨き上げられたカウンターの上を人指し指でこつこつとたたいた。

「お待ちしておりました」受付嬢が微笑み返した。隣の弓削は受付嬢とはまるで正反対の表情だった。

大急ぎで伊波が揃えた資料に目を通し、高城興業の概要は頭に入れてある。高城興業は従業員二千百人、資本金三億円、道内最大の産廃処理業者で、官庁との取引も多く、過去にトラブルを起こしたこともない、まっとうな会社だ。

二階の応接室に案内された二人は、ふかふかの絨毯を踏みしめ、ゆったりとしたソファを勧められた。値の張りそうな唐津焼の壺に活けられた豪奢な花束。すべてが優雅に振る舞っている。独占企業とはこういうものらしい。

奥と繋がるドアがノックもなしに開いてごま塩頭の男が入って来た。いかにも猜疑心の強そうなぎょろ目が少し猫背のせいで余計に強調される。頭のてっぺんからつま先まで、およそ品というものが感じられない。室内の雰囲気とは真逆の男が、ずかずかと廻田へ近づき、分厚い右手を差し出した。

「お待たせしましたな。私が東山です」

しわがれ声の出迎えに握手で応じた廻田は、軽く頭を下げながら自己紹介した。廻田に紹介された弓削は膝の上に手を置き、ソファに腰掛けたままだった。

目元だけに作り笑いを浮かべた東山が、廻田へ席を勧めてから、みずからもソファに腰を下ろした。

「感染症に関するご用件とお聞きしておりますが」

廻田との距離を測りながら、お決まりの世間話も省いて東山が切り出した。随分とお忙しいようだ。

「TR102から引き取った削孔水の処理についてお聞かせください」

「何なりと」

求めもしないのに、東山がTR102で発生する削孔水について説明を始めた。土質調査や石油採取のためにボーリングを行う場合、掘削した孔が崩れないよう、またロッドの先端に取り付けられたビットが削る土砂を回収するため、水にベントナイトを混ぜた泥水と呼ばれる液体でロッドの内部を満たしながら掘削すること。ボーリング用の鋼管から先端に送り込まれるベントナイト泥水は二重管の外殻を通り、土砂を含んで地上に戻って来ること。ベントナイト泥水は繰返し利用されるが、最終的に廃棄する泥水、つまり削孔水はそのまま海に廃棄すれば公害を生ずるので、泥水遠心分離脱水機で一次処理してから搬出されること。まったくうるさいオヤジだ。

あえて廻田は東山の話を止めなかったが、石油掘削の講義に興味などない、聞きたいことはたった一点だった。

ようやく東山の独演会が終わった。

「昨年の二月にTR102から回収した削孔水をどうやって処理されました」

「処理方法はいつも同じです。船で室蘭の弊社工場に運んで処理します」

「工場でどう処理するのですか」

「まず、できるだけセメント分を水から分離します。分離したセメント分は固化させて焼却処分したあと、海洋投棄です。水については法律で定められた基準以下までPHなどの数値を下げたあと、こちらも海洋投棄します」

「海に棄てるのですか」

「すべてを海洋投棄するわけではありませんが、ＴＲ１０２から回収した削孔水についてはそうですね。もちろん合法的な処理ですよ」

「中標津町で処理されたことは」

「中標津町？　はてどこでしたっけ」東山がきょとんとした表情を見せた。その顔は本当に知らないと思わせた。

「道東、根室の北です」

「ああ、あの空港がある町ですな」

「もう一度伺います。室蘭ではなく中標津町で処理されたことは」

「ありません」東山が言い切った。

「なぜ」

「道東は釧路の北見興産さんのシマですから弊社は処理施設を持っていません。何よりも中標津町は内陸ですよね。ということは削孔水を船からわざわざ廃液収集運搬車に移し替えて陸送しないといけません。そんな手間と金をかけて処理していたら商売になりませんよ」

「北見興産に処理を依頼することは？」

「当方の施設が満杯のときなどは、よくあります。決して珍しいことではない。ただその場合は、北見さんの釧路港にある施設で処理されます」

「北見興産が中標津町に施設を持っているということは？」

「それもありません。先ほどの理由から、我々の業界では港湾地域に処理施設を建設するのが常識です。北見興産が中標津町で削孔水を処理することなどあり得ない」

顔に似合わず東山の説明は理路整然としている。

いきなり弓削が身を乗り出した。

「第三高城丸はあなたの会社の船よね」

「そうですが……、それが何か」弓削の勢いに東山が一瞬引いた。

「昨年、その船に私の父は殺された！」

弓削の剣幕に廻田も度肝を抜かれた。

たちまち東山の表情が強張った。

「あなたは第八宝剣丸（だいはちほうけんまる）の船長さんの娘さんですか。ならば改めてお悔やみを申し上げます。ただあの事故は海難審判の結果、宝剣丸の操舵ならびに、衝突を避けるための協力動作を取らなかったことが原因と裁決されました」

東山の語感が威圧的なものに変化した。

「人を殺しておきながら何ということを」

――落ち着け。廻田は弓削の足を蹴った。

「あのとき、私どもの船は時化（しけ）で舵が故障していた。船長は宝剣丸の存在に気づいておりましたが、無線の呼びかけにも、汽笛の吹鳴にも一切応じなかった。高城丸の船長にはどうしようもなかった。むしろこちらは被害者です。大事な船に傷を付けられたのですからな。まさかあなたたちの本音は金の無心ですか」うんざりした表情を大袈裟に浮かべた東山が肘掛けをポンポンと掌でたたいた。

立ち上がった弓削が、煮えたぎる目で東山を睨みつけた。握りしめた拳に彼女の怒りが溢れていた。

「許せない」

「三佐、こういうことなら協力できません。お引き取りください」

東山が言い放った。

今にも応接机を跨いで東山につかみかからんばかりの弓削の腕を廻田はつかんだ。

きっと睨んだ弓削がその手を振り払おうとした。

気持ちは分からんでもない、しかし、今はそのときではない。廻田は目線で、ここまでだ、引き上げるぞ、と告げ、つかんだ弓削の腕を背中に回して軽くひねり上げると同時に、体を揺すって抵抗しながら、何をするのと見返す弓削の背中を押した。

仕方なしに弓削が東山を睨みつけたまま廻田に従う。

ドアのところで廻田は振り返った。

「あなたも人の子なら、彼女の気持ちが少しは分かるでしょう」

弓削を連れて建物を出た廻田は、車の助手席に弓削を押し込むと、自分も運転席に乗り込んだ。堪忍袋の緒を切らずに何とか持ちこたえた、しかし、それもここまでだ。

「誰があのオヤジと喧嘩しろと言った。この馬鹿が！」

車のドアを閉めた途端、廻田は弓削を怒鳴りつけた。

「私の勝手でしょ」弓削がぷいと横を向いた。

「いい気なものだ」

「私もそう思います」

「なら、君一人で戦うんだな」

「元からそのつもりでした」

二人は会話だけでなく、胸の内も平行線のままだった。

「一人で何ができる」

「元々、私は一人ぼっちです」

弓削が怒気を込めた視線を廻田に投げつけ、代わりに廻田は呆れた表情を投げ返した。

「あの男は絶対に嘘を言っています。それを証明してみせます」

「所詮は個人的な復讐が目的か」廻田は、ふんと鼻を鳴らした。

「それじゃいけないんですか。私の勝手じゃない、私の人生にずうずうしく入り込まないでよ」

「我々には重要な使命がある。勝手な行動は許さん」

「何ですって。助けてくれと言うからすべてを後回しにして駆け付けて、あなたたちの求める答えも与えたじゃない。それが私に対する言葉？　あなたいったい何なの。三等陸佐なら何でも許されるわけ。じゃ聞くけど、自衛隊なんて所詮は戦い方を知らない軍隊じゃない、奴らが襲って来たときにどうやって国民を護るつもりなの。そのときが来たら私の助けが必要なはずなのに、何よその態度は」

弓削が廻田に顔を寄せて怒鳴った。

時々、彼女は学者の性質そのままに、弁解の余地を与えないほど、相手を理詰めで追い込む。

そうかと思えば、本音では廻田のことを舐めてかかっているのか、救世主気取りで意見する。

廻田は目の前のコンソールを蹴り上げると、すでに時代遅れとなりつつある煙草に火をつけた。

「私にだって、……私にだっていいわくがあるのよ。父の事故では海難審判所から父に非があると裁定され、民事訴訟も勝ち目がないと弁護士から相手にされなかった。あれもだめ、これもだめ、あげくに漁協の組合長には、父はやっかいものだと謗られた。でも、それでも私の父は優しい人だった。私にとってかけがえのない父は凍り付く根室海峡で水死したのよ。せめて、せめてあいつらに申し訳なかったの一言ぐらい言わせたい」弓削が涙声になった。

「東山に過ちを認めさせて、謝罪させたいと？」

弓削が小さく頷いた。

「それで君の復讐は終わるのか」

「終わりはしない。でも少しは救われる」

気鋭の学者ではなく、亡き父を慕う娘がそこにいた。愛する者を失った哀しみと怒りを溜め込む不器用さは、廻田と似ている。異なるのは背負っている後悔の数だけだ。弓削も富樫も、安らかに眠れる場所を探してユダの荒れ野を彷徨っている。どこにも安住の地などないのに。思えば、弓削の献身的な協力あってこその今だ。彼女が現れなければ未だに廻田は迷宮をさ迷っていた。それが廻田の現実だ。廻田に石をパンに変える力はない。

終わりにしよう、廻田は灰皿に煙草を押し付けた。

「戻るぞ」

窓枠に頬杖をついていた弓削が唇を噛んでうつむいた。

「私は……、私は父が行方不明になった日以来、夢を見なくなった」

※

同日　午後七時三十四分
北海道　千歳　陸上自衛隊　第七師団

廻田が高城興業へ乗り込んでいる間に、伊波が隅から隅まで高城興業を調べ上げたものの不審な点は出ない。さて、どうすべきか……、混成団本部の自室に戻った廻田は疲れ切った体を椅子に委ねると、天井を見上げた。

星に導かれた東方の三賢者、広瀬、弓削、そして富樫。彼らは乳香、没薬、黄金ならぬ貴重な献上品の数々を廻田に届けてくれた。今度は、彼らからの存分な祝福に応える番だ、奇跡を起こす力も、山上の垂訓を語る徳もない廻田に必要なのは、受難の中でもひるむことなく推察に熟達し、真理を見分ける勇気だ。答えはすぐそこにあるはず、こんなとき、賢者の一人と内輪もめしている場合ではない。笑顔が魅力的な賢者もそうはいまい。

どこかへ寄って来たらしく、かなり遅れて部屋に戻ってくると、一言も喋らないまま席に腰掛けた弓削の前に、伊波がそっとコーヒーを置いてやった。ぺこりと頭を下げて伊波に礼を伝えた途端、堪えていたものがこみ上げたらしく、弓削が机の上に突っ伏した。嗚咽を堪えようとする弓削、けなげに震えるその肩を前にして、廻田はみずからの薄情と、大切な仲間を追い込んだ冷淡を悔やんだ。

広瀬も伊波も、心配そうに弓削を見つめている。

「すみませんでした」しばらくして顔を伏せたままの弓削がぼそりと言った。「個人的な理由でつい熱くなって、三佐の目的を台無しにしてしまいました」

「気にするな。俺も少し言いすぎた」

「でも……」

「目的は達成したよ」

「じゃ、高城興業は今回の件に関係ないのですか」

弓削が顔を上げた。目が真っ赤だった。

「TR102から削孔水を運び出しているのはあの会社だけだ。関係ないわけがない。ただ東山はどうやら嘘は言っていない。どこかに俺たちが気づいていない事実がある。それをこれから調べるさ」

「少し休んだらどうだ。ここのところ働き詰めだよ」広瀬が声をかけた。

気持ちを奮い立たせ、大丈夫ですと弓削が気丈な笑顔を見せる。

彼女の芯の強さは本物だ。

北海道育ちの賢者は随分とタフだが、思えば今、弓削が取り組んでいる問題に研究者としての喜びなど微塵もあるまい。弓削のテーマは養蜂を農業に有効利用することで、人食いシロアリの生態ではない。日頃の弓削は懸命ゆえに秀でた研究者に違いなく、そんな娘を精いっぱい支えようとした父は真冬の波間に呑み込まれた。

館山を失った時と同じだった。廻田はあまりに弓削のことを知らなすぎる。

「君のお父さんが亡くなったのは根室海峡だったのか」

「根室海峡の野付半島沖です」

野付半島沖。その地名に廻田は聞き覚えがあった。最初の出動の夜、テロリストのものと疑われた小型漁船が衝突事故で沈没した場所だ。

「船に乗っていたのはお父さんだけ？」

弓削が頷く。

「いつ頃の話だ」

「去年の二月四日です」

「何だって」

廻田は思わず声を上げた。広瀬が腰を浮かせた。

二月四日に根室海峡の野付半島。もしかしたら。

「時間は」

「はっきりしませんが、明け方の四時頃と聞いています。それがどうかしたのですか」

「伊波、第八宝剣丸の事故に関する海難審判の裁決言渡書を函館（はこだて）地方海難審判所、それから事故に関する報告書を根室海上保安部からすぐに取り寄せろ」

大きく頷いた伊波が受話器を取り上げた。

「もう少し詳しく聞かせてくれ」廻田は話を続けた。

記憶を呼び戻すように弓削が目線を上げた。

「私の父は根室漁協に所属する漁師でした。あの夜、父の第八宝剣丸は根室海峡で花咲ガニの漁を行うため、二月三日の午後十時に根室港を出港しました。そして明け方の午前四時頃、野付半島沖で高城興業の廃液収集運搬船と衝突して沈没したのです。父は未だに行方不明です」

「相手の状況は」

「社長の言葉どおり、第三高城丸は時化のせいで舵が故障しており、衝突事故のあと、野付半島に座礁しました」

「海難審判の結果は社長の言葉通りだったのか」

「はい。でもあの裁判は、元々、父に不利でした」

「なぜ」

「父が行方不明なだけでなく……、実は宝剣丸は無届けで違法操業していたのです。審判は一審制ではありますが海難審判所の裁決に不服があり、その取消しを訴える者は通常の司法裁判所に訴訟を提訴できます。当然、それを望む私に対して漁協も弁護士も、勝ち目はないと提訴を断念するよう説得しました。違法操業の事実が知れ渡るのを恐れたのでしょう。海難関係人は第三高城丸の船長と一等航海士ですが、片方の当事者である父は行方不明、最初から一方的な裁判だったのです」弓削が唇を噛んだ。「おそらく父は、私の進学費用を稼ぐために違法操業を行ったのです。それを思うと、私は……」

弓削の両目から、父との思い出に溢れた涙がぼろぼろこぼれ落ちた。両手の袖で涙を懸命に拭う弓削に、廻田はそっとハンカチを差し出した。好むと好まざるとにかかわらず、廻田は弓削に堪え難い苦痛を強いている、それだけは間違いない。

すべてを失ったのはお前だけではないと廻田は弓削を責めた。しかし思えば、彼女が失った物の重さを考えたことはなかった。

また同じことを繰り返すつもりか三佐、廻田は己に呟いた。

少し休もう、廻田は皆にそう告げ、背もたれを倒して目を閉じた。

あまりに色々なことが起きすぎた。


うつらうつらした眠りが浅くなると閉じた瞼の内側で、どこからか話し声が聞こえてきた。寝たフリをしたまま、そっと薄目で様子を窺うと、背中を丸めた弓削が机に置いた腕に顎を乗せ、向かいに座る広瀬と何やら話し込んでいる。ぼんやりと目に入る弓削の表情と声は、食ってかかるときの勝ち気なそれではなく、女性らしい温かみに満ちている。

「先生、私はまだまだ半人前ですね」

「そんなことはない。君に起こったことを考えれば、こんな所に引き止めている我々の方に非がある。本当に感謝の言葉もない。ただ一つ頼みがあるとすれば、廻田にはもう少し心を開いてやってくれ」

「……三佐は私を嫌っているでしょうね」

「こいつはそんなケチな男じゃない。ただ、今の廻田はとんでもない重荷を背負わされている。たまに少しだけ周りへの思いやりが欠けることがあっても許してやれ」

広瀬の心遣いが身にしみた。目覚めていることを気づかれぬよう、吐息にまで気を使いながら廻田はうたた寝のフリを続けた。

「先生はなぜ医者として自衛隊に残っていらっしゃるのですか。先生なら民間の病院から引く手あまたでしょうに」

「医務官は医者とは違うからだ」

「医者との違い？」

　広瀬が頷いた。

「有事となれば、自分の任務を果たす代償が己の死である自衛官は、救っても、救っても死ぬために出かけていく。私は私で、いっそ一思いに楽にしてやればよいものを、何度も筆舌に尽くし難い苦痛を与えるために彼らを治療し、再び前線へ送り出すのだ。それこそが医務官、軍属の医者が抱える不条理だ。戦場では、およそ常軌を逸した出来事が日々繰り返される。そんな修羅場へ放り込まれた隊員の直面するジレンマこそが、自衛隊の本質なんだよ。……かつてＳ国でのＰＫＯ任務に出向いたとき、ある日、哨戒任務中の私たちは北部の小さな村へ立ち寄り、そこでイスラム過激派ゲリラの掃討作戦を行っている政府軍と出くわした。私たちが村へ入ったとき、彼らは村民を一箇所に集めて尋問している最中だった。ゲリラの潜伏場所を教えろとな……。車座に座らされた村民たちは皆押し黙っていた。彼らが潜伏場所を知っているかどうかは誰にも分からない。ついにしびれを切らした政府軍の軍曹が少年を一人、輪の中心に引きずり出した。年の頃は八歳ぐらい、母親から引き離された少年は錯乱状態だった。そんな彼を押さえつけ、ナタを抜いた軍曹は、潜伏場所を吐かないと少年の腕を切り落とすと脅した。救いを乞うて泣き叫ぶ母親以外の村民は黙ったままだった。……そして軍曹は少年の右腕を切り落とした」

　広瀬が、置き忘れた罪への赦しを乞うようにいったん言葉を切った。

「君には関係のない話だな」

「いいえ、聞かせてください」

穏やかな声だ、耳に届く弓削は何とも言えない優しさに満ちている。

「我々は政府軍の行動に口を出すことは内政干渉に当たると固く禁じられていた。医者であるにもかかわらず、私は黙って立ち去るしかなかった。PKO部隊が赴く戦場では、あくまでも受身の状態で、攻撃を受けたときのみ応戦が許される、という足かせをはめられたまま、我々は日々命の危険に曝される。営内はさておき、ベースを出て野営せざるを得なくなった場合は最悪だ。S国の作戦で命を落としたのは三十一名、負傷者は二十三名だが、我々が受けたダメージは数字以上に大きなものだった。極限の状態で自衛官を職業として選んだ者と、使命感で選んだ者との差が歴然と出る。私もアラゴラ県で二十名の武装勢力に包囲されたまま一夜を過ごしたときは死を覚悟した。掩体(えんたい)の陰で震え、死の影におびえて不寝番に立つ。そんな中で人間も変わる。人の死体に平気で手を触れ、腐臭も気にせずその横で食事ができるようになる。戦場という殺戮(さつりく)の場で、医務官は自己矛盾に苛まれる。私が隊にいれば、そんな哀しい医者が一人少なくてすむ」

懺悔を終えた広瀬は大きく息をついた。

人を想う心、人を気遣う心、それこそがこの難局に立ち向かう拠り所だ。どんな武器も、どんな軍隊も、強く折れない心に勝るものはない、廻田もそうありたいと願う。

「戦争の結末を勝利と敗北で考えるのは将軍の特権だ。兵士にとって戦争の結末とは三つ、死か、負傷するか、無傷かだ、誰もが最後の一つを願いながら、恐怖を乗り越えて任務に赴く。なぜ？それは護る人々がいるから。その決意は常に我々の内にある」

「三佐もそうだと」

「もちろんだ。ただ、廻田は前回の任務、シロアリに襲われた直後のプラットフォームへ同行させた部下に自殺されている。しかも、彼がちょっと目を離した隙の出来事だった。護るものなど何もなかった任務の代償として、傍にいれば護ってやれたはずの部下を、己の不注意で失ったんだ。口にはせんが、痛恨の極みだったろう」

「それは三佐のせいではないと思います。時が経てば傷も癒えるのでは」

「こいつはそんな器用な男ではない。……永久に、みずから命を絶った部下が夢に現れるたび、許してくれと願い続けるだろう」

広瀬の言葉通りだ。どれだけ時を経ようと、忘れていられる時間が少し長くなるだけで、心の傷が癒やされることはない。意気地なしの自分ならなおさらだ。

瞼の内側に館山の顔が浮かんだ。

廻田が求める資料は一時間ほどで届いた。

《函審第九号　裁決　廃液収集運搬船第三高城丸　漁船第八宝剣丸　衝突事件》には、弓削から聞いた事件の詳細が時刻を追って正確に記述されていた。衝突時刻は二月四日の午前三時五十七分少し前、まさに廻田がＴＲ１０２への出動命令を受ける直前だ。第八宝剣丸の沈没推定時刻は午前四時二分、あっという間の出来事だったらしい。

当時、天候は嵐で風力七の北西風が吹き、波浪階級八、視程不良の現場海域を、第三高城丸は時化のために舵が故障したまま航行していた。午前三時五十三分わずか過ぎ、一等航海士は宝剣丸の紅色舷灯を左舷側近距離に視認し、三時五十五分少し過ぎ――機関停止――と令し、ほぼ同時に後進いっぱいを令したが及ばず、午前三時五十七少し前、野付半島から九十度一海里の地点において、第三高城丸はほぼ原速力のまま、艦首が宝剣丸の右舷中央部に九十度の角度で衝突した。衝突による衝撃で第三高城丸の舵はまったく制御できない状態となり、波に流された同船は午前五時十四分、野付半島海岸に座礁した。

　高城丸に右舷からまともに衝突された宝剣丸は転覆したあと、数分で沈没している。激しい時化のため、根室海上保安部による救助活動が開始されたのは、二月四日の午後になってからだ。二週間後、船体が深さ五十メートルの海底で発見されたものの弓削船長は行方不明のまま。事故当事者の片側が不在のまま審判は開始され、六月九日に結審、裁決言渡期日は七月九日だ。結果は東山の言葉通り、全面的に宝剣丸の過失を認めている。

　残されたのは弓削の無念だけだ。

　次は、根室海上保安部から取り寄せた事故に関する報告書だ。

　前半は裁決の根拠となった事故原因に関する調査結果と関係者の事情聴取記録、後半は座礁した高城丸の救出作戦に関する記録がまとめられている。野付半島は標津町から別海町にある細長い半島で、海流によって運ばれた土砂が浅い海底に堆積して形成された延長二十八キロにわたる日本最大の砂嘴(さし)だ。第三高城丸は平均水深が一～二メートルの遠浅海岸に乗り上げていた。事故から二週間後の二月十八日、気象条件が落ち着くのを待って離礁作業が実施されている。この年は流氷の接近が遅れていたが、それでも翌週には接岸が予想されていたため、作業は大急ぎで行われた。現場が遠浅のために浚渫船(しゅんせつせん)やクレーン船が寄り付けないため、水陸両用ブルドーザーで海側の砂を掘り出したあと、九州から呼び寄せた日本最大級のタグボート《航洋丸(こうようまる)》による水上牽引で高城丸はようやく浜を離れた。

三日に及んだ作業で救出された高城丸は、タグボートに曳航されて室蘭に戻った。

「たいそうな離礁作業だ」

額を指先でかきながら、伊波が口笛を鳴らした。

廻田はじっと報告書の一点を見つめていた。浜から離礁した直後の高城丸の写真が気になったからだ。

やけに吃水（きっすい）が高い。

廻田は広瀬に報告書を掲げて、高城丸の写真を指さした。

「座礁場所から引き出すには仕方がないだろうな」

すぐに広瀬は廻田の考えを理解したようだ。

「しかし、第三高城丸はＴＲ１０２からの帰りです。削孔水を満載していたはずなのに」

「どういうこと」

弓削が怪訝そうに尋ねる。

「降ろしたんだよ」

広瀬の答えは簡単明瞭だった。

そうだ、それしかない。

廻田はせわしなく報告書の頁を繰った。どこかにその方法が記載されているはずだ。

――あった。

高城丸の船体重量を軽くするため、積み込んでいた削孔水を地元業者が抜き取っている。業者名は北見興産、東山が口にしたあの業者だ。
「伊波、北見興産の資料を調べろ、大至急だ！」

※

二月十六日　午後二時十分　次の新月まで五日

廻田たち四人を載せたＵＨ‐６０Ｊは、東千歳駐屯地を飛び立つと、一路中標津町を目指していた。東千歳から川北町まではおよそ四百キロ、日暮れ前に着けるかどうかギリギリのフライトだった。最大速度で飛行するヘリのキャビンは凍える寒さで、防寒着に身を包んだ四人は、無言で向かい合っていた。旅客機とはまるで勝手が違う味も素っ気もないキャビンで、編み上げ式の椅子に座らされた弓削は、何度も手袋へ息を吐きかけていた。

昨日から半日かけて廻田は第三高城丸の積み荷の行方を追いかけた。

その結果、座礁した第三高城丸から削孔水を抜き取る作業を要請されたのは、やはり北見興産だった。さっそく、北見興産に第三高城丸の積み荷の処理先を問い合わせたところ、――北見興産の釧路工場の廃液処理能力は三千トン、それに対して船から抜き取らなければならない廃液は二千トンだった。当時、別の処理業務を請け負っていた同社は要請を断ろうとしたが、流氷の接岸が迫り、何としてもその週に離礁作業を行わねばならない緊急事態ゆえ、高城丸からの削孔水の抜き取りと運搬・処理業務を中標津周辺の三つの産業廃棄物処理業者へ再委託した――、という回答をよこした。そのことを高城興業は知っているかという問いには、その必要もないとの判断から通知しなかったとのことだ。

　ただちに廻田は問題の業者を追いかけた。すると三社のうち《中標津産業》との連絡が取れない。調べてみるとその業者は、昨年の八月に産廃の不法投棄容疑で道庁から北海道警察に告発され、すでに倒産していた。不法投棄場所は中標津町の北東、川北町北部の山林との情報を北海道警察から得た廻田は、ただちにヘリを準備して、起訴書類に記載された場所を探して飛び立った。

　その場所こそ黄泉比良坂の扉だ。ぞっとする真実、最後の扉の前に立ち、その奥を覗く勇気がなければここで引き返した方が良い。爆音が籠るキャビンで、弓削が三人を見回した。

「もし、削孔水が不法投棄された場所でシロアリが感染したなら、川北町の北部で採取されたのは彼らが町を襲う途中に残していったまだ人の体内で変異する前の原菌です。私の仮説がすべて証明されますが、それは同時に、もはや打つ手はないことを意味しますよ」

「悪魔がこの世に現れる」

　伊波が膝の上に川北町の地図を拡げ、広瀬はじっと窓の外を眺めたままだった。

　そうではない、そうではないよ、伊波。悪魔ならまだましだ。殺戮という習性に操られたシロアリに出会えば悪魔でさえ逃げ出す。


　離陸してから一時間半、いつか上空から見た中標津の町を通り過ぎ、ヘリは川北町の西をかすめて飛ぶ。武佐岳（むさだけ）の麓、北川北の農道の突き当たりが目指す場所だった。地上に降りることは許されないため、ヘリは高度を下げ、速度を落とし、上空から地図を頼りに目的の場所へ近づく。すでに外は薄暗くなりかけている。不法投棄場所の座標が不明のため、目視で探し出すしかない。

よって日暮れまでに発見できなければ、明日、再び出直すことになる。ヘリはまず、壊滅した川北町の中心地、唯一の交差点から真っすぐ北西へ延びる農道沿いに飛んだ。この道は武佐岳山麓の森で行き止まりになっているはずだ。そして目的の場所は行き止まり地点周辺の森の中にあるはず。

北へ飛ぶ。ジャガイモ畑の中を延びていた農道が急に細くなった。

もうすぐだ。

ヘリは目の前に迫る森の手前でいったん、ホバリングを始めた。

（このあたりのはずです。よろしいですか）機長が無線で尋ねた。

廻田と伊波がキャビン両側のドアを開け放った。廻田と伊波、広瀬と弓削で左右に分かれ、ハーネスを天井のフックに引っかけると、機体から顔を出した。頬を切る冷気に全身がすくむ。

「そのまま真っすぐ進んでくれ」廻田が無線で機長に指示を出す。

ゆっくりとヘリが前進を始めた。

森の上空に達すると、機長は木々すれすれまで機体を降下させた。葉を落とした枝が、ヘリのダウンウォッシュに激しく揺れる。手を伸ばせば枝の先端に触れそうな低空から、四人は地上の様子に目を凝らした。

すると途切れたと思った農道が、地図には記載されていないあぜ道となって森の中へ続いているのが見える。しかも、そこには車の轍跡（わだちあと）がくっきりと残されていた。

廻田はヘリを森の奥へ進めさせた。

さらに三百メートルほど進んだとき、木々を伐採して切り開いた空き地が現れた。

四人がいっせいにキャビンから身を乗り出し、地上の様子を窺う。

半径三十メートルほどの円形に切り開かれた空き地はきちんと除雪され、南側が車両の進入口らしく、地表にハンドルを切って方向変換した轍跡が何本も残されている。北の端に錆び付いた廃車や、家電製品が捨て置かれ、西の端にはコンクリートの塊が積み上げられていた。産業廃棄物の捨て場所であることは間違いない。

ヘリはその場所でホバリングを開始した。

「あれ。あれを見てください」弓削が空き地の東の端を指さした。

山のように積み上げられた廃材の脇で地表の下草が掘り返され、至る所に蟻塚を思わせる小山が盛り上がっていた。その数はざっと百を下らない。さらにその蟻塚から、鍬（くわ）で掘り起こしたような線がいく筋も南東、つまり川北町の方向へ延びている。

川北中学校の校庭とまったく同じ紋様だ。間違いない。中標津産業はこの場所に無許可で第三高城丸から抜き取った削孔水をバラ撒いていたのだ。そして餌の少ない冬、廃材に集まっていたヤマトシロアリが感染し、一気に勢力を拡大させたに違いない。

広瀬がヘリから土壌試料採取用のサンプラーを地表に投げ落として、蟻塚近くの表土を採取した。誰の手にも触れないよう、慎重にサンプラーごと保管ボックスへ収めた広瀬が蓋を閉め、鍵をかけると、廻田に頷いた。

大至急、帰投してくれと廻田が無線に叫び、エンジンのタービン音が高鳴ると、高度を上げ機首を西に向けたヘリは一気に加速を始めた。東の空は、すでにとっぷりと暮れて闇に包まれている。

凍えるキャビンで、誰一人口を利かなかった。最後のピースをはめ込んだパズルが見せたものは終末だ。

床に座り込んだ廻田はキャビンの壁にもたれ掛かったまま首を垂れた。足元から疲労と虚脱感が背骨を這い上がり、馬鹿野郎、馬鹿野郎、という言葉が頭の中で湧き起こる。こんな下らないことが引き金となって数万の道民が命を落とし、さらに被害は拡大しようとしている。

過去への悔いと、これからへの憂慮がキャビンに満ちていた。

ちょっと前から親指の爪を嚙む仕草をみせていた弓削が、突然、口を開いた。

「細菌が北海道へ上陸したのは、父が……」

博士、と広瀬が弓削の言葉を遮った。

「まさか、くだらないことを考えているんじゃないだろうね」広瀬には弓削の胸の内がお見通しらしい。「一三四七年十月、ペスト菌が寄生したノミをコンスタンティノープルからシチリアのメッシーナに運ぶことになったガレー船の名前など誰も覚えてはいない。あの出来事は、交易が盛んになったゆえの必然だからだ。今回の事件も偶然などではない。資源を求め地下深部に手を伸ばした人類が出会うべき必然だったのだ。君のお父さんがあの事故に遭遇しなくとも、奴らは間違いなく別の方法で、いずれ北海道に上陸したはずだ」

そう思わんかね、と弓削に向かって広瀬が片目をつぶってみせた。

気後れした様子のまま、弓削が、廻田を、そして伊波を見やる。

伊波が弓削に向かって親指を立ててみせる。

廻田も、広瀬や伊波と同じことを思う。

何があろうと、君の周りには俺たちがいる。

「彼らの出現が必然なら、我々は救いを求める人々の必然でなければならない。その鍵は過去も、今も、そしてこれからも、博士、君が握っている」

博士、一人でめげている場合ではない。

ようやくお似合いの表情を取り戻した弓削の頬に、えくぼができた。

「それより博士、実は気になることがある。一月二十四日に道東が襲われたあと、石狩山地や日高山脈の山中でビバークしている登山者が五百人以上も行方不明になっている。ここ数日、同じ被害が夕張（ゆうばり）山地にまで及んでいる。これは奴らの動きと関係があるのだろうか」

弓削が昆虫学者の顔で頷いた。

「恐らくそうでしょう。シロアリの群れは新しい獲物を求めて西へ移動しているのです」

もし、それが事実なら、五日後、今度は北海道の西でいったい、何人が生け贄となるのか。

廻田は西の空に目をやった。

暮れなずむ澄んだ濃碧（のうへき）の空。

そこに宵の明星、金星と連れ添いながら昇る月は、一筆書きのごとく下弦まで欠け始めていた。

第五章

二月二十日　午後三時　運命の前日
北海道　千歳　陸上自衛隊　第七師団

いよいよ運命の日が翌日に迫った。シロアリたちがいっせいに攻撃を開始するのは明日の夜、残された時間の意味は廻田が一番よく分かっている。四日前に寺田の命で飛んだ陸自の偵察ヘリが、日高山脈と夕張山地の山麓に何ケ所もの蟻塚を確認しただけでなく、二日前の偵察飛行では新たな塚が大量に形成され、しかもその位置が西へ移っている事実が明らかになった。これだけ緊迫した状況にも動こうとしない政府に業を煮やした廻田は、片岡を通じてＴＶ会議を段取りし、大河原以下の首脳陣に直談判する機会を作らせた。

混成団本部のテレビ会議室、三十平米ほどの窓一つない室内に詰め込まれた廻田たちの正面では、首相官邸と繋がったモニター画面を通して大河原がこちらを睨みつけていた。その目は節穴かもしれないが、額は脂ぎっている。外交に翻弄され、内政に戸惑う宰相は国難に関する会議へ一人で臨むのは心細いらしく、ひな飾りよろしく右側に片岡審議官、磯崎官房長官、宮内厚生労働大臣、左側に牧内危機管理担当大臣、広山防衛大臣と大山統幕長を控えさせている。

片や千歳から出席するのは廻田と三人のメンバーだけ、明らかに旗色は悪かった。戦史に名高いレオニダスの気持ちがよく分かる。

弓削がまとめ、すでに配布済みの前刷りから顔を上げた磯崎官房長官が切り出した。

（廻田三佐、君の突拍子もない仮説によると、明日の夜、シロアリの大群が札幌を襲うというのだな）

「そうです」

（あほらしい。そんな荒唐無稽な話で我々を集め、かつ警察、消防、ましてや自衛隊を動かせというのかね）

広山防衛大臣の横で、四幕の長として統合運用を取り仕切る大山統合幕僚長が腕を組んだまま両目を閉じている。最高指揮監督権者との断絶はもはや修復不可能。理由は簡単で、大河原の腹心たちが国務大臣の重みと責任を、権威、簡単に言えば、舐められてたまるかという威圧で表現すべきと勘違いしているからだ。国防に必要なものは理論であり、虚勢ではない。

「なぜ荒唐無稽だと思われるのですか」

（当たり前だろう。そんなことが起こるわけがない）

この男の薄さは安普請の壁紙並みだ。万事否定する術しか学んでこなかった政治家らしく、わずかな突っ込みであっという間に馬脚を露す。廻田の横で、こいつ馬鹿じゃないのと悪態をついた弓削が、手に持っていたミネラルウォーターをごくりと飲み干した。

「長官、弓削と申します。私からちょっといいですか。中南米の熱帯雨林に分布するグンタイアリは一匹の女王アリに約百万匹の兵隊アリがつき従い、集団で移動式の巣を形成します。獲物を求めてジャングル内を放浪し、通りがかった動物や昆虫などを襲って、文字通り食べ尽くす。人間やライオン等にも襲いかかった例がある。あなたが知らないことを常識だと思わないでください」

磯崎官房長官の耳元に片岡が顔を寄せ一言二言囁いた。どうやら弓削の素性を説明したようだ、連中は前刷りの資料にさえ、きちんと目を通していないらしい。

（君は随分と物知りのようだが、もし、自分たちの説が間違っていて、それが原因で世間を混乱

に陥れたとしたらどう責任を取るつもりかね）

問題のすり替えと苦し紛れの恫喝、こいつらの国政ごっこには心底、辟易する。北海道側では軽蔑の怒りが湧き上がり、東京側では苛立ちが渦巻いている。誰かのほんの些細な一言で、罵り合いが始まりかねない危うい雰囲気を察したのか、このままでは会議が発散すると思った片岡が仲裁に入った。

（首相、廻田三佐の仮説は、裏付けも十分でスジが通っています。万が一ということもあります。ここでは、どんな対策を講じるべきか冷静に議論したいと思います）

事件が感染症によるものではないという説に勢いを得た唯一の人物、宮内厚生労働大臣が片岡の言葉に反応した。

（審議官、シロアリの襲撃を待つより、住民を町から避難させた方が合理的ではないのか。災害対策基本法に基づいて、第三条の『国の責務』に則り、第十一条で定める中央防災会議から直接指示を出せばよい）

（それでは手ぬるいでしょう。今回の事態は感染症ではなく、外敵による攻撃です。『武力攻撃事態等における国民の保護のための措置に関する法律』の第四章『武力攻撃災害への対処に関する措置』に書かれた第九十七条を発動すべきです。避難先地域を指定したうえで住民に対する避難指示を行い、道知事と関係県知事の間で避難民の受け入れに関して協議を開始するよう指示してください。並行して道内では、住民の避難誘導について、関係市町村長が警察署長、消防署長と協議を開始……）

明日の夜ですよ！　シロアリの攻撃は明日起こるんです。顔を真っ赤にした弓削が東京の連中を怒鳴りつけた。

「そんな悠長なことを言っている場合ではないわ」

（官房長官、審議官の言う対策を一両日中に立て、実施することは可能かね）

大河原の質問に磯崎が、愛想尽かし見え見えの邪険な態度で応じる。

（審議官はいったい、何人の移動を想定しているのかな。ちなみに札幌市の人口だけで百九十万人、高齢者や障害者も多数いる。どうやって彼らを安全に移動させる。何よりも避難民の受け入れ先をどうやって確保するのだ。受け入れ先が決まらなければ、どの方向へ、どの交通手段で移動するかも分からない。避難民に氷点下の雪原で野宿しろと言うのかね。どのような案であれ、明日までに立案して実行するなど夢物語だ）

大山が凡人たちを押しのけた。

（廻田三佐が投げかけた問題に対処する時間は十分にあったはず。それを放置されたのはあなた方だ。審議官や三佐を責めるのはお門違いでしょう）

（ならば聞くが、自衛隊で対処できるのかね）

（道内の全部隊は第一種警戒態勢に入っています。いつでも出動可能です）

誰がそんなことを命じた、と毒づく自衛隊嫌いの牧内危機管理担当大臣に対して、これは異なことをおっしゃる、我々は治安出動待機中ですぞと大山が返す。互いの気持ちが荒立って、口調が徐々に激しくなり、もはや会議は一触即発だった。

やめんか、と珍しく大河原が声を上げた。

（政府には政府の事情がある、感染症の原因が特定できないまま諸外国やＷＨＯから圧力を受け、

その対応に手いっぱいだったのだ。その苦労を知らん者には何とでも言える）
ここで泣き言を言ってる場合か。国家に関わるどんな事態が発生しようと、それに応えるのが首相の責務だ。その自信と覚悟がないなら、さっさと辞任すればよい。政界は『改革』と『実行』の二言で政治が動くと信じる素人で溢れている。学級委員長と同じ感覚で首相という立場を捉える連中が、次は俺だと手を挙げてくれるぞ。

「首相、この地で何が起こり、何をなすべきかはお伝えした。それが私の任務だからです。もし、我々の報告が信用できないとおっしゃるなら、どうぞ、ここで会議を終わりにしましょう。私たちはここを引き上げます。もちろん、そのあとでどうなろうと、それは我々の問題ではなく政府の問題です」

所詮はテレビ会議、物は飛んで来ない。
代わりに、くそ生意気な、という牧内危機管理担当大臣の声がはっきり聞こえた。
困惑と狼狽で顔をしかめた大河原が続ける。

（では、三佐教えてくれ。具体的にどうすればよい。我々も指をくわえていたわけではない。感染の拡大を阻止するためサーモバリック爆弾も用意した）

「まったく効果はないでしょうね。この生物が絶滅するまで、何度でも北海道全土を繰り返し焼き尽くす、というなら別ですが」

（なら君の提案は）

「住民にこの事実を知らせ、明日の日暮れから次の夜明けまでは、木材以外の材料を使った建物内に避難し、外部からの侵入を許すドア、床穴、通気口、排水溝などの隙間をすべて防ぐよう指示してください。事ここに至ってはそれが最も効果的な対策です」

(適当な建物が見つからない場合は)

「学校、公民館など、コンクリート製の建物を探してそこへ避難し、シロアリの侵入を許す隙間をすべて塞ぐことです。海沿いの住民は、ありったけの船で洋上へ退避させる」

(おいおい、君たちはそんな愚策しか提案できないのか。小学生でも、もっとましな案を考えるぞ)呆れ顔の牧内が取り澄ました表情でそっぽを向いた。

「お分かりでないようですな。そんな対策しか残されないほど事態を追い込んだ危機管理担当大臣がいるのです」

(貴様、今何と言った!)

途端に牧内が気色ばんだ。熱くなるがいい、どうせ薄っぺらな虚勢に過ぎない。

廻田の横では広瀬がずっと貧乏揺すりを続け、何よこいつら、と弓削が舌打ちする。気にするな豚は豚だ、と伊波が鼻を鳴らした。廻田のチームの一体感は完璧だ。

(こんな連中の進言に、道民の命を託さねばならないとは情けない)

磯崎官房長官が牧内に加勢する。相手の欠点には目敏(めざと)いが、己の未熟さには疎い彼らを、目の前の危機に対処できる器へ変えるには、無限の忍耐と膨大な時間が必要らしい。妙覚どころか十信さえほど遠い廻田には無理な相談だ。

廻田は立ち上がった、今の今まで何とか自制心を保っていたが、それも限界にきた。

「やめましょう。こんな下らない会議を続けても仕方がない。帰るぞ、みんな」

待ってました、と広瀬が、伊波が、弓削が次々と立ち上がった。

あとは好きにするがいい、と廻田は挑発の一礼を東京に送った。

（逃げるのか。かつて部下を病院の屋上から自殺させたように、都合が悪くなったら見て見ぬ振りをして逃げるのが君の癖のようだな）

手の内で弓削が送った書類をくしゃくしゃに丸めた牧内危機管理担当大臣が、皮肉たっぷりに廻田を挑発してみせた。

激情に流された暴言の代わりに、牧内へ伝えておくべきことを廻田は思い出した。正確に事実だけを伝えてやる。

「館山三曹は優秀な自衛官だった。風速十二メートルの強風下でも五百六メートル先の標的を見事に撃ち抜く陸自一のスナイパーだった。それだけではない。周りの人々にも等しく愛情を注ぎ、懸命にみずからを鍛え、決して長いとはいえない一生を終えた。それに比べると、長く生きていてもつまらない大臣がいるもんだと思います」

たちまち三流大臣が頭のてっぺんから湯気を立てる。

（三佐！　貴様、誰に向かって口を聞いているつもりだ）

「国難に際して何も決断できない腰抜けにです、大臣殿」

お前、今の言葉を忘れるなよと息巻く牧内に対して、大河原が仲裁に入る。

（牧内君も言いすぎた。彼に代わって私が詫びを言おう）

首相、一つお聞きしたい、と廻田の横で広瀬がドスの利いた声を出した。

「あなた方は、申し訳ございませんでした、という日本語をご存じかな」

（ふざけるな！）

血相を変えた牧内が、連中をこのままにしておくつもりか、と大山統合幕僚長に食ってかかる。会議がまたたく間に炎上していく。

「こんな無礼者とこれ以上会議を続けても意味がない、首相、私は失礼します」

立ち上がった牧内に、待て、と大山が声を上げた。大山の手の中でペンが真っ二つに折れた。

「大臣、勘違いするんじゃない。ここで議論すべきは廻田たちが無礼かどうかではなく、明日起こる非常事態に対して何をすべきかだ。貴様の目は節穴か」

正真正銘の恫喝に牧内が身震いした。大山の勢いに圧倒されたらしく、しばし口をつぐんでいた大河原が、仕切り直しに同じ質問を繰り返した。

(先ほど、三佐が言った対策の効果は？　それでシロアリの攻撃を凌(しの)げるのか)

いつでもケツを割れるよう、廻田たちは立ったまま大河原の相手をした。

「とりあえず、明日の夜だけは一定の被害に抑えることができるかもしれない」

それだけか、と問う大河原に廻田は、それだけです、と答えた。それで十分だ。

「もっと重大な問題があるのよ。先ほどメールでお送りした写真を見れば分かるわ」

弓削がこの会議用に官邸へ送っていた写真がある。そこには半透明で長さが二十ミリほどのカエデの種と同じ形をした羽根が写されていた。

「それは川北町の土壌から採取したシロアリの羽根よ。シロアリはすべてが真社会性であり、巣から有翅(ゆうし)の雌雄の生殖虫が飛び出し、群飛後、地上に舞い降りると雌雄がペアになって巣作りを始める。ところがその羽根はヤマトシロアリのものより長くて、厚い。この意味が分かりますか、首相。彼らは新たな飛翔能力を手に入れた可能性がある。もしそうなら、連中は近いうちに本州へ上陸するわ」

（こんな小さな虫が津軽海峡を越えるというのかね）

「そうよ。集団のアリは一匹一匹が、しっかり組み合わさることによって即席の筏を作り、水上を移動することもできる。海峡を航行中の船舶を中継基地にするかもしれない。もし、彼らが津軽海峡を越える事態になったら大変なことになるわ」

（日本全土が危険に曝されると）

「世界中よ！　連中が本州に上陸すれば、たちまち四国、九州へ生息域を広げる。そして近い将来、対馬を経由して朝鮮半島に上陸する。分かる？　連中がユーラシア大陸へ勢力を拡大するの。そうなれば彼らを止めることは不可能、大袈裟ではなく人類存亡の危機です。あなたはその鍵を握っているのよ」

次々と突き付けられる不都合な真実、不安げに視線をあちこち巡らせ、ごくりと生唾を呑み込んだ大河原が、目前の踏み絵を避けるかのごとく席を立った。

（審議官、とりあえず現状で最大限の努力をしてくれ。それから彼らの仮説が真実かどうか、こちらはこちらで有識者の意見をもらおう。その結果を二時間後に報告してくれ）

待ちなさい、と再び弓削が大河原を怒鳴りつけた。大河原がどう思っているかは知らないが、彼にとって弓削が東京から八百キロの彼方にいて幸運だった。

「あなた、日本国の首相でしょう。ならばこの危機に対してどうすべきか、ここできちんと決断しなさい。あなたの優柔不断さが、明日、多くの命を奪うのよ」

必要な指示は伝えた、と大河原が自信なさげに視線を落とす。

「あなた、混じりっけなしの馬鹿ね。救いようがないわ」

（君とは立場が違う。すべての可能性を検証してからでないと決断するわけにはいかない）

いかにも考えが浅い。それでも、首相はあくまでも強弁で押し通そうとする。

「じゃ、二時間後に決断するのね」

（すべての可能性が検証できていればね）

首相、と今度は広瀬が呼んだ。

「あなたの能天気さにはほとほと呆れる。いいですか、我々はＴＲ１０２、川北町、そして道東と、一連の事件の真相を突き止めた。しかし、彼らの攻撃を防ぎ、彼らを撃退する手法までは解明できていない。にもかかわらず明日、攻撃が始まるのです。我々は護る方法も攻める方法も不明のまま、戦いに巻き込まれる。勝ち目などあるわけがない。そんな絶望的な戦いに臨む最高指揮監督権者の覚悟がどこにあるのか」

（私は軍人ではない。作戦の立案と進言は統合幕僚長の役割だ）

はっ、あほらしい、と大山が悪態を吐き捨てた。

こうしている間にも時計の針は進み、足元の地中ではシロアリたちが攻撃の準備を整えている。数え切れない獰猛な昆虫が新月を合図に地上へ姿を現したとき、大地は絶望に覆い尽くされる。こんな所で無駄に時間を潰しているときではない。行くぞ、と廻田は再度、仲間を促した。

弓削が出口でモニターを振り返った。

「首相、一つ約束しなさい。もし明日シロアリの攻撃で大きな被害が出たら、あなた、素っ裸でアリの群れに飛び込むことね。大丈夫、その背中は私が押してあげるわ。言い訳は許さないわよ」

人類の準備が整わないうちに昆虫たちは準備を終え、その事実を人々は知らない。

胸くそ悪い会議室を出た四人は、何だあの連中は、こんな会議に何の意味があるの、馬鹿につける薬はない、溜まりに溜まっていた鬱憤をいっせいに吐き出す。フーリガンの方がまだ品がある。あまりの勢いに他の自衛官たちが思わず道を空けてくれた。

廻田たちが騒々しく研究室の手前まで戻ると、ドアの前でポケットに両手を突っ込んだ寺田が立っていた。その無愛想な表情が権威付けのポーズなら選挙に出ればよい。間違いなく四票は入る。話があるから来い、と寺田は廻田だけを研究室の向かいにある会議室へ連れ込み、後ろ手にドアを閉めた。

「廻田、お前の任務は終わりだ。今日付けで熊本の原隊へ移動だ」

いきなり何を言い出すかと思えば、これで一票失った。

「まだ事件は解決しておりませんが」

「ここから先は私と北部方面隊の仕事だ」

ずいぶんと狭量な仲間意識だ。

「これは四人のチケットだ、残りの三人を連れて東京へ戻れ」

相変わらず身勝手な言葉を吐きながら、寺田が廻田の手に航空券を握らせた。

ここまで来てはしごを外すつもりか。かつて行き場所を失い、寺田に拾われたとはいえ、廻田は飼い犬ではない。陸幕長室の寺田が、この任務は廻田の命と引き換えだと覚悟を求めたからこそ、廻田は腹を括ったのだ。この任務に臨む廻田の決意は館山を犬死にさせたことへの罪滅ぼしなどではない、廻田はこの任務を遂行できるのは自分だけだという自負を寺田に差し出した。寺田は知らない。広瀬の決意を、弓削の献身を、伊波の至誠を。時が流れても消えることはない彼らの記憶。それらを胸に、廻田には為すべきことが残されている。

廻田の沈黙を同意と勘違いしたらしく、元気でな、と寺田がドアのノブに手をかけた。

「陸幕長はどうされるのですか」廻田は棘を含ませた語感で寺田を呼び止めた。

「これから私の戦いが始まる。怯え切って東京から一歩も離れられない最高指揮監督権者を戴いたままでは、護るものも護れない。そのために私はここにいる。お前の任務は終了、長生きしろよ」

いきなりの自己犠牲と押しつけに等しい温情、シロアリでさえ食いつかない。

「ここまでさせておいて、お払い箱はないでしょう」

「廻田、お前には無理だ」

「その理由をお知らせください」

「貴様は館山への弔い合戦のつもりだろうが、そんな矮小な目的は迷惑だ」

どうせ、そんなことだと思った。

「陸幕長、あなたがこの任務に私を選ばれた理由は知りませんが、私がお受けした理由は自負という自惚れからです。館山を失った私が絶望の中にいたとしても、同情など余計なお世話だ。この地の人々も、くだらぬ人情話に自分たちの未来を託されたら、たまったものではない。何よりも、明日の戦いで彼らの絶望を希望に変えることができるのはあなたではない、私です。前線に出ます。私に小隊を一つ預けて頂きたい。己の結論が正しいのか、それが何をもたらすのか、最後まで前線で見届けます」

「その結末が犬死にであってもか」

「言ったでしょう。そう思わなければ、この任務を受けはしなかった。私の命といったい何を比べるおつもりか」

廻田は寺田が手渡したチケットを内ポケットに三枚だけねじ込み、残りの一枚を破り捨てた。どうする？　今度はあなたが腹を括る番だ。

上から目線で顎を上げた寺田が、やがて頬に溜めていた空気を吐き出した。

「お前の移動時期を一週間、遅らせておこう。ただし、私の邪魔はするな」

有り難い捨て台詞を残してくれた寺田と廊下に出た廻田は、無愛想に立ち去るその背中を見送った。寺田の姿が曲がり角に消えた途端、いったい何の話だったの、隠し事は許さんぞと、妙な連帯感を見せる三人が廻田を取り囲む。

落ち着いてくれ、今話すからとチームをなだめた廻田は、内ポケットから取り出した三枚のチケットを掲げ、一息おいてから切り出した。

「みんな、我々の任務は終了した。これは明日の東京行きのチケットだ、早くこの地を離れて欲しい。今日までの努力に心から礼を言う」

チームを危険に曝すわけにはいかない。

腕組みした弓削が疑い深い目を廻田に向けた。

「なぜチケットが三枚なの」

「君たちの分だ」

「三佐はどうするつもりなの」

「私も明日中には北海道を離れるつもりだ」

三佐、と伊波がいかにもわざとらしい疑惑の目を向けてきた。

「それまで堅物だった人間が急に物分かりが良くなったときは必ず裏がある。小学校で習いました」

はなから人の話を信用していないときの伊波は、やけに落ち着いた口調で応じる。今の伊波の落ち着き様は、機嫌が良いときの寺田並みだ。

廻田も必死で応戦しようとした。

「俺がそんな裏のある人間に見えるか」

「裏がない分、相変わらず嘘は下手ね」

弓削が怒った顔で廻田の手からチケットを抜き取った。どうするか明日までに考えておくわ、と言いながら彼女はその場を立ち去った。

※

二月二十一日　午前二時　運命の朝
北海道　千歳　陸上自衛隊　第七師団

明かりを落とし、ソファで横になったまま廻田は寝付けずにいた。次の夜、この地で恐るべき事態が発生する。原因は突き止めたが、対処法は不明、それもこれもお前のせいだ、とどこからか嘲る声が聞こえる。闇の中であれこれ考えを巡らすうち、かえって目は冴え、寝返りを打とうと体の向きを変えたときだった。入り口のドアが音もなく開き、その隙間からあの音、カサカサという奴らの這い回る音が抜けて来た。続いて廊下のあちこちで悲鳴が上がる。明かりをつけようと手を伸ばすが、なぜかスイッチが見当たらない。ぐずぐずしている間に、カサカサというあの音が確実に近づき、ドアのすぐ向こうで重なり合いながら増幅すると、半開きの隙間からシロアリの群れが溢れ出た。

ＴＲ１０２のときと同じだった。バケツで水をぶちまけたように床を覆い尽くした連中が、たちまちソファの足をよじ上り、頭から、足元から、いっせいに廻田へ襲い掛かった。
またたく間に下半身がシロアリの群れに埋もれていく。

非常ベルがけたたましい音を立てた。

「三佐、起きてください、三佐」伊波の声だった。

やめろ。廻田はベッドから飛び起きた。

目の前に心配そうな表情で伊波が立っていた。

シロアリの姿はどこにもなかった。

夢か……、廻田は肩で息をした。

「何の用だ」「夕張と岩見沢の連絡が途絶えました」

馬鹿な、今夜じゃないだろうが。廻田は思わず腕時計のカレンダーに目をやった。間違いない、二十一日になったばかりで月齢は二十八のはず、新月までは一日早い。二人の騒ぎに隣の部屋で仮眠していた弓削が起き出してきた。どうやら彼女も寝付けなかったらしく、両目が腫れぼったい。

　困惑の表情で伊波が報告を続けた。

「たった今、部隊から連絡が入りました。夕張と岩見沢の町から救助要請が入ったあと、連絡が取れなくなっています。現在、空から状況を確認中です」

　あくびを噛み殺しながら伊波の話を聞いていた弓削の表情が、たちまち強張った。そして、キャビネットのスチール引き出しから石狩平野の地図を取り出し、机の上に散乱していた書類やペンを払い除けるとそこへ広げた。

　しばらくそれを眺めていた弓削が、地図の上を指でなぞり始めた。

「シロアリの群れは道東から地中を進んで来るはず。そのとき、障害になるのは硬い地層の存在です。北海道は白亜紀の岩石、主として白亜紀に生成された堆積岩類の中へ地下深部から上昇してきた高圧型変成岩と蛇紋岩が広く分布しているのです。北海道の中央を南北に、日高支庁の海岸部から宗谷岬（そうやみさき）へと延びる、空知（そらち）・エゾ帯の主要部を占める神居古潭（かむいこたん）帯、ここの堆積岩はシロアリが突破するには硬すぎると思っていたけれど、ついに越えてしまったようですね。神居古潭帯の西にあたる礼文（れぶん）・樺戸（かばと）帯に入ってしまうと、石狩低地東縁断層帯から西の石狩平野は、そもそも湿地・泥炭地です。この第四系沖積地盤と、その上に堆積した表土部分なら、シロアリたちは難なく地中を進むことができます。奴らはすぐそこまで来ている」

「なぜ明日ではなく、今日なのだ」

「彼らは己の体内時計と、自己受容器としての感覚器から感じ取る重力場の変化で行動を起こすだけ。幾つかの条件が整い、今日の時点で攻撃を開始するスイッチが入ったということです」

弓削の話を聞き終えた廻田には、もう一つ気になることがあった。

「君は大河原との会議で、シロアリが本土へ上陸すれば人類滅亡の危機になると言ったが、あれはどういう意味だ」

弓削が、大きく、長い息を吐き出した。

「奴らの正体が明らかになってから、私はずっと考えていました。もしかしたら、彼らは大量絶滅をもたらす使者かもしれないと」

「大量絶滅？」

「そうです。大量絶滅とは、ある時期に多種類の生物が同時に絶滅することで、多細胞生物が現れたベンド紀以降、五回起こっています。例えば、古生代後期のペルム紀末、約二億五千百万年前に三度目でかつ歴史上最大の大量絶滅が起こった。このときは三葉虫を含め、すべての生物種の九十パーセントが絶滅しています」

「合計、五度の大量絶滅というわけか」

「もう一つ、それは現在です。つまり完新世。多くの生物学者は、現在、大量絶滅が起こっていると見ている。その原因は人類です。人類の祖先である《猿人》、中でも中東アフリカで見つかった《ルーシー》という名で有名なアウストラロピテクスの女性は、四百万年前から三百万年前に生きていた。そして、我々現代人と同じグループの《新人》、例えばクロマニョン人が登場したのは二十万年前、旧人もこの時代にまだ生き残っていたのですが、次第に新人に取って代わられた。地球に比べればゴミのような歴史しか刻んでいない我々が、六度目の大量絶滅の引き金を引いた。原因は温暖化や海洋汚染だけでなく、過去とは異なる特殊な要因、つまり単一の生物が地表を支配することで生態系のバランスが崩れたことにあると私も信じていた。ところが……、六回目の大量絶滅の原因は人類ではないかもしれない」

「あの細菌か」

恐怖の影を漂わせたまなざしで、弓削が頷いた。

「過去五度の大量絶滅の多くは大陸移動、マントルの上昇など、地殻や地球内部で生じた要因によってもたらされてきました。考えてみてください、今回の細菌もそんな地下深部からやって来た」

それが富樫の言う神、つまり日本神話に登場する《黄泉津大神》なのか。過去の歴史と同じく、あの細菌こそが地上に破滅をもたらす使者だというのか。

「防ぐ手は？」

「ありません。我々は全知全能ではない。ちょっとだけ知恵をつけた霊長目が、神の業にあらがうことなどできない。富樫博士の予言が正しいなら、我々は三葉虫やアンモナイトと同じ、滅ぼされる側です」

恐るべき仮説。しかし、弓削の説はすべての辻褄が合い、どこにも誤謬が見当たらない。

午前六時五十一分

北海道　千歳　陸上自衛隊　第七師団

岩見沢の町で炎上していたガソリンスタンドの近くから、巨大な蟻塚と焼け焦げた大量のシロアリが発見され、ようやく政府は廻田たちの説を認め、北海道全土に警報を発令するとともに、午前七時にすべてのチャンネルで緊急放送を流すと発表した。夕暮れまで十時間ちょっとしか残されていない今頃になって、東京のアホたちは事態の深刻さに気づいたようだ。

すでに第七師団では寺田の命令により、今夜起こるであろう攻撃に備えて夜を徹した準備が行われていた。師団が保有する戦闘車両の重機関銃は勿論のこと、主力の九〇式戦車の徹甲弾と対戦車りゅう弾もシロアリ相手では無用の長物だ。そこで、寺田が指示したのは、サーモバリック爆弾とはまったく異なる、水際での焼き討ち作戦だった。具体的には航空自衛隊で活躍する大型化学車A‐MB3、つまり航空機や油脂火災用に一万二千五百リットルの水と千五百リットルの薬液を積載できる消火車両と、主にヘリコプターへの燃料補給に使用される陸自の一万リットル燃料タンク車、これらを札幌周辺の全基地からかき集め、そのタンクにケロシン系ジェット燃料を満載し、高圧ポンプでシロアリに向け放油しながら九〇式戦車の新型焼夷弾で着火するというものだ。

一方、空からの偵察、攻撃、さらに人命救助のため、北部方面航空隊の全ヘリコプター、さらに三沢基地の三沢へリコプター空輸隊からCH‐47チヌークを呼び寄せ、大通公園、中島公園、北大キャンパス一帯に設けた《段列地域》にスクランブルさせると同時に、道警保有の飛行船をガンシップに改良し、常時、上空で待機させる計画だ。

地上部隊は、幌しかシロアリの侵入を防ぐ手立てがない輸送トラックの使用を避け、水密構造の八九式装甲戦闘車と七三式装甲車に収容できるよう、七名ごとの小隊に分けられた。小銃だけでなく対戦車誘導弾などを装備した彼らは、防衛ラインの手間から機甲車両の援護と住民の避難を担当する。本来、普通科連隊の任務は各種戦術行動において、近接戦闘により敵を撃破または捕捉することだが、シロアリとの戦いは相手を殲滅するのではなく、何とか翌朝まで彼らの進攻を食い止めることに主目的が置かれている。このため、シロアリの群れが迫ったときは、屋外行動を中止して、ただちに装甲車両へ避難するよう下命された。

隊員の士気は高いだろうか。気がかりなことは山ほどある。自衛隊が初めてまみえる敵がシロアリだったとは。高まる緊張に腕組みしたまま、基地内を忙しく走り回る隊員を見つめていた廻田は、新千歳空港の向こう、支笏湖に近い札幌岳、空沼岳から漁岳へ延びる稜線に目を転じた。例年になく降雪量が少ないのは、強い北西の季節風が吹き寄せる厳しい冬のためで、今も気温は摂氏マイナス十度、いや体感気温はもっと低いだろう。真正面から耳を削ぎ落とすような風を受けながら、廻田は腕時計に目を落とした。まもなく、予定の午前七時となり、基地内で出撃準備を整えた車両が整然と隊列を整えつつあった。それぞれが五個戦車中隊からなる第七十一、七十二、七十三戦車連隊、地上部隊で構成される第十一普通科連隊。そして、焼き討ち作戦用の燃料を運搬、供給する第七後方支援連隊で構成された部隊が、九〇式戦車百五十両を先頭に列をなし、作戦開始の合図を待っている。白い排気ガスが車体の後部から吹き上がり、エンジンのアイドリング音が重なり合って狼のうなり声のごとく、駐屯地にこもる。

ここはもはや戦場、彼らを待ち受けるのは数え切れないシロアリの群れだ。

三佐、緊急放送が始まります、という伊波の呼び声に急いで研究室へ戻ると、弓削たちが見つめるテレビ画面で、予告通り緊急放送が流れ始めた。

眉間に皺を寄せたＮＨＫのキャスターが、官房長官による記者会見が始まりますと伝え、画面が切り替わって官邸からの中継が始まった。会見場にはひな壇がセットされ、報道席は鈴なりの記者で溢れている。カメラがズームしてひな壇がアップになると、磯崎官房長官とその背後に牧内と片岡が控えていた。廻田たちを嘲ったときとは異質の、紳士的で殊勝な表情を浮かべる磯崎、その場その場で別人に成りすます狡猾さ、それも政治家に必要な資質なのだろう。

（それでは、本日、北海道全域に発令した非常事態宣言についてご説明致します）

演台の上でペーパーを広げた磯崎が記者席を見渡した。

（昨年の二月、北海道根室沖の石油掘削プラットフォームで採取された土壌から、新種の細菌が地上にもたらされました。この細菌は人間には害を及ぼしませんが、ある種の昆虫に対してはその性質を凶暴化させます。ボーリング削孔水に紛れて道東の中標津町に運ばれた細菌が、現地のシロアリに感染し、凶暴化した彼らが住民を襲いました。つまり、昨年から今年にかけて道東で発生した感染症と思われる被害が、実はシロアリの攻撃だった事実が最近判明しました。そして、生息域を拡大したシロアリの群れが、昨夜、夕張と岩見沢を全滅させ、今夜、札幌の町を襲うと予想されます）

いっせいにフラッシュがたかれ、その閃光（せんこう）で磯崎の顔がいっそう青白く映し出された。

（それでは、この状況を受け、政府の対応について発表いたします）

磯崎が用意したペーパーを読み上げ始めた。ついに、政府がＴＲ１０２以降の事件の存在と、その原因が細菌に感染したシロアリの攻撃である事実を公表した。

（昨夜遅く、安全保障会議を兼ねる形で、国民保護法に基づき首相を本部長とした対策本部が設立され、事務局はただちに対処基本方針の策定を行いました。すでに関係道県には連絡済みですが、それをこれから配布します）

磯崎が掲げた書類を、若い事務局員が手際良く記者たちに配布していく。

磯崎の説明によれば、対策本部長である大河原首相は木村総務大臣を経由して、二十二日の朝まで夜間外出禁止令を発令し、夕方五時から翌朝七時まで一切の外出を許さないこと、さらにそれ以降、シロアリによる攻撃の終息を確認してから道民の避難を開始する、以上二点を田代北海道知事に指示したらしい。同時に大河原首相は、青森、岩手、秋田各県を避難先地域に指定し、それらの知事に対策本部を設置するよう指示している。さらに所要の救援に関する措置、具体的には収容施設の供与、炊き出しその他による食品および飲料水の供給、医療の提供などを要求した。ここまでは手順通りだった。

問題はそのあとである。政府は細部までを詰め切れていない。これでは田代知事は全首長に対して、どの市町村の住民がどの県へ避難するかを指定するだけで、主要な避難の経路、避難のための交通手段、その他避難の方法については具体的な指示を出せないだろう。また、避難住民の誘導についても、警察官と自衛官が治安維持活動に手いっぱいとなるのは目に見えており、知事の要請に応える余裕などない。さらに、予想される避難民の数が膨大なため、避難先地域に指定された三県の知事は、避難民を受け入れるべき地域を決定できず、当然、受け入れ地域に指定されるべき市町村長への通知も時間がかかるはずだ。

ただし、今重要なことは今夜をどう凌ぐかだから、その次のことは明日の朝日を見ながら考えるしかない。

廻田も前線に出る準備を始める時間だ。寄りかかっていた机を離れた廻田は、爪を噛みながらテレビ画面を睨んでいる弓削に右手を差し出した。

「ここでお別れだ」

一瞬、きょとんとした表情をみせた弓削が、すぐに廻田の言葉を理解したらしく、たちまち口を尖らせた。

「それって、どういう意味？」

「広瀬医務官は師団司令部、伊波は私と任務に就く。すでに新千歳空港は閉鎖されてしまったため、君には司令部が置かれる道警本部に避難して欲しい。東京へ戻れなくなった不手際を許して欲しい。代わりに君の安全は隊が保障する」

「任務って？」

「小隊を率いて前線に出る。それが私の本業だ」

たった今の表情からして、話が違うじゃないのと、いつものようにわんさか口答えが返ってくると覚悟していたら、弓削が思い詰めたようにぐっと唇の端を噛んだ。長いまつげが心なしか揺れて見えた。

「なぜ、三佐が」

「市民を護るには一人でも隊員が必要でね」

「もう十分に尽くしたじゃない」

弓削の労いに廻田は視線を落とした。そして、どこかで逃げ道を探そうとする己を諫めた。まだだ。……まだ足りない。廻田は真実を解き明かしただけで、まだ誰も護ってはいない。弓削の気持ちはうれしいが、廻田が解放されるのはすべてを見届けてからだ。そのためにあと少し、託された誇りと不屈を最後の一滴まで振り絞らねばならない。

　荷物をまとめ終えた広瀬が、伊波、次に廻田へ右手を差し出した。

「三佐、気をつけて」

「医務官こそ。お世話になりました」

　敬礼ではなく、廻田は広瀬と固い握手を交わした。

「二人とも、これから何が起ころうと、最後まで自分を見失うな。命を差し出すことだけが国を護ることではない」

　私は逃げ足が速いからご心配なく、と伊波が軽口をたたく。医務官こそ無理をなさらずに、廻田は微笑み返した。広瀬の尽力に報いる言葉などあろうはずがない。この四人がチームだった十三日間が奇蹟に変わるかどうか、明朝、はっきりする。

　そんな中、弓削一人がとびきり寂しそうだった。

　いつものえくぼは消え失せ、せっかくの美人が台なしだ。

「何よ、それ。私だけ道警から見ていろと」

　得意の口答えに元気がない。

「そうではない、君には最後まで見届けて欲しい。いったい、何が起こるのか、奴らを撃退するためには何が必要か、その答えを見つけて欲しい。それまでの間、我々が踏ん張ってみせる」

　廻田を見つめる澄んだ目。弓削が胸の前で祈るように手を合わせた。目の前の彼女はいつもの気丈な才媛ではなく、敬虔な修道女を思わせた。

　こんなことに巻き込んですまない、彼女に対する正直な気持ちが廻田の中で溢れた。最初は生意気な跳ねっ返りだと思った弓削、やがて望外の働きをみせてくれ、今、廻田たちの無事を祈ってくれている。混じり気のない想いに報いる言葉が見つからない。

不意に弓削がそっと廻田の右手を握った。

「お気を付けて」

短いけれどあり余る気遣いには、微塵の嘘も感じられない。

慌ただしさを増していく周囲の喧噪にかき消されそうな彼女の息づかい、温かな手の感触、密やかだからこそ溢れる弓削の祈りに、廻田は不器用な敬礼で応えた。

午前八時十一分　日暮れまで九時間四分
札幌近郊

慌ただしく混成団本部を引き上げた富樫は弓削とともに、見送りの三尉が運転する車で国道三十六号線を、大通公園の近く、道庁の斜め向かいに立つ中央区北二条西七丁目の北海道警察本部へ向かっていた。旭川を護る第二師団を除いて、第七師団と第十一旅団、そして第五旅団の一部で札幌を防衛する方針が決定されたものの、第七師団の駐屯地は至る所で地面が露出しており、シロアリの攻撃を防ぎ切れないとの判断から、司令部は道警本部に置かれた。もはや縄張り争いをしている場合ではない、警察も大急ぎで態勢を整え、一個大隊編成の北海道警察警備隊と、一般の制服警察官が兼任する第二機動隊が、自衛隊と共同で市民の誘導、治安の維持に当たることになった。

札幌の中心へ近づくにつれ、昨日までの風景は一変していた。どの通りも郊外を目指す避難民で埋め尽くされている。救いようのない状況だった。どこへ逃れるつもりか知らないが、札幌の中心から脱出しようとする人々で、すべての交通機関が大混乱に陥っていた。理由は彼らが移動手段の選択を根本的に誤ったからだ。

何よりも多くの住民が車を選択したことが致命的だった。反対車線にまで入り込む車列には、信号などあってもなくても同じだ。おかげですべての交差点が両方向から強引に進入する車で埋め尽くされ、一メートルも進めない状態に陥っている。そこが起点となって、まず主要道路が大渋滞に陥った。次に抜け道を求めて、脇地に入り込んだ車が混乱に拍車をかける。脇道ではいったん渋滞に引っ掛かると、あとに続く車のおかげでバックすることもできない。わざわざ袋小路へ乗り入れて、他の車より数メートル先に進めるかを競ったところで、何の意味もない。怒号とクラクションがビルの谷間に充満していた。やがて一人、また一人、車を乗り捨てる者が出る。ご丁寧に彼らがドアをロックしていくため、邪魔な車を路側に移動させることもできないまま、捨て置かれた車が障害物となって増々、渋滞に拍車がかかる。追い討ちをかけるように、避難する人々の列にバイクや自転車で乗り入れる連中が現れる。怒った人々が運転している者を引きずり降ろすと、途端に殴る、蹴る、の暴行が始まった。

鉄道の状況も悲劇的だった。札幌駅は避難民で溢れ返り、我先に電車へ乗り込もうとする人々がホームから階段でせめぎ合う。改札で入場制限を行っても、高潮のように押し寄せる人の波は制止しようとする駅員を呑み込んで構内へなだれ込んでいく。ホームに溢れた人々が線路にこぼれ落ち、電車が立ち往生していた。業を煮やした人々が線路を歩き始め、鉄道網は完全に麻痺した。次第に街全体が狂気を帯び始め、恐怖に駆り立てられた避難民の焦燥は、もはや警察警備隊の力を以てしても制御できない。

時々、どこかで銃声が響くたびに、隣の弓削が首をすくめた。
もはや暴力が生き残るための掟になったかと思わせるほど、人々は苛立ち、暴力的になってい
た。暴徒に向かって放水する機動隊の頭上で、道警のヘリが何機も飛び交い、拡声器を使って避
難民に家へ戻るよう呼びかけるが、殺気立った避難民は大きなうねりとなって郊外を目指す。陥
落直前のサイゴンと同じく、混乱の極みに陥った街を、手錠で繋がれたままの富樫は窓越しに醒
めた目で見ていた。
これでいいのだ、まさに審判の時にふさわしい。

午後五時二十一分　日暮れ

この時期に雪のない札幌、こんな光景は初めて見る。目に映るものすべてが尋常ではない。札
幌市内を流れる豊平川(とよひらがわ)に架かった豊平橋の袂(たもと)で廻田は、藻岩山(もいわやま)に沈む夕陽を眺めていた。ぴんと
張りつめ、透明度が高い冬の空気の中をゆっくり、廻田たちとの別れを惜しむかのごとく、やけ
に赤い陽が沈んでいく。
橋を渡って札幌の中心部へ避難する住民の列が、途切れることなく続いていた。
早朝からの混乱が、昼になっても一向に沈静化する気配を見せなかったため、政府は急遽(きゅうきょ)、シ
ロアリとの決戦に配備していた第十一普通科連隊を市内の治安維持に投入した。相反する二つの
命令を下された連隊長から、仕方なくこの任務にあたることを命じられた第四、第五、第六中隊
の輸送トラックが、機動隊の輸送車に加えて市内を走る。その拠点となる《段列地域》では、部
隊へ物資を輸送するチヌークがひっきりなしに離発着を繰り返していた。ヘリのエンジン音、舞

い上がる砂塵、その中を進むトラックの長い列、車列の脇を駆け足で通り過ぎる武装自衛官。突然の治安出動が市内に持ち込んだ非日常が、街の中心部にこつ然と姿を現した。治安部隊を乗せた七三式大型トラックが、市内に数十箇所指定された警備拠点で小隊を落としていく。主要な交差点には九六式装輪装甲車が配備され、それらには実弾が装塡されていると発表になった。頭上ではときおりコブラの編隊が飛び過ぎ、さらに道警の飛行船が哨戒飛行を行いながらカメラで街の状況を監視する。

パトカーだけでなく、高機動車、軽装甲機動車が市内を巡回し、迷彩色の鉄帽と戦闘服に武装した自衛官が小銃を構えて路上に立つ前を、脱出の術を失って道路や駅の周辺に取り残されていた人々が、沈黙の列となって街の中心部を目指していた。

シロアリの攻撃は東から来ると予想した寺田は、九〇式戦車を豊平川とＪＲ沿いの線上に配置し、ここをマジノ線と同じ絶対防衛線として全火力を投入する決意を固めた。よって、その外側となる白石区（しろいし）や豊平区の住民はすべて、豊平川の西側へ避難せよと命じられたが、両区だけで人口は四十万人を超える。彼らの避難がシロアリの攻撃が始まる前に完了するかどうかは五分五分の状況だ。

それと同じくらい危ういのは密度効果に煽られた群集心理の暴走だった。極度のストレスに曝され続けると、人の心などもろいものだ。警備ではなく、治安維持という強権、警察ではなく、自衛隊という威圧、短銃ではなく機関銃の銃口を向けられる恐怖、それらは人々を服従させたように見えるが、混在する恐怖と抑圧は必ず人の内側に溜め込まれ、それが臨界点に達したとき、別の形で爆発するに違いない。

別の形？　そう、それは正真正銘の狂気だ。

いきなり目の前を、赤色灯を回転させたパトカーが札幌駅の方向へ向かって走り過ぎていった。パトカーを目で追うと、駅へ続く南五条東三丁目交差点の路側に北海道警察警備隊第一中隊の輸送車がずらりと列をなし、その前ではバリケードが組まれ、数十人の機動隊員によって駅方向へ向かう車がUターンさせられている。豊平川から西は、緊急車両以外は通行禁止なのに、知ってか知らずか、強引に中心部へ進もうとする一般車両がカラーコーンで仕切られた検問エリアに誘導され、それを車道脇に並んだ野次馬たちが、二重、三重の人垣を作って見物していた。恐怖の夜はすぐそこだというのに、こんな所で暇をつぶしている連中の間抜け顔を見ていると、秩序と安全を守ろうとする光景が、この国では珍しい出来事だという現実を改めて思い知る。

「うるせえんだよ、俺の勝手だろうが！」

野次馬の人だかりが波を打ち、その隙間から怒鳴り合う声が抜けてきた。車の窓越しに機動隊員へ食ってかかる運転手が車中から引きずり出され、首根っこを押さえられたまま輸送車へ連行される。警察の暴行は明らかに度を越していたが、野次馬連中は誰一人としてそれを止めようとはしない。国家に守ってもらう側は羊のように沈黙し、守る側は野良犬のように殺気立っていた。哀れな被害者に同情を禁じ得ないが、自分がここへやってきた理由はリンチの仲裁ではない。

羊と呼ばれたくはないが、番犬を演じる気もない。何より、寺田に仕えるようになってから、犬は気に入らない。

廻田は騒動に背を向けて頰をパンパンとたたいた。一時間ほど前から、気圧差でおかしくなったように耳が痛み始めた。理由は分からないが、寄せては引く痛みのせいで廻田も苛立っていた。

こんなにおかしな感覚は初めてだ。廻田は耳鳴りのたびに頭を振った。

胸の内に気味の悪い小波が立ち始めた。

廻田の前には、寺田が段取りした四名の隊員、橘陸曹長、井口一曹、島屋二曹、大野二曹が出動の準備を整えていた。彼らはシロアリの攻撃から皮膚を防護するためゴーグルを装備、戦闘服の襟で首を完全に隠すだけでなく、念のために靴紐の編み上げ箇所、ならびにズボンの裾と戦闘靴の境はテープを巻き付けて塞いだ。

「聞いてくれ。襲ってくるシロアリは動体に反応し、おそろしくすばしっこい。作戦中は常に二人で行動し、彼らに遭遇したときは周囲を囲まれないよう、常に退路を確保しろ」

廻田の前に立つ、プロレスラーを思わせる体躯の橘陸曹長が顎をしゃくった。

「たかが虫相手に第七師団が出動ですか？　害虫駆除業者じゃあるまいし」

突然、堪え難い痛みが内耳で弾け、頭の中で何者かが廻田に命じた。

——そいつに思い知らせてやれ。

操り人形のように廻田の右手が意志とは無関係に反応したと思ったら、グシャという音があたりに響き、橘陸曹長が仰向けに倒れた。

凍り付いた隊員たちが、ぎょっと見開いた目を廻田に向け、殴られた頰を手の甲でさすりながら、橘がすみませんと廻田を見上げた。

俺はいったい……。そっと下ろした拳には、たしかな殴打の感触が残っていた。

何かが廻田の中に巣食っている。廻田はみずからの激情に狼狽えながらも、表情ではどうにか平静を装った。しかし本当は、全身が総毛立っていた。

場に漂う気まずい雰囲気から目を背けた井口が弾倉を小銃に装塡し、ブレードの切れ味をたしかめた島屋が銃剣を腰のサックに戻す。胴回りのポケットに小銃用の三十発弾倉を詰め込んだ大野が、無言で準備の整ったことをよそよそしい敬礼で伝えた。

気のせいか、頭の中で笑い声が聞こえた。

午後九時四十三分

運命の夜が確実に更けていく。明けない夜はない。しかし、廻田たちにこの夜が明けるかどうかは分からない。ここ数日吹き荒れた強風は息を潜め、しんしんとした夜気があたりを包むと、足元から這い上がる冷気が吐息を氷の結晶に変える。川向こうに広がる闇の中に隠れているのは、廻田たちを迎える天国への階段ではなく、破滅の使者が姿を現す地獄の門。指先の感覚が失われているのは、どうやら寒さのせいだけではない。

隊長、と伊波が廻田の横に立った。「遅いですね」

廻田は気のない相づちで答えた。

もしかしたら、今夜は来ないのでは？　白い息となって吐き出された伊波の願いを、廻田はゆっくりと首を横に振って否定した。来る、必ず奴らは来る。廻田には分かる。ずっと続く頭の中の囁きにかき立てられ、心に巣食うおののきと怖じ気はもはや拭い難い。

そのとき、頭上でカラスの羽音が舞った。木々の枝が揺れ、突然、前方から妖しい風が吹き寄せる。妙な湿気と腐臭が頬を撫で、首筋を亡霊にまさぐられるような悪寒に廻田は吐き気を覚えた。

足元の地面が微かに震え、続いて幾つもの悲鳴が、川向こうのあちらこちらで上がる。まだ住民が残っている、と怯えた目で言葉を発した伊波を、しっ、と廻田は舌打ちで制した。

東の方角、闇の中で何かがうごめき、足元に伝わる振動が次第に増幅する。

近い、来るぞ、廻田は呟いた。

何が起ころうとしているのか、その答えがたちまち目の前に現れた。いきなり、二百メートルほど先の国道三十六号線で舗装が盛り上がった。それも一か所だけでなく、右手の南七条米里(よねさと)通、その向こうの北海学園大(ほっかいがくえんだい)、左手の東北通といった、対岸のあらゆる場所で、次々と地表面が波打ちながら盛り上がり、その斜面から粉砕されたアスファルトの破片がバラバラと転げ落ちる。

先程とは比べものにならない生暖かい風が、廻田たちを突き飛ばす勢いで吹き寄せた。

それが合図だった。

来た。

途方もない勢いで盛り上がった地面が、無数の小山となって蟻塚に形を変え、その頂上に幾筋もの裂け目が走る。舞い上がる土煙とともに蟻塚の頂から、噴水のごとく黄色の粒が吐き出され、重なり合いながらシロアリの大群が姿を現した。

「標的来ます。豊平川まで二百！」

暗視装置を右目に押し当てた井口の声が強張る。

ザーという雑音のあと、野外無線機のイヤホンを通して隊内無線が騒がしくなる。

（こちら司令部、第二中隊どうぞ。送れ）

（こちら第二中隊、敵の出現を確認。指示を乞う。送れ）

（こちら司令部、全中隊、戦闘態勢）

そのあいだにも、止めどなく蟻塚から這い出るシロアリが白石区の家々を呑み込み、互いの群れが合流し、ビルの間を抜ける濁流となって豊平川へ押し寄せる。

圧倒的な数だった。

（作戦開始。敵が渡河を開始すればただちに攻撃せよ）

油輸送専用のトレーラーから耐圧ホースと放水銃を使って、施設部隊が豊平川にガソリンを流し込み始めた。

「距離、百」井口の声は悲鳴に近かった。

一匹では取るに足らない個体でも、集まり、重なり合って巨大な群れとなったシロアリが、みずからの威勢を誇示するかのごとく、対岸で横一列に並び始めた。やがてよく訓練された軍隊さながらに横隊の隊形を整えた群れが、長い線となって豊平川へ前進を始める。その先端が息をするようにうごめいたと思えば、次の瞬間、雪崩のような黄色の波が斜面を下り始めた。

ついに人類と昆虫の雌雄を決する戦いの幕が上がった。

そのときを待って次々と投げ込まれた発煙筒で川面のガソリンが発火すると、もうもうたる黒煙と炎が一気に天空へ吹き上がる。

熱波があたり一帯を襲い、油の燃える臭いが鼻をつく。

それでも、押し寄せる群れの勢いは衰えない。

続いて、対岸でうごめくシロアリの大群に向かって、Ａ‐ＭＢ３と一万リットル燃料タンク車からジェット燃料の放射が始まった。Ａ‐ＭＢ３のストレート放水到達距離は、ジャンボジェットの機長を超える八十メートル、放水口からきれいな放物線を描いて、燃料が群れの頭上に撒き散らされていく、片や一万リットル燃料タンク車はその手前、比較的近いエリアに向けて噴霧放水を行う。

頃合いを見計らって前進してきた九〇式戦車が位置を取り、砲身を俯角に取った。

次の瞬間、目がくらむ噴射炎を残して砲口から焼夷弾が放たれた。

ドーンという鼓膜を突き刺す爆発音とともに、幅一キロ、奥行き百メートルはあろうかという広大なエリアで、高さ二十メートルほどの火柱が連続した壁となって立ち上がった。昼間のように照らし出された白石区の街で、シロアリの群れが炎に焼かれ、巻き添えで周囲の建物も炎上を始める。

熱い。廻田の位置でさえ皮膚がちりちり焼けるようだ。燃料が噴射された地域では、空気中にも気化した燃料が浮遊しているため、次々と周辺家屋に延焼しながら、火災の範囲はまたたく間に拡大を始める。パチパチという木材が弾ける音と一緒に、大量の飛び火や火の粉が夜の闇に舞い上がる様は、太平洋戦争の東京大空襲を想像させる地獄絵そっくりだが、反対に寺田の作戦は功を奏したようにみえた。火災は街全体を焼き尽くす勢いで拡大していく。業火と呼ぶにふさわしい火煙は遥か成層圏にまで達し、至る所で発生している巨大な火災旋風は、竜の如き渦となって対岸をなめ尽くす。そこに逃げ遅れた人がいたとしても、炎に巻かれて焼死するか、周囲の酸素を奪われて窒息死するだろう。

いくら何でもシロアリがこの炎を越えて来ることはできまい、誰もがそう思った。

「群れの一部が川を渡ります」

呆然と火災の様子を眺めていた廻田は、思いもしなかった対岸の光景に目を見開いた。豊平橋から下流へ百メートル、火勢が衰えた場所に新たな群れが集合を始め、たちまちその一部が堤防の法面を下ると、先発隊がスクラムを組んで何本もの橋を作り、その上を通って本隊が川を渡り始めた。

シロアリの恐るべき知恵に、廻田は島屋の手から野外無線機の受話器を奪い取った。

「虫が川を越える。大至急、空からの攻撃を乞う。左岸土手沿いに七十ミリロケット弾と二十ミリ機関砲で攻撃せよ。急げ！」

（こちら司令部、了解した）

早くしろ、早く。廻田は受話器を握りしめた。

もはや総力戦だ。持てる全火力を投入し、奴らの進撃を食い止めねばならない。四幕は幾多の仮想敵国を想定し、それぞれの軍事力と行動パターンを分析した上で、有事のシナリオパターンを準備してきた。

ところがどうだ、生物の本能という戦意の前に、ハイテクの軍隊もなす術がない。

バタバタバタというエンジン音に仰ぎ見ると、闇夜の中からコブラの編隊が姿を現した。攻撃の目印となる発煙筒が土手上へ投げられる。ペイロード目いっぱいと思われる装備を懸架（けんか）し、廻田の位置より下流の左岸上空でホバリングを開始したコブラが、いっせいに七十ミリロケット弾を連射した。橙色のトレーサーと白煙を引きながら何十発ものロケット弾が川を越えてきたシロアリの群れに襲い掛かる。足元を揺るがす連続した着弾音が響き、左岸の土手が土煙と火炎球に包まれた。

どうだ！　廻田は思わず拳を握った。

それでもシロアリの勢いが削がれたのは、ほんの一瞬だった、あとから、あとから、際限なく押し寄せる群れは仲間の死骸を乗り越え、決して進軍を止めない。トレーラーに積んだ燃料が切れれば、防衛戦を破られるのは時間の問題だ。

再び、無線が絶叫した。

（こちら司令部。南四条東二丁目交差点付近でシロアリ確認。第二中隊の各小隊は散開して位置を確認せよ）

廻田は耳を疑った。南四条東二丁目？　まさか……、防御線の内側じゃないか。顔から血の気が引くのを感じながら廻田が視線を市中方向へ向けたとき、その先で悲鳴が上がった。なんと、歩道沿いに並ぶ街路樹の植え込みから無数のシロアリが這い出てくる。

無線が伝えた交差点付近で市内の治安維持に当たっていた第六中隊の隊員たちが不意をつかれた。

「総員退避！　車両に退避せよ」廻田は大声で叫んだ。

突然、足元から現れたシロアリの群れに混乱をきたした隊員たちが逃げ惑い、そのあとをシロアリの群れが追う。TR１０２のときと同じく、彼らは組織的で、狙いをつけた獲物に対して包囲網を絞り込みながら追い立てる。逃げ場を失った隊員があたり構わず撃ちまくる小銃の発砲炎が闇の中で明滅し、バリバリバリバリ、バリバリバリという連射音がこだまとなってビルの谷間に籠ると、流れ弾に削られたガラスが飛び散り、コンクリートの破片が粉塵となって舞い上がる。劣勢の同僚を助けるために前線部隊から携帯放射器を背負った隊員が駆け出し、火炎放射でシロアリの群れを撃退しようとするが、たちまちアリに取り付かれ、送油パイプを食い破られた途端、全身が爆発炎上した。

そのあいだも第六中隊の隊員が、次々とシロアリの群れに呑み込まれていく。

獲物を食い荒らす群れの中から悲鳴が響き、あちこちで血しぶきが上がった。

助けてくれ！　そう叫びながら廻田たちの方へ駆け寄る隊員は、すでに全身が血まみれだった。

川北町の記録映像と同じ、首筋に赤い斑点が現れ、それはたちまち数を増し、驚くべき速さで皮膚の壊疽が始まった。隊員が狂ったように体をかきむしると、立てた爪が皮膚を裂き、傷口から鮮血が飛び散る。信じられない劇症がまたたく間に全身へ拡がり、断末魔の悲鳴を上げた途端、隊員の皮膚を食い破って何百匹ものシロアリが体内から飛び出してきた。

助けに行こうとする橘陸曹長の腕をつかんで廻田は引き止めた。

今は自分たちの退路を確保することが先決だ。東と西、前と後をシロアリの群れに塞がれた第一、第二の両中隊はすでに孤立している。絶望的な状況下で周囲を見回すと、豊平川を越えて来るシロアリの本隊に押し込まれて後退する九〇式戦車を、市中方向から押し寄せた別の群れがはさみ込む。無数のシロアリに車体が覆われた途端、戦車の動きが止まった。どうやら排気口からエンジン内に侵入したアリのせいでエンジンがストールしたらしい。九〇式戦車だけではない、あちらこちらで戦闘車両が次々と立ち往生を始めた。どの車両も乗員エリアは水密構造ゆえにシロアリが入り込むことはないが、動けない戦闘車両など鉄の棺桶だ。

一方、豊平川の左岸では、ジェット燃料の噴射が継続されている。しかし隊員が車外へ出られない以上、トレーラーからの給油ホースを各放水車の積載タンクへ繋ぐことができない。今、各車の内部タンクに残されたジェット燃料が底を突けばジ・エンドだ。

「橘、燃料の残量は？」

橘が腕時計を見た。

「まもなく各車のタンクが空になると思われます」

橘の報告をたしかめるまでもなかった。燃料噴射の量が目に見えて少なくなる。

撤退、撤退だ！　生き残った隊員たちが七三式装甲車の兵員室に避難すると、後部の両開き扉が次々と閉じられる。勝ち誇ったシロアリの群れが廻田たちの背後で合流して巨大な一団となり、市の中心部へ向かって進み始めた。一九四〇年、ドイツ機甲師団によるアルデンヌ奇襲で無力化されたマジノ線同様、陸自の絶対防衛線はいとも簡単に突破された。

二月二十二日　午前零時三十八分
道警本部　通信指令室

事故などの緊急事態に際して、迅速・的確な初動を支える拠点として設置された、道警本部内の通信指令室。今夜は対シロアリ迎撃作戦の前線司令部となったこの場所に通された富樫は、最後部のブースに弓削と並んで腰掛けた。

最前列には、田代北海道知事、寺田陸幕長、井上（いのうえ）道警本部長を始めとした幹部が正面のモニター画面と対峙し、そのあいだを、各地区から伝えられる情報メモを鷲づかみにした職員が走り回る。田代たちが見上げる大型モニターには官邸の危機管理センター、サブモニターには札幌の状況が刻々と映し出されていた。遥か彼方の東京では大河原首相を真ん中に、十二名の安全保障会議のメンバー、牧内危機管理担当大臣、広山防衛大臣以下の関係六大臣、磯崎内閣官房長官および国家公安委員会委員長、警察庁長官、そして大山統幕長他が陣取っている。

相も変わらぬ間抜け面、烏合の衆がこれから何を議論し、何を決めるつもりか、富樫は薄ら笑いを浮かべた。お前たちは滅びる側だ、この状況に陥ったのは必然であり、哀れな人類の結末を決めるという天命に従って富樫はここへ導かれて来た。せいぜい俺に敬意を払うがいい。

田代たちの顔がいっせいにサブモニターへ向いた。

札幌中心部の混乱が一気に爆発したからだ。その原因を作り出したのは、建物内に避難していた一般市民だった。シロアリが防衛線を突破したのをどうやって知ったのか、迫り来る恐怖に耐え切れなくなった連中が浮き足立ち、建物から飛び出るとなだれをうって札幌市の西、円山（まるやま）公園の方角へ逃げ惑う。秩序のかけらもなく、恐怖に追い立てられる市民は暴徒と化し、経路上で別の群衆と出会った途端、先に通す、通さないだけで血みどろの衝突が発生した。もはやそれは人の行いではない、殺戮という本能だけで動く下等動物だ。シロアリといったい何が違うのか。

富樫は眉の端を吊り上げてみせた。どうやら札幌の指揮官たちは迷っている。すでに治安出動している第十一普通科連隊の三中隊と北海道警察警備隊を暴徒の鎮圧へ向かわせたいところだが、その規模が大きすぎて駒不足なのは明らかだ。かといって市の北半分に配置した第二機動隊を投入すれば、警備ががら空きの地域を作ってしまい、そこで何か起これば取り返しのつかない事態が発生する。

「本部長、円山公園方面へ移動中の警備隊第二中隊から緊急連絡です」北海道警察警備部奥田（おくだ）課長代理が受話器を押さえて井上道警本部長を呼んだ。別回線で札幌駅周辺の治安維持を担う警備隊第三中隊長と話していた井上は、奥田のただならぬ様子にいったん電話を切り、ただちに彼の受けている番号に切り替えた。

　音声がスピーカーに流された。

　受話器の向こうから、加藤第二中隊長が早口でまくし立てると、井上の表情が見るまに険しさを増していく。市内の至る所からシロアリが地上に姿を現し、屋外の市民に多数の死傷者が出ている。さらに市の南方にあたる中島公園で出現した大群が、凄まじい速さで北西へ向かっているとのことだ。恐らく、西へ逃れようとする避難民を察知し、追っているに違いない。暴徒化した市民、彼らを狙うシロアリの群れ、何を何から守ればよいのか分からなくなった警備隊がパニックに陥っている。

　スピーカーから、加藤中隊長の怒声が続く。

（今、南四条西十丁目の交差点付近ですが、南方から接近中の群れ、およそ数十万匹。まもなく、避難民と遭遇します）

（陸自の第四、第五中隊の配備状況は）大河原が画面の向こうから割って入った。

　ほら来た。富樫はクックッと笑いを漏らした。無能な宰相がパフォーマンスを始めるぞ。無知なくせに権威にだけは拘るアホが、情報をよこせと騒ぎ立てるだろう。大河原に知恵をつける時間の浪費が現場を混乱させ、事態への対処を遅らせる。

　それでいい。民族が滅びるとき、必ずと言っていいほど無能な指導者が現れる。

「北の第四中隊はＪＲから南、北一条宮の沢通周辺のエリア、南の第五中隊は石山通から西、菊水旭山公園通一帯の治安維持を担当しています」モニター上に連隊の警備担当地区を色分けした地図が映し出され、寺田の横に座る栗山連隊長がモニター画面をポインタで示しながら答える。

(井上本部長、君の第二中隊の人数は)

「はっ、総勢七十人です」

(まずい、それはまずい。少なすぎるじゃないか。ただちに応援を出せ。直近で最大の隊は)

奥田課長代理が井上本部長の顔色を窺った。井上が小さく頷いた。

「札幌駅周辺を担当している第三中隊と北の第二機動隊です」

シロアリの群れが姿を現したのは一箇所だけではない。最初に指定した地域での治安維持活動に専任すべきなのに、突然の転回命令を出すと、警備の手薄になる箇所が出るだけでなく部隊が混乱する。

富樫は時計を見た。午前零時四十七分。

(連隊長、治安維持に当たっている陸自の他の部隊は)

「第六中隊です」

(彼らはどこにいる)

「市の東部でシロアリの攻撃を受け、相当数が損耗しております」

(第四中隊と第五中隊の総数は)大河原が食いついた。

「三百九十名おります」醒めた声で寺田が答えた。

(よし私が指揮を執る。避難民を何としてもシロアリの攻撃から護らねばならない。陸自の第四中隊を大通沿いに救助へ向かわせ、第五中隊を第六中隊の援護に向ける。両隊の担当区域に第二機動隊を移動させろ。ただし第五中隊を豊平川へ向かわせるのは、第二機動隊の転進完了後とす

る。警備隊第三中隊は今、どこだ）

「札幌駅です」

（彼らも西へ向かわせろ。大至急だ）

亡国の宰相は悦に入って背もたれへ身を委ねた。

この期に及んで部隊を入れ替えろ？　彼らはチェスの駒ではない。重い装備を背負い、二本足で歩く隊員だ。

よしよし、これで現場の混乱に拍車がかかる。見ているがいい、もっと面白くなる、と弓削の
耳元に富樫は顔を寄せた。

戸惑いを隠せない様子の栗山連隊長と井上が受話器を取り上げて各部隊の無線電話にコールを
入れる。最高指揮監督権者の命令には逆らえまい。

（群れとの距離、およそ百。ただちに応援乞う）

再びスピーカーから流れた加藤中隊長の声が震えている。

（南四条西十丁目交差点の様子をモニターに出せ）

牧内危機管理担当大臣が声を上げた。

石山通に面した札幌プリンスホテル屋上からの映像がモニターに流れた瞬間、皆が息を呑んだ。

石山通を埋め尽くすシロアリが黄色い絨毯となって南方から信じられない速さで近づいている。

そのすぐ先には多数の市民が路上でもつれ合っている。

「加藤、聞こえるか」井上が呼びかける。

（聞こえます）加藤の声が途切れ途切れに飛び込む。

「現在の守備態勢は」

（シロアリをホテル正面で食い止めるべく、隊列を整えておりますが、とてもこの数では……）

（何としても持ちこたえろ）牧内が割って入った。

（しかし、相手は数十万以上です）加藤の声がうわずり始めた。

（すぐに応援をやる）

応援？　応援などどこにいるのだ。

（一刻も早くお願いします！）

大河原が無線のスイッチを切り替えた。

（第五中隊はどこにいる）首相の問いに栗山連隊長が、今しがたあなたが豊平川へ移動させたんだろうが、という呆れた表情を浮かべた。

「現在は幌西（こうさい）小学校に集合中です。あと五分ほどで現着します」

（すぐに部隊を交差点へ回せ。他に一番早く投入できるのは）

「第四中隊です」

（すぐに送り込め。走らせるんだ）

混乱と滑稽。富樫は、愉快でたまらなかった。

本部長、プリンスホテル前で爆発があった模様です、と連絡係の警官が受話器を押さえ、あえて井上を呼んだ。

「爆発？」井上が椅子から立ち上がった。

「はい。すでにシロアリの群れが避難民と遭遇しました」

(加藤中隊長を呼び出せ) 大河原の狼狽が加速する。何が起こっているのか想像できないらしい。いくら説明しても無駄だ、実戦経験などない大河原に、状況を把握せよ、ということが土台無理な注文なのだ。国会議員として波風のないキャリアを積んできた男にとってこの状況は厳しい。

(第五中隊をすぐに向かわせろ)

その命令は伝達済みだぞ。

「現在移動中です。第四中隊はまだ二十分はかかります」栗山が最新の状況を伝える。

(こちら加藤、応答願います) 銃声に交じった雑音の中で加藤が叫んだ。

「状況報告。送れ」井上がマイクをつかみ上げた。

(シロアリの大群と衝突。当方の損害四十八、繰り返す四十八。ただちに応援を請う!) 叫び声、怒鳴り声に交じり、いっそう銃声が激しくなった。

僭越ですが、と寺田が立ち上がった。全員の視線が陸幕長に集まる。

「残念ながら警備隊第二中隊は全滅します。すでに手遅れです」

寺田の冷酷な宣言に東京の指導者たちが顔を見合わせた。

(何を呑気なことを言っている。何とかしたまえ、陸幕長)

富樫は思った。ここで大河原が自分の舌を嚙み切れば、彼は偉人になれる。

寺田が目の前の受話器を取り上げた。

「航空隊指揮所、寺田だ。飛行船はどこにいる」

(当該地点上空で待機中です)

「飛行船との連絡は私が直接取る。この電話を繋いでくれ」

数秒の間隔を空けて、無線が飛行船と繋がった。

（こちらイーグル０４。配置についています）

「寺田だ、大至急、映像を送れ」

モニターに交差点上空からの映像が映し出されると、場内がどよめいた。

ホテル前の路上に押し込まれた加藤の第二中隊と、その背後の避難民にシロアリが襲い掛かる。中隊はＭＰ５で必死に応戦するが、銃弾をあざ笑うようにシロアリは波となり、巨大な手となり、絶え間なく隊員に襲い掛かる。一人、また一人、陣形の中から引きずり出され、群れに呑み込まれると、たちまち四方から無数のシロアリが襲いかかる。悲鳴、血しぶき、隊員が肉片のごとく食い荒らされていく。返り血を浴びながら人体をむさぼり食うシロアリは、まるで血の臭いに狂った人食いザメの集団だった。

（何か手はないのか、陸幕長）

大河原が泣き声になっていた。

「これだけの群れを撃退することは不可能です」

（構わん、撃て。奴らを殲滅しろ！）

もはや大河原は錯乱状態だった。

寺田が目線で井上本部長の意志を確認した。井上が小さく頷いた。寺田が受話器に口を寄せた。

「機銃にてシロアリを排除しろ。命令を確認」

（こちらイーグル０４。命令を確認しました。攻撃を開始します）

バリバリという掃射音がスピーカーを抜けてきた。飛行船から一斉射撃が始まり、曳航弾が花火のように地表を覆うシロアリの群れへ降りかかると、頭上から襲いかかる銃弾にめくられたアスファルトやコンクリートの破片が舞い上がった。しかしシロアリの群れにさしたる変化は現れない。

寺田が画面の大河原に詰め寄った。

「首相、これでお分かりか。武器での攻撃には何の意味もない。我々にできることは、建物内に立て籠って朝が来るのを待つことだけ。下手に動くと、部隊は全滅する。そうなれば、そのあと何が起こるのか、いくら能天気なあなたでも想像できるはずだ」

大河原が、わけの分からないことを口走り始めた。札幌で今、起こっていること、それを頭の中で的確にシミュレーションできない指揮官には、ここまでが精いっぱいだろう。自信なさげな様子の大河原が、あたりをキョロキョロ見回す。牧内危機管理担当大臣、広山防衛大臣、磯崎官房長官が次々と目線を落とす。

出番だな。富樫は立ち上がると、ゆっくりとモニターに向かって歩き始めた。

これから審判を始めるぞ。

「首相、伝えたいことがある」

(君は誰だ)

「感染研の富樫だ」

背もたれから身を乗り出してモニターを凝視してから、思い出したぞ、という表情を大河原が浮かべた。

(何か良い案があるのか)

富樫は大きく頷いてみせた。

（聞かせてもらおう）大河原が渡りに船と手招きして、一度は無慈悲に切り捨てた富樫を迎え入れた。

「札幌市民を犠牲にしてでもシロアリを壊滅させるべきだ。このままだと連中は本土へ上陸する。そうなれば人類が滅亡するぞ」

（ではどうやってシロアリを壊滅させるのかね）

「それはお前が知っているはずだ。サーモバリック爆弾だよ」

なぜ君がそのことを知っている、と大河原が目を丸くした。

東京の連中がいっせいに顔を見合わせる。急におどおどした様子で書類に視線を落とす者、記録することなど何もないはずなのにひたすらペンを走らせる者、大山だけが醒めた目線でモニタ越しに富樫を見つめていた。

「他に手はない」

大河原の背中を押すため、富樫は努めて冷静に、そして語尾に力を込めた。あと少し、もう一押しで富樫の目的は達せられる。

馬鹿な！　背後から弓削の怒声が響いた。振り返ると、机に両手をついた弓削が燃えるような目で富樫を睨みつけていた。

「あなたたち、いったい何をしようとしているの。札幌には何百万人もの人がいるのよ。夜明けまで凌げば彼らの活動は低下し、次の新月まで時間を稼げるはず。事を急がないで」

富樫は大袈裟に首を傾げてみせた。

「これは救うことができる人類の数を選択する問題だ。札幌市民の数が多数なのか、日本国民が多数なのか、議論の余地はない。ついでだから弓削博士に聞くが、明朝、陽が昇れば奴らは再び地中に戻り、次の新月までじっとしているのかね」

弓削が一瞬、ためらった。

「それは……、そうはならないかもしれない。一定の面積で個体の数がここまで増えると、群れのすべてが地中へ戻るのは不可能、建物内や地下鉄構内など、日陰を求めるものの、相当数が地上に残ります。シロアリの群れが、人の生活圏から消えることはないでしょう」

こんなときでも正直な返答をする弓削。それが彼女の弱点であり、富樫の企みだった。

(官房長官、爆弾の現状は)

大河原が磯崎に水を向けた。なぜ俺に振る、といった迷惑そうな表情を磯崎が浮かべる。

彼らの得意なババ抜きが始まった。磯崎、残りのカードは何枚だ?

(厚木(あつぎ)基地に待機する第五〇九爆撃航空団のＢ‐２が爆弾を搭載して待機中です。命令さえ出れば、五十分で札幌上空に到着します)

大河原が目を閉じて沈黙した。

愚民よ知るべし、すでに第三の鉢までが傾けられた。第四の鉢を傾けるべきか、それを決めるのは大河原、お前ではない。

御使たる自分だ。

富樫は畳み掛けた。

「爆弾の使用はシロアリを殲滅するだけが目的ではない。報告書を見たはずだ。奴らに襲われた者の体内には細菌が植え付けられている。犠牲者の体内で増殖中の細菌を死滅させるためにもサーモバリック爆弾を使用するしかない。多弾頭化された爆弾一発の加害半径は五キロ。当然、精密誘導爆弾のはずだから、それら五発を一辺五キロの正方形の各頂点とその中心へ正確に、しかも同時に投下しろ。正方形の中心は札幌駅でよい。そうすれば、石狩、江別、北広島の各市も含め、シロアリが活動しているエリアを広範囲に処理できる」

これこそが神の業というものだ。

そして大河原、お前は今、私に試されているのだ。

井上本部長が呆然と一点を見つめている。

たまらずに大山統合幕僚長が立ち上がった。

(首相、この問題は以前お伝えしたはず、拙速な判断は控えるべきだ)

「首相、昨日の会議で細菌をすべて死滅させるには数十年に亙って、何度でもサーモバリック爆弾が必要になると廻田からお伝えしたはず。よもやそのことをお忘れではあるまいな」

大山の諫めをフォローする寺田に向かって、富樫は言葉を投げつけた。

「陸幕長、事情が変わったのだ。事ここに至れば、人類滅亡を防ぐためには一刻を争う。奴らを完全に死滅させることができなくとも、押し戻してしばらくは時間が稼げる。このままでは数日中にシロアリの群れは本土に上陸するぞ。そうなれば手遅れだ」富樫はモニターに向きを変えた。

今度は大河原だ。

「首相、この場で爆弾の投下を決断する必要はない。明朝までに事態が好転することも考えられる。しかし指導者とは常に最悪に備えるべきだ。今日までのお前はそれを怠ったために、この事態を招いた。お前がどう動くか、日本国民だけではない、世界中が見ているぞ」

(今は、準備するだけだと?)

「そうだ。明日の陽が昇ったとき、札幌市に甚大な被害が発生し、かつシロアリの活動が地上で継続する、これらの条件が揃ったとき、投下を決断すればよい。昨日の会議同様、決断を躊躇すれば、お前は人類を滅亡に追い込んだ首相として歴史に刻まれる」

富樫は噛み殺した笑いと引き換えに、大袈裟に悲痛な表情を浮かべてみせた。

考えろ大河原、アリ地獄へ墜ちたお前に選択の余地はない。最初にお前が問題を先送りしてきたときから、すべてはこの結末へ向かって動き始めた。お前に多くは望まん。普通の決断をしろ。富樫が求める言葉を口にするだけでよい、恥じることなど何もない。

人類の運命を決めた首相、思えば恵まれた人生だ。

決断だ、大河原。

口をへの字に曲げた大河原が、がっと目を見開いた。

(統幕長、思えば富樫博士の判断は常に正しかった。それに、このまま事態を放置すれば人類の滅亡に繋がると進言してくれたのは弓削博士だった。すべての情報が揃った今、私は君たちの進言に従って決断しようじゃないか。官房長官、爆弾投下の準備を進めたまえ。投下時刻は明朝の午前六時三十分とする。もちろん、それまでに現状が好転すれば投下は中止する。陸幕長、ならびに本部長、それまでの間、全部隊を投入して一人でも多く、市民を郊外へ避難させて欲しい)

もはや大河原は富樫の操り人形だった。

茶番と化した安全保障会議。後々、富樫の真の目的が明かされたとき、私は反対したのだ、と逃げを打つ連中に囲まれた孤独を、大河原は感じているだろうか。

（馬鹿か、お前は！）

モニターの向こうで大山統合幕僚長が机を拳でたたき付けた。そう、それでいいのだ、それぐらい緊迫した方が、かえって権威主義の大河原は背中を押される。迫真の会議、苦渋の決断、まさに滅亡の序曲にふさわしい光景だ。ここがローマ帝国なら、大河原はカリグラやコンモドゥスと同じく、暴君として暗殺されても文句は言えまい。

（君はいったい、誰に向かって口を聞いているのだ）

哀しき親衛隊の牧内危機管理担当大臣が加勢する。

（この阿呆にだ）

大山が大河原を指さすと、気色ばんだ大河原も大山を受けて立った。

（言葉を慎まんか。君の私に対する再三の態度はいったい、何だ。文民統制を何と心得る）

（文民統制と最高指揮監督権者の適性は別問題だ。国を護る覚悟も意志もないヘボがデカイ口をたたくな）

（統幕長、君を罷免する）

（閣議も開かずにか。やれるものならやってみろ）

（忘れたか。統合幕僚長の罷免は内閣総理大臣の専権事項だ）

（貴様の統率は外道だ。たとえその声価が棺を覆うて定まらずとも、これだけは言える。百年を経ようが、貴様の周りに知己などただの一人もあるまい）

沈黙した議場で烏合の衆を見回し、もはや歴史の舵は切られたことを悟った大山統合幕僚長が席を蹴った。退室する最後の希望をなす術もなく見送る連中は、大河原への忠誠と引き換えに札幌市民の命を差し出した。事ここに及んでも、選挙のたびに党推薦を受けることが何より重要な連中を後ろ盾に、大河原がモニターへ向き直った。

（いいな。本部長、陸幕長）

寺田がゆっくりと立ち上がった。

「承服しかねます。この状況で〇六：三〇分までに、市民を移動させられるわけがない。そんなことは首相もよくご存じのはず」

（それを実行するのが君の仕事だ）

「無理なものは無理だ。陸自を預かる者としてそんな命令は受けられません」

（寺田君、統幕長と違って、この作戦で陸幕長の責任放棄は許さん。今ここで君が職責を放棄すれば方面隊を率いる者がいなくなる。多くの札幌市民が無駄死にするぞ。自分の置かれた立場をよく弁（わきま）えたまえ）

大河原の深謀に寺田が頰を引きつらせる。首相の方針を閣僚が支持する以上、閣議決定されたという解釈のもと、爆弾の投下は実行される。もしここで寺田が大山と同じく席を蹴れば札幌は無秩序状態に陥り、明朝の爆弾投下時刻までに市民を避難させることなど不可能だ。

歴史に刻まれた戦で軍人がほぞを嚙んだとき、累々たる屍が荒野に曝されていた。

隣で寺田を見上げる井上本部長の目が、頼む、堪えてくれと懇願していた。

どうする陸幕長。ここで職責を投げ出せば己の威厳と面目を保つことはできるだろう、首相に楯をついた陸幕長、理不尽な決定は断固拒否する孤高の陸将、賛辞の言葉はいくらでも思い付く。

ただし、市民を見捨てたという罪の意識を背負い込むことになるぞ。どちらも辛い選択だ。

「首相。あなたは指揮官として欠格である以前に、人としての良識さえ持たない能なしだ」

寺田の拳が、関節が白くなるほど握り締められる。

ふん、と大河原が鼻であしらおうとした。

「君も人殺しの部下と同じく、目上への接し方を知らぬようだな」

「言葉を謹んで頂きたい。廻田は余人をもって代え難き部下、身を棄ててでも己の責務に向き合う勇気を持つ真の自衛官だ。口先だけで逃げ惑うどこぞの腰抜けと一緒にして欲しくない」

「ならば、上官たる君にもその勇気なるものをみせて欲しいものだ」

「いいだろう。私はあなたの命令に従うのではなく、道民を護るためにみずからの職責を果たそう。しかし覚えておけ」寺田がモニター画面の大河原を指さした。「この一件が決着したとき、私に足一本いや腕一本さえ残存していれば、貴様の寝首をかくために東京へ戻るぞ」

陸幕長としての自制が大河原に対する義憤を抑え込み、東京では大河原が怯えた目を伏せた。

大河原の後ろに立った磯崎官房長官が、さりげなくその肩に手を乗せた。

(方針は決定されたわけですから首相、少しお休みになったほうがよろしいかと)

(そうだな。そうしよう。しかし何かあったらすぐに呼んでくれ。情報だ、正確な情報がなければ決断できない)

精いっぱいの虚勢を張り、犬の小便のごときチンケな権威をそこかしこにマーキングしながら、大河原がセンターを退出する。

終わりだ、誰かがうめいた。

井上本部長が再び無線の受話器をつかみ上げた。

「先ほどの命令はすべて撤回する。各部隊は当初の指定地域へ転回せよ。シロアリが出現していない地域はただちに市民の避難を開始する。大至急、各地区の現状を知らせ」

数時間後、恐怖の夜が明け、朝が来る。

そのとき、札幌市の上空で多弾頭のサーモバリック爆弾が炸裂し、路上を埋め尽くしたおびただしい焼死体が朝日に照らし出され、希望の夜明けは絶望の朝となる。

皆が心の平静を失った指令室の隅で、弓削が大粒の涙をこぼしていた。

午前三時三十一分
札幌上空

富樫と弓削を乗せた北部方面航空隊のヘリUH‐1Jは、道警本部屋上を飛び立つと、一路、青森県の三沢基地を目指していた。札幌から三沢までは三百キロ弱、爆弾の投下決定という最悪の事態に至り、おそらく市民と運命を共にする覚悟を決めた寺田が、民間人である二人だけでも退避させようと配慮したらしい。札幌に残ると言い張る弓削を、無理矢理キャビンに押し込んでヘリを離陸させた富樫は、白石区の上空を最大速度で飛行するヘリのキャビンから、炎に焼かれ、シロアリに覆い尽くされて地獄と化した下界を見下ろしていた。

富樫は満足だった。全能で、万物を司る夢も叶うと考え始めたニムロデの子孫に対する審判は下され、あとはこの地で何が起こるか高みの見物というわけだ。御使にふさわしい決断は明瞭で、足元で逃げ惑う民に救いは差し伸べられなかった。どうせ死を宣告されたなら一思いに楽にしてやるべきだ。

「あなたの思い通りになって、さぞやご機嫌でしょうね」

弓削が皮肉った。

「私の思い？　そうではない、神の思いだ。私はそれを実体化する役だ」

「この世に、そんなヘボ役者がいたとはね」

「仮にそうだとしたら、役者は私一人ではない」

「どういうこと」

「今頃、どこかで、その意味も知らぬまま過酷な運命に翻弄されている。やがて、あるべき所へ導かれてくるだろう」

富樫の謎掛けに、投げやりな仕草で弓削が眉をしかめた。

急に操縦席が騒がしくなった。コパイが東の空を指さしながら、緊張した様子で機長と言葉を交わす。

「東方から積乱雲が接近しているためコースを変更します」

振り返った機長の言葉に、キャビンの窓から、星明かりを頼りに富樫は東の方角を見た。

積乱雲、この時期に？

理由は分からないが、東の方角で強い上昇気流が発生したらしく、むくむくと成長して塔のように、さもなければ山のように立ち上がる黒雲が、岩見沢のあたりに見えた。輪郭がはっきりした雲体から延びる鉄床雲（かなとこぐも）が、対流圏界面を上限にまたたく間に横へ広がって近づいてくる。なぜか雲底が非常に暗かった。

「あれは雲じゃない」

怯えた目の弓削が呟いた。

そのとき、突風がヘリを激しく揺さぶり、機体がガタガタと音を立てる。

「機長、すぐに退避してください。あれは羽アリの群れです！」

振り返った機長が一瞬、いぶかる表情を浮かべたが、弓削の言葉に事情を理解したらしく、慌ててサイクリックを倒し、機体を右バンクさせながら右ペダルを踏み込むと、急角度で機首を西へ向けた。

キャビンから放り出されそうになった二人は椅子につかまり、両足を突っ張った。

雲が、いや羽アリの大群が凄まじい勢いで押し寄せる。

闇夜で渦巻き、とぐろのようによじれるその正体が、やがて黒褐色をした羽アリの群れだと識別できた瞬間、たちまちヘリの機体は大群に呑み込まれていた。空飛ぶアリが窓の向こうを乱舞し、パチパチという機体にぶつかる音があちこちから響く。

機体が大きくバウンドしたと思ったら、頭上のエンジンから爆発音が聞こえ、尻が揺すられた。

一回、二回。

今まで規則的だったタービン音が、息切れする不連続音に急変した。

ブブブブブ、連続したアラームが機内に鳴り響く。

エンジンの異音がさらに大きくなった。

「Mayday! Mayday! This is Orion 41. We contact enemy. Engine stall!」

機長がヘッドセットのマイクに緊急無線を吹き込む。

怯えた表情の弓削が椅子の袖を握り締めた。

ズンという衝撃と一緒に、体から重力が消えたと思ったら、テールロータ損傷、とコパイが叫び、機体が平面スピンに陥って操縦不能となった。

「墜落するぞ、何かにつかまれ！」

機体がぐるぐる時計方向に回転を始める。

弓削の悲鳴がキャビンに響いた。

ヘリは急激に高度を失い始めた。

午前三時五十四分
札幌市　白石区

人食いアリの大群に追われ、すんでの所で七三式装甲車に避難した廻田は無理をせずに、豊平橋の近くでエンジンを止めたままシロアリの群れが通り過ぎるのを待っていた。この状況ではこれが最善の策だ。それにしても北部方面隊だけで二つの師団と二つの旅団、約五十の方面直轄部隊に四万人の隊員を有し、主力戦車などの能力も世界の一線級を維持している陸自のすべてが沈黙し、矮小な昆虫の群れになす術がない。

「どうされました」

狭い兵員室で、伊波が廻田の隣に腰掛けた。

「何が」

伊波が心配げに廻田の顔を覗き込んだ。

「三佐らしくありませんね、何かこう……気乗りがしないというか」

鋭い奴だ。

廻田はずっと頭の中の囁きに取り憑かれていた。そいつは、廻田に何かを伝えようとしている。それを聞けば答えが見つかるけれど、決して耳を傾けてはいけない気がした。

この場所へ来てから、ずっと続く不吉な予感。自分の中に巣食う何かが変異して、心の平衡が崩れ始めていた。

膝の上に鉄帽を置いた廻田は髪をかき上げた。

突然、緊迫したやり取りが続く隊内無線の中に、思いもしない連絡が紛れ込んだ。

（司令部、こちら航空隊指揮所。先ほど、〇三：四二に民間人を輸送中のヘリが、羽アリの大群に遭遇し、福住（ふくずみ）付近に墜落した模様。繰り返す、〇三：四二に民間人を輸送中のヘリが豊平区福住地区に墜落した模様）

嫌な予感がした。廻田は島屋が背負っている野外無線機の受話器をつかみ上げた。

「こちら、豊平橋の小隊。状況を知らせ、乗っていたのは？」

（富樫博士と弓削博士だ）

「二人の消息は」

（現在のところ不明だ）

廻田の奥歯が軋んだ。馬鹿な。なぜこんなときに、なぜ明日の朝まで待てない。胸ポケットから携帯情報端末を取り出して、福住周辺の地図を表示した廻田は、もう一度航空隊指揮所を呼んだ。

「墜落したヘリからの緊急ビーコンを確認しているか」

(たった今、受信した)

「私のPDAに位置情報を送れ、大至急だ」

数秒後、携帯情報端末の地図上に赤いポイントが点滅した。

——お前はそこへ行かねばならない。

まただ。さっきよりずっとはっきりした囁きが聞こえた。

頬を強張らせると、まるで頭の声が聞こえていたように、伊波がこちらを見ていた。

「隊長、どうします」

「ヘリの救助に行く、ビーコンの位置へ至急向かってくれ」

事ここに至って、幾つも選択肢があるわけがない。

運転席の副長が廻田の命令を復唱しながら、モニターに廻田と同じ地図情報を呼び出した。装甲車のエンジンがスタートした。副長がモニター画面の目的地をこつこつと指先でつつきながら、火災を避けて走行が可能なルートを探す。やがてモニター上に一本の赤いラインが表示された。

出発します、車長が装甲車を発進させた。南へ向かって橋を渡った装甲車は、白石区に入ると、シロアリに呑まれないよう速度を上げながら走る。時々、アリの群れがほじくり返した路面の起伏が尻から伝わり、室内にエンジン音が籠った。

弓削といつか通った国道三十六号線を直進し、美園(みその)三条六丁目の交差点にたどり着いたとき、銃眼から外の様子を窺っていた廻田は思わず目を見開いた。車上のサーチライトを遠隔操作してあたりの状況を確認すると、東西に横切る環状通との交差点に乗り捨てられた車群、その周りに横たわる何百という焼死体が浮かび上がった。路上に倒れた者、車のボンネットへ覆い被さって事切れている者、路上に無惨な死が転がる。川向こうの自衛隊が何から何を護ろうとしたのか、今更議論しても意味はない。延焼範囲が予想以上に拡大してしまったようだ。思えば焼き討ち作戦など、白石区の住民にとっては爆弾投下と大差ない殺戮であり、国家の正義が市民を殲滅しただけだ。たしかな事実は、焼き討ち作戦には短時間の抑止のみで制圧効果はないこと。仲間の焼死体を乗り越え、新たなシロアリの群れは、途切れることなく地中から現れることだ。

おびただしい数の焼死体や、シロアリに食い荒らされた肉塊、これが予感の正体なのか。背筋も凍る光景から目を背け、廻田は兵員室の銃眼から離れた。思い返せばあの日、たまたま《くらま》に乗り合わせたときから、自分の周りで死が渦巻き始めた。死は日常となり、廻田との距離を測るように寄せては引いていく。

次、この先に待ち受けているものは廻田に何を見せるのか。

隊長、橘が声をかけてきた。彼はずっと前屈みで、膝に置いた両手に目を落としていた。

「何か胸騒ぎがします」

「胸騒ぎ?」

「我々は……、旨く言えないんですが、何か恐ろしい物を見る気がします」

なぜか他の隊員たちも落ち着きを失っていた。夜が来て、あたりに死が満ちてから、皆が等しく心の平衡を失い、正体不明の何かにおののいている。

ヘリの墜落現場までは美園(みその)三条六丁目の交差点から二キロ足らず、さらに速度を上げた装甲車は時々車体を左右に滑らせ、蟻塚となって盛り上がった路面で跳ねながら、国道三十六号線を直進した。

廻田は腕時計を見た。午前四時十三分、夜明けも近い。

突然、車輪がロックすると、車体を軋ませながら装甲車が急停車した。まるで息を潜めた猟犬のように、エンジンが低く唸る。

「隊長、ヘリの残骸が見えます。緊急ビーコンは墜落現場の奥、右前方のイトーヨーカドーのビルから発信されています。ただ、障害物のせいで、ここから先へは進めません」

外部視察用のガラス窓で車体の上面にアリがいないことを確認した車長が、両開きハッチを開いて頭だけ出したあと、廻田に大丈夫ですと告げた。車長の横をすり抜けるようして廻田が装甲車から上半身を乗り出すと、東の方角、つまり車の左手に札幌月寒(つきさむ)病院と札幌トヨペットの建物が並び立ち、前方には札幌ドーム、その手前に目指すイトーヨーカドーが闇夜に紛れ込んでいる。

装甲車の前では、多重衝突に巻き込まれた数十台の車が横転して重なり合う。その百メートル先、ヨーカドー手前の国道上に横転したヘリが道路を塞いで横たわり、墜落の衝撃でテールが折れ曲がっている。墜落場所からヨーカドーまでは、さらに二百メートルといったところだ。ここから先は自分の足で走るしかない、幸いにもシロアリの姿は周囲に見えないが、いつ現れるともしれない。

ハッチから車上に出た廻田たちは、携帯放射器を構えた大野を先頭に、廻田、伊波、島屋、橘、そして井口の順で隊列を組んだ。島屋に代わって伊波が無線機を背負うと、廻田の号令一下、全員が墜落現場に向かって全速力で駆け出した。暗視装置をオンにし、路上に散乱するガレキを飛び越え、事故車両の間を走り抜け、あたりに細心の注意を払いながら五十メートルほど進んだ。

シロアリの気配は周りになく、ヘリの残骸はすぐそこだった。あと少し、振り返った廻田が列の後方を確認すると、井口が遅れ始めている。

しまった、装備が重すぎたか。

急げ。廻田が声をかけようとしたときだった。

ブーンという唸りとともに、左手に建つ札幌トヨペットの屋上から、黒い雲が湧き上がった。

今度は何だ。廻田たちが仰ぎ見ると、渦を巻いた雲が次第に絞られて太い幹となり、竜のように空を目がけて立ち登る。その摩訶不思議な光景に廻田たちは思わず足を止めた。

やがて竜の首が一転向きを変えるや、輪になって旋回を始めた。

くそっ、廻田は吐き捨てた。

あれは雲なんかじゃない。羽アリの大群だ。

それに気づいた瞬間、廻田たちに狙いを定めた群れが、頭上で悠然と舞いながら次第に輪をすぼめ始める。

井口が羽アリの群れに向かって小銃を掃射する。

やめろ。走れ、走るんだ。

突然、群れが急降下を始めた。一本の太い柱に形を変えた何万という羽アリたちが、恐ろしい速さで井口に襲いかかった。

耳をつんざく悲鳴を残して井口の体が呑み込まれた。

井口！　橘が助けに引き返そうとした。

「橘、無駄だ。諦めろ」

廻田は叫んだ。もはや手遅れだ。

足を止めて振り返った橘が思い詰めた敬礼を返した。

「隊長。私に構わず、先に行ってください」

「行くな、橘。これは命令だ」

「すみません。ただ、どうやら、これが私の運命のようです」

橘が踵を返す。今走ってきた道を駆け戻り、井口に襲いかかる羽アリの群れに踏み込んだ。膝まで羽アリに覆われながらも、橘が群れの中へ両手を突っ込む。アリがその両腕を這い上がる。ようやく井口を探し当てた橘が、井口を引き出そうと踏ん張った。ぐったりした井口の頭が群れの中から現れた。もう少しだと思ったとき、踏みつぶしたアリに足を滑らせた橘が、その場に尻餅をついた。たちまち、羽アリが襲いかかる。それでも橘はひるむことなく井口の体を群れから引き出す。

すでに井口の口や鼻からは羽アリが溢れ、その全身を這い回る。

今度は橘の口と鼻から、そして首の皮膚を食い破って羽アリが体内に侵入を始める。

隊長！　廻田に向かって、橘が抱き抱えた井口と自分の額を指さした。

その指が自分たちを撃ち殺してくれと懇願している。

またた。また同じことが繰り返されようとしている。いつも、神は冷ややかに廻田を見下ろしている。

それが廻田の運命らしい。

小銃を構えた廻田は暗視スコープに右目を当てた。

スコープの中で橘が祈りを捧げるように、そっと目を閉じた。

許してくれ。

軽く奥歯を噛み締めた廻田は井口に向けて一発目を発射した。ブローバックと同時にダストカバーが開いて空の薬莢が放出される間に、銃口の向きを橘に変えた廻田はすかさず二発目を発射した。

暗闇の中で硝煙の臭いが鼻をつき、路面を跳ねる薬莢の金属音が響く。

血しぶきを上げて額を撃ち抜かれた橘が、井口を抱き抱えたままその場に崩れ落ちた。

銃口を下ろした廻田は、思わず膝を折った。

もはや、この世に救済はない。廻田が祈りを捧げる場所も相手も、今生には存在しない。この罪を償う術があるならそれは一つだけ、自分で自分の頭を撃ち抜くことだけだ。

なぜか館山の言葉が頭に蘇った。


――何か邪悪なものが、自分の周りにいる。奴らがやってくるのが怖い。目を閉じれば、奴らはすぐそこにいて、自分を引きずり込もうとする――


頭の中の囁きが同じ言葉を繰り返していた。

殺せ、殺せ。

何に対してかも分からぬまま、たちまち体内に充満した怒りが体中の毛穴から吹き出た。ドクドクと心臓の鼓動が頭に籠り、破裂しそうなほど鼓膜が圧迫されて周りの音が遠ざかる。制御できない怒りで、徐々に心の平衡が失われていく。

後ずさりしながら廻田は部下に声をかけた。

「行くぞ。走れ、走るんだ！」

間合いを詰めた四人が一団となって駆け出した。

やがて、目の前にヘリの残骸が立ちはだかる。ローターの先端が地面に突き刺さり、キャビンのドアは遥か先の駐車場まで吹き飛んでいた。廻田たちがその横に回り込んだとき、操縦席のドアが外れ、機内からだらりと垂れ下がる手が見えた。

島屋がヘリに駆け寄り、大丈夫か、と声をかけながら操縦席を覗き込んだ。

突然、機内からシロアリが溢れ出た。

島屋の頭が数え切れないシロアリに覆われ、さながら蜂球のようにふくれ上がる。

やめろ、助けてくれ！　錯乱した島屋が小銃を四方に向けて乱射した。

ヒュンという風切り音がして流れ弾が耳をかすめた直後、廻田は右肩に焼け火ばしを押し付けられたような痛みを感じた。

大野が駆け寄って、火炎放射でシロアリを追い払おうとするが、今度は残骸の下から現れた群れに襲われ、たちまち全身が呑み込まれる。大野が背負っていた燃料タンクの送油ホースが外れて、その筒先から油が吹き出した。

危ない、爆発する！　伊波が叫んだ。

大音響とともに大野の全身が炎に包まれ、炸裂した炎と同時に襲ってきた衝撃波で廻田と伊波は吹き飛ばされた。アスファルトの上を転がされ、頬がひりひり痛み、眉や髪の毛の焦げる臭いが鼻をついた。激しい火勢にシロアリの勢いが一瞬削がれた。

伊波を引き起こし、廻田はふらつく足で走り出した。ガードレールを飛び越え、ヨーカドーの駐車場を突っ切り、全速力で駆けた二人は、息も切れ切れに建物の通用口へ駆け込むと、後ろ手にドアを閉めた。

その場にへたり込んだ伊波が喘ぎながら、一言絞り出した。

「いったい、ここで、何が起こっているのですか。私たちはこれから起こる終末を見に来たのですか」

違う。すでに俺たちは終末の中にいる。


とりあえずの措置として、テープでドアに目張りを施し、廻田たちはPDAに送られるビーコンを手がかりに真っ暗な廊下を奥へ進んだ。暗視装置に浮かび上がる大型スーパーの業務エリアは、磨き上げられた廊下と白い壁が真っすぐ延びて、片側には等間隔でドアが並び、天井には今や用なしとなった防犯カメラが所々設置されている。廊下の突き当たりの手前、《業務用》と書かれたドアを開け、階段で二階の踊り場へ上がると、どうやらビーコンの発信源はドアの向こう側らしい。ノブを回すと鍵は掛かっていない。押し開けたドアを抜けると、窓を通して豊平川の方角で燃え盛る炎が見えた。すでに火災は大火と呼ぶにふさわしい範囲にまで拡大している。暗い室内で、炎の明かりを頼りに目を凝らすとそこは十分な奥行きを持った部屋で、壁際にはロッカーが、部屋の中央には幾つかの島に分かれた業務机が並んでいる。

伊波が懐中電灯を室内に向けると数人の人影が浮かび上がった。どうやら避難してきた住民らしく、コートを羽織った初老の男性が一人、スーパーの従業員と思われる男女が三人、赤いダウンジャケットを羽織った大学生らしき娘と、その恋人だろう、茶髪で右耳にピアスをした若者、そしてエプロン姿の若い母親と彼女に抱きかかえられた赤ん坊、合計八人の男女が室内のあちこちに座り込んでいた。

二人は……。弓削と富樫を探す廻田の背中を伊波がたたいた。部屋の一番奥とその左、弓削が窓際に腰を下ろして外の様子を窺い、一人だけ離れた場所で鉄製の箱に腰を下ろした富樫が壁にもたれ掛かっていた。よく見ると富樫が腰掛けているのがビーコン装置だ。

こちらに気づいた避難民たちが安堵の目を向けてくる。その向こうで懐中電灯の明かりに顔をしかめていた弓削が、驚いた表情で立ち上がった。

「三佐……」

ほんのわずかな間に多くの者が死んだ。次は自分が遠くへ行く番かもしれない。その前に弓削の声を聞かせてくれるとは、神にもそれなりの情けはあるらしい。

右腕を動かすたび、激しい痛みに襲われて思わず顔が歪む。銃創部分が捲れ上がり、血糊がべっとりついた廻田の右腕に気づいた弓削が口を押さえて、ひどい、と息を呑んだ。

「待っていたよ」

横から富樫が茶化した。

黙れ！　廻田は富樫を一蹴(いっしゅう)した。

「こんなときにヘリを飛ばしやがって。まったく余計なことをしてくれる男だ」

助けてくれと頼んだわけではない、富樫の口元がそう言っていた。

いつか、その口にシロアリの巣を突っ込んでやる。目の前の机を蹴り上げてから、まだ幾つかの弾倉が残った弾帯を机の上にどんと置いた廻田は、その上に救急品袋、双眼鏡ケースやら銃剣などの装備を投げ出しながら、頭を冷やし、富樫への苛立ちを鎮めた。

富樫の挑発は、今に始まったことではない。

命からがらこの場所へたどり着いてみれば、救い出すべきは弓削と富樫だけではなかった。思えばこの場に居合わせる八人は、絶望的な状況を生き抜いてきた。そこに何か意味があるはず。彼らには橘たちの命に釣り合うだけの価値があるに違いない。

そう思いたかった。

選ばれし民の中から初老の男性が立ち上がった。

「我々を助けに来てくれたのかね」

廻田は精いっぱいの作り笑いを浮かべて頷き返した。

大丈夫ですか、と伊波が声をかけた母親の胸には、花柄の肌着を着た赤ん坊が抱かれている。女の子は指をしゃぶりながら、時々ニコッと微笑む。こんなときでさえ、無邪気な笑顔に心が和んだ。日々が移り変わり、ときには変化がないことに物足りなさを覚えても、やがては自分を包む安寧に安らぎを覚える毎日がこの子には似合っている。

普通であることの尊さ、廻田はどこにでもある当たり前の人生を渇望しながら、神が仕組んだとしか思えない過酷な運命に翻弄される。

割の合わない人生だ。

肩をすぼめた茶髪の若者が貧乏揺すりを続けていた。

「あんた、どうやってここから出るつもりだよ」

「出るのではない。日の出まで、ここで踏ん張るのだ。陽が昇れば助けが来る」

その向こうで、無理だな、と此れ見よがしに富樫が首を横に振った。

運良く生き延びたくせに、ひねくれた野郎だ。すべてはお見通しというわけか。さすがは神と言葉を交わせる博士だ。

ただ、お前は感謝という言葉を知らないらしい。なら、今教えてやる。

机を回り込んだ廻田は富樫に詰め寄ろうとした。

隊長、傷の様子を見ましょう、と伊波が二人の間に慌てて割って入り、落ち着いてください、と小声で廻田をなだめながらその右腕をそっと持ち上げた。

「銃弾が残っていますね、これはひどい」

プロがそう言うのなら、本当にひどいのだろうと廻田は思った。そういえば肩から下の感覚が薄れている。伊波が黒く変色した廻田の傷回りを丹念に調べてくれた。

「弾丸を抜いたほうがいいでしょう。放っておけば細胞が壊死して下手をすれば切断しなければならない。かなり痛みますが、我慢してください」

伊波に頼まれた弓削が懐中電灯を廻田の傷に向ける。救急品袋から消毒薬、モルヒネ、ガーゼ、包帯を取り出した伊波が、次にナイフを取り上げると、廻田に心の準備すらさせず、手馴れた手つきで患部の中央を三センチほど切開した。たちまちどす黒い血に混じって白濁した体液が溢れ出た。休むまもなく伊波がナイフの先を銃創に差し込んだ。

激痛に廻田は顔をしかめたが、悲鳴だけは何とか抑え込んだ。

「痛みますか」

当たり前のことを聞くな――伊波がナイフの先で銃弾を探るたび、ギリギリと脳髄に錐を突き通されたような痛みが走る。ようやくナイフの動きが止まった。てこの要領で伊波がナイフの先を跳ね上げると、傷口から小銃の銃弾が飛び出して床に転がった。ただちに伊波がガーゼを患部にあて、しばらくすると新しい物に交換する。これを数回繰り返してガーゼが汚れなくなると、消毒液で患部を入念に拭った伊波が傷口の縫合に取りかかった。廻田の額から脂汗が滴り落ち、奥歯が悲鳴を上げる。縫合針が患部を突き通しても、すでにそれまでの痛みで頭の中が朦朧としていた廻田は、ただ早く処置が終わることだけを願った。

五針縫ったあと、はさみで糸を切断し、縫合が終わった。患部を包帯で巻き終え、モルヒネはどうしますか、と尋ねる伊波に廻田は首を横に振った。

ほっとした表情を浮かべた弓削が胸に手を当てた。

処置が終わるのを待っていたのか、ようこそ三佐、と富樫が両手を広げてみせた。

「お前はビーコンではなく、神に導かれて来たのだ」

「神？」

「そうだ、お前はここへたどり着く運命だったのだ」

「下らん」

富樫が顔の前で立てた指を、メトロノームよろしく左右に振った。

「物事にはすべて相関がある。お前があの日ＴＲ１０２へ出動させられたのも、その後、次々と過酷な運命に遭遇したことも、すべて繋がっている。最初、御使に選ばれた館山がその試練に耐え切れず死を選んだあと、代わって選ばれたのが廻田、お前だったのだ。御使の役割はお前が担うことになった。そしてようやく御使たる準備を終えてここへやって来た。その理由は一つ、重要な選択をするためだ」

「重要な選択だと」

「そうだ。人類の運命を選択するためだ」

「こんなときに戯言(たわごと)を言っている場合か！」

「大声を出すな、囁け廻田。神との会話は小声で囁くものだ」

舌打ちしてその場を離れようとする廻田の腕を富樫がつかんだ。

「突然のことだから混乱するのは分かるよ。短時間で未見の運命を受け入れるのは難しいかもしれん。ただ、ここは審判の場所、選ばれた者、つまり私とお前の場所なのだ。神は最後の審判を下すとき、まずは四つの鉢に封印された怒りを解き放ち、その後、第五の鉢を二つ用意して、どちらを選ぶかは二人の御使に委ねる」

富樫の妄言に廻田は困惑した。

「神が第一の鉢を傾けると前兆が現れ、人々の体にひどい悪性のでき物ができる。つまりＴＲ１０２での出来事だ。第二の鉢が川と水の源に傾けられると大地が災厄で覆われ始めた。何のことかは分かるな」富樫が気味悪く笑った。

「さらに第三の鉢が海に傾けられると、海は死人の血のようになって、多くの生き物が死んだ」

「中国海軍の攻撃だと言いたいのか」

富樫が片目をつぶってみせた。

「あれは八王子の施設だった。私が初めて神の啓示を受けたあと、私は神に言った、全能なる神よ。あなたの裁きは真実で正しい。やがて第四の鉢が傾けられ、太陽は火で人々を焼くことを許された。人々は苦痛のあまり舌を嚙み、その苦痛ゆえに天を呪った。しかし、愚かにも自分の行いを悔い改めはしなかったのだ。――今日までの苦難はこのときのためにあったのだ。さあ行って、お前たちが民の運命を選ぶのだ――神は二人の御使にそう告げる」富樫が思わせぶりに一度言葉を切った。

「今、おまえの中に何がある。怒り、そして憎しみ。それこそ、下界に降ろされた人間が抱える根源だ。下等動物たるシロアリの群れに多くの部下を殺され、お前の心は憎しみに溢れているだろう。それでいい、神が与えし選択に必要なのは博愛ではなく、憎しみなのだ。今がまさにそのときというわけだ」

「俺が選択すると、どんな奇蹟を起こせるというのだ」

「最後の審判、つまり第五の鉢が空中に傾けられると、天上から、事はすでに成った、と声が轟く。すると、稲妻、悲鳴、雷鳴が起こり、大地は屍に覆われ、大いなるバビロンを思い起こした神は怒りのぶどう酒の杯を掲げる」

この人狂っている、弓削が気味悪そうに呟く。いつのまにか、富樫と廻田の周りでは皆が口をつぐみ、町を焼く炎が二人の顔を照らし出していた。

闇の中で、机に置いていた無線が鳴った。

〈全部隊に告ぐ。まもなく爆撃機三機が札幌上空に到着し、その後、〇六：三〇をもって特殊爆弾が投下される。投弾数は五。〇六：一〇以降、総員は地下鉄駅構内、ビルの地下など、できる

だけ外気と遮断された場所に避難せよ）

慌てて廻田が受話器をつかみ上げた拍子に、無線機が音を立てて倒れた。

「こちら、廻田。いったい、どういうことだ。もう一度状況を説明しろ」

（シロアリを殲滅するために、サーモバリック爆弾の投下が決定された）

「何を言っている。誰がそんなことを決定した」

（首相だ。シロアリの侵攻を食い止められないまま、市内の状況は確実に悪化している。このまだと彼らは生息域を拡大させ、いずれ本州へ上陸するだろう。このような事態を阻止すべく、先ほど、爆弾の使用が最終決定された。札幌駅を中心とした直径十キロの加害範囲を想定している）

直径十キロの範囲を焼き尽くすだと！

「市民はどうする。避難は完了したのか」

（避難はとても間に合わない。一人でも多くの命を救うために、各部隊は周囲の避難民を地下に誘導せよ）

呆れた。亡国の首相に導かれ、死が支配を始めた街で自衛隊が戦うのはシロアリでなく、むしろ内にある狂気と恐怖だ。

ほらな、と富樫が満足そうな笑みを浮かべた。

「爆弾の投下は私が進言した。第四の鉢だ。最初渋っていた大河原は、様子を見たうえで爆弾投下の必要がなくなれば作戦を中止する、という私の誘いに引っかかった。的確な対処を引き延ばせば、さらに事態は悪化し、すべてが崩壊するという危機意識の欠如した凡人は、被害の拡大防止を迫られ、外交で突き上げられ、狼狽のあげく狂気の結末へ行き着いた。ただ、それでよいのだ」

「ならば、俺に何をしろと言うのだ」

「まずはお前の鉢を用意しろ。選択はそれからだ」

「何を選択するというのだ」

廻田は受話器を机にたたき付けた。何のためにここへやって来た。

富樫が腕を組んだ。

「終末と誕生だ」

あなた正気じゃない。弓削が叫んだ。

三佐、こんな狂人に取り合っている暇はない、それよりサーモバリック爆弾とは何なんだ、ここで私たちは死ぬのか、初老の男性が廻田に語気を強めた。

廻田は言い訳を探した。すべてを明かせるわけがない。

そんな廻田の躊躇を見抜いたのか、他の避難民たちも騒ぎ始めた。動揺する仲間を鎮めながら、初老の男性が今度は従業員に問いかける。

「みんな、冷静になれ。あと十分ほどで六時になる。今更遠くまでは行けない。このスーパーに外部と遮断された場所はないのか」

冷凍室はあるが鍵がかかっているはずだ、自信なさげに従業員が首を振った。

近くの月寒病院なら何かあるかもしれないと、ダウンの女子大生が思いつきの声を上げた。

それがいい、俺が外の様子をたしかめてやる。窓に駆け寄り、ガラスに額を押し付けた若者の声がすぐさま落胆に沈んだ。

「何だ、ありゃ。いったい、どうしたっていうんだ。奴らはずっと街の方角へ向かっていたのに、移動を止めてやがる。俺たちに群れの真ん中を突っ切れってか」

移動を止めたですって。室内の混乱に距離を置いていた弓削が顔を上げた。

つかつかと窓辺に近寄り、私に見せて、と弓削が若者を押しのけた。

相変わらずあたり一体は何百万、何千万の悪魔に覆い尽くされている。一方その向こう、豊平川の方角は数キロにも及ぶ火災旋風が屏風（びょうぶ）のごとく立ち上がり、局地的な上昇気流に乗って、火の粉だけでなく数えきれない炎の竜巻が立ち上がっている。それとは対照的にヨーカドーから南東方向に位置する札幌ドーム周辺は暗い闇に覆われ、不気味に静まり返る。どこで何が起こり、何が変化したのか、昆虫学者の目で弓削は丹念に、注意深く周囲の状況を精査しているようだ。

やがて、窓外の光景から目線を外さないまま「三佐あれを」と弓削が遠くの一点を指さした。それは廻田が井口と橘を失った札幌月寒病院と札幌トヨペットの前、ヘリが墜落した現場のあたりだ。廻田たちが突破してきたときとは様子が異なり、あれだけ活発だったシロアリたちがなぜか動きを止め、もつれ合い、かつ、せめぎ合いながら、群れ全体で息をするかのごとく、大きく波打っている。

問題の場所へ暗視双眼鏡を向けた廻田が倍率を最大にすると、どうやらせめぎ合っているのは翼を持たないシロアリと黒い羽アリの集団だった。

私にも見せてください、と弓削が受け取った暗視双眼鏡を覗き込む。

「密度効果、……どうやら相互干渉でアリの動きが鈍くなっている」

「密度効果？　相互干渉？」

「ある生物の生育面積における個体群の密度はその成長に影響を与え、これを密度効果と呼びます。同じく、個体数が多くなると互いの活動を邪魔したり、傷つけ合ったりする個体が生じてしまう。その現象が相互干渉です」

しばらくの間、思案顔を天井に向けた弓削が、そうか、と手を打った。

「ようやく分かったわ。羽アリが誕生したのは密度効果による相変異のせいよ。連中は繁殖を繰り返し、急激に数が増えすぎた結果、土中における個体群密度の変化が相変異を引き起こし、群れの中から羽根の生えた種が大量に現れたんだわ。ところが、一度は分化した彼らが再び出会ったとき、連中は縄張りという点では敵同士よ、相互干渉の結果、あそこでは新旧の種が激しく争っているわ」

「アリ同士が？」

「間違いない。縄張りを侵されたと判断した互いのシロアリはどうするか。おそらく尻の近くの腹板腺から集合フェロモンと警報フェロモンを分泌し、呼び寄せた仲間に相手を攻撃するよう命じている」

「フェロモン？」

「そうです。フェロモンは生物が体外に分泌し、同種の個体間で作用する化学物質です。昆虫が分泌するものでよく知られているのは性フェロモン、道標フェロモン、集合フェロモン、警報フェロモンの四つよ。このうち集合フェロモンは雌雄ともに誘引・定着させる働きを持ち、ゴキブリ類などはこのフェロモンで集団を形成・維持します。また警報フェロモンはミツバチ、シロアリなどの社会性昆虫に見られ、拡散速度が速く、素早い逃避あるいは攻撃を引き起こします」

弓削が廻田の腕をつかんだ。

「三佐、攻撃をすぐに中止させてください。攻撃すれば分泌物を出しているシロアリが焼かれてしまう。あのシロアリを捉えて二つのフェロモンの成分を解明できれば、合成性フェロモンで群れをおびき出し、相互攻撃させる術が手に入るわ」

正直、突然の弓削の提案に廻田は半信半疑だった。何より弓削の意見だけで政府が爆弾投下を思いとどまるかどうか、よくて五分五分だろう。ただ、彼女は常に正しかった。何よりも、このままでは札幌全域が焼き尽くされる。ここは弓削に賭けるしかない。

廻田は再び無線の受話器を取り上げた。

「こちら廻田だ。司令部、聞こえるか。シロアリの撃退方法が明らかになった。ただちに爆弾投下を中止せよ。繰り返す、ただちに……」

突然、銃声が響いて無線機が壁まで吹き飛ばされた。

仁王立ちした富樫が九ミリ拳銃を構えていた。

「私にだって拳銃を使うことはできると言ったはずだ」

「どうしてお前が銃を？　そうか、お前、ヘリからくすねたな」

「三佐、まだ分かってないな。選択するのはお前だと言ったはずだ。そこの昆虫学者ではない」

「シロアリを撃退する手だてが見つかった以上、爆弾を投下する意味はなくなった。人類を救う。それが俺の選択だ」

「まだだ。お前が、お前の第五の鉢を用意しなければ、私たちは選択することができない。私が用意した第五の鉢はシロアリによって人類が滅ぼされる結末であり、その前に傾けられる第四の鉢がサーモバリック爆弾だ」富樫が銃口を廻田に向けた。「全能になり万物を司る夢も叶うと信じ始めた人を、神は試したのだ。人が真の恐怖に遭遇したとき、狂気を克服できるかどうか、それによって神として相応しいかどうかが見極められる。館山が恐怖に打ち勝てなかったように、狂気を克服できるかどうかで人類の資質が試されたのだ。そして、答えは予想通りだった。人は所詮、神の領域にはほど遠いと判断され、神に代わって我々が人類の行く末を選択せよと命じられた。我々が選択するのは、人類の滅亡か存続ではない、人類の終末と新たな生命の誕生だ。いいか、よく聞け。お前の第五の鉢、人類を滅亡させる方法を定めるのだ。そのうえでどちらを選択するか決断しろ」

「人類は滅びなどしない」

「笑止。ここにいる連中は最後の生け贄として用意された。ここで、もう一つの鉢を用意できないなら、神は更なる試練をお前に与えるぞ」

富樫の言葉が終わらないうちに、どこからかあの音が聞こえてきた。

来た。奴らだ。廻田は唇を噛んだ。

そこのドアを目張りしろ！　伊波の投げたガムテープを受け取った弓削が、踊り場に繋がるドアの隙間を何重にも塞いでいく。状況を理解できない避難民たちが部屋の隅に身を寄せた。

ドアに手をあてた廻田は奴らの動きを感じ取ろうとした。

じっと全神経を階下へ集中させていると、やがてＴＲ１０２の床下で聞いたあの音が、忘れもしない連中の這い回る音が階段を登ってくる。

身を強張らせた弓削が後ずさりした。

今の自分たちと同じく、ＴＲ１０２の職員が感じた恐怖は想像を絶しただろう。シロアリに追い込まれ、逃げ場を失い、彼らは密室に立て籠った。

そしてそのあと……、彼らは全滅した。


——お前は更なる試練を与えられ、ここにいるのは最後の生け贄だ——


富樫は、そう言った。何がこれから起こるのか、富樫は知っている。それはいったい？

何の前触れもなく、耳鳴りがして視界がぼやけ始めた。

いきなり目の前が暗転したと思ったら、一転、あたりが光に満たされた。気がつくと廻田は、数えきれない屍に覆われた丘の麓に立っていた。殺伐とした荒野にどんよりと雲が垂れ込め、淀んだ風が吹き渡る。

これは夢か。廻田は顔の前に手をかざした。

次の瞬間、再び周囲が暗転すると、たちまち廻田は元の部屋に戻っていた。

得意げにこちらを見つめている富樫と目が合った。御使の口元が緩んだ。

いかん、ここにいてはだめだ。そう叫ぼうとしたとき、奥の配膳室からＴＲ１０２に降り立ったときと同じ気配を感じた。


——すべては繋がっている——

ＴＲ１０２で食堂に立て籠った職員たちは空調ダクトから侵入したシロアリに襲われた。では配膳室に何がある。

もしかして排水溝……。

配膳室に駆け込もうとする廻田の腕をつかんで弓削が天井を見上げた。廻田の腕に彼女の指先が食い込み、震える瞳が真の恐怖に満たされていた。

次は何だ。

聞こえる。

目張りしたばかりのドアから、天井をつたってシロアリの足音だけが近づいてくる。ドアの直上を起点に、足音が扇状に広がりながら廻田たちへ迫る。廻田は懐中電灯の明かりを天井へ向けた。

足音が向かう先には、合計四機のビルトイン型空調機が取り付けられていた。

しまった、天井裏のスペースだ。

うかつだった。餌を獲得するために、シロアリたちはありとあらゆる侵入経路を見つけ出す。彼らが想像以上に利口であることを間抜けな人間は出し抜かれてからようやく気づき、そしてなす術もなく滅ぼされる。ＴＲ１０２の職員たちの最期もこうして訪れたに違いない。嘘だ、あり得ない！　彼らはそう叫びながら一人残らず惨殺された。

俺としたことが、こんな見落としをするとは。口の中はすでにカラカラだった。

逃げて！　弓削が叫ぶと同時に配膳室と空調の吹き出し口からシロアリが溢れ出た。

黄色い悪魔が姿を現した。パニックに陥った避難民が、クモの子を散らすように逃げ惑う。

「そっちじゃない、屋上だ、急げ」

屋上への階段は廻田のすぐ後ろ、窓際にある非常口の奥だ。非常口のドアを蹴破った廻田は、まず弓削と富樫を引き入れ、伊波にPDAを投げた。

「先に行って屋上の安全を確認しろ。その情報端末は陸幕長と繋がる。陸幕長に事情を説明して爆弾投下を中止させろ。急げ」

伊波の背中を押して振り返ると、室内では次々と避難民がシロアリに呑み込まれていく。初老の男性が悲鳴を上げ、茶髪の若者は体全体が蜂球と化していた。あちこちで人々がぶつかり合い、重なり合って床に倒れ込む。痙攣しながら床を転げ回る男の眼球がこぼれ落ちると、その下からシロアリが顔を出した。

地獄と化した室内。その反対側で、あの母親が我が子を抱きかかえて立ち尽くしていた。廻田の場所までは部屋を横切っておよそ十メートル、しかし、そのあいだにはシロアリの大群がうごめいている。

こっち！　弓削の声に母親が、きっと唇を噛んで頷いた。上体を屈め、しっかりと両腕で愛する我が子を抱え直した母親がシロアリの群れに走り込んだ。よろけるたびに足を踏ん張り、シロアリの生餌となった避難民たちの間をすり抜け、彼女は懸命に走る。

助けに戻ろうとした廻田の腕を弓削がつかんだ。

「私が行きます。三佐は攻撃を中止させてください」

「君では無理だ。その手を放せ」

非常口まであと数メートルの所で足を滑らせた母親が、悲鳴を上げながら転倒した。その振動でシロアリの群れが新たな獲物に気づく。火が点いたように泣き出した赤ん坊を抱えた母親の下半身が、またたく間にシロアリに覆われていく。口から白い泡を吹きながら母親が、赤ん坊を弓削の方へ差し出す。

「邪魔だ」

突然、富樫が弓削の髪をつかんで乱暴に引き倒し、続いて廻田の右肩を殴りつけた。この野郎、激痛に上体を折った廻田の顔面へ富樫の拳がたたき込まれる。

富樫の拳が砕け、折られた鼻を押さえた廻田は思わずその場に膝をついた。

「貴様、赤ん坊まで殺すつもりか！」

鼻から滴る鮮血で両手を染めながら、廻田は叫んだ。

許さん、絶対に許さん。

そんな廻田の横をすり抜け、倒れた弓削を跨いで部屋に戻った富樫が、すでに意識を失った母親の手から赤ん坊を抜き取った。シロアリが富樫に狙いを定める。平然と右手に赤ん坊を抱え、食らいつくシロアリを構いもせず、富樫は神のごとき泰然さで非常口まで戻ってくると、弓削に赤ん坊を差し出した。

富樫！　廻田は叫んだ。

富樫がその場に崩れ落ちた。

いったい、彼に何が起こったのか。富樫を階段の下まで引きずり込んだ廻田は急いでドアを閉め、彼の下半身を上着ではたきながら、こぼれ落ちるシロアリを踏みつぶす。

しっかりしろ。廻田は御使の名前を呼び続けた。

口から大量に吐血した富樫が微かに目を開けた。

「……無駄だ、もう体内に侵入しやがった」

「しゃべるな。下手にしゃべると出血が止まらん」

富樫の右脇に肩を入れて引き起こした廻田は、瀕死の御使を介助しながら階段を登り始めた。これも試練なのか、神は何を望む？　溺れる者の頭を踏みつけ、泥の中に押し込んで悦に入る。悪趣味な運命論者め。

「私はもうだめだ。置いていけ」

「その台詞はどこかで聞いた。俺に何度も同じことを言わせるな」

皮下をシロアリが這い回る痛みに富樫が身をよじる。二人は階段の途中で何度も立ち止まった。富樫がズボンの裾をたくし上げると、シロアリの這っている場所がブクブクした膨らみとなって脈打っている。やがて、膨らみの先端が赤い発疹に変化したと思ったら、そこから皮膚を食い破ってシロアリが飛び出た。その瞬間、シロアリの頭をつまんで皮下から引きずり出した富樫が、くたばりやがれと指先でひねり潰す。そのたびに傷口から鮮血が吹き出した。ステップを数段上がるだけで立ち止まり、また上がる、踊り場で折り返し、再び階段を上がる。その短い間にも富樫の命はすり減っていく。ようやく、屋上への扉が見えた。それが天国の扉でないことだけは間違いない。

息も切れ切れにようやく屋上へ出た廻田は、そっと富樫を床に寝かせた。腰を折って、両膝に手をつきながら、大きく息を吸い込んだ。

弓削と伊波が駆け寄ってきた。

富樫はすでに苦痛を克服し、解脱したかのごとき穏やかな顔に代わっていた。それは御使ではなく、初めて会ったときの富樫だった。富樫の中に卑しむべき悪と尊ぶべき善が混在している。そして、どちらが導く先も死という結末ならあまりに無惨だ。

弓削の腕で赤ん坊が泣き続けていた。

廻田は赤ん坊のおでこを撫でた。何を悲しむ。心配しなくていい、お前の命は必ず俺が護ってみせる。たった今、もう一人の御使がそうしたように……、それが御使の使命だ。

「隊長、陸幕長です」伊波がＰＤＡを差し出した。

「廻田です」

誇り高き陸幕長の声が抜けて来た。懐かしくて涙が出る。

（寺田だ。廻田、よくやった。数ケ所で貴様の報告にあった現象が確認された。おそらく弓削博士の指摘は間違いない。首相の指示でたった今、爆撃命令は撤回された。シロアリの群れが土中に戻り始めているため、この機を逃さぬよう、問題のアリの捕獲には、大至急、第一中隊が向かう。お前たちを収容するため〇六：三五にそこへ迎えをやるから、その場で待て）

端末を耳に当てたまま、廻田は月寒病院の方角へ目をやった。

病院の前で波打つようにうごめくシロアリの群れから幾筋もの線が伸び、その先が蟻塚へ吸い込まれていく。どうやら攻撃の山は越えたようだ。シロアリが退けば、火災にも対処できる。

我々は、滅亡の夜を何とか凌ぎ切ったのだ。

「陸幕長」

（何だ）

「大河原の首をよろしくお願いします」

情報端末を伊波に投げ返した廻田は富樫の横に膝をついた。やがて夜が明ける。朝日に照らされた焦土に累々と横たわる死屍。新月が札幌の街に残した刻印は深く、誰も知らない神話が生まれる。

廻田は神話の主人公に声をかけた。

「……なぜ、あんな無茶を」

「俺が話をする神は一人ではない。もう一人の神と私は通じた。私の内にあるもう一人の神だ。その神は私に同じ過ちを繰り返すなと説いた。あの子を祐介と同じ目に遭わせるわけにはいかない」

「もう一人の神？」

「私が生涯をかけて愛した神だ」

再び激しい痛みに襲われたらしく、富樫が全身を仰け反らせて悲鳴を上げた。体の芯から絞り出された悲鳴が、夜明け前の闇に消えていく。傷口が多すぎて富樫の出血はもはや止められない。応急処置をしていた伊波の手が止まった。

富樫が弓削を呼んだ。

「博士、少しだけその子に触れさせてくれ」

微笑みを浮かべた弓削が赤ん坊の顔を富樫に添えてやると、その柔らかな頰が富樫の頰と触れた。

なぜか赤ん坊が泣き止んだ。

富樫の目から流れた涙が、赤ん坊のそれと混じり合う。

「馬鹿を言わないで。あなたが面倒みるつもりじゃなかったの」

「……この子を頼む」

弓削らしい励ましに富樫が笑った。

荒かった息が次第に弱々しいものへ変化していく。

「三佐、頼みがある。俺にセレネスを打ってくれ。最期の時は家族の思い出と一緒にいたい」

驚いた目で伊波が廻田を見た。万が一のために、廻田が伊波にセレネスを持たせていることまでお見通しのようだ。廻田が頷き返すと、伊波が救急袋から注射器とアンプルを取り出した。もちろん、三度目の注射が何を意味するかはよく分かっている。

しかし今、廻田が富樫に与えてやれるたった一つの慈悲だった。

伊波が手際よく富樫の右腕にセレネスを注射する。もはや止血も、富樫を押さえつける必要もない。

いくらもしないうちに、富樫の表情から哀しみや憎しみが遠ざかり、代わりに穏やかな色が満ちてくる。富樫が誰かと言葉を交わす。弱々しくて一つ一つの言葉は聞き取れないが、瞼の裏の誰かと懐かしそうに、むつまじく語る表情が富樫の安寧を物語る。

こんな満ち足りた富樫を見るのは初めてだった。

別れの時が迫っていた。

廻田は富樫の額に手を当てた。

富樫、俺はお前と同じ神にはなれん。御使などと呼ばれるがらでもない。

その代わり祈ることはできる。

富樫、安らかな眠りを、愛する家族との永遠の時を。

さよなら、富樫。

やがて微笑みを浮かべた富樫の両手が弱々しく持ち上がり、手招きするように揺れた。

「……こっちにおいで」

そう呟いた富樫がそっと両目を閉じた。

神から祝福された彼は遠い緑のジャングルに誘われている。

まつげを濡らし、富樫の目から涙が一筋こぼれ落ちた。

すでに東の空が白み始めている。夜の闇が札幌の街を朱色に染める朝日に取って代わるとき、
幾多の命が犠牲となった混乱の中で、小さな命を一つ護った男が死んだ。

誰も知らない片隅の出来事。

しかし、廻田にとっては永遠になる。

終　章

七ヶ月後
中部アフリカ　ガボン南西部ニャンガ州

ＰＫＯでＳ国に派遣されて以来、久しぶりのアフリカだった。一緒に行くとむくれる弓削だけでなく、身を案じてくれる伊波を日本に残して廻田はやって来た。

かつて富樫とその家族が最後の希望を胸にたどった路を廻田も進む。

ただし廻田の胸にあるものは希望ではない。

州都のチバンガからジャングルの中に切り開かれ、およそメンテとは無縁の凸凹で、所々大雨によって寸断されたひどい悪路を、尻の皮がすりむけないように何度も姿勢を変えながら丸二日走り続け、ようやく森の中に数件のあばら屋が寄り添うツバンデという集落に着いた。噂では、流行病で住民が逃げ出しているというその集落で、富樫の写真を見せ、彼を覚えていた村民から、かつて富樫に雇われていたジェンガという名の若者を紹介された。案内役を頼んでも最初は嫌がっていた彼を、日当五十ドル出すという破格の条件で説得し、二人で樹海に分け入った。ナタで草木を切り倒しながら道なき道を進み、富樫が語っていた幾つかの尾根を越え、轟々たる滝を仰ぎ見、ヒルとヤブ蚊の攻撃にさらされながら沼地を抜けて三日歩き続けた先、少しジャングルが開けた場所に着くとジェンガが、ここだと教えてくれた。

蜜林の中に建てられた富樫裕也の研究施設は、間伐材で組み立てた骨組をトタン板で覆ったバラックが二棟、蔓（つる）と下草に覆われた建物は荒れ放題で、見上げる樹冠に陽を遮られ、陽斑に照らされる林床に、かつて気鋭の感染症学者が暮らした痕跡は残されていない。

ジャングルに籠る湿気のせいで額から汗が滴り落ちる。

今年の冬、北海道に壊滅的な打撃を与えたシロアリは、《相互干渉によって彼らが分泌するフェロモン》を弓削が発見したおかげで、集合、警報、階級分化調節の三つの合成性フェロモンが開発され、大量誘殺法と連動させることで劇的に駆除されつつあった。しかし、まだ彼らが津軽海峡を越える可能性が消えたわけではなく、厚労省、自衛隊、警察、消防の全精力をつぎ込んだ水際作戦が展開されている。東京では、政府に冬の嵐が吹き荒れた。混乱の責任を取る形で大河原内閣が総辞職したものの国会の混乱は収まらず、結果、解散総選挙が行われて民政党は大敗する。廻田たちを罵倒した安全保障会議の連中は全員が落選、ただの人に成り下がり、惨めな得票数からして、彼らが国会へ戻ってくることは二度とあり得まい。二月二十二日以降、北海道の機能が回復するのに半年を要し、一連の事件による経済損失は十兆円に上ると見積もられた。政権を奪回した自由党の新政府はただちに総額二十兆円の補正予算を組み、それを札幌の復旧と経済復興に充てる対策を打ち出すが、北海道に残された爪痕は大きい。それでも大河原たちが司法の場で追及を受ける可能性は低く、いつの時代も政治の幕引きは、わざと曖昧な形が取られる。

隊の中では、廻田に新たな賞詞を授与し、一佐へ昇格させる話を寺田から持ちかけられたが、廻田は固辞した。ひねくれたわけでも、寺田への恨みからでもない。身勝手な神のおかげで昇格したなどという笑い話は、まっぴらだったからだ。

反対に神のおかげで失脚した者もいる。鹿瀬だ。

ＷＨＯが鹿瀬の提出した資料のねつ造を見破った。富樫は追い込まれた鹿瀬が切羽詰まって、自分の手渡した成果をその場凌ぎでＷＨＯに流すと読んでいたのかもしれない。研究一筋の堅物と思っていたら大層な策士、見事な仕掛けだ。

部長まで昇格し、次期所長と目された男が奈落の底に墜ちる。組織とは冷酷なものだ。しかし、廻田にとってそれは人ごとに過ぎない。

富樫が最後まで夢見ていた地、彼のすべてだった地を永遠の場所に変えるため、廻田はここへやって来た。

廻田は研究所の敷地内を丹念に調べ始めた。どこかに富樫が生涯をかけて愛した妻が葬られているはずだ。住居棟の周り、自家発電機の裏、伸び放題の草をかき分け、隅々まで調べるうち、敷地の一番奥、頭上で重なり合う枝がそこだけポッカリ空いて、真っ青な空を覗ける場所にこんもりした土饅頭が盛られていた。夜になれば最愛の妻が普遍の満天星に見守られ、愛したジャングルの懐に抱かれて横たわる場所に違いない。そのすぐ脇、添い寝する位置に小さな穴を掘り、その中へ富樫の遺灰を収めた廻田は、線香を立てて手を合わせた。

ようやく願いが叶って、富樫は愛する者の元へ戻ることができた。

供養を終えた廻田は改めて敷地を見回した。

ここが、すべての原点らしい。富樫の日常が、彼の全成果がここにある。研究棟に戻った廻田はナタで下草を払い、錆び付いたドアをこじ開けた。土がむき出しの床にびっしり草がはびこった室内は、右の壁際に執務机が置かれ、その奥に保冷庫、薬品棚が据えられている。反対側の壁際のテーブル上には、メスシリンダー、試験管、ビーカー。そしてひときわ大きな培養グローブボックス内には、組織培養用フラスコが転がっていた。

執務机の泥を払い、引き出しを開けると、中に一冊の大学ノートが収められている。染みだらけの頁をパラパラめくると、どうやらそれは富樫の研究ノートだ。廻田にはチンプンカンプンの化学記号、顕微鏡で見たウイルスのスケッチ、当然、記述のすべては英語で記されている。医学上の学術用語が富樫のくせ字で殴り書きされているため、廻田に中身はさっぱりだった。

そのとき、外からジェンガが廻田を呼んだ。

すでに陽が西に傾き、今日はここで野宿となるため、ジェンガがテントと夕食の準備を整えていた。煮沸したうえで、念のために消毒液を混ぜた川の水で調理した簡単な夕食を終える頃には、とっぷりと陽も暮れた。たき火を囲み、片言の英語で談笑するうち、廻田が差し出したウイスキーをジェンガは興味深げに眺めていた。廻田に勧められ、最初の一杯を口にした途端、彼はいたく気に入った様子で、あっという間に一本を飲み干した。そのうちジェンガのろれつが回らなくなったと思ったら、ごろんと横になり、大いびきをかいて寝入ってしまった。

シンプルな人生だ。

一人になった廻田は富樫のノートを取り出し、煙草に火を点けた。

周りはシンとした闇に包まれ、時々、猿の遠吠えが聞こえるこの地は、神聖な場所、廻田への啓示をたしかめるには相応しいかもしれない。

それが、廻田がここへやってきたもう一つの理由だ。

富樫、そこにいるなら教えてくれ。ただ一つだけ分からないことがある。

廻田が用意すべき第五の鉢とは何だったのだ？

すべてが過ぎ去った今、富樫しか知らない疑問の答えを、世の中が知る必要はない。あいつは、廻田を差し置いて丘の頂上にたどり着き、人類を憎みながら、小さな命の身代わりとなって磔刑に処された。それは富樫にしかできない幕の引き方だ。

ただ、本当に終わったのかという疑問はずっと廻田の胸にある。成田を飛び立ち、トランジットするパリまでの機内で読んだ雑誌の記事が気になった。ドイツのケルンとアメリカのロサンゼルスで、ポリオワクチン製造・実験用としてガボンから輸入されたアフリカミドリザルに関わった研究職員や清掃員など二百名が突如発熱、うち百九十名が死亡するという衝撃的な事件が発生していた。原因は未知のウイルスによる出血性感染症で、過去、アフリカ中西部で散発的に発生していたが、再び大量発生の兆候が認められるとのことだ。患者は嘔吐、下痢、歯茎・鼻・消化管からの出血を伴い発症後四日で死亡する。患者の組織および血液サンプルは米国のＣＤＣ《疾病予防管理センター》、英国の国防省応用微生物学研究所、フランスのパスツール研究所へ送付された結果、ＣＤＣでウイルス分離に成功したが、次々変異を重ねる特異な性質から、未だにワクチンは開発されていない。

——すべては関係している——

審判の場所で富樫が口にした言葉だ。彼はこう言った。

——物事にはすべて相関がある。御使の役割は廻田が担うことになり、その役割は重要な選択をするためだ。神は最後の審判を下すとき、まず四つの鉢に封印された怒りを解き放ち、その後、二つの第五の鉢を用意して、どちらを選ぶかは二人の御使に委ねる。廻田がみずからの鉢を用意しなければ、御使たる使命を果たせない。そして二つの第五の鉢が揃ったとき、廻田たちが選択するのは、人類の滅亡か存続ではなく、人類の終末と新たな生命の誕生。富樫が用意した鉢はシロアリによって人類が滅ぼされる結末だった——

たしかに、富樫はそう言った。

では廻田が用意する結末は何だったのか？　それがなければ神の審判が下らない。

あの夜、結局、廻田は第五の鉢を用意しなかった。以来、頭の中の囁きも消えた。

廻田の怠慢を見逃し、このまま神は人類への審判を思い直してくれるのか。

煙草の先から灰が地面にぽとりと落ちた。

自分がここにいる理由とは、実は何らかの力と意志でここへ導かれたとしたら。

もしかして、今起こっていることが廻田の結末だとしたら。富樫の家族、記事に出ていた感染者たち、そしてツバンデの住民たちは、すでに傾けられた鉢なのか……。

ならば、これから傾けられる第五の鉢とは。

富樫が逝き、廻田が残り、神は廻田の結末を選択したというのか。

思い過ごしに違いないと考えるほど、――人類の終末と新たな生命の誕生――なる富樫の言葉が頭の中を駆け巡る。

ノートの最後の頁で手が止まった。日付は三年半前の三月十日。

大きな文字で走り書きがある。


――これこそが人類の運命を決する。下弦の刻印の意味を知るべきだ――


下弦の刻印。

廻田は満天の星に覆い尽くされた空を見上げた。

そこに月はなかった。

第11回『このミステリーがすごい！』大賞 選評

求めるものは「独創性」や「インパクト」　大森 望（翻訳家・書評家）

　今回の候補作は（二重投稿で残念ながら失格となった一編を含めて）非常にレベルが高く、どの作品も（多少の手直しを施せば）すぐに出版できそうな水準。Cをつけた作品はひとつもなく、おかげで仕事を忘れて楽しく読むことができたわけですが、だったらどの作品でも躊躇なく大賞に推せるかというと、それはまた別の問題。既成作家や先行作品を連想させるものが多く、新人賞受賞作に期待する独創性やインパクトに優れた作品はあんまり見当たらない。

　その中で、圧倒的な牽引力を発揮したのが安生正のサスペンス大作『下弦の刻印』。よくあるパンデミックものかと思って読み進めると、やがて、茫然とする真相が明らかになる。ま、まさかそんなことが⁉　と腰が抜けそうになる大胆な発想は大いに評価したい。

　この未曾有の事態に立ち向かう廻田三佐の切り札が、天才的疫学者の富樫博士。『日本沈没』の田所博士に輪をかけたようなこの強烈なマッド・サイエンティストがさらに激しく暴走し、突拍子もない物語をぐいぐいひっぱっていく。

　文章、キャラクター、設定、すべてにB級テイストが濃厚だが、B級っぷりもここまで徹底すれば立派。じっさいこれは、高野和明『ジェノサイド』の向こうを張る壮大なスケールのサスペンス……と言えなくもない。

　大賞に推すのはこの一本と決めて選考会に臨み、香山、茶木両委員の賛成票を得て、めでたく第11回『このミステリーがすごい！』大賞の大賞受賞作に選ぶことができた。いやまあとんでもない話なので、ぜひこれを読んであっけにとられていただきたい。お楽しみに。

　これ以外の五編については、正直、どれが優秀賞に選ばれても不思議のない接戦だった。最終的に明暗を分けたのは、やはり目新しさだろうか。

　新藤卓広『或る秘密結社の話』は、大賞受賞作とは対照的に、バラバラのピースを非常にうまく組み上げた寄木細工のような作品。ぱっと見、いかにも伊坂幸太郎フォロワーに見えてしまうところが弱点と言えば弱点だが、話が落ち着く先をなかなか見せない書きっぷりと、パズルのピースのきれいなハマりっぷりは鮮やか。物語の最終的な着地点と、タネ明かしの処理に多少の疑問がないではないが、修正の効く範囲だろう。

深津十一『石の来歴』は、高校生の主人公と石コレクターの富豪との関係を軸に、伝奇ホラー的な要素も交えた幻想ミステリー。次々と登場する奇妙な石はそれぞれ魅力的だが、肝心要の〝童石〟の謎にもうひとつ説得力がなかったのが残念。とはいえ、独特の味わいを持っているのは事実なので、『或る秘密結社の話』ともども、優秀賞授賞に賛成した。

選に漏れた作品の中で、いちばん面白かったのは柊サナカ『婚活島戦記』。設定を見ればわかるとおり、婚活版『バトル・ロワイアル』。莫大な財産を持つ青年社長の妻の座をめぐり、花嫁候補たちが（命までは懸けずに）離れ小島で壮絶なバトルをくり広げる。バトロワ二番煎じもここまで徹底すれば立派だが、この小説の最大の美点は、ヒロインの造形にある。『エアマスター』の相川摩季が成長したみたいな、ストリートファイター上がりの主人公、二毛作甘柿が（独特すぎるそのネーミングセンスも含めて）すばらしい。彼女を広く紹介するためだけにでも、隠し玉枠での刊行を強くリクエストしたい（その場合、カバーはぜひ柴田ヨクサルでお願いします。ムリか）。

それに次いで推したのが、堂島巡『梓弓』。沼田まほかる『九月が永遠に続けば』ののほほんバージョンというか、交通事故で死んだ娘の友だちの行方を追う母親の話。彼女の消息をたどるうちに行き着いたデリヘルでいつの間にか事務のパートをやることになったりするオフビートな展開が楽しい。亡き娘を主人公にした小説を母親が書いていて、みずからの願望や思い込みがそのまま投影された文章が作中に引用される趣向もうまく効いている。ラストには意外なサプライズも用意され、好感の持てる小説だが、残念ながら強力なセールスポイントに乏しく、地味な印象は否めない。

最後に残った藍沢砂糖『ポイズンガール』は、湊かなえ系のイヤミス。女子高の科学部に属する少女たちがたがいに毒を仕掛け合うゲーム「ポイズンガール」にハマってゆく。ゲームが本物の殺し合いに発展する過程に説得力がないのが弱点。正義のヒーローになりたくて警察官を志したのに人を殺して逃亡する羽目になった男の話がサブプロットだが、本筋とうまくからんでいるとは言いがたい。むしろ、ポイズンガールの話だけに絞った方がよかったのでは。筆力はじゅうぶんある人なので、今後に期待したい。

「個性派ぞろいの本年」　香山二三郎（コラムニスト）

　最終候補作が7作と聞いたときは嫌な予感がした。いずれもどんぐりの背比べ、予選でまたもや票が割れたのではと思ったのだ。二重投稿が露見して候補作は6作になったけど、結論としては個性派ばかり、前年の候補者には申し訳ないが、今年はツブが揃（そろ）った。

　作品は厚めなものから順に読んでいった。まず安生正『下弦の刻印』は根室の海上石油基地でパンデミックとおぼしき大量死事件が発生、その対策に追われる自衛隊員にアフリカで家族を失った失意のウイルス学者や美人生物学者を絡めたメディカルサスペンス――と思いきや、後半は予想もしなかった大活劇へと一転する。自虐的な主人公はいかにもありがちで、語りも少々粗（あら）っぽいものの、その転回ぶりはまさに驚愕（きょうがく）のひと言。こんなアイデア、よくぞ思いつきました。大スケールの活劇演出に加え無能な政府の対応も皮肉るなど、あの手この手のサービスぶりにも満足。活劇系は文章の不備等を突かれがちで、新人賞では不利なことが多いのだが、今年は取りあえずこれがあればいいやと思った。

　6作中最長の藍沢砂糖『ポイズンガール』は毒に取り憑（つ）かれた女子高科学部の五人が死闘を繰り広げる〝バトル・ロワイアル〟もの。彼女たちが何故（なぜ）闘わなければならないのか、動機づけが今ひとつ曖昧（あいまい）だったりするが、アクション演出は充分楽しめる。ただ、自ら犯した轢（ひ）き逃げの罪から逃れようと悪事を重ねる冷血な元刑事の話を絡めたがために、いささか冗長になってしまった。余分な部分を刈り込んでプロットを引き締めれば、受賞争いでもいい戦いが出来たのではないだろうか。

　堂島巡『梓弓』は愛娘を交通事故で失った心痛を小説の創作で癒そうとしているヒロインがひょんなことから娘の秘密を知り（援交疑惑!）、真相を追及し始める。一見ありがちなサスペンスのようだけど、ヒロインが娘の痕跡をたどってデリヘルに用務員として潜入するあたりでは、お仕事小説的な味わいもあって捨てがたい。後半は舞台を沖縄に移して活劇演出を披露、ミステリー的なひねりも効いているのだが、個性派揃いの今回においてはちょっとインパクトが弱かったか。

新藤卓広『或る秘密結社の話』は主人公の青年が天気のいい日に傘をさして歩いているところから始まる。それが今日の仕事だというのだが、読者には何のことだかわからない。章が移って別のキャラが登場するが、主人公とのつながりはわからず、何ともじれったい展開だが、主人公の職業や他のキャラとの関わりが次第に詳らかになるにつれて設定の妙が明らかになり、サスペンスも盛り上がってくるという塩梅。ジグソーパズル的な展開というか、早い話、伊坂幸太郎の初期長篇『ラッシュライフ』を髣髴させるファンタジック調の犯罪サスペンスだ。手際のよさが光るものの、既視感があるのとこじんまりとした仕上がりなのが引っかかり、大賞というよりは優秀作候補。

深津十一『石の来歴』は人体の一部が化石状になった奇岩が発掘されるプロローグからして魅力的。主人公の高校生が祖母の遺言を守って奇怪な石を造り、山の手のお屋敷にそれを届けるという序盤の展開も読ませるが、石にまつわる伝奇話がどんなふうに膨らまされていくのかと思ったら、胸に二つの巨大ミサイルを持つナオミ先生（笑）のエピソードが絡む程度で収れんしていってしまう。原稿枚数の上限までまだまだゆとりがあるんだから、もっと謎が謎を呼ぶような物語的な膨らみやひねりをつけて欲しかった。

柊サナカ『婚活島戦記』も『ポイズンガール』と同様、〝バトル・ロワイアル〟ものだが、こちらは若くてイケメンの成金長者が離島で催した婚活イベントに参加した女性たちがトンデモないゲームを強いられるという、よりバトロワ度の高いサバイバル活劇だ。超人的な身体能力を持ち、複数の格闘技にも通じているが識字障害者というヒロイン二毛作甘柿の造形に拍手！ 彼女と相対するライバルたちもひと筋縄ではいかないクセモノばかりであるが、プロットのほうはオーソドックスで、こちらももっとボリュームが欲しかった。いや、これだけ読ませるんだから、このままでもシリーズものにしたら人気が出そうなんだけど、それは『このミス』大賞の選考とはまた別の話ということで。

その選考では、幸い『下弦の刻印』がすんなりと票を集めて大賞に決定。他の5作もすくえるものならすくいたいと思っていたので、ひとりでも高い点のついた『或る秘密結社の話』『石の来歴』の優秀作受賞にも賛同した。賞を逸した3作の書き手も、ぜひ再挑戦して下さい。ただし――いくらツブが揃ったところで失格してしまっては元も子もない。募集要項はしっかりお守り頂くよう、応募者諸氏には重ねてお願いしておきたい。

「今日的テーマと前代未聞の新機軸」　茶木則雄（書評家）

今回の『このミス』大賞は〝初物尽くし〟だ。

これまで私は、冒険小説系の応募作にあえて厳しい目を向けてきた。極限での個の闘いを、圧倒的ディテールで読ませる英国冒険小説で育ってきたファンの一人として、底の浅い中途半端な作品を推すことに大きな抵抗があったからだ。しかし初めて、これならば――と、思える候補作に出会えた。安生正『下弦の刻印』である。

聞くところによると著者は、根っからの冒険小説ファンで、フレデリック・フォーサイス『ジャッカルの日』とアリステア・マクリーン『女王陛下のユリシーズ号』に最も感銘を受けたという。受賞作にはなるほど、フォーサイスの圧倒的情報量とドキュメンタリー・タッチへの、マクリーンの濃密な人物造形に支えられた個の闘いへの、オマージュが仄見える。しかし正直、偉大なる先達の域に到達しているとは言い難い。この物語を正統派冒険小説の傑作群まで高めようとすれば、おそらく倍の長さが必要になるだろう。規定枚数を考えれば、致し方ないところだと思う。が、それでも、本書にはジャック・ヒギンズばりの――いや、ヒギンズを凌ぐと言っても過言ではない――ストーリーの意外性がある。この度肝を抜く前代未聞の新機軸は、受賞を確定させる決定打になった。おいおい、そっちかよ、と腰を浮かせて突っ込みを入れたくなる驚愕の展開こそが、選考委員の票を集めた最大の要因だろう。

だが私が最も高く評価したのは、極めて今日的な、そのテーマ性だ。日本の危機管理に警鐘を鳴らさんとする、作者の強烈な意志である。物語の中で日本全滅という未曾有の危機に直面する日本政府のお粗末な対応は、東日本大震災および原発事故発生時における民主党政権の体たらくを彷彿とさせる。果たしてこれで、国民の生命・財産を守れるのか。日本国の国体は維持できるのか。本書で問いかけているのは、そういうことだ。尖閣・竹島問題に揺れる昨今、多くの読者に読まれてほしい。

優秀賞に選ばれた新藤卓広『或る秘密結社の話』と深津十一『石の来歴』は、本賞ではこれまで読んだことがないタイプの斬新な作品。まさに初物であった。

前者は物語がどこに向かうのか、まったく先が読めない。予断を許さないという意味では、『このミス』大賞史上最強であろう。最大の長所は伏線回収の巧みさにある。作者は20代とは思えない見事な手捌きで、違和感のある設定や状況を次々と得心させていく。が、一方でこの伏線は、最大の短所にもなっている。張り方が、拙いのだ。主人公が違和感を覚えて然るべき局面であっても、作者目線でスルーされているのである。だがら、読んでいてときどき咽に小骨が引っかかる（回収が上手いのでしばらくすると取れるのだが）。要改稿の一番手だ。

後者は奇妙な石に取り憑かれた資産家老人の物語だが、「死人石」をはじめとする摩訶不思議な奇石の世界観が、実に新鮮であった。陰鬱になりがちな物語世界を救っているのは、男子高校生と巨乳美人教師コンビの軽妙な会話だろう。思わず頬が緩む資産家老人の奇矯な人物造形にも拍手だ。何より素晴らしいのは、卓越した語りのテクニックと表現力である。冒頭の奇石発掘シーンを読んだときは、今年はこれで決まりだ、と確信した。が、構成がいただけない。全体の骨格が、歪なのである。奇石に纏わる二つの中篇を、無理やり結合させたかのような印象を受けた。そこを修正できれば、文句なしの大賞レベルになるだろう。

受賞作以外で最も高く評価したのは柊サカナ『婚活島戦記』だ。孤島サバイバルに女だけのバトロワを融合させた痛快なB級活劇小説。個人的には実に面白く読めた。荒さも目立つが、主人公・二毛作甘柿（女です！）の群を抜くキャラクタライゼーションと彼女の胸のすく活躍は、ぜひ多くの読者に体験していただきたい。編集部には隠し玉としての出版を要請する。出せよ、絶対。いや、出してください。お願いします。

ところどころに才気を感じる藍沢砂糖『ポイズンガール』だが、同じくところどころにご都合主義が垣間見えた。男の逃亡パートがプロットと有機的に絡んでいないところが、最大の弱点。女子高生パートだけで構成した方がよかった。それが選考会の一致した意見だ。

堂島巡『梓弓』は小説中小説から本文への移行が巧みだった。ラストの仕掛けも買うが、どんでん返しに至るまでの物語が凡庸で、サスペンス性が希薄。読んでいてのめり込めなかった。小説的興趣に乏しい憾みが残る。

選考委員の誰か一人でもA評価をつければ、少なくとも優秀賞は受賞できる可能性が高い。たとえ他の選考委員のC評価があろうとも、だ。誰でもいい、一人でも選考委員を唸らせるような小説を目指して、刻苦勉励していただきたい。

「完成度の高いミステリーを求めている」　吉野　仁（書評家）

あらためて強調したいのは、この賞は『このミステリーがすごい！』大賞だ。魅力のある謎やはらはらどきどきするサスペンスにあふれた傑作を求めている。

しかしながら、昨今、どうも一部の読者は、謎は凡庸でサスペンスに乏しく全体に流行作家の二番煎じ、でもキャラが立ってて読みやすい、という「ぬるく軽く薄く」分かりやすい作品を好んでいる気がする。それでも、この賞が求めているのは、完成度の高いミステリーなのだと言っておきたい。

第11回となった本賞だが、それぞれ予選を勝ち抜いてきた良作でありながら、厳しくいえば文句なしに大賞を与えられる最終候補作品は一つもなかった。やはり欠点や短所があちこちに残っている。

そんななか、もっとも高い評価を与えたのは、深津十一『石の来歴』。なにしろ語りが見事なのである。冒頭から作品世界に引き込まれてしまった。祖母が死んだのち、遺言を申し渡された孫は、人に知られないよう、祖母の遺体の口に黒い石を押し込み、火葬後にそれを回収した。世話になったという人物にその「死人石」を届けなくてはならない。この導入部が謎めていてサスペンスに満ちている。しかし抜群に面白いのは、届け先の老人と出会う全体の四分の一まで。生物の女教師が登場して以降、どうも話がちぐはぐで一本筋が通ってない。いちおう最後まで読むと、すべての真相が判明するものの、全体につぎはぎで作られた印象が残った。ドラマを描く力はプロ並みと言っていいだけに、あとは物語の構成力。刊行にあたり、そのあたりをしっかり修正するということで優秀賞に決定した。

次に高く評価したのは、藍沢砂糖『ポイズンガール』だ。今回の最終選考作は『石の来歴』をのぞき、いわゆるB級テイストの作品が並んだ感があった。生真面目さやリアリティには欠けるが、痛快な娯楽性に富み、いい意味でのバカバカしさで面白がらせる小説だ。これもその一作。ある女子高の生徒たちがお互いの食べ物に仕掛けをしあうサバイバルゲームをしていたが、徐々にエスカレートし文字どおりの殺しあいゲームを行っていく。

そもそもの基本設定に無理があったり、ご都合主義的な出会いや展開、明らかにおかしな細部の記述も目についた。大賞をとるには欠点が多すぎる。それでもキャラクターの描き方がよく、ご都合主義を指摘するのは野暮、と思わせるゲーム小説としての面白さは充分に感じられた。

柊サナカ『婚活島戦記』もまた、かなりディフォルメされた世界観のなかで登場人物がゲームの駒のように行動する作品だ。大金持ちと結婚するために集まった女性たちが孤島で四日間のサバイバルゲームを戦っていく。基本設定が無茶すぎるほか、既視感を覚える部分も多く、それらが大きく減点となった。それでも荒唐無稽な痛快さという点では今回一番。なんといってもヒロインのネーミングがいい。アマガキ。一毛作甘柿。対する題名『婚活島戦記』のセンスのなさ。長所だけを集めれば大賞に近づくだろうが、短所との落差があまりにも大きすぎる。乱暴につくりすぎ。残念だ。

堂島巡『梓弓』は、一人娘の死の真相を母親が探っていく物語。普通小説ならばこれでいいのかもしれないが、魅力ある謎やサスペンスを含む展開に乏しい。行き当たりばったりなストーリーに思える。脱線や無駄と感じるエピソードも少なくなかった。文章や会話は悪くないものの、全体に退屈な印象だけが残ってしまった。

もう一作の優秀賞となった、新藤卓広『或る秘密結社の話』だが、わたしはその世界観がうまくつかめず戸惑った。およそ常識ではありえない展開なのに、主人公はなんら疑問をあらわさない。物語が進み、いずれ謎が明かされていくとはいえ、これでは読者は納得しないだろう。そのほか細かい疑問点も多く、全体に説明の多い文章もマイナスとなった。しかし、他の選考委員らが高く評価したことに異論はない。確かに先の読めないミステリーだ。あとは細部をつめてほしい。

最後に、大賞となった安生正『下弦の刻印』は、ジャンルとしてはパニック・サスペンス。個人的にはプロ作家の作品でさえ、この手の小説に面白さを感じたことがないため、本作の評価もやや厳しくなったかもしれない。とくに地の文で危機的状況を延々と説明する箇所は、読んでいてしんどいものだった。パニック模様とその対策をくまなくシミュレーションした記述よりも、人間のドラマにじっくりと焦点をあわせてほしい。主人公が困難を克服しつつ己の力で敵と戦う姿を読みたいのだ。しかし、全体によくこれだけ書き込んだという気迫が感じられる。B級テイストながらも熱く重く厚いサスペンス。刊行に際し、十分な加筆修正をし完成度を高めてくれれば、大賞作として、なんら異存はない。

大賞受賞者一覧

第1回『四日間の奇蹟』浅倉卓弥（金賞）
『逃亡作法』東山彰良（銀賞）
第2回『パーフェクト・プラン』柳原慧
第3回『果てしなき渇き』深町秋生
『サウスポー・キラー』水原秀策
第4回『チーム・バチスタの栄光』海堂尊
第5回『ブレイクスルー・トライアル』伊園旬
第6回『禁断のパンダ』拓未司
第7回『屋上ミサイル』山下貴光
『臨床真理』柚月裕子
第8回『トギオ』太朗想史郎
『さよならドビュッシー』中山七里
第9回『完全なる首長竜の日』乾緑郎
第10回『弁護士探偵物語 天使の分け前』法坂一広
第11回『生存者ゼロ』安生正

【原稿送付先】〒102-8388 東京都千代田区一番町25番地 宝島社
『このミステリーがすごい！』大賞 事務局
※書留郵便・宅配便にて受付

【締　　切】2013年5月31日（当日消印有効）厳守

【賞と賞金】大賞1200万円
優秀賞200万円

【選考委員】大森望氏、香山二三郎氏、茶木則雄氏、吉野仁氏

【選考方法】1次選考通過作品の冒頭部分を選考委員の評とともにインターネット上で公開します
選考過程もインターネット上で公開し、密室で選考されているイメージを払拭した新しい形の選考を行ないます

【発　　表】選考・選定過程と結果はインターネット上で発表
http://konomys.jp

2013年8月	9月	10月	2013年1月
1次選考 作品の推薦コメントと作品冒頭をネット上にUP	2次選考 最終選考	大賞発表予定	大賞刊行予定

【出　　版】受賞作は宝島社より刊行されます（刊行に際し、原稿指導等を行なう場合もあります）

【権　　利】〈出版権〉
出版権および雑誌掲載権は宝島社に帰属し、出版時には印税が支払われます
〈二次使用権〉
映像化権をはじめ、二次利用に関するすべての権利は主催者に帰属します
権利料は賞金に含まれます

【注意事項】○応募原稿は未発表のものに限ります。二重投稿は失格にいたします
○応募原稿・書類・フロッピーディスクは返却しません。テキストデータは保存しておいてください
○応募された原稿に関する問い合わせには応じられません
○受賞された際には、新聞やTV取材などのPR活動にご協力いただきます

【問い合わせ】電話・手紙等でのお問い合わせは、ご遠慮ください
下記URL　第12回『このミステリーがすごい！』大賞　募集要項をご参照ください
http://konomys.jp

ご応募いただいた個人情報は、本賞のためのみに使われ、他の目的では利用されません
また、ご本人の同意なく弊社外部に出ることはありません

この物語はフィクションです。もし同一の名称があった場合も、実在する人物、団体等とは一切関係ありません。

単行本化にあたり、第11回『このミステリーがすごい！』大賞作品、安生正『下弦の刻印』に加筆しました。

安生　正（あんじょう・ただし）

1958年生まれ。京都市出身、東京都在住。
京都大学大学院工学研究科卒。現在、建設会社勤務。

※本書の感想、著者への励まし等はハガキ、
　または下記ホームページまで
　http://konomys.jp

生存者ゼロ

2013年1月24日　第1刷発行

著　者：安生 正
発行人：蓮見清一
発行所：株式会社宝島社
〒102-8388 東京都千代田区一番町25番地
電話：営業　03(3234)4621／編集　03(3239)0599
http://tkj.jp
振替：00170-1-170829　(株)宝島社
組版：株式会社明昌堂
印刷・製本：中央精版印刷株式会社

ISBN 978-4-8002-0500-1